古典文獻研究輯刊

九 編

曾 永 義 主編

第3冊

唐代明道文學觀與正統歷史觀的比較研究

符 懋 濂 著

國家圖書館出版品預行編目資料

唐代明道文學觀與正統歷史觀的比較研究／符懋濂 著 — 初版
— 新北市：花木蘭文化出版社，2014〔民 103〕
序 4+ 目 2+272 面；19×26 公分
（古典文學研究輯刊　九編：第 3 冊）
ISBN：978-986-322-535-5（精裝）
1. 中國古典文學 2. 文學評論 3. 唐代
820.8　　　　　　　　　　　　　　　　103000744

ISBN-978-986-322-535-5

9 789863 225355

古典文學研究輯刊
九　編　第三冊　　　　　　　ISBN：978-986-322-535-5

唐代明道文學觀與正統歷史觀的比較研究

作　　　者　符懋濂
主　　　編　曾永義
總 編 輯　杜潔祥
副總編輯　楊嘉樂
編　　　輯　許郁翎
出　　　版　花木蘭文化出版社
社　　　長　高小娟
聯絡地址　235 新北市中和區中安街七二號十三樓
　　　　　　電話：02-2923-1455／傳真：02-2923-1452
網　　　址　http://www.huamulan.tw 信箱 hml810518@gmail.com
印　　　刷　普羅文化出版廣告事業
初　　　版　2014 年 3 月
定　　　價　九編 27 冊（精裝）新台幣 48,000 元

唐代明道文學觀與正統歷史觀的比較研究

符懋濂　著

作者簡介

符懋濂，又名符名濂，祖籍海南省文昌縣，1938 年生於馬來亞丁加奴州，11 歲移居新加坡。1959 年南洋華僑中學畢業，三年後就讀於南洋大學歷史系，榮獲馬來亞瓊州會館獎學金，畢業時獲頒南大金牌獎。1976 年獲得南洋大學歷史碩士學位，2006 年獲得上海復旦大學文學博士學位。歷任立化中學、國家初級學院歷史專科教師，以及裕廊初級學院中文部主任、副院長，其間兼任南洋理工大學講師多年。退休後曾任新躍大學講師、國立教育學院導師十餘年。已完成的作品有《中學歷史新編》（合編初中課本）、《東亞史新編》（高中課本）、《辛亥革命前夕，革命派與立憲派的思想論戰》、《捻之本質及其戰法》、《唐代明道文學觀與正統歷史觀的比較研究》等。此外，還發表文章數百篇，已輯成論文集《思想碰撞的火花》、雜文集《孔夫子南遊夜郎國》、《阿Ｑ永垂不朽》，擬將付梓問世。

提　　要

　　透過歷代對文史本質、文史範疇與文史功能認知的比較研究，可知唐代基本文史觀的歷史定位：承前啓後，一脈相傳，其延續性與穩定性顯而易見。

　　文史基本功能幾乎完全重疊，是普遍存在的文化現象、特質，從而構建了十分相似的文化基因圖譜。「文史合一」就是這兩個文化基因圖譜的產物。

　　唐代明道文學觀是正統的，而正統歷史觀則是明道的。無論是詩教說、是明道說，其核心價值爲經世致用，即將文學作爲「修齊治平」的文化軟件；而正統歷史觀內涵中的政治大一統、王朝正統性、疏通知遠、以史爲鑒，則可歸納爲「經世致用」四字，同樣是將歷史作爲治國平天下的文化軟件。因此，在某種意義上說，經世致用便成爲唐代明道文學觀與正統歷史觀最主要的共同特徵，也是維繫兩者文化共性的堅韌紐帶。

　　文史合一的文化傳統在唐代得以延續與發展，其主要原因是唐代的明道文學觀和正統歷史觀含有共同的文化基因，即由儒家思想所釋放的認知功能、教育功能與借鑒功能。文中有史，史以文傳，從而構建了中國古代文史的傳統特徵。

　　經過五四新文化運動，新史學與新文學既然同步形成，人們不但對文史本質有了全新的界說，而且對文史範疇、功能的認知，也發生了質變。但因古今文史觀的歧异，而出現新舊文史脫軌的文化現象。

　　因此，作者主張：在分別建構具有民族特色的中國古今文史理論體系和實踐體系的同時，也應逐步推行舊文學與新文學、舊史學與新史學之全面接軌，以促進中國新文學與新史學的發展。

序　文

楊　明

　　符懋濂先生的著作《唐代明道文學觀與正統歷史觀的比較研究》即將出版了。這部著作原是他的博士學位論文。作爲該論文的指導教師，我當然感到十分高興。

　　符先生是新加坡華裔學者。初次相見的時候，我已經過了耳順之年。當時他留給我的印象是精幹而樸實。當得知他的年齡比我還大，已經退休多年，並且還在「發揮餘熱」，從事著社會教育工作的時候，不禁感到驚訝和佩服。接著又得知，他原畢業於新加坡南洋大學，早已取得了碩士學位，只因後來新加坡教育制度發生變化，所以未能繼續攻讀博士課程。如今就是爲了圓這個繼續學習博士課程的夢而來到復旦的。他的深造，完全是出於興趣，爲了求知，沒有任何功利的目的。我還是第一次指導這樣年齡和經歷的學生。

　　在論文寫作過程中，我們經常交換意見。符先生原來的專業是歷史學，而我感到他對於中國古代文學也有相當的瞭解。文史不分家，本該如此。令我感到意外的是，據符先生說，他在新加坡讀中學時，對於許多中國古代詩文名篇都是按要求背誦、精讀的，因此獲益匪淺。隨著寫作的深入，我們二人在一些問題上當然會有不同的想法。我是直來直去，學術上有不同想法就要說，儘管符先生年長於我，經歷比我豐富；符先生呢，也不會輕易放棄自己的觀點。有時候所謂「指導」便成了二人之間的學術研討。我覺得符先生的這種坦誠，這種堅持獨立思考、決不盲從的精神，非常可貴。教學相長，在相互討論的過程中，我也獲得了好處。已經是好幾年前的事了，至今還記得當時討論甚至是爭論的情景，並且十分懷念。

　　在《唐代明道文學觀與正統歷史觀的比較研究》中，確實可以看到不少經過深思熟慮，有著親切體會的見解。例如，作者認爲中國古代史學中的正統歷史觀，其核心內容乃是大一統的理論。論文說：「從元代開始，凡是能夠統治全中國，實現政治大一統的王朝，不論來自哪個民族，都被視爲正統王朝，如元王朝、清王朝。這就是王朝正統性的眞正內涵，雖然王夫之、梁啓超等人並不接受此一界說。」王夫之、梁啓超在思想史、史學史上的學術地位當然崇高，但符先生並不盲從他們的觀點。論文又強調意識形態的「大一統」理念的重要。秦漢統一以後，在漫長的歷史進程中，雖然也有過不止一次的分裂時期，但「大一統」的理念始終存在，終究轉化爲政治、民族的統一。與歐洲歷史比較起來，統一是一個鮮明的特點。論文說，世界歷史上少有的幾個大帝國，如羅馬帝國、阿拉伯帝國，一旦分裂，就再也無法統一。中國則不然。其間原因當然是多方面的，但在地理、歷史、經濟諸種背景上自然而然地產生的「大一統」理念的確立，無疑是一個重要的因素。論文熱情地指出：「兩千餘年來，大一統觀念不僅早已演化爲文化基因，滲入中華傳統文化實體之內，而且歷久彌新，魅力無窮，就連今日的海外華人也深受其惠。」作者舉例說，對於臺灣分離主義者「去中國化」的倒行逆施，華人中凡接受中文教育者多深惡痛絕，這就是因爲他們「蒙受中華傳統文化的薰陶，血液中含有政治大一統的遺傳因子」。符先生說，此點或許國內文史學者關注還不夠，故在論文中特爲指出。

　　從意識形態的「大一統」理念之重要，論文肯定了漢代獨尊儒術的積極方面：「從漢武帝開始，思想大一統與政治大一統結合爲一，相互作用，構成正統歷史觀兩股精神或道德力量，支撐著歷代中華帝國的重建與發展。……從歷史主義角度來看，我們對『罷黜百家，獨尊儒術』的合理性與必然性，既不可否定，也不可忽視。」

　　單就這點而言，董仲舒不愧爲獨具慧眼的思想家，而漢武帝不失爲非凡的帝王。而儒家思想既取得了權威的地位，又具有很大的兼容性；它並不是一種宗教，而是一種世俗性的思想。因此，「中華民族的宗教信仰趨向於多元性」，「從根本上排除了一元論信仰的極端化，消除了宗教戰爭在中國出現的可能性」。而且「歷代統治者還可充分利用儒家思想的兼容性，在一定程度上調和了各地區、各族群之間的利害衝突，使之有利於政治大一統的重建與維繫」。

　　論文還強調了漢字與大一統的關係：「漢字是大一統理念的產物，而漢字的獨特性，使其政治功能超越拉丁或任何一種表音文字」，對於重建、維繫歷史上中華帝國的大一統功不可沒。

　　從上面簡略的介紹，不難看出，符先生的治學，確確實實是深思熟慮，決不隨聲附和。而且從中也讓我們感受到一位海外華裔對於自己的民族、自己的祖先的拳拳之心。

　　今年春夏之交，我們國家經歷了一場又一場嚴峻的考驗。3 月 14 日拉薩發生了嚴重的打砸搶事件，西方某些媒體乘機造謠誣衊，激起了中國人民和海外華人的極大義憤。中華民族子孫的血液畢竟有著共同的遺傳基因。符先生多次給我來信，義形於言，令人十分感動。嗣後又是 5 月 1 日的汶川大地震，全球為之震撼。符先生同樣極大地關注著，和我們一起悲痛欲絕，一起為災難中煥發的人性光輝而深深感動。他堅信古老而年輕的中國具有無比強大的生命力。「幸有成城眾志，不懼萬險千難」，「十三億神州，多英傑」，「齊心繪就、江山似畫，誰能越」。他在所作詩詞中這樣堅定、熱情地歌唱。讀了符先生的信，我更加感到他的論文中許多觀點真是出自內心深切的體會。

　　借著論文出版之機，回顧數年前讀論文時的感受，回顧和符先生的交往，當日情景又回到眼前，頗感愉快，也不禁覺得有點兒留戀。拉拉雜雜寫下一些，權為序言。

楊　明
2008 年 7 月於上海浦東

目

次

語錄二則

通古今之變而成一家之言者，必有詳人之所略，異人之所同，重人之所輕，而忽人之所謹；繩墨之所不可得而拘，類例之所不可得而泥，而後微茫杪忽之際，有以獨斷於一心。

（章學誠《文史通義》內篇四《答客問》上）

分析不怕細緻、深刻，否則不能揭示歷史事件的本質，綜合不怕全面、概括，否則不能顯示歷史的全貌、線索。因此，在分析的時候要鑽進個別歷史事件裏去，用顯微鏡去發現問題；在綜合時，又要站在個別歷史事件之外，高瞻遠矚，用望遠鏡去觀察歷史形勢。

（翦伯贊《歷史哲學教程》）

前　言

一、研究動機與研究目標

　　根據手頭資料，如郭英德等《中國古典文學研究史》、王瑤主編《中國文學研究現代化進程》、陳平原主編《中國文學研究現代化進程二編》、杜曉勤撰《隋唐五代文學研究》，以及廣西師範大學出版社《唐代文學研究年鑒》、羅聯添《唐代文學論著集目》，我發現在古代文學領域裏的跨學科比較研究（尤其是文史比較研究），似乎還處於初期發展階段，其研究成果並不那麼顯著，至少在唐代文學的領域是如此。當然，這只是一種相對性的看法或比較性的判斷：它首先指與單學科研究相比較，跨學科研究起步較晚，其成果顯得比較遜色；其次指唐代文史結合的研究成果偏重於文獻方面，尚有待向理論方面轉化、提升。若嚴格地說，在此所謂「跨學科研究」，乃是指自覺地將文學與另一學科（如歷史）之相關課題，置於同一學術平臺，進行對等性的、雙向性的比較研究（Comparative Studies），它屬於源自現代西方的「比較文學」（Comparative Literature）之範疇，即屬於比較文學之組成部分（另一部分爲本學科之比較研究）。因此，一般上我們不將涉及歷史或其他學科的文學論著，統統歸入跨學科研究成果。例如，清代章學誠在《文史通義》裏，既論文又論史，但不屬於具有現代意義或特定意義的跨學科研究。而今人有關唐代文學之考證專著，一般上也不列入跨學科研究之範疇。

　　至於在歷史領域，根據張國剛主編《隋唐五代史研究概要》、胡戟等主編《二十世紀唐研究》、榮新江主編《唐研究》、周朝民等著《中國史學四十年》（1949～1989年）以及中國史學會主編《中國歷史學年鑒》（2002年），我同樣發現跨學科研究似乎不很受重視。因爲從以上五書所提及的研究課題，乃

至羅列的大量著作目錄與論文目錄中（包括臺灣地區、日本、歐美各國），我們很難找到有關跨學科的理論性論著。這就難怪不久之前，有位歷史學者感慨道：「依稀記得，1985 年 3 月，白壽彝先生在史學史會議上，曾號召大家對經史、文史、子史關係作深入研究。可惜的是，這個意見未能引起人們足夠的重視，關注既少，成果自然不多。」〔註1〕另一位歷史學者也提出類似的看法：「這種跨學科研究在今天才剛剛起步，尚未拿出足可稱道的成果，或者說成果還很有限，但正如眾多提倡者所說的，這並不妨礙推廣它的必要性。」〔註2〕這兩位學者指的都是現當代歷史學裏的跨學科研究。後者謂「尚未拿出足可稱道的成果」似乎言過其實，前者謂「成果不多」則或許比較貼切。但無論如何，其言論之目的或動機在於強調「推廣它的必要性」，而非有意貶低他人的研究成果。

進一步說，若將跨學科研究的定義與範疇擴大，當然可以舉出不少「足可稱道的成果」，因為「文史合一」是中國文化的優良傳統，許多學術論著都涉及文史兩學科。例如，現代學者陳寅恪繼承了用詩文考證歷史的文化傳統，自覺地進行「以詩證史、以史論詩」，取得非凡成就，《元白詩箋證稿》即其代表作。而另一著名學者傅璇琮亦以文史結合方法，研究唐代文學，成就斐然，其《唐代詩人叢考》、《唐代科舉與文學》均受到學術界高度重視。然而，中華文化博大精深，中國文史領域浩如煙海，任何個人的重大學術收穫，放諸汪洋大海之中，只不過滄海之一粟。以上之客觀現實，既萌發了我選擇跨學科研究的動機，也增強了我從事這項研究的勇氣與信心。

再者，無論如何，涉及唐代文學觀與歷史觀的著作或文章，雖為數不少，但幾乎都囿於單一學科範圍之內；將兩者置於同一學術平臺上，進行有系統的、跨學科比較性研究的論著，我個人還沒見過。更況且，以我看來，在涉及中國古代文學的著作中，一些學者對唐代明道文學觀（即文以明道）的見解與論斷，還存在若干非歷史主義的或值得商榷的觀點。例如，有的學者就認為：韓柳倡導文以明道，「反映出文學觀念的退步」，「確實是遏制文學生命力的因素。它預示著一個文學——特別是傳統的文人文學衰退時代將會到來」。〔註3〕張岱年等主編《中國文化概論》亦提出「文以載道」的負面影響：

〔註1〕許凌雲：《經史因緣》代序，齊魯書社。
〔註2〕王學典：《20 世紀中國史學評論》，山東人民出版社，第 247 頁。
〔註3〕章培恒等主編：《中國文學史》中冊，復旦大學出版社，第 15～16 頁。

「它使文學在一定程度上淪爲政治的附庸，從而削弱了其主體意識和個性自由。」〔註4〕在涉及中國古代史學的論著裏，類似的非歷史主義觀點亦屢見不鮮，主要認爲正統歷史觀與明道文學觀並不可取，因爲兩者都是維護封建王朝專制體制的——對處於封建社會末期的清代既是如此，對處於封建社會盛期的唐代亦不例外。因此，單就此二者而言，將唐代明道文學觀與正統歷史觀置於同一學術平臺，用歷史主義觀點重新進行深層次、多角度的審視探討，看來是有意義、有價值、有必要的。

學術研究的預期目標，大體上只有兩類：一類是開創性的，即進入前人未曾觸及的學術領域，從事「補白工程」（或「創意工程」），開拓自己的新天地；另一類是強化性的，即總結吸納前人研究成果，注入自己一些研究心得，使某項學術研究取得一些進展，可稱爲「強化工程」或「添磚加瓦工程」。當然，兩類預期目標各有其難度，主要取決於研究性質、對象，以及預期目標的大小和高低。

我選擇了第二類。論題《唐代明道文學觀與正統歷史觀的比較研究》既屬唐代文學思想範疇，亦屬中國文學與中國史學的「歷史範疇」。假如中國文學史與中國史學史是兩幢興建中的並列摩天大廈，我希望爲它們各添加一小塊磚或幾粒小石；假如中國文學史和中國史學史是兩幅尚未完成的萬米畫卷，我打算在毫不顯眼的空白角落各抹上一筆，縱然只是輕輕的、淡淡的一筆。

爲了落實上述「添磚加瓦工程」的總目標，我初步預設以下四個「子目標」：

其一，首先借助文本，探討唐人的基本文史觀念，使之恢復歷史原貌，即讓唐人說出他們理念中的文學與歷史；然後再予以歷史定位，並分析其穩定性的歷史因素。

其二，針對唐代明道文學觀與正統歷史觀的核心內容，作比較性的文化闡釋，從中瞭解兩者的內在聯繫、文化精神與歷史價值。

其三，通過各類型文體的文史作品審視唐人的文史觀念，從中窺探其文史觀對各類文史作品的實際作用，或對中國古代歷史發展的重大影響。

其四，用交叉對比法，審視唐代文學家的歷史觀和歷史家的文學觀，藉以探尋「文史合一」這個文化傳統的脈絡。

〔註4〕張岱年主編：《中國文化概論》，北京師範大學出版社，第175頁。

以上四個「子目標」，將以八章論文逐步完成。大體上說，每兩章針對一個「子目標」，大約需要五六萬字。我希望在四個「子目標」內，以「大膽假設，小心求證」，提出（或強調）一些不很成熟、與眾不同的論點，如「理性精神（理性作品）是中國古代文學的核心」、「大一統是正統歷史觀的基石」、「文史功能之時代性（古今不同）」、「文史合一的共同基因」等。不論這些需要經過論證的假設性論點是否獲得廣泛認同，只要言之有理或持之有故，足以自圓其說，就應該是有點學術意義的吧？或者用學術界「行話」來說，就是期望引起他人對相關課題的注意與研究，從而達到「拋磚引玉」的目的或客觀效果。

然而，嚴格地說，「拋磚引玉」只是退而求其次的學術目標，它並不宜作為博士論文的最高目標。我認為學術研究最忌拾人牙慧，人云亦云，任何一篇博士論文都應具有獨創性，並以「成一家之言」為其最高目標。章學誠對如何「成一家之言」，曾提出十分精闢、獨到的見解，值得我們重視與借鑒：

> 通古今之變而成一家之言者，必有詳人之所略，異人之所同，
>
> 重人之所輕，而忽人之所謹；繩墨之所不可得而拘，類例之所不可
>
> 得而泥，而後微茫杪忽之際，有以獨斷於一心。〔註5〕

章學誠所謂「詳人之所略，異人之所同，重人之所輕，而忽人之所謹」，既是「成一家之言」的四個先決條件，單從理論上看，十分淺白易懂，但若要付諸實踐，難度可不小！尤其是「異人之所同」，不僅要付出雙倍的腦力勞動，而且要具備較高的理論水平與學術能力。儘管如此，「異人之所同」既是我所選擇的努力方向，也是我所要實現的總體目標！

二、指導思想與研究方法

俗語說得好：工欲善其事，必先利其器。學術研究是極其複雜而又細緻的思維活動，它既需要理論指南，也需要研究方法。理論與方法，都屬於研究者必須掌握的「利器」。我個人認為，對歷史（包括文學史）研究而言，最佳的理論指南是辯證唯物論、唯物辯證法和歷史主義。前兩者屬於馬克思主義的核心思想，後者則源自歷史唯物論。但是，在研究方法上，則應兼收並蓄，因為「泰山不讓土壤，故能成其大；河海不擇細流，故能就其深」。（李

〔註5〕章學誠：《文史通義》，上海古籍出版社。

斯《諫逐客書》）凡是行之有效的方法，如實證主義的「大膽假設，小心求證」，以及新興的「計量歷史學」（Quantitative History）所用的統計法和圖表法，都可以斟酌採納。不過，我始終認為研究方法應該只求好、不求新。

只求好、不求新的理由何在？因為學術研究並非時裝設計，不必要追時尚、求時髦；新理論未必較舊理論更好，況且某些所謂「新理論」，只不過新瓶裝老酒，再加上精緻紙盒新包裝而已，根本沒有多大應用價值可言——至少對本書課題的研究是如此。根據辯證唯物論，我們知道物質是第一性的，精神是第二性的；精神源自物質，但對物質亦有反作用，甚至具有改變物質的力量。其次，一切物質與精神都是變動不居的，靜止只是相對的暫時現象；變動也是多樣性的，是由前進與後退交織而成的發展過程。同時，事物的存在不是孤立的，而是互相關聯的。有了這樣的基本認知，並在其指導下，才能對文史觀念進行比較透徹的學術剖析，才能提出比較科學的文化闡釋。

唯物辯證法則屬於方法論的範疇，它對我們的思維方式具有十分重要的指導意義。它的核心思想是由三大定律（Laws）與多個範疇（Categories）構成。三大定律即質量互變律、矛盾統一律、否定之否定律，而多個範疇包括本質與現象、根據與條件（或內因與外因）、內容與形式、原因與結果、特殊與一般、偶然與必然等。這些定律與範疇所涉及的原理、原則，不但可用來提升我們的理論水平，強化我們的分析能力、判斷能力、綜合能力，而且可用來拓展我們的思想領域，建立我們的辯證思維架構或思維邏輯。我們的思維方式必須是辯證的，而不能是機械的。同時必須指出，辯證思維是開放性的、兼容性的思維模式，而不是狹隘的教條主義；辯證思維既是西方的、現代的，也是中國的、古老的，因為它早已存在於《周易》、老莊哲學乃至中醫理論之中。

由於唐代文史觀念的比較研究，畢竟是個歷史課題，歷史主義的指導作用自然更加必要、更加直接。不過，長期以來，學術界對歷史主義仍缺乏共識。20 世紀 60 年代初，著名史家翦伯贊提倡歷史主義，曾引發一場大論爭，連一些文學家也參與其盛，如唐弢在 1960 年 9 月 18 日《光明日報》發表《略談歷史主義》。他說：

> 所謂歷史主義，它不但包括昨天，而且包括了今天和明天。如果我們承認自己是一個現代的活著的人，承認歷史還要一直伸展到明天，我們就必須有發展觀點，用發展觀點有分寸地、實事求是地去評價一切優秀的古典作品，既有繼承，也有所批判。

我認為唐弢對歷史主義的看法很具代表性，至少代表當時部分學者的看法。然而，這個看法並不很正確，也不甚高明，因為歷史主義者可以也應該關注「今天」和「明天」，但歷史所講的應該只是「昨天」，至於「今天」和「明天」都不應包括在內。翦伯贊卻全然不同，他已注意到這一點。針對如何評價歷史人物，他提出以下論述：

> 從歷史唯物論主義的觀點出發，評論一個歷史人物，當然不是要求我們用今天的標準去要求一個歷史人物；而是要嚴格地聯繫到這個歷史人物所處的歷史時代和歷史條件，進行具體的分析。因為一定的歷史時代只能產生一定的歷史人物，這是歷史的局限性。如果把這個歷史的局限性置之不顧或估計得不夠，都是不正確的評價一個歷史人物。〔註6〕

相比之下，翦伯贊的見解顯然十分正確、十分可取，但僅僅涉及歷史人物的評價，未能涵蓋歷史主義的全部內容。依我的淺見，所謂歷史主義（Historicism）就是堅持用歷史視角或觀點去看歷史，包括評價歷史人物，研究歷史問題，剖析各種歷史現象，並以「恢復歷史原貌」為最終目標（這點最重要）。在審視歷史過程中，必須充分注重歷史的時代局限性，即必須充分瞭解社會發展階段（即經濟政治形態）的時代性，以及由此衍生的文化形態與意識形態的時代性。當然，時空觀念、審美觀念與道德觀念的時代性同樣明顯，也同樣值得我們關注、重視與把握。如果我們將唐人文史觀念「現代化」，然後依照我們的價值觀念、現代標準或取向，採用所謂「現代視角」去評價其優劣得失，就是非歷史主義的，就會不可避免地走進時空觀念錯位的誤區。

辯證思維與歷史主義僅僅是指導思想。單憑指導思想進行學術研究，無論如何是不足夠的。要解決學術研究所出現的錯綜複雜問題，還得將指導思想轉化為具體的研究方法，然後運用到研究過程中去。

其一，必須大量查閱文本，並以文本為立論的最終依據。所謂文本，在此是指原始資料（Original Sources）或第一手資料，即與唐代文史觀直接或間接相關之古代文獻。若非不得已，應該避免使用第二手資料（Secondary Sources）。對於前人的研究成果，固然必須十分珍惜、尊重，而且可以酌量採用，但必須經過嚴格的鑒定、篩選。至於權威學者、著名專家的見解，以及一些普遍公認的所謂「定論」，如果和文本相牴觸，或者缺乏足夠原始資料為

〔註6〕翦伯贊：《歷史哲學教程》，河北教育出版社，第 293 頁。

論據，都必須持保留態度，千萬不可隨意人云亦云。如果孟子所云「盡信《書》，不如無《書》」是句至理名言，那麼我們說「盡信權威，不如無權威」，亦應可以成立吧？總之，唯獨文本具有最高權威，而佔有大量原始資料也有助於提升其權威性；但擁有原始資料不等於就擁有一切，學術研究之成敗得失，最終還得取決於研究者的理論水平，取決於鑒定、選擇、分析、綜合與詮釋原始資料的學術能力。我們常見一些港臺的文史論著，雖然洋洋大觀，不下數十萬言，但因缺乏核心的理論指南與個人見解，似乎變成了文史資料彙編。

　　其二，《唐代明道文學觀與正統歷史觀的比較研究》是個宏觀性的論題，所涉及的學術領域或層面相當廣闊。它不僅跨越兩門學科——文學與歷史，而且涉及與唐代文史相關的方面，所以必須採用宏觀視角與綜合法進行全方位的審視，以取得整體性的初步認識與瞭解。論文大綱的擬訂，就是建立在宏觀認知的基礎上；大綱內的每一章節，都是宏觀認知的產物。如果沒有經過這個重要步驟，論文的基本架構就無法建立，研究工作自然就無法展開。當然，單憑宏觀審視並不能解決論文大綱中所列的課題。每一章節其實就是一個學術專題，它既是宏觀性的，亦是微觀性的，所以在研究過程中，就非微觀審視與宏觀審視並重與並用不可。假設宏觀是由線構成的面，那麼微觀就是組成線的點。沒有了點，自然就無法形成面；沒有了微觀，就談不上宏觀。這是辯證思維與研究方法的一個要點，一個關鍵，我們必須充分把握。翦伯贊對微觀審視（顯微鏡）與宏觀審視（望遠鏡）相結合的研究法，早已提出這樣的明確看法與指示，對我們頗具啓發意義與指導作用：

　　　　分析不怕細緻、深刻，否則不能揭示歷史事件的本質，綜合不怕

　　全面、概括，否則不能顯示歷史的全貌、線索。因此，在分析的時候

　　要鑽進個別歷史事件裏去，用顯微鏡去發現問題；在綜合時，又要站

　　在個別歷史事件之外，高瞻遠矚，用望遠鏡去觀察歷史形勢。〔註7〕

　　其三，《唐代明道文學觀與正統歷史觀的比較研究》是個歷史課題，它涉及兩個不同的層面：縱切面與橫切面。所謂縱切面，即歷史切面，不但包含李唐一代的文史，而且包含唐代以前與以後的文史。所謂橫切面，即文化切面，不僅涵蓋文學、史學兩大領域，而且涵蓋哲學思想、經濟政治等領域。因此，唯有將縱觀審視與橫觀審視結合為一，對相關課題進行縱切面與橫切面的研究，才能取得比較令人滿意的全面認識，才能提出一些比較獨到的見

〔註 7〕翦伯贊：《歷史哲學教程》，河北教育出版社，第 360 頁。

解。反之,如果將「時間」完全局限於唐代,就等於割裂歷史;如果將範疇完全局限於文史,絕不涉及其他領域,就等於切斷文史和其他文化形態的關係。兩者都是違反客觀事物(包括文學現象與歷史現象)互相關聯作用的辯證法則,所以必將研究者引向死胡同,研究成果只能達到「知其然」的一般水平,不能升上「知其所以然」的較高臺階。

其四,論題中所要論述的「文學觀」與「歷史觀」,既不是學說,也不是理論,而只是觀念或概念。所謂觀念,在此應涵蓋觀點與理念兩個哲學範疇。觀點是顯露的、外延的,比較容易把握;理念則是隱藏的、內涵的,比較難以準確把握。在研究過程中,我們必須兩者並重、兼顧,互相配合,並且使之合爲一體。一方面,從涉及文論與史論的古代文獻中,瞭解唐人的文史觀點。另一方面,又從唐人的文學作品與歷史著作中,瞭解他們的文史理念。這種「兩條腿走路」的研究方法,應該是行之有效的。例如,羅宗強就是利用這一研究法,撰寫《隋唐五代文學思想史》,因爲他認爲「只有把文學批評、文學理論與文學創作所反映的文學思想傾向放在一起研究,才能較好地說明文學思想的發展面貌,較好地探討文學思想的發展規律」。〔註8〕

其五,「比較研究」不僅是論文中的關鍵詞之一(其他關鍵詞爲「唐代」、「明道文學觀」、「正統歷史觀」),而且是最主要的關鍵詞,其中「比較」又比「研究」更重要,因爲離開了「比較」,「研究」自然就失去了意義與價值。有鑒於此,必須將「比較」放在首要位置,在「研究」中進行「比較」,以「比較」帶動「研究」。自始至終,每一章節的論述都不能忽視比較,所以「比較」將成爲論文的最大特色之一。在研究過程中,比較將從兩方面進行:直線縱向比較與交叉橫向比較。對於唐代文史觀的歷史定位,對於明道文學觀與正統歷史觀的核心內容與社會基礎,對於唐代文史觀的歷史定位與哲學基礎等課題,我所採用的是直線縱向比較法(即史的比較)。對於唐人的文史基本觀念與範疇,對於文史著作所呈現的明道文學觀與正統歷史觀,對於唐代文學家的歷史觀、歷史家的文學觀,則必須採用交叉橫向比較法。總之,這項比較研究是建立在縱向與橫向兩條交叉軌道上,其覆蓋面具有一定的廣度。比較研究不僅存在於文史觀之間,同時也將在文學觀、歷史觀內部進行,偶爾還涉及西方歷史與歷史觀。

〔註 8〕羅宗強:《隋唐五代文學思想史》,中華書局,第 4 頁。

第一章　唐代的基本文史觀念

第一節　唐代的基本文學觀及其範疇、功能

在未論及唐代的明道文學觀之前，有必要費點筆墨，討論唐代的文學基本觀念，包括唐人對文學本質及其主要範疇、功能的認知。這是因為明道文學觀是基本文學觀的有機組成部分，兩者之間存在「特殊」與「一般」的關係，如果不剖析、不瞭解後者（「一般」），就不能比較充分地、正確地瞭解前者（「特殊」）。

一、何謂文學觀

文學觀中的「觀」字，作為一個常見的哲學概念（Philosophical Concept），具有兩層含義：一為「觀點」（View-point），二為「觀念」（Conception）。一般而言，「觀點」是顯露的、外延的，即借助看法、主張、意見、建議等方式直接表述出來；「觀念」則屬於隱藏的理念、概念、信念，通常潛伏於人們的社會行為與社會活動之中，不易被察覺、被認知。古今中外都是如此。必須指出，觀念可以轉化為觀點，但不等於觀點，所以探討唐人的基本文學觀時，必須兩者兼顧，否則難免以偏概全。

所謂文學觀，簡單地說，就是人們對文學本質、文學範疇與文學功能的基本認知，並且由此產生的文學觀點與文學觀念。由於對文學本質、文學範疇、文學功能的基本認知，是來自人們的文學實踐活動，包括文學創作、文學欣賞、文學批評在內，所以文學觀可說是文學實踐經驗的積累或總結。如

此看來，文學觀豈等於文學思想或文學理論？不，兩者相關但不相等，相似但不相同，所以我們不可等同視之或等量齊觀！

按照馬克思主義的哲學原理，人類社會由經濟基礎（Economic Basis）和上層建築（Superstructure）兩大部分構建而成。文學觀和文學思想（Literary Thought）、文學理論（Literary Theory）同屬於上層建築，或者說得更準確一些，兩者都是上層建築中意識形態（Ideology）的組成部分。對文學思想、文學理論而言，文學觀不僅必不可少，而且是構成文學思想、理論體系的核心，對前二者起著指導作用。無論如何，沒有文學觀的文學思想或文學理論是不可能存在的，中外古今皆如此。

文學觀和文學思想之區別在於：後者不但具有一定的深度與廣度，而且往往具有其連貫性與完整性，其內涵較之前者複雜、豐富得多。至於文學理論，則除了必須具備文學思想的上述條件或屬性外，還必須將其論點和論據緊密結合為一，致力加以闡釋論述，而形成一個思想體系（至少是個「子系統」）。易言之，形成體系的文學思想，才可稱為文學理論。嚴格地說，在中國古代文學史上，恐怕只有劉勰稱得上文學理論家。我個人認為，韓愈、柳宗元所倡導的「文以明道」，僅僅限於觀點、觀念兩個範疇，還未形成理論體系或思想體系，所以應以「文學觀」稱之較為適當。這是本書採用「文學觀」而不採用「文學理論」或「文學思想」的重要理由。古往今來，儘管人們的基本文學觀各有不同，但都必須回答三個相同的基本問題：一、何謂文學？其基本理念為何？二、文學的主要範疇如何？三、文學的基本功能又如何？

二、文學的基本界說

對於第一個問題，由於各人的立足點與視角不同，答案可能成千上百，各不相同，甚至迥然而異。例如，「文學是語言的藝術」；「文學是一種社會審美意識形態」；「文學其實是人學」。於是有學者將各種不同的文學定義，歸納而成以下的綜合性定義或界說：

> 文學是人類的一種文化樣式，是一種社會的審美意識形態，是一種語言藝術，它包孕著人的個體體驗，它溝通人際的情感交流。如果用一句話加以概括的話，即文學作為一種人類的文化樣式，它是具有社會的審美意識形態性質、凝聚著個體體驗的、溝通人際的

情感交流的語言藝術。〔註1〕

以上的文學定義可謂面面俱到，內容相當充實、完整，應該可以適用於現代文學。然而，我個人認為，它並不完全適用於唐代文學或古代文學，因為唐人的基本文學觀始終存在籠統性和廣泛性，就連「文學」一詞的字面含義，也和現代文學裏的「文學」截然不同。「文學」一詞，最早見於先秦諸子散文，如《論語・先進篇》將「文學」和「德行」、「言語」、「政事」並列。《荀子・大略篇》則稱：「人之於文學也，猶玉之於琢磨也。詩曰：『如切如磋，如琢如磨』，謂學問。……季路故鄙人也，被文學，服禮儀，為天下列士」。《墨子・非命篇》也說：「凡出言談，由文學之為道也，則不可而不先立義法」。以上三書所謂的「文學」，都應是文章與學問之合稱，並以學問為其主體，為其核心，因為學問作為一種人格修養，更能令人言談舉止變得溫文爾雅，而且惟獨有學問者，方能寫出言之有物的好文章。文章一旦成為學問的載體，「文」與「學」自然便逐漸結合起來，構成一個相輔相成的有機整體。這是人類文化發展至某種程度的必然結果，世界各國都應如此。

那麼，到了唐代，「文學」一詞的意思是否還和上述相同或相似？我們同樣得借助於唐人詩文，讓唐人自己現身說法，因為這是最佳的論據。歷史家姚思廉的《陳書文學傳》論贊論及文學價值，在於使「君子異乎眾庶」：「夫文學者，蓋人倫之所基歟？是以君子異乎眾庶。昔仲尼之論四科，始乎德行，終於文學。斯則聖人亦所貴也」。他還在序言論及《文學傳》之選人標準：「若名位文學晃著者，別以功迹論。今綴杜之偉等學既兼文，備於此篇云爾」。〔註2〕另一著名文人李華《楊騎曹集序》的說法大同小異，亦將文學與德行、言語、政事相提並論：

> 夫子門人，德行、言語、政事、文學四者，無人兼之。雖德尊
> 於藝，亦難乎備也。後之學者，希慕先賢，其著也，亦名高天下，
> 行修言道以文，吾見其人矣。〔註3〕

由此看來，「文學」一詞之本義，即文章學問之合稱，至唐代仍然不變，它和《論語》所言者幾乎完全一樣。陸希聲《北戶錄序》說：「予嘗觀圖於書府，君狀貌一似鄒平公，而又能以文學世其家。於乎！鄒平公為有後矣。」

〔註1〕童慶炳：《文學概論》，武漢大學出版社，第41頁。
〔註2〕《陳書・文學傳序》，中華書局。
〔註3〕《全唐文》，中華書局。

〔註4〕李華《揚州功曹蕭穎士文集序》說「以文學著於時者，曰蘭陵蕭君穎士」，而且「十歲以文章知名」，「十九進士擢第」。可見以上兩句引文裏的「文學」，都是指文章與學問。至於韓愈對「文」與「學」的關係，及其如何合二爲一，曾經作過以下的明確論述：

> 讀書以爲學，纘言以爲文，非以誇多而鬥靡也。蓋學所以爲道，文所以爲理耳。苟行事得其宜，出言適其要，雖不吾面，吾將信其富於文學也。〔註5〕

再看韓愈《柳子厚墓誌銘》如何使用「文學」一詞：「然子厚斥不久，窮不極，雖有出於人，其文學辭章，必不能自力以致必傳於後如今，無疑也。」韓愈將「文學」與「辭章」並列，再次強而有力地說明了文學不等於文章，兩者對當時文人同樣重要。文學不等於文章，是唐人的共同認知，也是個普遍存在的文學觀念，所以可舉實例的確很多。而白居易《策林六十八‧議文章》則寫道：

> 國家化天下以文明，獎多士以文學，二百餘載，文章煥焉。則述作之間，久而生弊，書事者罕聞於直筆，褒美者多溺其虛辭。今欲去僞抑淫，芟蕪剗穢；黜華於枝葉，反實於根源：引而救之，其道安在？〔註6〕

由上文亦可知，在白居易的觀念中，文學是文學，文章是文章，並沒有將兩者劃上等號。他所非議的不是文學，而是文章「久而生弊」，如少「直筆」多「虛辭」，既「僞淫」又「蕪穢」。

倘若以上例證尚嫌不足，我們還可查看唐人所修「正史」如何運用「文學」這個概念或範疇。房玄齡等撰《晉書》、李百藥撰《北齊書》、姚思廉等撰《梁書》和《陳書》、魏徵主編《隋書》等五部唐人編修的正史，都是將專門研究儒學並有心得者列入《儒林傳》，而把一般會寫文章又有學問者（即「文兼學者」）列入《文學傳》（或《文苑傳》）。如姚思廉《梁書‧文學傳序》說：「今綴到沆等文兼學者，至太清中人，爲《文學傳》云。」在《儒林傳》裏，某人若另有文學造詣，通常亦會特別提及。不論他們對個別人物的歸類是否恰當，但是由此再次證明了文學並不等於學問或儒學。有些現代學者將唐人

〔註4〕《全唐文》，中華書局。
〔註5〕《送陳秀才彤序》，見《韓昌黎全集》，中國書局，第289頁。
〔註6〕《白居易全集》，上海古籍出版社。

的「文學」解讀爲「學問或儒學」，又把「文章」解讀爲「文學」，我認爲並不正確，因爲不盡符合這兩個範疇在唐代的本義。

如果採用微觀視角來審視，「文章」（或「文」）一詞在唐人詩文裏，還具有隨意性與多重含義：一是詩歌，二是詩文，三指散文（即非韻文），四指各種文體（和現代的「文章」相似）。例如殷璠《河嶽英靈集詩評》屬於評詩之作，稱李白詩篇爲「文章」：「白性嗜酒，志不拘檢，常林棲十數載，故其爲文章，率皆縱逸。至如《蜀道難》等篇，可謂奇又奇。然自騷人以還，鮮有此體調也。」〔註7〕又如杜甫《戲爲六絕句》說「庾信文章老更成，凌雲健筆意縱橫。今人嗤點流傳賦，不覺前賢畏後生」。韓愈《調張籍》也提到「文章」：「李杜文章在，光焰萬丈長。不知群兒愚，那用故謗傷！」從整體內容來看，這兩段引文裏的「文章」同樣是指或主要是指詩歌或詩賦。此類實例爲數不少，不妨再舉兩例：司空圖《與王駕評詩書》云：「國初，上好文章，風雅特盛。沈宋始興之後，傑出於江寧，宏肆於李杜，極矣！」〔註8〕元稹將文章簡稱爲「文」，甚至以「文」爲詩之代稱，謂李白、杜甫「以奇文取稱，時人謂之李杜」：

　　　　時山東人李白，亦以奇文取稱，時人謂之李杜。予觀其壯浪縱恣，擺去拘束，摸寫物象，及樂府歌詩，誠亦差肩於子美矣。（《唐故工部員外郎杜君墓誌銘》）〔註9〕

然而，也有人將詩文分開或並列，然後相提並論。例如，劉禹錫《董氏武陵集記》視詩爲「文章之蘊」：「詩者其文章之蘊耶？義得而言喪，故微而難能；境生於象外，故精而寡和。」白居易《與元九書》則將「文章」與「歌詩」並論：「每與人言，多詢時務；每讀書史，多求理道。始知文章合爲時而著，歌詩合爲事而作。」王昌齡《論文意》是篇關於文學創作的文論，他將詩歌與文章分開，進行比較性的詳細論述，說明了在王昌齡觀念中，詩歌與文章是平行、對等的。〔註10〕

「文章」一詞在唐人詩文中，更常兼指詩文或單指散文（即詩賦之外的文體）。如柳宗元《與韋中立論師道書》曾戲稱「宗元無異能，獨好爲文章」，

〔註7〕　周祖譔：《隋唐五代文論選》，人民文學出版社，第146頁。
〔註8〕　《司空表聖文集》卷一，《四部叢刊》集部。
〔註9〕　《元稹集》卷五六，中華書局。
〔註10〕　王利器：《文鏡秘府論校注》南卷，社會科學出版社。

又謂「始吾幼且少，爲文章，以辭爲工」，其本義應均指寫詩與作文。〔註11〕
而梁肅《答李生第二書》篇寫道：「秦漢以來至今，文學之盛，莫如屈原、宋
玉、李斯、司馬遷、相如、揚雄之徒。其文皆奇，其傳皆遠。」〔註12〕同樣
將詩賦與散文合稱爲「文」。至於單指散文的用法，則有以下數例。柳冕《謝
杜相公論房杜二相書》寫道：「故文章之道，不根教化，別是一技耳。當時君
子，恥爲文人。語曰：德成而上，藝成而下。文章，技藝之流也，故夫子末
之。」〔註13〕韓愈既以文章稱詩歌，亦以文章稱散文，其《與袁相公書》云：
「（樊宗師）又善爲文章，詞句刻深，獨追作者爲徒，不顧世俗輕重。」〔註
14〕皇甫湜《題浯溪石》以詩論文，對元結散文的評價，同樣使用「文章」一
詞：

> 次山有文章，可惋只在碎。然長於指敘，約潔多餘態。心語適
> 相應，出句多分外。於諸作者間，拔戟成一隊。〔註15〕

「文章」一詞廣泛使用，致使現代學者以爲唐人觀念中的文章，就是今人觀
念中的「文學」。其實不然。唐人還把一切以文字表述的作品，都合稱爲「文
章」，而且這一做法同樣帶含普遍性，可援引的例證甚多。例如，盧藏用《右
拾遺陳子昂文集序》評述歷代文章說：

> 昔孔宣父以天縱之才，自衛返魯，乃刪詩書、述易道，而作春
> 秋。數千百年，文章粲然可觀也。孔子歿二百年而騷人作，於是婉
> 麗浮侈之法行焉。漢興二百年，賈誼馬遷爲之傑，憲章禮樂，有老
> 成人之風。〔註16〕

而梁肅《秘書監包公集序》篇則如此寫道：

> 文章之道，與政通矣。世教之污崇，人風之薄厚，與立言立事
> 者邪正否皆在焉。故登高能賦，可以觀者，可與圖事；誦《詩》三
> 百，可以將命，可與專對。〔註17〕

　　綜合以上各段所述，可知在唐人基本文學觀中，文學與文章是兩個不同

〔註11〕 《柳宗元集》卷三四，中華書局。
〔註12〕 《皇甫持正文集》卷四，《四部叢刊初編》集部。
〔註13〕 《全唐文》卷五二七，中華書局。
〔註14〕 《韓昌黎全集》，中國書店，第271頁。
〔註15〕 《皇甫持正文集》卷四，《四部叢刊初編》集部。
〔註16〕 《全唐文》卷二三八，中華書局。
〔註17〕 《全唐文》卷五一八，中華書局。

的概念：文章只是文學的一部分，文學則涵蓋文章與學問，並且以學問為其
內容、為其核心；沒有內容（言之無物）的文章，就不能稱之為文學（作品）。
文章既是學問的載體，也是文學的形式或體裁，屬於文學的組成部分（請特
別注意這點，因為它與現代人的觀念恰好相反）。包括唐人在內的古代文人，
有時稱「詩賦」乃至「文章」為雕蟲小技，但是我發現他們從未給「文學」
以同樣的貶語。這究竟為什麼呢？因為在他們的觀念裏，文學作品是內容充
實、足以表現作者學問的文章，自然就不屬於雕蟲小技。文章的範疇甚廣，
凡是以文字為載體的、足以表情達意的作品，不論其體裁、性質、功能如何，
皆可包含在內。構成文學的文章與學問，可喻為兩個同心圓：大圓是文章，
小圓是學問；大圓套住小圓，使小圓成為文學的核心，大圓則成為文學的外
層。現以圖示之，更可一目了然文學的內部結構：

唐代文學結構示意圖

三、文學的基本範疇

　　有了如此明確的認知，應可進一步探討唐人文學觀的主要範疇。文學既
由文章與學問二者構建而成，唐人文學觀也可一分為二（即核心部分與外層
部分），個別加以論述。從唐代教育課程與唐人詩文內容，可知唐代文學家心
目中的學問，主要是以下幾個類別：其一為五經，即《詩》、《書》、《禮》、《易》、
《春秋》，內容性質包含哲學、文學、歷史與政治。自西漢獨尊儒術以來，以
上五書即升為經典著作，備受朝野重視。唐代以科舉取士，將五經列入主要
考試科目，更令士人趨之若鶩。唐太宗曾命顏師古、孔穎達為五經訂正注疏，
就是為了滿足當時知識界的需求。其次，《論語》、《孟子》、《大學》、《中庸》

四部儒家著作（即後世所謂的四書），政治地位僅次於五經，同樣是唐人學問之來源。當中《論語》亦屬科舉考試科目。其三為子書，即經書以外先秦諸子著作，包括《老子》、《莊子》、《荀子》、《列子》、《孫子》等。其中《老子》曾一度備受推崇。其四為史集作品。唐代書籍已分成經、史、子、集四部。經、子固然最被推崇，史、集亦受重視，《史記》、《漢書》、《後漢書》、《國語》、《文選》等史集著作，也都是唐代文人精神糧食的來源。「兼通文史」和「兼通經史」一樣，往往成為唐人的學問代稱。以上是唐人文學觀中的「學問」範疇。

對唐人文學觀的核心範疇有所認知後，即可將探討焦點轉向其外層，即「文章」範疇。就體裁而言，除了史書和子書，唐人的文章寫作，不外乎三大類型，即散文、詩歌、小說。現代人編寫的唐代文學史著作，不論出自中國大陸或臺灣，都是按照現代文學的範疇而作如此分類，所以為了行文之方便而採納之。

唐代散文也稱為「文」或「文章」、「文辭」（「散文」是現代用語）。若按當時的文章形式劃分，有駢文和古文兩種；按文章用途劃分，有奏章、碑銘、弔祭、書函、序跋等等；按內容性質劃分，則有論說、敘事、記述、抒情、描寫等範疇。在敘事、記述或描寫過程中，往往穿插議論，也是唐代散文的傳統特色之一。因其用途廣、領域寬、功能多，所以對唐人而言，散文在唐代文學中的地位最為重要，這是毋庸置疑的事實。唐人主張「文以明道」中的「文」，雖然包含各種文體在內，但主要還是指散文。

唐人通常把詩歌稱為「詩」，偶而也稱「歌詩」或「辭章」。唐人按其格式，大體分詩為今體、古體、歌行、樂府與長短句（詞）五類。其中近體詩（分五絕、七絕、五律、七律）和長短句，都可說是唐人創作的新體。近體詩不但句數字數受到限制，而且講究對仗、平仄、押韻，美學價值甚高，頗受後人重視，成為後人學習的典範。在唐人的基本文學觀念中，詩歌不僅可以抒情、寫景、敘事，而且還可以議論，包括論詩、論文、論事與論史，所以功能多樣性遠超現代詩歌，是其最大的文化特色。唐詩的這個文化特色，很值得我們重視，因為評詩論文的唐詩為數不少，而且不乏名家之作，如杜甫的《戲為六絕句》、韓愈的《薦士》、白居易的《讀張籍古樂府》、皇甫湜的《題浯溪石》，等等。

唐人所謂的「小說」，和我們心目中的小說，是兩個幾乎完全不同的概念。

劉知幾《史通・雜述》篇將「小說」分成偏記、小錄、逸事、瑣言、郡書、家史、別傳、雜記、地理書、都邑簿等十類，其中只有偏記、小錄、逸事、瑣言、別傳、雜記屬於「傳奇」（短篇文言小說），其餘「雜述」並不具現代小說的屬性。作爲小說，自然要有故事性，但唐人認爲其內容大多「荒唐誕妄」或者「滑稽詼諧」。如陸希聲《北戶錄序》說：「噫！近日著小說者多矣，大率皆鬼神變怪荒唐誕妄之事，不然，則滑稽詼諧以爲笑樂之資。」〔註18〕因此，就一般而論，在唐人的文學價值觀念裏，小說以娛樂或審美功能爲主，其借鑒功能無法和散文、詩歌相提並論，所以屬於不登大雅之堂的「文學小道」。

四、文學的主要功能

　　唐人基本文學觀的廣泛化，既然使得文學體裁多樣化，那麼文學功能的多重性在唐人文學觀中出現，就顯得順理成章、理所當然了。從唐代文學作品中，我們不難發現唐人認爲文學應具備以下幾種主要功能：

　　（一）教育功能。也可稱爲認知功能，即作家借助文學作品傳授各種人文知識。這類文學創作，多採用理性主義的論說和記述兩種方式，如韓愈的《師說》、元結的《九疑山圖記》、《左溪記》、白居易的《荔枝圖序》、盧照鄰的《樂府雜詩序》、李德裕的《文章論》、柳宗元的《封建論》，都分別爲讀者提供了教育、自然、植物、文學和歷史方面的有用知識。任何人讀了《荔枝圖序》，他對荔枝便產生概括性的認知，增加知識。一言以蔽之，實用性的文學作品可成爲唐人各種知識的來源，所以是重要的教育媒體之一。

　　（二）政治功能。在唐代，文學既可成爲科舉進身之階，也是百官和朝廷（皇帝和宰相）溝通的主要媒介，所以奏疏、章表所起的政治作用，最受當時士人的重視。疏表成了唐代的最主要文體之一，如魏徵的《論時政疏》、宋璟的《請停廣州立遺愛碑奏》、韓愈的《論佛骨表》、張九齡的《上姚令公書》、杜佑的《論安邊之道疏》、陸贄的《奉天論赦書事條狀》都在不同程度上發揮了下情上達的政治功能。在唐代的諫議制度下，上疏諍諫或議政成爲政治生活不可缺少的組成部分，所以疏表的政治功能是其他文體所不能替代的，其重要性可想而知。

〔註18〕《全唐文》卷八一三，中華書局。

（三）借鑒功能。這是政治功能的擴大或延伸，其重要性較前者實有過之而無不及，因為散文、詩歌和小說都可發揮借鑒功能。寫作者不拘身份地位，可以揮灑自如；既可正面規諫，亦可從反面或側面進行諷刺、嘲笑當權者。如權德輿的《兩漢辯亡論》、柳宗元的《種樹郭橐駝傳》、《捕蛇者說》、白居易的《長恨歌》、杜甫的《三吏》、《三別》、李商隱的《隋宮》，都可稱為此類佳作的典範。從創作動機來看，作者們似乎要警誡當權者，希望當權者從作品中吸取經驗教訓，以免重蹈前人之覆轍。這類文學作品最受後人（包括現代學者）的重視。

（四）交際功能。「交際」在此泛指思想感情之溝通、交流，不單指人與人之交往。文學作為思想感情的載體，在古代社會的人際關係中，自然要發揮其交際功能。對唐人而言，書函、序跋、碑銘、弔祭、頌贊等等，都是常見的交際文體，其中不少屬於名篇佳作。如李白的《與韓荊州書》、皇甫湜的《韓文公墓銘》、杜牧的《答莊充書》、韓愈的《送孟東野序》、白居易的《與元九書》。此外，賦詩酬唱也成了唐代文人社交活動中必不可少的媒介，如高適的《別董大》、李白的《贈汪倫》、《送孟浩然之廣陵》、王維的《送元二使安西》（即《渭城曲》）都是送別詩中的奇葩，至今仍在廣泛傳誦，令人百讀不厭，回味無窮。

（五）審美功能。審美在唐人的文學觀念中，雖不居核心位置，但並不意味著他們忽視或輕視文學的美學價值。事實證明，唐代詩詞所展現的美學風采，包括語言美、音樂美、形象美、意象美和意境美，都是前代——即魏晉南北朝無法望其項背的。實例不勝枚舉，家喻戶曉者如：近體詩有孟浩然《春曉》、賀知章《詠柳》、張繼《楓橋夜泊》，古體詩（歌行體）有白居易《琵琶行》、杜甫《兵車行》，以及長短句（詞）有張志和《漁歌子》、李白《憶秦娥》。單從以上詩詞佳作所含的美學價值，就足以反證唐人文學觀中審美功能的「含金量」，不遜於被譽為「文學自覺時代」的六朝。

（六）愉悅功能。唐代社會生活是比較豐富多樣的，文人為了滿足精神生活多元化的需求，對文學的愉悅功能並不忽略。未能登大雅之堂的小說，卻在這方面悄悄地扮演了重要角色，如王度《古鏡記》、白行簡《李娃傳》、李朝威《柳毅傳》、沈既濟《任氏傳》、陳玄祐《離魂記》，都是故事情節曲折，人物形象突出，讀起來趣味盎然，其愉悅功能並不遜於後世的《聊齋誌異》。其實，唐詩的愉悅功能也同樣不可忽視，它們給讀者以心曠神怡的感受，恐

怕只有古琴雅韻可以媲美。如李白的《獨坐敬亭山》寫道：「眾鳥高飛盡，孤雲獨去閒。相見兩不厭，只有敬亭山。」〔註19〕

綜合所述，我們知道，在唐人的文學觀念中，文學的內涵較為豐富多樣，其範疇也較為廣泛、含糊、混雜，其功能更具多重性與多元性。大體上說，在上述六種文學功能中，以經世致用者（即前四者）為最重要，審美愉悅者居次要位置（這是客觀存在的史實）。唐代明道文學觀就是建立在這樣的基礎上，並構成基本文學觀的核心內涵。關於最後這一點說法，顯然屬於我個人的「大膽假設」，肯定還存有不小的爭議性，必須另闢章節加以「小心求證」，方能令人理解乃至信服。無論如何，誰也無法找到足夠證據，來證明唐代文學觀和現代文學觀是相同或相似的，或者證明唐代文學觀是以審美愉悅為其核心內涵。

第二節　唐代的基本歷史觀及其範疇、功能

唐人正統歷史觀是基本歷史觀的組成部分，不瞭解後者就不能比較全面地、深入地瞭解前者，所以研究工作必先從後者著手；同時，為了方便進行比較研究，又得沿著對唐人基本文學觀的研究思路，從基本歷史觀念中的歷史本質、歷史範疇與歷史功能三方面切入此課題。

一、什麼是歷史

在西方語文中的「歷史」一詞，如英文 History、法文 Historire、意大利文 Storia，都是來自拉丁文 Historia，而後者又源自古希臘文。Historia 的本義是「徵詢」（Inquiry）或由徵詢所得之信息（Information）。

中文「歷史」作為復合詞，其實是個日語化的漢字詞彙，大概在清末由留日學生傳入中國。雖然「歷代史」一詞早在唐代已出現，如《梁書》與《南史》均將之與五經、諸子集並列。〔註20〕而「歷」與「史」二字連用，最早始於明代萬曆年間《歷史綱鑑補》一書，但其本義仍和「歷代史」相同，即意為「歷代之史」，而非現代漢語的「歷史」。〔註21〕易言之，在古代中國，「歷史」只稱為「史」。

〔註19〕文學的愉悅功能與審美功能雖亦可合為一談，但兩者還是略有不同，故以分別論述為佳。

〔註20〕《梁書·諸夷列傳》、《南史·夷貊列傳》，中華書局。

〔註21〕許雲樵：《史學通論》，青年書局，第11～12頁。

我認為就全世界範圍來說，漢字「史」字的出現似乎較拉丁文 Historia 更早，因為從出土的商代甲骨文裏，我們就已找到「史」字。在甲骨文裏，「史」是個會意字，根據許慎《說文解字》，其本義為：「史，記事者也，從『又』持『中』；中，正也。」「又」即右手，學者們對此多無異議，但對記事者右手中所持何物，各人的看法不一。我個人認為，右手最初所持者應是甲骨片，後來才變成竹簡。甲骨文又稱為卜辭，在占卜的過程中，巫史扮演主要角色，他們還須將占卜原委與結果刻寫在甲骨上。因此，巫史（亦稱巫師）成了商朝國王的政治顧問，地位遠在其他官吏之上。

在周代，除了巫史，還出現其他帶「史」字的官名，其數目甚多，如大史、小史、內史、外史、左史、右史、御史等。不過，我認為其中可能只有左史和右史屬於專職史官，其餘則屬于謙掌他職的普通官吏，因為《漢書・藝文志》曾提到「左史記言，右史記事；事為春秋，言為尚書」。無論如何，「史」即指記事者或史官（記言和記事）的本義，到周代依然不變。至於記載歷史的著作，則有的稱為「書」（如《尚書》、（如《左傳》），（如）「傳」有的稱為「策」《戰國策》）或「春秋」（如《春秋》）乃至於稱為「語」（如《國語》）。易言之，漢代以前，在文獻中出現的「史」字，一般上都是指史官而非史書。如《論語》提及「質勝文則野，文勝質則史」和「吾猶及史之闕文也」，所指也都是史官，而不是史書。

到了唐代，基本歷史觀已發生了較大變化，對於「什麼是歷史」，已經有了較深層次的新認知。「史」不再單指史官或記事者，而已含帶著比較豐富的文化內涵。那麼，唐人觀念中的「史」和我們觀念中的「歷史」，是否已經相同或相似？要回答這個問題，當然必須先闡明現代觀念中「歷史」一詞的文化含義。

「歷史」（History）一詞在現代史學裏，具有三層含義：一是史實本身（史實 Historical Facts），二是史實記載（史書 Historical Records），三是史實闡釋（史學 Historical Interpretation）。前者完全不含記載者的主觀成分，是絕對客觀與絕對完整的，所以「史實」也稱為「客觀存在的歷史」或「客觀的歷史」（Objective History）；後二者則不論記載者和闡釋者如何力求客觀、完整，其主觀成分都無法完全排除在外，而且肯定不可能是完整無缺的，所以「史書」和「史學」都稱為「主觀化的歷史」或「主觀的歷史」（Subjective History）。

我們擁有足夠證據可以說明，在唐人基本歷史觀裏，不僅對「客觀存在

的歷史」已有相當充分的認知，而且也能正確區分「主體化歷史」中的史書與史學（儘管後者還不具備現代史學之內涵）。貞觀十七年（公元 64 年），著名諫官魏徵逝世後，唐太宗就此感歎道：

> 夫以銅爲鏡，可以正衣冠；以古爲鏡，可以知興替；以人爲鏡，可以明得失。朕常保此三鏡，以防己過，今魏徵殂逝，遂亡一鏡矣！〔註22〕

上文中所謂「以古爲鏡」的「古」字，顯然是指客觀存在的歷史，因爲只有客觀存在的歷史才具備借鑒功能。「古」或「古事」作「客觀存在的歷史」解的實例，不勝枚舉，以下再選摘兩段文字：

> 司典序言，史官記事，考論得失，究盡變通，所以裁成義類，懲惡勸善，多識前古，貽鑒將來。〔註23〕

> 臣至愚至賤，不敢以胸臆對揚天威，請以古事爲明證。孔子云：詩三百，一言以蔽之，曰：思無邪。陛下今若以普思有奇術，可致長生久視之道，則爽鳩氏久應得之，永有天下，非陛下今日可得而求之。〔註24〕

前者取自唐高祖於武德五年所下的修史詔書，其內容論述修史之目的，在於「懲惡勸善，多識前古，貽鑒將來」。所謂「前古」，指的就是客觀存在的歷史。後者則是取自李邕奏章《諫以妖人鄭普思爲秘書監書》，其內容「以古事（客觀存在的歷史）爲明證」，反對虛妄、無稽，否定迷信仙佛鬼神。不僅如此，唐人對於歷史進程的動力或原因，也有相當深刻、十分難得的認知。例如，柳宗元《封建論》就明確地指出，周代分封制是歷史發展的必然結果，而不是偉人主觀意志的產物（「封建非聖人意也，勢也」）。

　　在唐代，記載歷史的著作，有些依然稱爲「書」，有些則稱爲「史」，前者有《晉書》、《梁書》、《陳書》、《北齊書》、《周書》、《隋書》等六書，後者有《南史》和《北史》二史。但在其他方面，唐人則已普遍使用「史」字，如正史、國史、史官、史臣、史館、史職、修史、詠史、文史，等等。如《隋書經籍志》將史書分爲十三種，其中就有正史、古史、雜史、霸史等名稱。若「史」字單獨使用，其文化含義有時也指客觀存在的歷史，如劉知幾《史

〔註22〕　《舊唐書‧魏徵傳》，中華書局。

〔註23〕　《舊唐書‧令狐德棻傳》，中華書局。

〔註24〕　《舊唐書‧文苑傳》，中華書局。

通‧自敘》篇說：「夫其書雖以史爲主，而餘波所及，上窮王道，下談人倫，總括萬殊，包吞千有。」但絕大多數是指主體化的歷史，即歷史的記載、闡釋與論述。如劉知幾《史通‧煩省》篇說：「余以爲近史蕪累，誠則有諸，亦猶古今不同，勢使然也。」又說：「夫論史之煩省者，但當要其事有妄載，苦於榛蕪；言有闕書，傷於簡略，斯則可矣。」二者言中之意，皆指史書敘事的煩省問題。爲了增加歷史主體化的眞實性，劉知幾一再強調史書以實錄直書爲貴，反對曲筆誣書、飾非文過，也屬於唐人的基本歷史觀念，因爲它獲得廣泛的社會認同，具有一定的普遍性。

　　鑒於歷史主體化的過程相當複雜、艱巨，而且十分費時耗力，單憑個人力量難以勝任，所以唐初對修史機構進行改革，正式成立史館，並「移史館于禁中」，以提高其政治地位。從此修史工作出現專業化，通常在宰相領導、監修下，由大批歷史學者集體編撰。《周書》、《隋書》、《五代史志》和《晉書》，都是這樣陸續完成的。尤其難得的是，還按照編修者的個人專長施行必要的分工，如《五代史志》的《隋書經籍志》出自經學家顏師古、孔穎達，《律曆志》與《天文志》則出自天文學家李淳風之手。

　　至於史學在唐代是否已形成一門學問，章學誠在《上朱大司馬論文》中，曾對唐宋至清代的史學，作了以下評語：「世士以博稽言史，史考也；以文筆言史，則史選也；以故實言史，則史纂也；以議論言史，則史評也；以體裁言史，則史例也。唐宋至今，積學之士，不過史纂、史考、史例；能文之士，不過史選、史評；古人所爲史學，則未之聞矣。」〔註25〕如果章學誠之原意，是說自唐宋以來，「史學」一名並未廣泛使用，或許屬實；如果有人認爲其內涵也與現代史學有所不同，也是事實（按唐人所謂「史學」，主要是指修史之學，而非史實闡釋）。但是，若言史學在唐代尙未形成一門學問，則未免乖離事實太遠了。章學誠所謂的史纂、史考、史例、史選、史評，單獨而言有的縱然不成爲史學，但綜而合之難道不就構成古代史學？劉知幾《史通》即是唐代一部頗有系統的評史名著，它涉略的範圍很廣：從正史的修撰到對前代史家與史書的批評。劉知幾所提出的「史家三長說」（史才、史學、史識），對於後代歷史家（包括章學誠、梁啓超等人）的影響極大，從而奠定了他在中國史學史上的崇高地位。值得一提的是，關於章學誠否定古代史學的這一言論，錢穆也不表贊同，認爲他「把史學看成太狹義」了，而主張「史纂、

〔註25〕《文史通義》，上海古籍出版社，第 345 頁。

史考也應是史學」。〔註26〕瞿林東對此見解同樣存有異議，認爲「章學誠否定唐宋以下史家在『史學』上的成就，顯然不妥」。〔註27〕

　　修史理論或史學批評的出現，說明了唐人的基本歷史觀已相當進步，對於歷史主體化的認識（即主體化的原理、原則）已達到很高的水平——居當時世界的最高水平。唐人認爲史纂和實錄雖然很重要，但只能存眞，即保存史料；要使史書充分發揮其社會功能，還得講究編撰方法、技巧，還得依靠史論（如正史中的「論贊」）的闡釋、論述。

二、歷史的主要範疇

　　作爲人類活動本身的歷史，既是一種客觀存在，所以涉及範圍極其廣泛，內容極其複雜，容量無法估計。記載者如果不按自己的歷史觀進行篩選、取捨、分類、記錄等一系列主體化工作，客觀存在的歷史就不可能轉化爲主體化的歷史。易言之，從唐代史書（尤其是正史）的編纂體例與主要內容，我們即可窺見唐人觀念中的歷史範疇。

　　唐人編修的正史，共有「六書二史」（582 卷）。「六書」即《晉書》130卷、《梁書》56 卷、《陳書》36 卷、《北齊書》50 卷、《周書》50 卷和《隋書》80 卷；「二史」即《南史》（南朝史）80 卷和《北史》（北朝史）100 卷。除《晉書》有「志」20 卷，《隋書》有「志」30 卷外，其餘均僅有「本紀」和「列傳」，屬於相對單純的紀傳體史書。可見歷史人物處於唐代主體化歷史的核心位置，而人物傳記則是唐人歷史觀中的最主要範疇，即使是小人物也能進入正史列傳。這個獨一無二的文化特性，或許可詮釋爲「以人爲本」的人文主義（Humanism）世界觀在唐代歷史範疇的體現。在當時的世界文明裏，無論是印度文明、阿拉伯文明，還是歐洲文明，基本上都是以神爲本的，所以它們在古代歷史學領域的成就，可說略遜中華文明一籌。〔註28〕

　　「本紀」亦稱爲「帝紀」或簡稱爲「紀」，顧名思義，即各朝歷代帝王的個人傳記，在正史中居於首要位置，一律排在史書前幾卷。帝紀有幾個特點：一是和列傳相比，單篇內容包羅萬象，比較錯綜複雜（天災人禍皆包括在內）；

〔註26〕錢穆：《中國史學名著》，三聯書店，第 321 頁。

〔註27〕瞿林東：《中國史學史綱》，北京出版社，第 10 頁。

〔註28〕梁啓超曾說：「中國於各種學問中，惟史學最發達；史學在世界各國中，惟中國爲最發達（二百年前，可云如此）。」見《梁啓超史學論著四種》，第 116 頁。

二是兩代帝紀之間，有著某種程度的聯繫（列傳各自成篇，毫無關聯）；三是政治成分濃厚，都涉及國家大事和朝代興衰更替過程。因此，帝紀可視爲傳記編年綜合體：只要將各帝紀連串起來，基本上可構成一部朝代興亡史，而個別帝紀自然就變成該朝代歷史的記錄。不過，以現代歷史觀來看，朝代興亡的這種聯繫還不夠緊密，脈絡也不夠清晰。「列傳」是帝王以外的傳記，涉及人物眾多，篇幅數量最大（占六書二史總卷數的 81.44%），內容更爲蕪雜。除了個人傳記或事迹，還有家族史以及少數民族史和周邊國家、民族史。寫入列傳的歷史人物，可謂形形色色，性質、身份或成分各有不同，大致可歸納爲幾類：帝王宗室姻親爲一類，王朝官吏爲一類，世家豪族爲一類，文人隱士爲一類，技藝人員爲一類，孝子貞婦爲一類，「亂臣賊子」爲一類，異事奇人爲一類。列傳裏既有大人物，也有小人物；既有王朝的擁護者，也有王朝的叛逆者（即農民起義軍領袖，如東晉末年的孫恩、盧循）。可見列傳涉及各個社會階層的方方面面，而不僅僅是王侯將相的家族史，在很大程度上反映了古代歷史觀念開明進步的一面。《晉書》以所謂「載記」方式，記述少數民族政權「五胡十國」的歷史；同時，又設《四夷列傳》，專記晉代周邊國家、民族的事迹。《隋書》則將後者擴大爲《東夷》、《南蠻》、《西戎》、《北狄》四卷列傳，記述的境內少數民族與周邊國家民族多達三十九個。這兩點說明了唐人對唐帝國境內少數民族以及一些周邊國家、民族的重視或關注，雖然在當時的歷史條件下，其內容難免含有大漢沙文主義與大國沙文主義色彩。

「志」亦稱爲「書」或「典」，即各種典章制度的總稱，在正史中的重要性僅次於帝紀，所以一律置於帝紀之後、列傳之前。《晉書》和《隋書》各有十志，其類別或範疇大同小異：大同者爲天文志、地理志、律曆志、禮志（禮儀志）、樂志（音樂志）、官職志，而《隋書》還有經籍志。其中《隋書》天文志與律曆志出自天文學家李淳風之手，科技含量較高；數學家祖沖之關於圓周率的研究成果，就存在律曆志裏。經籍志是古代文獻總錄，它將圖書分爲經、史、子、集四部，此分法直沿用到清代的《四庫全書》。由於《隋書》十志涉及整個南北朝時期，領域很廣，所以是研究南北朝經濟文化的重要文獻。此外，以歷代正史書志爲依據，杜佑修撰《通典》200 卷，分食貨、選舉、職官、禮、樂、兵、刑、州郡、邊防九個門類，是一部難得、可貴的典章制度通史。典志受到特別重視，說明了唐人觀念中，主體化歷史的基本結構必須是綜合性的：除了人物、政治、軍事、外交，還要包括經濟、社會、文化

在內，否則就不能充分發揮其社會功能。單就這點而言，唐人的歷史觀念相當進步，同一時期（中世紀）的西方歷史觀尚難望其項背，因爲西方人對主體化歷史基本結構的認知，還是很片面、很膚淺的。〔註29〕

「六書二史」皆屬前代史，唐王朝對於唐代歷史也很重視，所以還有「起居注」、「實錄」、「國史」與「時政記」等多種歷史記載。起居注是皇帝言行的隨時記錄，由起居郎或起居舍人擔任，每季末送交史官保存。實錄則是記錄當朝或前朝的各種事迹，包括政績、弊病等等，均由史官擔任，許多著名文學家如韓愈、杜牧都曾任史職。「國史」即唐史，記載唐代各朝史實，範圍比實錄要廣得多。「時政記」則是宰相所作的政治記錄，每月封送史館保存。十分可惜的是，以上各類歷史記載到五代時多已迭失，所存無幾，我們已無法窺其全貌。

三、歷史的主要功能

唐代歷史基本範疇及其內涵的廣泛性，令其社會功能多元化與多重化得以實現。如果和文學基本功能相比較，不難發現文史功能之間存在諸多共同點，包括認知功能、政治功能、借鑒功能甚至審美功能、愉悅功能各個方面。

就認知功能而論，唐人認爲文學是以學問（知識）爲主體或核心，知識傳授也占重要位置，人們可以從文學作品中汲收多種知識，其中也包括歷史知識。對歷史著作來說，其認知功能較文學作品更加顯著、更加重要。因爲無論政治功能或借鑒功能，都必須以認知爲基礎，兩者關係十分密切。唐人大事修撰史書，首先爲了保存歷史知識，然後才談得上如何利用這些歷史知識。例如，唐太宗想從隋朝速亡中汲取經驗教訓，他必須先借助隋代歷史，對隋亡原因有相當充分的認知，否則「以隋爲鑒」就無法落實；同樣的，唐人若要繼承隋朝三省六部制或科舉制、均田制，也得從隋朝歷史中獲得相關知識。由此觀之，歷史的認知功能是不可替代的，因爲文學和哲學的認知功能畢竟有較大的局限性；同時，唐人特別注重當代的記錄與保存，也特別注重歷史的存眞求實，就是爲了使歷史（即史書）充分發揮其認知功能。

就政治功能而論，文學的主要功能有二：一是作爲進身之階梯，即以詩文參加科舉以謀取官職；二是下情上達，即當官者以奏疏提呈政治報告或各

〔註29〕如欲知西方人的基本歷史觀，可參閱張廣智：《西方史學史》第三章，《中世紀史學》。

種建議。歷史則不然。唐代修史者致力保存前代歷史，其政治意義或作用，首先是爲了確保唐代政治特製的延續性與傳統性。因爲「一脈相承」對古代政治體制非常重要，任何政治改革都必須以此爲依據。貞觀三年（公元 629 年），太宗下詔編撰「五朝史」（即《梁書》、《陳書》、《北齊書》、《周書》、《隋書》），到貞觀十年，五朝史同時完成，但只有帝紀和列傳，沒有典章制度，所以五年後再下詔補修五朝史志。以隋朝爲主的《隋書》十志（三十卷）終於高宗顯慶元年完成，歷時十五載，且由多名修史家執筆。這個實例，既說明了唐人對歷史的政治功能的高度重視，又說明了史書若缺少典志，就難以充分發揮其政治功能。我們若將隋唐兩代的典章制度作一比較，即可發現唐初的三省六部制、科舉制、均田制、租庸調法和府兵制，都和隋制大同小異，史書所謂「唐因隋制」或「漢因秦制」，正是歷史的政治功能的體現。

就借鑒功能而論，文學作品所體現的，絕大多數比較間接，也比較含蓄。歷史則不然，它對借鑒功能提出直接而明確的要求，並以「前事不忘，後事之師」或「前車既覆，後車當鑒」爲其主要命題。歷史應具備借鑒功能的觀念，由來已久，即說過，《詩經》「殷鑒不遠，在夏后之世」，但在借鑒觀念的強度上，無論是先秦還是兩漢，恐怕都難與唐代相比。在唐初，著名諫官兼史官魏徵即肩負「以史爲鑒」的重任，而深受唐太宗尊敬與信賴，使「以史爲鑒」成爲唐代最具特色的政治傳統，「以古爲鏡，可以知興替」也成了唐太宗的至理名言。爲著強化歷史的借鑒功能，唐人秉承前代的修史傳統，在「六書二史」每一帝紀之末，附上史論以評論某代帝王施政之得失。例如，魏徵針對隋亡原因，在《隋書・煬帝紀》裏，作出以下的總結性陳詞：

> 史臣曰：煬帝……淫荒無度，法令滋章，教絕四維，受賞者莫見其功，爲戮者不知其罪……驕怒之兵屢動，土木之功不息，頻出朔方，三駕遼左，旌旗萬里，征稅百端，猾吏侵漁，人不堪命。

如此強烈的政治評語，其對象雖然是歷史人物隋煬帝，但對於唐太宗乃至後代的其他帝王，肯定能夠產生「以隋爲鑒」的積極作用。

就審美功能而論，文學作品勝過歷史著作，自然不在話下，但並不意味著歷史著作不蘊含審美功能。如所周知，審美功能來自審美價值，只要從唐代史傳的某些內容與表述手法中，即可窺見其審美價值之一斑。爲了繼承、宏揚傳統美德（人格美），唐人編撰的「六書二史」裏，不僅有賢君、忠臣、循吏，有義士、孝子、貞婦，而且有暴君、賊臣、酷吏，就是特意以美醜對

比、善惡反差的手法來凸顯其審美價值或審美意識；同時，正史列傳中不少篇章，遣詞用字十分講究，其文采和唐代文學中的散文或小說作品幾乎沒有兩樣。例如，《晉書·王羲之傳》就有這麼一段趣味性的描寫：

> （羲之）性愛鵝，會稽有孤居姥養一鵝，善鳴，求市未能得，
> 遂攜親友命駕就觀。姥聞羲之將至，烹以待之，羲之歎惜彌日。

像這樣簡潔明快、生動活潑的文采，像這樣使人物性格躍然紙上的文學描寫技巧，在唐代正史（尤其是《晉書》）列傳中比比皆是，實在不勝枚舉！對現代讀者來說，書法大師王羲之的「愛鵝」行為，足以和其書法作品媲美，全賴以上生動而有趣的描寫。《北史》的《高昂傳》、《斛律金傳》與《李稚廉傳》也因取材於當時的「雜史」，故事性較強，人物形象生動，同樣具有文學作品的審美價值或情趣。

就愉悅功能而言，人們從不懷疑某些文學作品的趣味性與娛樂性，可是對歷史作品未必如此。在現代人觀念中，歷史總是嚴肅的、刻板的、甚至枯燥無味的，但在唐人觀念中，歷史記載未必如此，它同樣可以生活化、趣味化、傳奇化甚至虛擬化，並以此增加其娛樂性、審美性、可讀性。途徑之一即將歷史人物的生活趣事寫進歷史（包括正史在內），使到正史記載也含濃厚的故事性與娛樂性。例如，備受唐朝重視的《晉書》（唐太宗為它撰寫四則史論），其列傳十九對劉伶（「竹林七賢」之一）的一段記載，就成了流傳至今、津津樂道的古代文壇趣事：

> （劉伶）嘗渴甚，求酒於其妻。妻捐酒毀器，涕泣諫曰：「君酒
> 太過，非攝生之道，必宜斷之。」伶曰：「善！吾不能自禁，唯當祝
> 鬼神自誓耳。便可具酒肉。」妻從之。伶跪祝曰：「天生劉伶，以酒
> 為名。一飲一斛，五斗解酲。婦人之言，慎不可聽。」仍引酒御肉，
> 隗然復醉。

類似的奇聞趣事在其他正史列傳中，同樣屢見不鮮，如《南史·儒林傳》就有這樣一段關於儒生何佟之的記載：

> （佟之）性好潔，一日之中洗滌者十餘過，猶恨不足，時人稱
> 為水淫。猶至性，父母亡後，常設一屋，晦朔拜伏流涕，如此者二
> 十餘年。當世服其孝行。

對作者而言，儒生何佟之的潔癖、孝行所呈現的審美情趣，似乎和他的好學、為吏同樣重要，同樣有意義、有價值，否則絕不會在三四百字的傳記中插入以上一段花邊文字。

綜合以上兩節所述，我們發現在唐人的文史觀念中，文學範疇與歷史範疇，雖有所不同，但兩者的基本功能卻大同小異：認知功能、政治功能、借鑒功能都是文史作品所應共同具備的，而審美功能、愉悅功能也不讓文學作品專美。在此所謂「大同」，是指文史的基本功能在本質上相同，而「小異」則是指其各項基本功能的含量大小有差異；同時還必須指出，文史基本功能幾乎完全重疊的文化特質，不是個別的而是普遍存在的文化現象，從而構建了十分相似的文化基因圖譜，「文史合一」就是這兩個文化基因圖譜的產物。所以只要這兩個文化基因繼續存在，文史合一的文化傳統就不會發生根本性的改變。直到 20 世紀初，在西方文化東漸的衝擊下，這兩個文化基因產生變異，中國發生了「文學革命」與「史學革命」，出現了新文學和新史學，文史合一的文化傳統才開始逐漸被打破。

第二章　承前啓後：唐代基本文史觀的歷史定位

第一節　唐代基本文學觀的延續性與穩定性

　　郭紹虞認爲，「中國文學批評的發展大致可分成三個時期：一是文學觀念演進期，一是文學觀念復古期，又一是文學批評完成期。從周秦到南北朝是文學觀念演進期，從隋唐到北宋，是文學觀念復古期」。他還認爲到了魏晉南北朝，「文學一名之定義，始與現代人所用的一樣，這是一種進步」。〔註1〕

　　羅根澤則認爲，「文學含義的淨化，基於文學概念的轉變」，「古代文學概念的突變時期在魏晉」，而且到建安年間，「才造成文學的自覺時代」。〔註2〕

　　至於「文學自覺說」之由來，日本學者鈴木虎雄早在 1925 年出版的《中國詩論史》就說「我認爲魏代是中國文學的自覺時代」。（見李文初《漢魏六朝文學研究・從人的自覺到「文學的自覺」》）但在中國，最早提出所謂「文學的自覺時代」者，很可能是魯迅先生。早在 1927 年，魯迅在廣州學術演講會上發表《魏晉風度及文章與藥及酒之關係》的講話，其中有這樣幾句：

　　　　他（指曹丕——引者）說詩賦不必寓教訓，反對當時那些寓訓勉於詩賦的見解，用近代的文學眼光看來，曹丕的一個時代可說是「文學的自覺時代」，或如近代所說是爲藝術而藝術的一派。〔註3〕

〔註1〕郭紹虞：《中國文學批評史》，新文藝出版社，第 2～3 頁。
〔註2〕羅根澤：《中國文學批評史》卷一，古典文學出版社，第 121～123 頁。
〔註3〕《魯迅選集》第二卷，人民文學出版社，第 380 頁。

贊同魯迅見解的學者，在今日中國大陸不乏其人，他們先後提出多種不同的論據，其中之一是以文學地位與文學價值之提升，作為「文學自覺論」的證據。他們以《典論·論文》為例，援引名言「蓋文章經國之大業，不朽之盛事」，說明曹丕對文學的高度重視，但他們似乎忽略了在曹丕的文學觀念中，足以成為經國大業的作品主要不是「詩賦」，而是「奏議」、「書論」。「詩賦」在《典論·論文》裏的位置還在「銘誄」之後，居於四類八種文體之末。況且作為當權者的魏文帝曹丕，若將詩賦列入「經國之大業」，豈不有悖於常理？這點也往往是有些學者所忽略的。其實，曹丕的見解相當明確，他評論建安七子的文學成就時，認為唯獨徐幹及其論文《中論》可以永垂不朽。他既在《典論·論文》稱「融等已逝，唯幹著論，成一家之言」，又在《與吳質書》裏說：

> 觀古今文人，類不護細行，鮮能以名節自立。而偉長獨懷文抱負，恬淡寡欲，有箕山之志，可謂彬彬君子者矣。著《中論》二十餘篇，成一家之言，辭義典雅，足傳於後，此子為不朽矣。〔註4〕

其他六子，包括長於詩賦的王粲，因在書論（即「成一家之言」）方面無重大成就或貢獻，在曹丕心目中，恐怕都不能享有「不朽」之殊榮。如他批評「孔融體氣高妙，有過人者，然不能持論，理不勝詞，至乎雜以嘲戲」，可見文章「持論」（即「立言」）較之「體氣高妙」更加重要。前者屬於「三不朽」之一，自然可以「不朽」，後者則不能。曹丕《與王朗書》也很清楚地道出他的人生「不朽觀」：「人生有七尺之形，死為一棺之土。唯立德揚名，可以不朽；其次莫如著篇籍」。〔註5〕在此所謂「著篇籍」，同樣應是指撰寫足以「立言」或「成一家之言」的書論。

至於現當代學者所推崇的詩賦，在才高八斗的曹植看來，僅屬於「壯夫不為」之「小道」，因其「固未足以揄揚大義，彰示來世」。（曹植《與楊德祖書》）〔註6〕曹氏兄弟的文學觀念「迥然而異」，可能曾令一些學者困惑費解，所以多採用魯迅之解說。〔註7〕其實，原因很簡單：曹丕《典論·論文》指的

〔註4〕蕭統：《文選》卷四二，上海古籍出版社。

〔註5〕陳壽：《三國志》、《魏書·文帝紀》注釋，中華書局。

〔註6〕陳壽：《三國志》、《魏書·陳思王植傳》注釋，中華書局。

〔註7〕魯迅認為「子建大概是違心之論」，理由有二：一是「子建的文章做得好」，「便敢說文章是小道」，二是子建在「政治方面不甚得志，遂說文章是無用了」。見《魯迅選集》第二卷，人民文學出版社，第380～381頁。

是以奏議、書論爲主的「文章」，而曹植《與楊德祖書》說的是「辭賦」（即詩賦）。在此，詩賦不等於文章，它們屬於不同的概念與範疇，含帶不同的文化功能，豈可等量齊觀、混爲一談？當然，我們不是、也不能藉此說明曹植輕視文學，而是要說明：在曹植心目中，詩賦之社會價值無論如何都難與奏議、書論相提並論。就這點而言，曹氏兄弟的文學觀念基本上應是一致的。

涉及魏晉南北朝文學地位提升、文學觀念突變或自覺的，還有另一個常見論據，即南朝宋文帝設立四學，將文學與儒學、玄學、史學並列，說明文學已取得獨立地位，不再是儒學或史學的附庸。然而，事實是否眞的如此？我們不妨先翻閱論者所依據的這段史料：

> 元嘉十五年，徵次宗至京師，開館於雞籠山，聚徒教授，置生百餘人。會稽朱膺之、潁川庾蔚之並以儒學，監總諸生。時國子學未立，上留心藝術，使丹陽尹何尚之立玄學，太宗率更令何承天立史學，司徒參軍謝元立文學，凡四學並建。〔註8〕

這段文字出自沈約《宋書》卷九十三《隱逸傳》，是在講述雷次宗個人事迹時順便提及元嘉十五年設立四學。由於《宋書·文帝本紀》對設立四學一事，隻字不提，其欠重要性可想而知；而《南史·文帝本紀》也僅提及是歲「立儒學館於北郊，命雷次宗居之」，並未提及設立文學館一事，所以論者試圖以此說明宋文帝重視文學而引發「文學自覺」，或者宋人文學觀念的「突變」，恐怕難以令人信服。

在我看來，以上這個論據同樣不足以說明文學觀念的「突變」，理由還有以下幾點：第一，大力推崇儒學的漢王朝，曾以「舉賢良文學」選拔官吏，之後歷代文獻均出現「文學」職稱，如「太子文學」、「文學侍從」等。在正史《後漢書》中，范曄首創《文苑傳》，爲文學家立傳，且與《儒林傳》並列，後代正史如《晉書》、《魏書》多沿用此制。可見文學獨立成學成科，或者與其他學科並列，在南朝之前已存在，並非什麼新鮮之事物。易言之，文章寫作早在漢代不但已經獨立成科，而且受到一定程度的重視。第二，況且據《南史·明帝本紀》記載，泰始六年「九月戊寅，立總明觀，徵學士以充之。置東觀祭酒、訪舉各一人，舉士二十人，分爲儒、道、文、史、陰陽五部學，言陰陽者遂無其人」。但四學並立爲期並不長久，因爲劉宋以後的南朝似乎已無此舉措。我們可否由此得出結論：南朝文學觀念的「突變」或「自覺」，僅

〔註8〕《宋書·雷次宗傳》，中華書局。

僅存在數十載而後煙消雲散？當然不能。第三，劉宋朝廷當時所設不論是學是科，其主要目標很可能僅在於培養應用文的寫作人材，以便爲朝廷起草政令、詔告，或者充當中央官吏的文學侍從，它與文學自覺似乎沒有什麼直接關係。即使宋文帝、明帝比較重視文學是事實，但無論如何，普遍存在於南朝人觀念中的「文學」，肯定不是我們觀念中的文學，而是漢人或唐人觀念中的文學，所以羅根澤所謂「文學含義的淨化」，不知從何說起？第四，在南北朝之前的漢代，劉向、劉歆父子《七略》將書籍分爲六大類，且將「詩賦」與「六藝」、「諸子」、「兵書」、「數術」、「方技」並列。在南北朝之後，長孫無忌等《隋書‧經籍志》則將典籍分爲經、史、子、集四部，文學作品歸入集部，同樣出現文學與經學、史學、哲學並列。那麼，爲何不以此二者說明文學觀念的突變或文學自覺的出現？

　　「文學自覺論」的最常見、也是最主要論據，是梁昭明太子蕭統《文選》的選文範圍與選文標準。他們千篇一律援引《文選‧序》，證明蕭統從純文學角度出發，將經部、子部、史部作品排除在外，而專選集部詩文。對此說法，我同樣不敢苟同。爲了節省筆墨與篇幅，增加說服力，我想來個「借花獻佛」，即借用兩位權威學者的研究心得，作爲自己的看法。王運熙教授在《文選‧選錄作品的範圍與標準》一文中提出：

> 能不能這樣說，蕭統編《文選》，因爲重視文采或文學性，因而不選文風比較質樸、偏於實用的經、史、子三部的作品呢？不能。從大體上看，經、史、子三部中的篇章，的確有很大分量偏於實用，文采質樸而缺少文采；但其中也有相當一部分具有文采，是文學作品或具有文學價值的歷史、哲學等作品。〔註9〕

王教授還列舉了不少實例爲證，例如，「《文選》選楚辭而不選《詩經》，正是由於楚辭在集部而《詩經》在經部」；《文選》序文雖肯定史部不少作品具有文采，「但它們不是篇章，即原來是單篇，後來收入別集中的作品，所以也不予選錄」；「《文選》所選賈誼的《過秦論》原爲賈誼《新書》中的一篇，曹丕的《典論‧論文》則是其所著《典論》中的一篇，二者都屬子書」。王運熙教授更進一步明確地指出，「《文選》基本上不選經、史、子，主要還是由於總集的體例使然」。他說：

> 過去，有的同志在評論蕭統時，認爲不選經、史、子三部的篇

〔註 9〕 王運熙：《漢魏六朝唐代文學論叢》，復旦大學出版社，第 362 頁。

章，是說明編者有意識地把文學作品和學術著作區別開來，表明了
當時人們文學觀念的明確和進步。我過去也有這種看法。現在看來，
這種說法並不確切……《文選》基本上不選經、史、子，主要還是
由於總集的體制使然。〔註10〕

楊明教授亦贊同此一見解，而且說得更加明確：「總之，《文選》之不錄經、
史、子，首先是由於沿襲總集編纂體例的關係。蕭統的解釋，是在這樣的前
提條件制約之下而作的。」在下此結論之前，楊教授還援引不少實例，以別
集編纂體例爲旁證而得出結論：「別集既然這樣，總集亦當如此」。〔註11〕我
認爲兩位學者的見解獨到，論據充分，立論精闢，足以令文學自覺論者的最
重要的一個理由，也同樣無法成立！因此，我已沒有必要在此多費筆墨、畫
蛇添足。

　　除此之外，也有學者以當時文人個體意識和審美情趣的變化，作爲文學
自覺論的主要證據。例如，郁沅認爲「魏晉南北朝是人的個性自覺與審美自
覺相結合的歷史時期」，「審美意識衝破了經學的束縛和對哲學的依附，就成
爲一種獨立的自覺意識」。〔註12〕他甚至認爲「竹林七賢」的怪誕言行，「就
是棄禮法，去僞飾，率眞任情，淳純天眞」，也是「最高個性美和人格美」
的體現。〔註13〕至於六朝文人審美意識的增強，主要反映於「大量」文論、
詩論的出現，以及提出不少新的文學主張與文學範疇。對於這種說法，我個
人不敢完全苟同，因爲它和事實不盡吻合。首先，所謂六朝文人的「個性自
覺」或「主體意識」究竟應如何解讀，見仁見智，至今尚無定論。由於六朝
戰亂連年，社會動盪不安，加上在九品中正制度下，仕途閉塞、渺茫（「上
品無寒門，下品無士族」），所以尚隱逸、好清談、講玄道、嗜杜康、服丹藥
（寒食散），成爲當時一般文人逃避現實的心理安慰劑。劉伶、阮籍、顧愷
之等文人的怪誕、狂妄言行，正是社會變態的產物或反映，而不是什麼「最
高個性美和人格美」的體現。正如王瑤所說，他們「是服藥之風盛行後，跟
著彼此仿傚，形成的一種社會風氣」，「所以不只詩文，整個魏晉名士的生活
都和藥有著不可分離的關係」。因爲「服食後藥性會影響得一個人的性格變

〔註10〕王運熙：《漢魏六朝唐代文學論叢》，復旦大學出版社，第364頁。
〔註11〕王運熙、楊明：《中國文學批評通史》魏晉南北朝卷，上海古籍出版社，第277
　　　　頁。
〔註12〕郁沅等：《魏晉南北朝文論選》前言，人民文學出版社。
〔註13〕同上書。

得暴躁、狂傲，所以有許多忿悁得不大近人情的事情」。〔註 14〕除此之外，論及「文學的自覺時代」，我認為論者單憑「文氣說」、「情緣說」等文學理念，以及「風骨」、「意象」、「興會」、「體味」等文學範疇，似乎同樣無濟於事，因為這些文學理念或文學範疇，並非六朝文學所獨有。況且曹丕的「文氣說」是否勝過韓愈的「不平則鳴說」，陸機《文賦》對詩歌本質的認知是否超越《詩大序》，都還有商榷之餘地。再者，在純文學作品（尤其是詩歌）的創作成就方面，「文學自覺期」的六朝居然遠不及「文學復古期」的唐宋，又應該如何詮釋？

值得在此一提的，還有一種學術見解，可以作為魏晉南北朝並非文學自覺時代的旁證。北京大學教授張少康除了主張重新研究與探討「魏晉方進入文學自覺時代之說」（因為他認為此說「不大符合事實」），還主張「漢代才真正是文學獨立和自覺的時代」。他所持的理由共有四點：「第一，漢人把文人分為『文學之士』和『文章之士』，前者指學者，後者指文學家。這個『文章』的內涵與範圍是與魏晉以後的『文章』概念一致的」。「第二，從文學批評本身來看，漢代已有了大量專門的文學理論批評著作」。「第三，從文學理論批評所涉及的內容來看，漢代已經相當廣泛，亦比較全面」。「第四，過去強調從魏晉才開始有自覺的文學理論批評，其中很重要的理由之一是魏晉開始才有了對文學本身規律的研究，而其重要表現之一是文體的分類及其特徵的研究。但是論者很少涉及這樣一個問題，即文章內部區分為各種不同文體，是從什麼時候開始形成和發展的？其實，後來所說的包括在『文章』範圍內的各種不同文體的形成與成熟，恰恰正是在漢代」。〔註 15〕

魏晉南北朝是文學自覺時代的假說（hypothesis），既然難以成立，那麼唐代屬於文學觀念復古期的假說，自然也就失去了歷史依據與理論基礎。其實，魯迅先生將「為藝術而藝術」作為「文學自覺」的大前提，或者在兩者之間劃一等號，我們單從文學理論上或邏輯學上看，就已是一個值得商榷的問題。試想：如果這一說法能成立，主張「為人生而藝術」或「為社會而藝術」，豈不成了「文學的不自覺者」？豈不違反了文學起源於勞動生活的基本原理？更況且曹丕只說「詩賦欲麗」，既未曾說過「詩賦不必寓教訓」，亦未曾「反對當時那些寓訓勉於詩賦的見解」。

〔註 14〕 王瑤：《中古文人生活》，中流出版社，第 42～43 頁。
〔註 15〕 張少康等：《先秦兩漢文論選》前言，人民文學出版社。

以上的反面論證是很有必要的，這對於我們再從正面論述唐人基本文學觀的延續性，具有先破後立的重要意義。接著言歸正傳，我想使用比較研究法，從以下三個領域論述唐人基本文學觀的延續性與穩定性，及其在中國古代文學史上承前啟後的的歷史定位。

一、對文學本質的認知

我在論文第一章裏說過，「在唐人基本文學觀中，文學與文章是兩個不同的概念：文學涵蓋文章並以學問爲其核心內容；文章則屬於文學的組成部分，其範疇甚廣，凡是以文字爲載體的、足以表情達意的作品，不論其性質、功能如何，皆可包括在內」。這是唐人對文學本質的基本認知。那麼，在魏晉南北朝，中國人對文學本質的基本認知又如何呢？首先，還是請王粲現身說法。王粲《荊州文學記官志》告訴我們，文學是「人倫之首，大教之本」：

> 夫文學也者，人倫之首，大教之本也。乃命五業從事宋衷新作
> 文學，延朋徒焉。宣德音以贊之，降嘉禮勸之。五載之間，道化大
> 行。耆德故老綦毋等，負書荷器，自遠而至者，三百有餘人。〔註16〕

至於「文學」的性質或內涵，上篇文章還提到「六經」、「紀曆」、「刑法」、「六略」等。如所周知，王粲長於詩賦，在建安七子中成就很高，劉勰譽之爲「七子之冠冕」（《文心雕龍・才略篇》），其基本文學觀應具有代表性。王粲文中所謂的「文學」，顯然是文章與學問之合稱，並且以學問爲其核心內容（否則怎能成爲「人倫之首，大教之本也」？），所以魏晉和兩漢的文學觀念，幾乎沒有兩樣。

或許有人認爲，以上單文孤證不足爲憑，我們不妨再多舉幾個實例：陳壽《三國志・魏志・文學傳》稱劉楨（建安七子之一）「少有情才，以文學見貴」，既是指文章與學問，而魏收《魏書・文苑傳序》謂「逮高祖馭天，銳情文學」，亦是指文章與學問。六朝人又將會寫文章、也有學問者稱爲「文學之士」或簡稱「文學」。如《梁書・本紀》稱簡文帝蕭綱「引納文學之士，賞接無倦，恆討論篇籍，繼以文章」。顏之推《顏氏家訓》則云：「吾見世中文學之士，品藻古今，若指諸掌，及有試用，多無所堪。」〔註17〕至於作爲學問載體的文章，則以含有義理內容的理性作品爲尚。如《顏氏家訓・文章》主

〔註16〕《藝文類聚》卷三八，中華書局。
〔註17〕王利器：《顏氏家訓集注——涉務篇》卷四，中華書局。

張「文章當以理致爲心腎，氣調爲筋骨，事義爲皮膚，華麗爲冠冕」，並批評當時之文壇道：「今世相承，趨末棄本，率多浮豔。辭與理竟，辭勝而理伏；事與才爭，事繁而才損。」〔註18〕

　　至於唐代以後的宋元明清，中國人對文學本質的基本認知，或者對「文學」這一概念的理解與運用，是否發生了質的變化？答案應是否定的。姑且撇開宋元兩代不談，即使到了小說興盛的明清時期，中國人觀念中的「文學」，基本上仍然和唐人觀念一樣，一樣是文章與學問的合稱。請看以下兩則例證：明初學者宋濂《浦陽人物記・文學篇序》認爲「文學之事以自任者眾矣，然當以聖人之文爲宗」。又說：「游、夏之文章非今世之詞章也，詩書禮樂之事也。若專謂子游作詩歌，子夏傳記爲文學者，其待游夏也淺矣！」（《龍門子凝道記・先王樞第五》）。不僅如此，宋濂可能爲了強調學問的重要性，甚至在他主編的《元史》裏，打破了正史列傳的傳統，將文學傳與儒林傳合而爲一，稱爲《儒學傳》。清代桐城派古文家姚鼐不但繼承了前人的理念，而且更加明確地提出文章與學問結合爲一的文學觀點：

> 　　余嘗論學問之事，有三端焉，曰：義理也，考證也，文章也。
> 是三者，苟善用之，則皆足以相濟；苟不善用之，則或至於相害。
> 今夫博學強識而善言德行者，固文之貴也，寡聞而淺識者，固文之
> 陋也。（《述菴文鈔序》）

主張將義理、考證與文章（或辭章）相結合的清代著名學者，還有章學誠、戴震、段玉裁、錢大昕、焦循等人。他們的學術觀點雖然不盡相同，但認爲文章（文學）應以學問爲其核心內容的文學觀點，的確是完全一致的。其中章學誠將文章與學問的辯證關係，說得既簡單又明確：「夫考訂、辭章、義理，雖曰三門，而大要有二，學與文。……文非學不立，學非文不行」。〔註19〕唐人以學問爲文學的核心內容這一觀點，在清代再次獲得學者們的普遍認同與印證。

二、對文學範疇的認知

　　從文學範疇的角度來看，唐人基本觀念中的文學是廣泛的、蕪雜的，和現代文學觀念迥然不同。大體上說，廣義的文學是以學問爲其主要內容，所

〔註18〕王利器：《顏氏家訓集注——涉務篇》卷四，中華書局。
〔註19〕《文史通義・答沈楓墀論學》，中華書局。

以經學、史學、子學等作品，都可以涵蓋在內，文學可說是人文學（Humanity）的代稱或別名。即使是狹義的文學，也包含各種文體的作品，有感性的也有理性的，有形象性的也有抽象性的，有重文采的也有重義理的。其範疇、內涵也較我們觀念中的文學，同樣要廣泛、要蕪雜、要豐富得多。本書所謂的唐代文學，是與經、史、子並列的狹義的文學，但並非現代人觀念裏的純文學。

當然，唐人對文學範疇的認知，不是憑空產生，而是前代即魏晉南北朝文學觀念的繼承與延續。三國時曹丕《典論·論文》將文體分為四科八類，即奏議、書論、銘誄、詩賦，並評論道：「夫文本同而末異。蓋奏議宜雅，書論宜理，銘誄尚實，詩賦欲麗。此四科不同，故能之者偏也。惟通才能備其體。」

南朝齊人劉勰《文心雕龍》是部頗有系統的文學理論著作，在中國文學史上居於崇高地位，所以對文學範疇的認知與界定，較之《典論·論文》更全面、更清晰，也更具代表性、權威性。《文心雕龍》由五十篇短論組成，其中二十篇涉及文體論，篇名為《明詩》、《樂府》、《詮賦》、《頌贊》、《祝盟》、《銘箴》、《誄碑》、《哀弔》、《雜文》、《諧隱》、《史傳》、《諸子》、《論說》、《詔策》、《檄移》、《封禪》、《章表》、《奏啟》、《議對》、《書記》等。若以現代的文學觀審視之，恐怕只有《明詩》、、《樂府》《詮賦》等幾篇可歸入文學理論範疇，其它絕大部分屬於應用文、說論文與史傳文的文章理論。可見對劉勰及南北朝的其他文人而言，文學範疇同樣十分廣泛，幾乎涵蓋了當時常見的各類文體。儘管《文心雕龍》亦論及「文筆」問題，以有韻者為「文」，無韻者為「筆」，但這似乎無助於說明劉勰文學觀念的「淨化」，因其「文」中還包含了經、史、子之作，即還有不含藝術性的作品。況且，《文心雕龍》的「文之樞紐」為「本乎道，師乎聖，體乎經」，可見儒家思想依然居於主導地位。這使得作者劉勰所重視之「神思」，所強調之「情采」，似乎也被納入這一「樞紐」之中。

南朝梁人蕭統《文選》是一部古代文學作品選集，受到歷代學者的高度重視，所以它對古代文學範疇的認知與界定，同樣具有代表性與權威性。《文選·序》說明選文範圍與標準，曾令不少學者認為蕭統對文學本質與範疇的認知，已經接近甚至達到現代人的水平。然而，他們無法明確地解答以下疑問：一、《文選》為何選用賈誼《過秦論》而不選用司馬遷《項羽本紀》？莫

非前者的藝術性高於後者？二、《文選》裏近半數的論說性文章，如孔安國《尙書序》、干寶《晉紀總論》、杜預《春秋左氏傳集解序》難道都因富有文采而屬於純文學作品？三、蕭統爲何不將《文選》的範圍局限於詩、騷、辭、賦四種文體，而將詔令、上書、銘誄、墓誌、行狀、祭文等三十餘種包括在內？其實，王運熙、楊明兩位教授已告訴了我們：這「主要由於總集的體例使然」，它和文學觀念進步與否毫無關係。易言之，劉勰、蕭統兩人的基本文學觀，體現於對文學範疇的認知，大體上是一致的。但若和曹丕相比較，則其文學觀似乎有擴大化、蕪雜化之嫌，因爲《文心雕龍》和《文選》所涉及的文學範疇（文體）更廣。

唐人繼承了前代人對文學範疇的認知與界定，並且將之傳諸宋元明清各代，使泛文學觀繼續成爲中國古代文學的主導觀念。例如，宋初李昉等人編纂《文苑英華》凡一千卷，也是一部文學總集，收集自南朝梁代至唐代詩文，文體分三十八種，也和蕭統《文選》相同，可說是《文選》的續集。由於唐代歷史長、文學成就高，《文苑英華》所收詩文，唐人作品占九成以上，其中唐詩就有萬餘首。如果《文選》可作爲南朝人文學自覺的論據，《文苑英華》豈不也可用以說明宋人乃至唐人的文學自覺？

到了清代中葉，姚鼐編纂《古文辭類纂》凡七十五卷，選文七百餘篇，分爲論辯、序跋、奏議、書說、贈序、詔令、傳狀、碑誌、雜記、箴銘、頌、辭賦、哀祭等十三類。這部古代文選以「唐宋八大家」作品爲主，上溯先秦兩漢，下至清代中葉。其選文標準和《文選》有些不同：「古文不取六朝人，惡其靡也。獨辭賦則晉、宋人猶有古人韻格存焉。惟齊、梁以下，則辭益俳而氣益卑，故不錄耳。」（《古文辭類纂・序目》）〔註20〕由此觀之，姚鼐對文學本質與文學範疇的認知，都和唐宋文學家有著極大的一致性。

作爲現代文學之主體的小說，在古人的文學觀念裏，一直是含渾不清的，即使到了小說成熟的明清時期，依然如此。明人胡應麟在唐人文學觀念的基礎上，將「小說」分成志怪、傳奇、雜錄、叢談、辯訂、箴規等六類，仍然視小說爲一大雜燴；清代《四庫全書總目》則將「小說」分爲敘述雜事、記錄異聞、綴輯瑣語三大類，連唐代傳奇也被排除在外。小說和戲曲一樣，自始至終都被邊緣化，未能登上中國古代文學的大雅之殿堂，絲毫不足爲奇。

〔註20〕姚鼐：《古文辭類纂》，上海古籍出版社，第 1 頁。

三、對文學功能的認知

前面說過，唐人基本文學觀的廣泛化，既然帶來了文學範圍的擴大化（體現於文學體裁與內容的多樣化），「那麼文學功能的多重性，在唐人文學觀中出現，就顯得順理成章、毋庸置疑了」。在第一節裏，我們還透過唐人的文學作品，論述了唐代文學的六大功能，即認知功能、政治功能、借鑒功能、交際功能、審美功能和愉悅功能。

文學觀是文學範疇、文學功能的基石。古代文學功能的多重性，最終取決於文學觀的廣泛性；只要泛文學觀繼續存在，不論唐代之前或之後，在中國人的價值觀念中，文學作品的社會功能不外乎以上六種，即和唐人對文學功能的認知，存在著極大的共同性。由此也可窺見唐人文學觀的延續性和穩定性。

如所周知，古代文學體裁固然在某種程度上決定了一篇作品的功能或價值，如柳宗元《永州八記》只含審美價值，而其《封建論》則具認知兼借鑒功能，但是單憑文體判斷文學作品的社會功能，或評價文學作品的藝術價值，顯然是不恰當的。在古代人的泛文學觀念裏，詩歌的功能是多重的，其他體裁的文學作品有些也是如此。若歸納起來，大致出現三種類型，即：同一文體，功能相同；同一文體，功能不同；不同文體，功能相同。

（一）同一文體，功能相同。凡是應用性或實用性文體，如詔令、奏議、章表，無論在秦漢、魏晉或在唐宋，其政治功能完全相同：前者用以發號施令，後者用以下情上達。例如，李斯《諫逐客書》與韓愈《論佛骨表》，內容完全不同，但因同屬奏議或書表，均涉及國家之大事，故其原本的社會價值或作用只能是政治性的，而不可能是愉悅性的或審美性的。因為具有不可替代的政治功能，所以受到歷代朝廷、百官乃至文人的高度重視，自然不在話下。魏文帝曹丕所謂「經國之大業，不朽之盛事」，指的主要就是這類文學作品的創作。

（二）同一文體，功能不同。凡屬於非實用性文體如詩歌，其文學功能基本上不受體裁的制約，故呈現多樣性與多重性。詩歌在歷代古人觀念中，不僅可以抒情、言志、敘事、諷喻，而且可以說理、評詩、論文乃至相贈，所以可以冶審美、愉悅、借鑒、認知、交際多種功能於一爐，構成了文學功能的多樣性；同時，值得特別注意的，是多重功能往往出現於同一作品中，古典詩歌的魅力就在於此！譬如李白《送孟浩然之廣陵》，原本是具有交際功

能的送別詩，但因其藝術性而成爲千古絕唱。朱熹《觀書有感》雖屬哲理詩，但同樣給我們以審美享受：「半畝方塘一鑒開，天光雲影共徘徊。問渠哪得清如許？爲有源頭活水來。」詩歌的審美價值不是來自作品的文辭之優美（包括對偶、音韻、變易等），就是來自作品的情感眞摯豐富、氣勢自然充沛。在魏晉南北朝是如此，在唐宋元明清何嘗不是如此？

（三）不同文體，功能相同。有些實用性文體或非實用性文體，其文學性質可能截然不同，但社會功能卻很可能相同。例如，孟浩然《過故人莊》（五律）和陶淵明《桃花源記》（散文）屬於不同的文體，但所呈現的審美價值卻是一致的，至今仍然爲人們津津樂道。杜甫《石壕吏》與柳宗元《捕蛇者說》同樣是一詩一文，範疇不同，但由其諷刺、勸誡而產生的借鑒功能，也是顯而易見的。

由此可見，致力於文學功能的多元化與極大化，是古代中國人對文學的最重要認知或理念之一。爲了使文學作品發揮更大的社會功能，他們還對不同文體提出不同標準與要求。如陸機《文賦》在《典論·論文》的基礎上，將文體分爲詩、賦、碑、誄、銘、箴、頌、論、奏、說等十種，並逐一予以論說。而隋代劉善經《論體》又繼承了曹丕、陸機之文體論，加以申論如下：

> 凡製作之士，祖述多門，人心不同，文體各異。較而言之：有博雅焉，有清典焉，有綺麗焉，有宏壯焉，有要約焉，有切至焉。……至如稱博雅，則頌、論爲其標；語清典，則銘、贊具其極；陳綺麗，則詩、賦表其華；敘宏壯，則詔、檄振其響；論要約，則表、啓擅其能；言切至，則箴、誄得其實。凡斯六事，文章之通議焉。〔註21〕

《論體》不僅對十二種文體的特徵與標準，作了比較詳盡獨到的論述，而且還相當具體地論述這些文體的不同功能或價值。由此可見，從兩漢到明清，歷代中國人對文學功能的認知，涵蓋面都很廣。各種文學功能的長期並存，完全符合社會生活的各種不同需要，不是任何個人或集團（包括當權者）的主觀願望所能改變的。各種文學功能之間形成了互補關係，而不存在此消彼長的對立關係，唐詩宋詞在「文以明道」、「文以載道」呼聲中欣欣向榮，爭奇鬥豔，綻放異彩，就充分證明了這一點！

透過歷代對文學本質、文學範疇與文學功能認知的比較研究，我們找到了唐代基本文學觀的歷史定位：承前啓後，一脈相傳，其延續性與穩定性顯

〔註21〕王利器：《文鏡秘府論校注》南卷，社會科學出版社。

而易見，似乎毋庸置疑！總之，在中國新文學誕生之前，中國人的基本文學觀只有漸變，沒有突變；只有量變，沒有質變。小說與戲曲之長期邊緣化，也可以作爲基本文學觀「沒有質變」的有力旁證，而新文學的誕生則以改變小說與戲曲之地位爲主要標誌，即從胡適所謂的「文學小道」提升爲「文學正宗」（而不是以白話文寫作爲主要標誌）。

第二節　唐代基本歷史觀的延續性與穩定性

　　歷史是一條人類文化的長河，它總是彎彎曲曲地流淌著、流淌著，從不間斷，也永不停息。唐人歷史觀作爲歷史長河裏的幾道水波或幾朵浪花，到底處在什麼位置？它和上源下流的相關性與延續性又如何？顯然是個值得探討的課題。因爲不充分瞭解唐人歷史觀的歷史定位，就不能正確認識其歷史觀的文化價值。

　　和唐代基本文學觀相比較，唐代基本歷史觀的延續性似乎不存在任何問題，因爲就我所知，在現代學者編寫的中國史學史裏，從來沒有人認爲唐代是歷史觀的復古時代；反之，倒有學者認爲唐代出現「史家自覺意識的增強」。〔註22〕由於文史合一的文化特性，我們或許也可以此作爲唐代並非文學觀復古時期的旁證。爲了進一步探討唐代基本歷史觀的歷史定位，以及它和基本文學觀在文化建構上的密切關係，我想繼續沿著相同的思路，從三個領域進行比較研究，即包括唐代在內的歷代文人對歷史本質、歷史範疇、歷史功能的認知。

一、歷代對歷史本質的認知

　　唐人對歷史本質的認知已相當進步，「許多證據表明，在唐人的基本歷史觀裏，不僅對客觀存在的歷史已有相當充分的認知，而且也能正確地區分主體化歷史中的史書和史學」。（見論文第一節）當然，唐人歷史觀念中的史書，既不盡同於我們歷史觀念中的史書；他們歷史觀念中的史學，也不盡同於我們歷史觀念中的史學。對唐人而言，史學主要是史書編撰之學。易言之，就是將「客觀存在的歷史」轉化爲「主體化歷史」的一門學問。至於歷史的主體化途徑，劉知幾的看法頗值得重視。他說：

〔註22〕瞿林東：《中國史學史綱》，北京出版社，第 291 頁。

夫爲史之道，其流有二。何者？書事記言，出自當時之簡；勒
成刪定，歸於後來之筆。然則當時草創者，資乎博聞實錄，若董狐、
南史是也；後來經始者，貴於俊識通才，若班固、陳壽是也。必論
其事業，前後不同；然相須而成，其歸一揆。〔註23〕

揆其言下之意，相當清楚：歷史的主體化途徑有二，除了事件發生時之記錄
（「當時之簡」），還有後人根據過去記錄編撰的史書（「後來之筆」）。前者要
求記錄者「博聞」、「實錄」，後者則要求編撰者具備「俊識」與「通才」兩個
條件。

在史書編撰過程中，歷史家面對的最大難題，是如何在最大程度上保存
歷史本身的客觀性與真實性，使到主體化歷史更加接近客觀存在的歷史。針
對這一文化特點，劉知幾《史通》提出「疑古」與「直書」兩項重要主張。
他認爲，對古代之記載應抱懷疑態度，因爲「其所錄也，略舉綱維，務存褒
諱，尋其終始，隱沒者多」；「加以古文載事，其詞簡約，缺漏無補，遂令後
來學者莫究其源，蒙然靡察，有如聾瞽」。〔註24〕劉知幾對「直書」的論述，
同樣體現了他對歷史本質的深刻認知：

正直者，人之所貴，而君子之德也。……況史之爲務，申以勸
誡，樹之風聲。不掩其瑕，則穢迹彰於朝，惡名被於千載。言之若
是，籲可畏乎！……若南、董之仗氣直書，避強禦；韋、崔之肆情
奮筆，無所阿容。〔註25〕

「直書」亦稱爲「直筆」或「實錄」，既是古代史家精神之最高體現（劉知幾
譽之「寧爲蘭摧玉折，不作瓦礫長存」），所以自古以來得之不易：「但見古來
唯聞以直筆見誅，不聞以曲詞獲罪。……欲求實錄，不亦難乎？」〔註26〕
劉知幾的疑古主張，顯然受到孟子的啓發，因爲他在《疑古篇》中曾引用孟
子之「盡信《書》，則不如無《書》」。由疑古主張所衍生的懷疑精神，對中國
傳統史學產生了深遠的影響，如清代乾嘉學派與近代古史辨學派（以顧頡剛
爲代表），都是懷疑主義的追隨者或奉行者。而「實錄」一詞，亦非劉知幾所
創，因早在東漢，班固《漢書》卷六十二《司馬遷傳》，曾謂「皆稱遷有良史

〔註23〕《史通・史官設置》篇，遼寧教育出版社。
〔註24〕《史通・疑古》篇，遼寧教育出版社。
〔註25〕《史通・直書》篇，遼寧教育出版社。
〔註26〕同上書。

之材，服其善序事理，辨而不華，質而不俚，其文直，其事核，不虛美，不隱惡，故謂之實錄」。但實錄作為一種固定的史書體例，則最早出現於唐初，而後傳諸宋元明清各代，故有學者認為「實錄史觀」乃唐人對古代史學一大貢獻，並不言過其實。明末清初大學者顧炎武亦提倡直書與實錄，反對「曲筆」和隨意「筆削」（褒貶），可說是青出於藍而勝於藍。他說：

> 門戶之人，其立言之指，各有所借；章奏之文，互有是非。史者兩收而並存之，則後之君子，如執鏡照物，無所遁逃其形。偏心之輩，謬加筆削，於此之黨，則存其是者，去其非者；彼之黨，則存其非者，去其是者。……纂修實錄之法，唯在事直書，則是非互見。……其萬世作史之準繩乎！〔註27〕

唐人認為客觀歷史的主體化，其得失成敗如何，在很大程度上取決於歷史家的個人學養。劉知幾《與鄭惟忠論史才》首先提出「史才三長說」（即「史家三長說」），主張優秀的歷史家必須具備才、學、識三個條件：

> 禮部尚書鄭惟忠嘗問子玄曰：「自古已來，文士多而史才少，何也？」
>
> 對曰：「史才須有三長，世無其人，故史才少也。三長：謂才也，學也，識也。」脫苟非其才，不可叨居史任。自敻古已來，能應斯目者，罕見其人。〔註28〕

由於三長兼備之良史「罕見其人」，劉知幾一再感歎文人易得史家難求，「夫史才之難，其難甚矣」。〔註29〕

作為古文八大家之一的曾鞏亦認為，「古之所謂良史者，其明必足以周萬事之理，其道必足以適天下之用，其智必足以通難知之意，其文必足以發難顯之情，然後其任可得而稱也」。他還說：「蓋史者所以明夫治天下之道也，故為之者亦必天下之材，然後其任可得而稱也。」（曾鞏《南齊書・目錄序》）可見宋人曾鞏對「良史」與歷史本質的認知，同唐人劉知幾基本上是一致的。

贊同劉知幾「史家三長說」，並加以發揚光大者，最主要的是清代史學家章學誠和近代學者梁啟超。在《文史通義》裏，雖然章學誠說「才、學、識，三者得一不易，而兼三尤難」，但卻又在史才、史學、史識之後，加上史德，

〔註27〕顧炎武：《日知錄》卷十八，中華書局。
〔註28〕《舊唐書・劉子玄傳》，中華書局。
〔註29〕《史通・核才》篇，遼寧教育出版社。

而成「史家四長論」。﹝註30﹞他所言史德,「謂著書者之心術也」,其實就是劉知幾所說的史家直筆不諱的正直品格。梁啓超《中國歷史研究法》補編,則以《史家之四長》爲一章,申論治史之道,並賦「四長」予新排列(德、學、識、才)、「新意義」與「新解釋」。唐人歷史觀之延續性與穩定性,至清代依然存在,單憑以上二者已可窺見其大概矣。

二、歷代對歷史範疇的認知

依照唐人的基本歷史觀,不論是客觀存在的歷史,或是主體化的歷史,都是或必須是綜合性的。這一個基本歷史觀念所體現的歷史範疇,充分反映於以正史爲主的史書編撰體例上,從而構建了史書的三種基本體例,即編年體、紀傳體與書志體。在《史通》裏,劉知幾雖提出史書「二體」之說(即將史書分爲編年體與紀傳體),並且認爲二體是由「六家」,即《尚書》家、《春秋》家、《左傳》家、《國語》家、《史記》家、《漢書》家演變、綜合而成。由於史書二體各有長短,「互有得失」,所以必須相互爲用,「並行於世」。﹝註31﹞但與此同時,他在《史通・書志》篇裏還用不少篇幅,詳細論述了書志的編撰問題,可見他對書志體亦十分重視。總之,唐人對歷史範疇的這一總體認知,既不始自唐代,亦不止於唐代,其繼承性與延續性是顯而易見的。

在正史的三種體例中,紀傳體居於最重要地位,因爲「二十六史」皆屬於紀傳體。紀即本紀或帝紀,雖然屬於帝王的個人傳記,但是國家大事穿插其間,凡是政治動態、軍事行動、自然災害,都成了本紀的主要內容。由於除了歷代開國帝王外,其他帝王的本紀,涉及本人事迹的記載,一般上都很簡略,帝王甚至僅僅是朝代的標誌,所以有學者認爲,正史本紀「與其說記帝王,毋寧說是利用帝王世系爲線索,以帝王年號爲順序,反映一朝政治、軍事、經濟、文化、民族、外交等國家要事」。﹝註32﹞

我認爲這位學者(王錦貴)的論斷,十分獨到、恰當,而且具有一定深度,對我們瞭解「本紀」這個歷史範疇的本質與內涵,很有幫助。由於本紀記載國家大事,是按照年份之先後,所以在某種意義上說,本紀和列傳有所不同:它既屬於紀傳體,又屬於編年體,或屬紀傳與編年的綜合體。

﹝註30﹞ 《文史通義・史德篇》,中華書局。
﹝註31﹞ 《史通・二體》篇,遼寧教育出版社。
﹝註32﹞ 王錦貴:《中國紀傳體文獻研究》,北京大學出版社,第 119 頁。

　　傳即列傳，屬於貴族、官吏乃至平民百姓的個人歷史，而少數民族與周邊國家的事迹，也有些包括在內。梁啓超（《中國歷史研究法》補編曾將列傳分爲專傳與合傳兩大類，但我們若加以細化分類，列傳主要可分爲單傳、合傳、附傳、類傳、四裔傳五種類型。單傳又稱專傳，入傳者多是在歷史上具有影響力（包括負面影響）的人物，如皇親國戚、朝廷重臣以及成就較大的文人學者。合傳即將兩個（或兩人以上）相關的歷史人物合編在同一傳內，如《漢書·蕭何曹參傳》、《周書·王褒庾信傳》。附傳可說是另一種組合的合傳，其中有以一人爲主、另一人爲從者，也有以一人或兩人爲主、多人爲從者，家族列傳也包括在內。類傳即同類人物的傳記組合，內容形形色色，五花八門，如《宗室傳》、《儒林傳》、《隱逸傳》、《忠義傳》、《文學傳》、《良吏傳》、《酷吏傳》等等。四裔傳（或稱四夷傳或載記），即中國少數民族與周邊民族國家或地區的記載，其重要性遠不及單傳，因爲在編次、定位上，單傳排在最前，而四裔傳列在最後，而且有些內容屬於道聽途說，眞實性、可靠性都比較低。

　　正史列傳的內容豐富多彩，首先體現於補充本紀之不足。凡是本紀中語焉不詳的歷史大事，包括政治事件、戰爭經過，都可在相關列傳中獲得補充、演繹、展開。例如，關於淝水之戰的記載，《晉書·孝武帝紀》僅僅三言兩語，而在有關戰爭雙方的人士的列傳中，包括《謝安傳》、《謝玄傳》、《朱序傳》、《劉牢之傳》以及《苻堅載記》，都有相當詳細的記載、精彩的描述。其次，列傳所附上的序例、論贊、載言與載文，亦使其內容生色不少。五種類型的列傳之中，類傳與四裔傳大體上都有序例與論贊，用以表達歷史家對某類事物或人物之見解，其間最受後代文論學者關注、重視者，莫過於《文學傳》序言和後論。至於載言與載文，顧名思義，就是在列傳裏插載傳主的言語（人物對白與自白）和詩文（詩賦、奏章、書函、論文）。劉知幾《史通》裏的《序例篇》、《論贊篇》、《載言篇》和《載文篇》，即屬於針對以上四者內容之史學專論。

　　至於書志體，亦稱典志體，即用以記載各朝代典章制度的編撰體例，包括正史內的「書志」和正史外的「典志」。單就前者而論，《史記》首創書志，其內容包括禮書、樂書、律書、曆書、天官書、封禪書、河渠書、平準書八項，合稱爲「八書」。《漢書》則將「八書」改爲「十志」，即禮樂志、律曆志、天文志、郊祀志、溝洫志、食貨志、刑法志、五行志、地理志、藝文志。自

此而後，書志成爲正史體例或歷史範疇的組成部分。可能由於對書志的重要性認識不足，或者因爲戰亂連年，魏晉南北朝時期史料多散失，後代史家難爲無米之炊，所以在二十六史之中，《三國志》、《梁書》、《陳書》、《北齊書》、《周書》、《南史》、《北史》等七史，均無書志。但是附於《隋書》的《五代史志》，共有十志三十卷，在一定程度上涵蓋了梁、陳、齊、周、隋五朝的典章制度，彌補了以上四史無志的缺憾。此後的宋元明清各代所修正史，書志就成爲歷史範疇的不可或缺的組成部分，無一例外。這正好說明了歷代史家對書志的重要性已達致共識。從《史記》、《漢書》到《明史》、《清史稿》，經過二千年的演變，書志的名稱與內容固然不盡相同，但共同性遠大於差異性：禮樂、律曆、天文、食貨、刑法、五行、選舉等，基本上成爲《隋書》以後正史書志的主要內容。此一文化現象，亦在很大程度上反映了歷代對歷史範疇認知的延續性與穩定性。

　　爲了更清楚地瞭解歷代對歷史範疇的認知，不妨參閱王錦貴的《二十六史體制、規模一覽表》。〔註33〕從這一覽表裏，我們可以更清楚地看到本紀、書志和列傳是二十六史的三大主體。就重要性而言，本紀居於首位，書志次之，列傳又次之；但就規模（卷數）而論，則列傳規模最大（多達2503卷），書志次之（共 832 卷），本紀規模最小（僅 464 卷）。至於史表，其重要性雖不亞於書志，但《漢書》之後，曾長期被歷史家棄而不用，直到宋代才恢復過來，而且沿用至民國初年編纂的《清史稿》。從這一覽表裏，我們還可知道，作爲綜合性史書的二十六史，其範疇相當廣泛，內容豐富多彩，絕不能隨意稱之爲「統治階級的家譜」。雖然在上世紀初年，梁啓超爲了提倡新史學（「史界革命」），而將二十四史貶得一文不值。他認爲「二十四史非史也，二十四姓之家譜而已」，「若二十四史真可謂地球上空前絕後之一大相砍書也」。〔註34〕不論他的動機如何，這樣的論斷顯然過於極端，毫無依據，絕不可取。其實，梁啓超在另一著作裏，曾給中國古代史學以極高評價：「中國於各種學問中，惟史學爲最發達；史學在世界各國中，惟中國爲最發達。」〔註35〕對於如此前後自相矛盾的說法，任何現代學者都無法爲他辯解，就連梁啓超自己恐怕也難以自圓其說。

〔註33〕見本書《附錄》。
〔註34〕《梁啓超史學論著四種》，嶽麓書社，第241頁。
〔註35〕梁啓超：《中國歷史研究法》，中華書局，第9頁。

三、歷代對歷史功能的認知

在第一章裏，曾提到歷史功能的多元性，但未曾衡量各種不同功能的輕重，也未曾涉及它的來龍去脈，而且所引用的證據仍嫌不足，所以似乎缺乏說服力。前文所述的五種歷史功能中，教育功能、政治功能和借鑒功能歸為一類，審美功能、愉悅功能歸為另一類。兩類的重要性與受重視程度，是大不相同的，歷史家的理論與實踐都證明了這一點。總的來說，古代歷史家和政治人物，在理論上並不太重視歷史的審美愉悅功能，他們所強調的只是歷史的教育、政治與借鑒功能，並且往往將三者合而為一，相提並論。但在修史實踐過程中，有時也增添審美愉悅之文化成分，將歷史功能多元性進一步拓展。

唐高祖武德五年（公元 622 年），曾下詔書修前代史，稱「司典序言，史官記事，考論得失，究盡變通，所以裁成異類。懲惡勸善，多識前古，貽鑒將來」。〔註36〕

這段詔書的核心內容，言簡而意賅，且將唐人對歷史功能的認知表述得十分明確。大體言之，「考論得失，究盡變通」屬於歷史教育或認知功能；「懲惡勸善，多識前古，貽鑒將來」，則屬於政治、借鑒功能，但三者之間並無明顯界限。「多識前古」首先是為了「考論得失，窮盡變通」，然後再在這個基礎上進行「懲惡勸善」、「貽鑒將來」。因此，唐人有時索性將歷史功能簡化為「彰善癉惡」或「褒吉懲凶」（借鑒功能）。如唐太宗《修晉書詔》稱譽陳壽《三國志》、沈約《宋書》為「莫不彰善癉惡，激一代之清芬；褒吉懲凶，備百王之令典」。〔註37〕此詔書雖強調史書的借鑒功能，但多少還含帶史書的教育與政治功能的成份。

劉知幾則說「蓋史之為用也，記功司過，彰善癉惡，得失一朝，榮辱十載」。〔註38〕其言論重點也是彰善癉惡。又說：「況史之為務，申以勸誡，樹以風聲。其有賊臣逆子，淫君亂主，苟且書其事，不掩其瑕，則穢迹彰於一朝，惡名被於千載。言之若是，於可畏乎！」〔註39〕其核心內容仍是論述歷史的借鑒功能。但在另一篇章，劉知幾引用荀悅之言，講述典籍的五種功能如下：

〔註36〕《舊唐書‧令狐德棻傳》，中華書局。
〔註37〕《晉書‧修晉書詔》，中華書局。
〔註38〕《史通‧曲筆》篇，遼寧教育出版社。
〔註39〕《史通‧直書》篇，遼寧教育出版社。

昔荀悅有云：「立典有五志焉：一曰達道義，二曰彰法式，三曰通古今，四曰著功勳，五曰表賢能。」……今更廣以三科，同增前目：一曰敍沿革，二曰明罪惡，三曰旌怪異。……於是以此三科，參諸五志，則史氏所載，庶幾無闕。求諸筆削，何莫由斯？〔註40〕

但他並不滿足於荀悅《漢紀》的說法，所以在「達道義」、「彰法式」、「通古今」、「著功勳」、「表賢能」五種史書功能之外，又加上「敍沿革」、「明罪惡」、「旌怪異」三種功能，總共形成了八種功能。但是歸根結底，這八種功能還是可以將之歸納爲認知、政治與借鑒三種功能。此外，值得我們注意的是，歷史典志也同樣具有此三種功能。如李翰稱杜佑《通典》足以「明十倫五教之義，陳政刑賞罰之柄，述禮樂制度之統，究治亂興亡之由，立邦之道盡於此矣」。〔註41〕唐人對以上歷史功能的主要認知，其歷史淵源可推溯到先秦兩漢。最早的懲惡勸善說，來自《左傳》成公十四年：「君子曰：《春秋》之稱，微而顯，志而晦，婉而成章，盡而不污，懲惡而勸善，非聖人，誰能修之？」《孟子‧滕文公下》亦提出類似見解：

世衰道微，邪說暴行有作，臣弒其君者有之，子弒其父者有之。

孔子懼，作《春秋》……孔子成《春秋》而亂臣賊子懼。

但是，首先將歷史借鑒功能論述得最具體、最生動者，恐怕非西漢賈誼莫屬。他的名篇《過秦論》深刻地剖析了秦帝國速亡的歷史原因，從而得出「前事不忘，後事之師也」的著名結論。他還在《胎教》篇裏，論及歷史功能說：

鄙諺曰：「不習爲史，而視己事。」又曰：「前車覆而後車戒。」夫殷、周之所以長久者，其己事可知也；然而不能從，是不法聖智也。秦之亟絕者，其軌迹可見也；然而不避，是後車又覆也。夫存亡之反，治亂之機，其要在是矣。(《新書》卷五)

大史家司馬遷當然更加關注歷史的社會功能，所以針對《春秋》關於歷史功能的微言大義，作出如下的申論：

夫《春秋》，上明三王之道，下辯人事之紀，別嫌疑，明是非，定猶豫，善善惡惡，賢賢賤不肖，存亡國，繼絕世，補敝起廢，王道之大者也。〔註42〕

〔註40〕《史通‧書事》篇，遼寧教育出版社。
〔註41〕《通典》卷首《李翰通典序》，中華書局。
〔註42〕司馬遷：《史記‧太史公自序》，中華書局。

他又在《報任安書》裏，陳述撰寫《史記》之目的，在於「網羅天下放失舊聞，考之行事，稽其成敗興壞之理」，「亦欲以究天人之際，通古今之變，成一家之言」。可見他將歷史的認知功能提升到前所未有的高度，而且還強調歷史功能的綜合性（「究天人之際」）。我認爲唐高祖修五代史詔中的「究盡變通」一詞，實乃「究天人之際，通古今之變」之概括、縮寫。

到了魏晉南北朝，以史爲鑒仍然是基本歷史觀的主流意識，其中當以劉勰《文心雕龍‧史傳篇》講述得比較具體。他認爲歷史之主要功能，在於「舉得失以表黜陟，徵存亡以標勸誡」，其實就是「彰善癉惡，樹以風聲」，把「樹立良好的社會風氣」的教育功能也包括在內。他說：

> 諸侯建邦，各國有史，彰善癉惡，樹以風聲。自平王微弱，政不及雅，憲彰散紊，……昔者夫子閔王道之闕，……因魯史以修《春秋》，舉得失以表黜陟，徵存亡以標勸誡：褒見一字，貴逾軒冕；貶在片言，誅深斧鉞。〔註43〕

他還說「原夫載籍之作也，必貫乎百氏，被於千載，表徵盛衰，殷鑒興廢」。因此，劉勰認爲歷史家的責任十分重大：「然史之爲任，乃彌論一代，負海內之責，而贏是非之尤，秉筆荷擔，莫此之勞。」〔註44〕由此，亦可見劉勰非常重視歷史的借鑒功能，而他對劉知幾之影響自然不在話下。有的學者認爲，劉勰《史傳篇》是在唐代之前的最佳史論篇章，它可同《史通》裏任何一篇章匹美，似乎是很有道理的。

以上論述應足以說明唐人基本歷史觀的延續性，即繼承性。接著，我再援引相關實例，繼續論述其穩定性。宋代司馬光所主編《資治通鑒》是部編年體通史，上起戰國時代韓、趙、魏「三家分晉」（公元前 403 年），下迄五代周世宗顯德六年（公元 959 年），涵蓋一千三百六十二年史事。書名《資治通鑒》，乃宋神宗所賜，其旨意爲此書可提供治國者一般性的借鑒。此舉既將歷史的借鑒功能，以書名形式固定下來，故傳爲中國史學史上的佳話。宋神宗《資治通鑒‧序》這樣寫道：

> 《詩》、《書》、《春秋》皆所以明乎得失之迹，有王道之正，垂鑒戒於後世者也。……至於荒墜顛危，可見前車之失，亂賊奸宄，

〔註43〕劉勰：《文心雕龍‧史傳篇》（周振甫注釋），人民文學出版社。
〔註44〕同上書。

　　厥有履霜之漸。《詩》云：「商鑒不遠，在夏后之世」，故賜其名曰《資
治通鑒》以著朕之志焉耳。〔註45〕

司馬光在《進〈資治通鑒〉表》裏，同樣說明修撰《資治通鑒》的目的在於：
「監前世之興衰，考當今之得失，嘉善矜惡，取是捨非，足以懋稽古之盛德，
躋無前之至治，俾四海群生，咸蒙其福，則臣雖委骨九泉，志願永畢矣。」
〔註46〕

　　到了清代，中國人似乎將歷史功能提升到一個新的臺階：歷史不僅僅為
統治階級提供借鑒，而且涉及整個國家民族的生死存亡。如龔自珍即從反面
論說「國可滅史不可亡」這一著名命題，他認為「史存而周存，史亡而周亡」，
接著在《古史鉤沉論二》又說：「滅人之國，必先去其史；隳人之枋，敗人綱
紀，必先去其史；絕人之才，湮塞人之教，必先去其史；夷人之祖宗，必先
去其史。」〔註47〕龔氏文中所謂的「史」，指的雖然是史官，但也可引申作史
書解，因為古代史書絕大多數出自史官，「去史官」就是為了「滅史書」。「滅
人之國，必先去其史」之所以成為一句至理名言或警策之語，就是因為它一
語道破了歷史的「特異功能」：歷史賦一個民族以文化認同感和超強的凝聚
力！而那些視歷史為無用的包袱，應拋而棄之如敝履的人，就是文化膚淺、
鼠目寸光的人。

　　至於近代學者梁啟超，雖然深受西方史學的影響，曾猛烈鞭撻舊史學，
竭力提倡新史學，但是他對歷史功能的基本認知，仍然是很具中國文化傳
統特性的。單從他給「歷史」所下的定義即可窺見一斑。他說：「史者何？
記述人類社會賡續活動之體相，校其總成績，求得其因果關係，以為現代
一般人活動之資鑒者也。」〔註48〕梁啟超同樣以借鑒作為歷史的最主要功
能，所差異的僅在於：古代史家認為歷史應為統治者提供借鑒，而他卻主
張歷史「以為現代一般人活動之資鑒」，即將歷史的借鑒功能現代化、大眾
化或平民化。

　　綜合上述，即使單憑歷代對歷史功能的認知這一層面，已在很大程度上
說明了唐代歷史觀的延續性與穩定性。若加上歷代對歷史本質與歷史範疇認

〔註45〕司馬光：《資治通鑒》卷首，明倫出版社。
〔註46〕司馬光：《資治通覽》書後，明倫出版社。
〔註47〕《龔自珍全集》第一輯，上海古籍出版社。
〔註48〕梁啟超：《中國歷史研究法》，第一章《史之意義及其範圍》，中華書局。

知的另外兩個層面，則更加強而有力地印證了這個論斷的正確性。自漢代至清代的二千餘年間，中國人的基本歷史觀固然發生不少變化，但它與基本文學觀一樣，同樣都屬於量範疇內的變化，而不屬於質範疇內的變化，所以建構了一個文化價值體系的超穩定子系統。本書所謂「歷史觀」中的「歷史」一詞，其內涵或界定基本上趨同於唐人對歷史之認知。

第三節　唐代文史觀延續性與穩定性形成的基本因素

在前兩節裏，已經援引不少文獻，分別論證了唐代基本文學觀和歷史觀的延續性與穩定性。前文也說過，所謂基本文史觀的穩定性與延續性，則是指其承前啓後、一脈相承的歷史定位。在中國新文學、新史學誕生之前，兩者在歷史上僅僅發生過漸變與量變，而未曾發生突變與質變。為何出現如此似乎不太尋常的文化現象？這就是本節論文所要深入探討、闡釋的問題。

按照辯證哲學的基本原理，任何事物（不論是客觀存在或主觀意識）的形成、變化不僅有一個過程，而且有一定的原因。而任何事物形成、變化的基本原因，一般上是由內因（內在因素）與外因（外在因素）兩部分互動、激化（矛盾統一）所構成。就唐代基本文史觀而言，其延續性與穩定性形成的因素，同樣包含內因與外因兩部分。前者指唐代文史觀本身的內部結構，後者指文史觀所依存的社會基礎，包括經濟基礎、政治基礎、文化基礎三個層次。從歷史哲學的角度來看，文史觀既屬於上層建築中的意識形態，亦屬於一種文化價值觀，即建構整個文化價值體系的組成部分，所以不可能單獨地、孤立地存在。

作為一種傳統的文化價值觀念，它的內部結構應該是比較完整、比較堅韌的，因為在我看來，它是由基本理念、主要範疇與社會功能三大元素（Elements）建構而成。所謂「基本理念」，即指唐人對文史本質的共同認知，而建構文史觀的「主要範疇」與「社會功能」，則指唐人對文史主要範疇與社會功能的共同認知。有關其具體內涵，前兩節已經作了比較詳細的論述，所以不需再添贅言。在此我想進一步闡明的，是唐人基本文史觀「三位一體」（Trinity）或「三合一」（Triad）的內部結構，以及三者之間相互制約的辯證關係。我認為構成文史觀的三大元素，不是平行、而是交叉的存在，並且成為如下的一個等邊三角形：

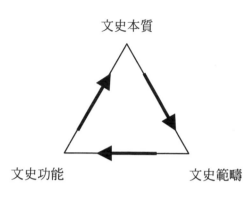

（文史觀結構圖示）

　　從以上的文史觀三角結構圖示中，我們可以瞭解：唐人對文史本質的認知，決定了唐人對文史主要範疇的認知；而唐人對文史社會功能的認知，又取決於對文史主要範疇的認知；至於唐人對文史本質的認知，則在最大程度上爲文史的社會功能所制約。這麼一來，「三位一體」裏的任何「一位」不變（即不發生質變，以下皆同），其餘「二位」就必然受其制約，而不可能單獨發生質變或突變。例如，如果基於某些原因，文史的社會功能（及對其認知）長期維持不變或少有變化，那麼人們對於文史本質的認知必將維持不變，而且必將直接、間接作用於文史範疇與文史功能，致使二者在中國歷史上同樣長期維持不變或少有變化。這是唐代文史觀三位一體內部建構的堅韌性之所在，也就是其延續性與穩定性形成的內在因素。

　　依我個人的判斷，在構成唐人文史觀的三大元素裏，應以「對文史功能的認知」堅韌性最強，最不容易發生質變。究其內在原因，大約有以下兩點：

　　其一，它與人類心理需求有關。如所周知，人類的社會行爲、價值取向，皆與心理需求密切相關。著名的美國現代心理學家馬斯洛（A.H. Maslow，1908～1972）提出關於人類心理需求層次（需求等級）的理論（Hierarchy of Needs），頗受西方人文學者的青睞、推崇。他將人類的心理需求分爲五個層次或等級，即生理需求（Physical Needs）、安全需求（Safety Needs）、社交需求（Social Needs）、自尊需求（Esteem Needs）、自我實現（Self-actualization），其中以「生理需求」的層次爲最低，以「自我實現」爲最高。同時，他認爲每一個體必須首先滿足低層次的心理需求（即生理、安全、社交需求），而後才會設法滿足高層次的心理需求（即自尊與自我實現），完全沒有例外。我們知道，唐代

文史家不但熱衷於文章寫作和科舉考試，而且以對「三不朽」（立德、立功、立言）的熱烈追求，作為個人自我實現的最高境界。若按照馬斯洛的需求理論，他們追求三不朽，就是在滿足個體心理需求的過程中，由較低層次向最高層次過渡與提升，因此，任何文史作品的寫作，不但必須能夠滿足作者的心理需求，而且必須有助於他們完成心理需求的過渡與提升；否則便失去其意義與價值，而不能獲得應有的重視，乃至不能長久存在。換句話說，在古代中國，文學的和歷史的社會功能主要部分大致相似，始終以實用價值為主，包括審美、愉悅在內的其他非實用價值無法取而代之，原因之一乃在於此。對唐人而言，文學作品的審美價值不如實用價值重要，因為它對於文學家的「自我實現」（即實現「三不朽」）作用相對不大。若單就立言來說，乃以含有「至正之理」的詩文最為重要，亦方可令作品與作者永垂不朽。如皇甫湜認為「夫言亦可以通理矣，而以文為貴者非他，文則遠，無文即不遠也。以非常之文通至正之理，是所以不朽也」。〔註49〕

　　其二，它與社會發展水平有關。作為一種價值觀念，文史觀既是個體思維的體現，又是群體化、社會化的產物，所以不可避免地受到社會發展水平的制約。在社會發展水平較低的歷史時期，或者說在資本主義社會出現之前，社會分工（農、工、商）雖然已經存在，但是在同一行業之內的生產細化分工比較罕見。一樣產品往往必須由同一個生產者單獨完成，例如，一張木桌的製造過程，包含了構思（設計）、切割、安裝、打磨、上油等幾道工序，通常由木匠一人完成。（但在現代化的工廠裏，一張木桌的製造至少要經過四五人之手。）社會生產過程分工不夠細化，自然反映於人們的思維方式與價值觀念之中，使人們往往將客觀事物視為一個整體，並以綜合視角加以審視、判斷、處理。如中醫學強調辯證診斷、綜合治療，是一個很好的例證；而中國古代文史合一的文化傳統，及其社會功能的綜合性、多元性，也可作為一個例證。再者，社會發展水平低下，就意味著學校教育不普及、不發達，精神文明的創造者（知識分子）人數稀少，因此，文化資源的極度匱乏，就成為古代社會普遍存在的文化現象，古代中國也不例外。無論在兩漢、唐宋，還是在明清時期，文學與歷史都是十分稀罕、珍貴的文化資源，所以非善於充分利用不可！綜合利用以便將文史的社會功能多元化、極大化，是善於利用文化資源的有效途徑之一；而另一有效途徑則是將文史的實用價值，擺放在最顯著、最重要的位置，使之充

〔註49〕皇甫湜：《答李生第二書》，見《皇府持正文集》卷四，人文出版社。

分發揮其社會功能（如美刺功能、借鑒功能）。

　　總之，唐代文史觀三位一體的內部結構，是構成其延續性與穩定性的根本原因。這是因為在任何事物形成、變化的過程中，內在因素是「根據」，外在因素只是「條件」；外因必須通過或借助內因，才能發揮作用。如果不瞭解或不同意這一點，我們就很難說明：為何一種價值觀念或價值體系一旦形成，就會自然而然轉化為社會意識，變成一種支配人們心靈的文化力量，以致不容易發生本質上的改變——除非有比較強大的外在力量的衝擊、刺激作用，造成其內部結構的三大元素中的某一元素發生變化。

　　當然，唐代基本文史觀是中國古代社會發展的歷史產物，它和中國古代的經濟結構、政治體系與文化傳統，息息相關，猶如血肉存在於同一個人體之內。因此，我們有必要進一步論述唐代基本文史觀所依存的社會基礎。

　　隨著馬克思主義學說傳入中國，自上世紀二三十年代起，先進的中國歷史家如郭沫若、范文瀾、翦伯贊、呂振羽等人，便將中國社會發展史劃分為原始社會、奴隸社會、封建社會與半封建半殖民地社會四個時期。儘管各家對封建社會與奴隸社會之分期（界限）問題，存在不同見解，但對於中國封建社會的持久性（當時有人稱之為「中國封建社會的遲滯性」），卻持基本上相同的觀點。〔註50〕有關中國社會分期的見解，解放後更獲得大陸學術界的廣泛認同。〔註51〕直至上世紀80年代改革開放之後，大陸學術界的百家爭鳴再度出現，於是有人追隨港臺與海外某些學人之後，開始質疑甚至否定中國封建社會的存在。〔註52〕然而，這個學術思想傾向的變化並不防礙我們對「社會基礎」的論斷，因為反正無人可以否定自秦漢至清代二千年間，中國社會始終是農業社會這個歷史事實（不論它是否屬於封建社會）。

　　中國農業社會至少具有以下的幾個特性：第一，農耕自然經濟長期居於主導位置。自然經濟乃與商品經濟相對之範疇。它是古代社會的一種經濟形態，其發展過程大致如此：最早出現的是採集、漁獵經濟，接著是畜牧、農耕經濟，最後形成了農耕與手工業相結合的經濟形態。無論處於哪一個歷史發展階段，自然經濟中的生產者都是為了滿足本身的物質生活需求，而進行

〔註50〕詳見《歷史研究》編輯部《中國的奴隸制與封建制分期問題論文選集》，三聯書店。

〔註51〕指的是將新中國成立之前的中國社會劃分為上述四個發展階段。

〔註52〕否定封建社會的存在，並不能顯示其觀點新穎，因為早在上世紀三十年代便有人反對封建社會之說。

生產勞動。換言之，追求「利潤」（Profit）幾乎完全排除在生產目標之外，而個體之間或地域之間的「競爭」（Competition），也幾乎完全不存在。因此，比較傾向於墨守成規，當然就成為農業社會的共同特徵，世界各地皆是如此。商品經濟（市場經濟）則不然，為了利潤的極大化，競爭日趨激烈，商品不斷推陳出新，人們的價值觀念隨之逐漸改變。

　　第二，農業生產過程周而復始。在四季分明的溫帶地區，農業生產過程季節性十分顯著，也十分重要。所以自夏代以來，中國人便創立了為滿足農業生產需要的曆法（故俗稱農曆），將一年分為春夏秋冬四季。接著，最遲到了西漢，在曆法上又添加了二十四節氣（即立春、雨水、驚蟄、春分、清明、穀雨、立夏、小滿、芒種、夏至、小暑、大暑、立秋、處暑、白露、秋分、寒露、立冬、霜降、小雪、大雪、冬至、小寒、大寒），使氣候變化在曆法中更加精確顯示出來，為農業生產提供主要指南，作出重要貢獻。然而，這一切並沒有也不能改變農業生產的循環特性：春耕、夏耘、秋收、冬藏，年年如此運作，周而復始，人們皆習以為常。在這樣的社會氛圍裏，人們同樣認為不需要變革，也不追求變革，因為反正任何人都無法改變這一天文、地理的自然規律。

　　第三，農業生產力水平長期不變。生產力是由人力（生產者）、生產工具、生產方式與生產技術四大要素構成。中華民族是個既勤勞又聰慧的民族，從東周開始便掌握了冶鐵技術，使用鐵製農具，而且用牛耕田，成為世界上最早使用鐵器、牛耕的民族之一。不僅如此，灌溉施肥、深耕細作、培育良種等生產技術，乃至二圃制、三圃制、代田法等農耕生產方式，都在全國範圍內逐步推廣、採用。因此，到了唐宋時期，中國農業發展已臻高峰或成熟階段，居於當時世界各國之前列。然而，此後的千餘年間，農業生產力長期停滯不前，或者水平極少提高，這是因為生產者的社會地位、生產方式與生產工具長期維持不變。農業產量的增長，主要來自人口增加與耕地面積擴大，而不是農業生產力的提高。試想：既然早在漢代初年，中國人已用牛馬耕田拉車，而到了二千餘年後的清代，依舊用牛耕田、用馬拉車，我們怎能期望清代社會（指鴉片戰爭之前）的價值體系發生本質上的改變？

　　第四，生產關係基本架構變化不大。生產關係是社會關係最重要的組成部分，也是決定社會本質的內在根據。馬克思主義者將地主階級與農民階級構成主要生產關係的社會，稱之為封建社會，因此，無論西方或中國，封建

社會即是農業社會，恐怕是誰也難以否定的歷史事實。在中國古代農業社會裏，長期存在兩個階級，即地主階級與農民階級。前者大體上由貴族、官僚、商賈、僧侶組成，是土地資源的主要佔有者、精神文明的創造者，屬於孟子所謂的「治人者」與「食於人者」（統治階級）；後者一般上由佃農、僱農、自耕農組成，是從事農業生產的勞動者、物質財富的主要創造者，則屬於孟子所謂的「治於人者」、「食人者」（被統治階級）。由於土地是社會財富、生活資料的主要來源，地主階級與農民階級所構建的生產關係，自然便成了社會結構中最主要的成份。在中國古代史上，曾發生無數次的由社會階級矛盾所引起的農民暴動或農民戰爭，然而始終無法從根本上改變農業社會的生產關係。農業生產長期停滯不前，生產力難以提升，歸根結底是受到生產關係的束縛。

總之，農業社會是中國古代傳統文化的經濟基礎，各種傳統文化都脫離不了這個基礎而獨立，宗教、哲學、醫學、曆法、藝術等是如此，文學和史學當然也不例外。中國古代文史觀，無論是在兩漢隋唐，還是在宋元明清，都屬於不折不扣地折射農業社會形態的價值觀念，其延續性與穩定性也因農業社會的持久性（或保守性）而逐漸形成、長期存在。

不僅如此，政治結構或政治體制亦屬上層建築，同樣不能存在歷史時空的真空裏，不能不受到經濟基礎的制約。農業社會只能鑄造君主專制政體，中國及歐洲歷史都證明了這一點。在漫長的周代，周天子和各諸侯國均行專制政治，秦統一中國後，君主專制政治進一步強化，到明清時期終於登上顛峰。歷代農民革命雖可促成改朝換代，但農民階級既沒有能力建立屬於本階級的新政權，也沒有能力改變君主專制制度。這就注定了君主專制政治在中國歷史上的長期存在，並同樣呈現了明顯的延續性與穩定性。

中國君主專制體制的另一重要特徵，是「家天下」與「官本位」的長期緊密結合。「家天下」始於夏代（夏啓之後），而一直延續到清代，前後約四千年，只要是君主的子弟，即使昏庸無能或年幼無知，也可世襲為最高統治者。歷代王朝都是奪天下者坐天下，都是一家一姓所統治，如兩漢是劉邦及其家族的天下，唐朝是李家天下，明朝是朱家天下。然而，單由一個家族統治一個大帝國，最高統治者（皇帝）即使有三頭六臂，也是不可能的，所以需要大批官吏從中協助，並構成統治集團。為了加強統治集團的政治力量，就必須大量吸收社會精英（知識分子）。早在隋代便創立科舉制度，並且一直

沿用到清末，爲知識分子提供了晉身之階梯。古代知識分子除了成爲朝廷命官，幾乎沒有其他更好的生活出路，「學優則仕」和「官本位」的價值取向，即由此產生，而且官本位與家天下緊密結合，成爲家天下最重要的政治支柱。在這樣的歷史條件下，自然就無法產生專業性的文學家（或歷史家），而任何涉及文學觀的「突變」或「質變」，恐怕僅僅是現代學者良好的主觀願望吧？

君主專制政府爲了有效地徵收賦稅、徭役和兵役，早在戰國時期便實行戶籍制度，加強對社會人口的管理。如秦孝公用商鞅變法，就按五家一「伍」、十家一「什」，首先將秦國人口編制起來，同時制定了連坐之法，規定什伍之間相互監視、告發，否則同罪連坐。類似的戶籍制度一直爲歷代朝廷所因襲，延續了二千餘年，成爲強化君主專制的重要舉措之一。另一方面，戶籍制度也將廣大農民牢牢束縛在土地上，人口流動受到極大約束。安於現狀的民族性格，安土重遷的價值觀念，誠然亦與此密切相關。

中國作爲文明古國，不僅農業早熟，商業也歷史悠久。〔註53〕最遲在商代，中國人即以幣貨（貝幣）爲商業媒介，是世界上最早使用貨幣的民族之一。到了宋元時期，中國人又首先發明了交子（紙幣之雛形）、銀票（支票之雛形）與錢莊（銀行之雛形）。可見中國古代商業發展水平，並不亞於歐洲地區。然而，中國古代商人始終不能形成一個階級，即使到了明清時代，還不能在政治上挑戰地主階級或與之分享政權。反觀歐洲在中古後期（即中國的宋元時期），商人的政治表現迥然而異：有些地區則建立自治城市（Chartered-Cities），實行地方自治，甚至以拒絕納稅爲手段，要求在國家征稅上有發言權（如在英國）；有些以人力、財力支持國王，用武力打擊專橫跋扈的封建貴族（包括教士在內），從而強化王權，促使民族國家（政治統一）的誕生（如在法國）；有些則因位於東西貿易的中介地帶，從轉口貿易中賺取大量金錢財富，不但用以建立許多城邦（City-States）如威尼斯、佛羅倫斯等，而且用以資助「文藝復興「運動（如在意大利）。那麼，古代的中國商人之政治、文化角色遠不及歐洲商人，其原因何在？我認爲至少有三點值得注意：一、在對外貿易微不足道的歷史條件下，商業並不能創造社會財富，所以「崇本抑末」（農爲本、商爲末）自漢代起便成爲歷代王朝的基本政策。漢武帝爲了打擊商人的勢力，曾禁止商人爲吏、乘車、衣錦，而晁錯《論貴粟疏》乃

〔註53〕 中國將做生意者稱爲「商人」，很可能與商朝的商業發達有關。前英國首相撒切爾夫人曾因中國人善長經商而稱之爲「天生資本家」（capitalists by nature）。

中國古代重農主義（崇本抑末）思想的代表作之一。二、商人為了保障自身的經濟利益，一方面用錢財巴結官僚貴族，進行官商勾結，如晁錯《論貴粟疏》所言「因其富厚，交通王侯，力過吏勢，以利相傾」；另一方面則在積累足夠貨幣財富之後，往往購買或兼併土地，搖身一變為地主，成為新興的地主階級。三、從宋代開始，海外貿易日漸興盛，到明清兩代資本主義經濟的胎兒已在孕育中，但卻因其成長不利於君主專制政治，遭受朝廷屢行「海禁」的重大打擊，以致胎死腹中而流產。商業革命不能在明清兩代發生，主要原因就在於此。中國古代商人在君主專制政治中，始終無法進一步擡頭，就意味著其價值觀念（包括審美情趣）無法進入主流社會（即俗稱「不登大雅之堂」），或無法對傳統價值觀（包括文史觀）的改變產生刺激、催化、分解作用。我認為類似歐洲文藝復興的新文化運動，沒有也不可能在宋明時期出現，原因之一亦在於以商人為主體的市民階級不夠成熟、不夠強大。〔註 54〕

　　至於唐代文史觀的文化基礎，主要是哲學基礎，因為哲學是各種價值觀的核心內涵。如所周知，自漢代獨尊儒術以來，儒家哲學即以經學的正統地位，在中國歷史上世代傳承，因此，絕大多數的中國古代知識分子都不免受其薰陶，在很大程度上接受儒家思想。即使在魏晉南北朝，佛道思想盛行一時，文學藝術深受其惠，然而儒家哲學的正統地位，似乎並未動搖。如北魏孝文帝推行漢化改革，重儒術是其主要內容之一。又如劉勰雖信奉佛教，且是一名出家和尚（法名慧地），但仍深受儒家思想的影響，甚至是孔子的忠誠追隨者。他在《文心雕龍·序志》裏告訴我們：他曾「夢執丹漆之禮器，隨仲尼而行，旦而寤，乃怡然而喜」。因此，劉勰所撰寫的《文心雕龍》亦以儒家哲學為主導思想，實乃順理成章之事。儘管他在《原道》篇所論之「道」，與韓柳所言之「道」不盡相同，但是若將它和《徵聖》、《宗經》兩篇並讀，則似乎可以肯定儒家哲學仍是《文心雕龍》的核心思想。唐代儒學復興，更受知識分子的器重，可舉的例證很多。如柳宗元、劉禹錫均深信佛教，但同時又是儒家哲學的宏揚者，和韓愈共同提倡「文以明道」（以文學宏揚孔孟之道），乃眾所周知之史實。宋明以後，儒家哲學更進一步吸納佛道二家思想，以理學（或新儒學）的新姿態出現，其正統地位更加穩固。馮友蘭曾說：「經

〔註 54〕在歐洲政治史上，「市民階級」與「資產階級」往往是個同義詞，都可稱為「布爾喬亞」（Bourgeoisie）或「中等階級」（Middle-Class）。文藝復興即屬於市民階級的文化運動。

學雖常隨時代而變，而各時代精神，大部分必於經學中表現之。」〔註 55〕他又指出，從董仲舒到康有爲，大多數學者著書立說，都必須引經據典，即在經學中尋找理論依據，才會被人們所接受。〔註 56〕馮友蘭以寥寥數語，便深入淺出地道出了經學（儒家哲學）的高度兼容性、傳承性，以及它在中國傳統文化裏的權威性。

　　儒家哲學對中國傳統文化的影響，既廣且深，涉及各文化領域的深層次，而對文學、歷史的作用尤爲顯著。眾所周知，儒家哲學基本上屬於倫理哲學、實用哲學，以倫理道德、經世致用建構其核心內涵。因此，中國傳統文化基本上是倫理性、實用性的，文學、歷史固然如此，藝術、宗教、醫學、政治也都把倫理道德放在第一位。在文學領域裏，儒家哲學的主導作用主要體現於：一、以人爲本，人文色彩特別濃厚，而宗教、神話色彩都十分淡薄，與西方古代文學大異其趣；二、理性精神，散文作品以說理爲尚，敘事次之，緣情又次之，正如宋代詞人秦觀所言「文以說理爲上，序事次之」（《淮海集》後集卷六《通事說》）；三、現實主義，詩文均以反映、表述社會現實者爲佳，白居易主張「文章合爲時而著，歌詩合爲事而作」，即是具有代表性的實例；四、美刺功能，詩文皆宜繼承《詩經》之傳統，充分發揮其諷喻、借鑒功能，詩教說與明道說（載道說）最受重視。

　　在歷史領域裏，儒家哲學的主導作用，則主要體現在以史爲鑒、「疏通知遠」、維護王權與政治大一統四方面。以史爲鑒簡稱「殷鑒」，源自《詩經》「殷鑒不遠，在夏后之世」，是古人修史之主要目的，二十四史中的史論，常以「前事不忘，後事之師」爲指引；「疏通知遠」同樣出自儒家經典《書經》，是歷史的主要功能（認知功能）之一，也是以史爲鑒的基礎或依據，所以夙來受到歷史家的重視；而維護王權來自儒家的尊君與正名思想，至漢代得到進一步強化，由「君君，臣臣」變成「君爲臣綱」（三綱之首），君王具有至高無上的權威，是維繫帝國統一的必要條件；至於政治大一統的理念，在《詩經・小雅・北山》裏已初見端倪，〔註 57〕而《春秋》之寫作目的在於宣揚政治統一，到了漢代董仲舒更把「《春秋》之大一統」，說成「天地之常經，古今之通誼」。

〔註55〕馮友蘭：《中國哲學史》，香港太平洋圖書公司，第 485 頁。
〔註56〕馮友蘭：《中國哲學史》，香港太平洋圖書公司，第 485 頁。
〔註57〕《詩經・北山》謂：「溥天之下，莫非王土；率土之濱，莫非王臣。」

　　試想：包括唐代在內的中國古代文史觀既然受到儒家思想的支配，而儒家思想又與君主專制政治緊密結合爲一，其正統地位長期維持不變，那麼古代文史觀如何能夠脫離其哲學基礎而產生質變？

　　爲了進一步申論、強化以上各段的論點，我們不妨轉換視角，從中國新文學和新史學誕生的歷史背景裏，尋找更多的論據。十九世紀中葉的兩次鴉片戰爭，讓西方帝國主義勢力終於以堅甲利兵，擊破滿清帝國閉關自守的大門，揭開帝國主義侵華史的序幕。接著下來的半個世紀裏，西方列強和日本繼續以軍事和外交手段，更加瘋狂地向中國侵略，迫使清政府簽訂一系列喪權辱國的不平等條約，割讓大片國土，賠償鉅額銀兩，帶給中華民族前所未有的災難和危機。面對帝國主義列強的威脅、挑戰，清政府不得不採取一些改良主義措施，在「以夷之長技以制夷」思想的指導下，從 1860 年代起，李鴻章等人便推行「洋務運動」，試圖建立現代化海陸軍，在軍事上同帝國主義者抗衡，以達到自強自衛的目的。經過三十餘年的努力，洋務運動最終雖因中國在甲午戰爭中慘敗而宣告破產，但對於中國社會經濟的變化，卻產生了若干的正面作用：資本主義經濟和新興資產階級的誕生。這是因爲在洋務運動過程中，中國開始出現了第一批「帶有資本主義性質的企業」，包括官辦的軍事工業與官商合辦的民事企業兩類。前者主要有江南製造局（局即工廠或企業，以下皆同）、金陵製造局、天津機器局、福州船政局等，後者主要有經營船運的招商局、開平礦務局、上海機器織布局等。〔註 58〕毛澤東在《中國革命和中國共產黨》裏明確地指出：「外國資本主義對於中國的社會經濟起了很大的分解作用，一方面，破壞了中國自給自足的自然經濟的基礎，破壞了城市的手工業和農民的家庭手工業；又一方面，則促進了中國城鄉商品經濟的發展。」〔註 59〕總而言之，帝國主義（資本主義）入侵和中國被迫回應，直接導致資本主義在中國出現，促成中國社會形態的轉變（即由封建社會逐步轉變爲半封建半殖民地社會），並爲資產階級革命（辛亥革命）提供了必要的條件。

　　由於洋務運動的失敗，康有爲、梁啓超等人倡導以政治改革爲目標的維新運動（亦稱戊戌變法），並獲得光緒帝的支持；而與此同時（1894 年），孫中山等人卻在海外成立興中會（1905 年擴大爲中國革命同盟會），展開旨在推

〔註 58〕 胡繩：《從鴉片戰爭到五四運動》（簡本），人民出版社，第 199 頁。
〔註 59〕 毛澤東：《毛澤東選集》卷二，人民出版社，第 626 頁。

翻滿清王朝的革命運動，並以三民主義爲奮鬥目標。最終的結果是：維新運動遭到以慈禧太后爲首的頑固派的強烈反對，從中阻梗破壞，光緒帝所頒佈的新政不但無法落實，而且進一步激化了清廷內部矛盾，導致戊戌政變（1898年）。光緒帝被軟禁，新政被廢除，康梁被迫逃亡海外，維新運動同樣以失敗告終。然而，在維新運動失敗後，更多有志之士轉而支持孫中山領導的革命運動，使革命力量不斷壯大。革命黨人經過十幾年的艱苦奮鬥，付出拋頭顱、灑鮮血的重大代價，終於在武昌起義（1911 年）中推翻了滿清王朝，建立了中國歷史上的第一個民主共和國——中華民國。儘管辛亥革命並不完全成功，三民主義未能實現，但其歷史意義仍十分重大，因爲政治體制出現突變與質變，主權在民思想逐漸深入人心，君主專制時代從此一去不復返！

　　另一方面，中國傳統文化思想也隨著社會經濟政治的變化而變化。〔註60〕在「五四新文化運動」前約半世紀間，西方文化思想陸續地傳入中國，而且涉及多個領域：從科學技術到人文學科（包括宗教、哲學、歷史、地理、經濟、政治、社會等），都有外文中譯著作出版流傳。其中涉及文化思想的西方名著，有穆勒（J.S.Mill）《名學》（System of Logic）與《群己權界說》（On Liberty）、斯賓塞（M.Spencer）《群學肆言》（Study of Socialogy）、亞當斯密（Adam Smith）《原富》（The Wealth of Nations）以及孟德斯鳩（S.Montesqueiu）《法意》（Spirit of Law）等。此外，此時期傳入中國的西方新學說，還包括了達爾文（C.Darwin）的進化論，克魯泡特金（P.Kropatkin）的無政府主義，馬克思（K.Marx）的共產主義以及盧騷（J.Rousseau）的主權在民論等。在外來經濟文化傳入與本國經濟政治變化的多重激蕩下，中國人的意識形態出現了前所未有的變化。例如：張之洞《勸學篇》將馮桂芬之「中體西用說」，作了這樣的總結說明：「新舊兼學，四書五經、中國史事、政書、地圖爲舊學，西政、西藝、西史爲新學；舊學爲體，新學爲用。」康有爲的《孔子改制考》不但主張工商業乃「立國之本」，提倡廢科舉、立新學，以「養有用之才」，而且認爲施行君主立憲乃強國之道，立法、司法、行政三權分立是最佳之制。其《大同書》則一面抨擊舊社會的黑暗、罪惡，一面指出資本主義社會的某些弊端，而後描繪了「人人平等，天下爲公」的大同世界圖景。譚嗣同是康梁變法的主要參與者之一，思想比較激進。他在《仁學》指出，君主專制是中

〔註60〕早在 1920 年，李大釗作《由經濟上解釋中國近代思想變動的原因》，已持相
　　　　似觀點。

國社會的罪惡根源，認為「兩千年來之政，秦政也，皆大盜也」，因為專制統治者視天下為其私產。革命先行者孫中山也是個思想家，他所提倡的三民主義含有更加豐富的反帝、反封建的革命內涵，在當時是最進步、最完美的，因為民族主義取自 Nationalism 一詞，民權主義是 Democracy 之譯名，而民生主義則是 Socialism 之別稱，都屬於十九世紀末西方最為盛行的政治學說。

辛亥革命前後，中國社會的經濟基礎、政治體制與思想結構既然都發生了本質屬性的變化，包括文史觀在內的文化價值取向必然隨之而變。因此，在「打倒孔家店」的怒吼聲中，在要求擁抱「德先生」與「賽先生」的呼喚聲中，新文學與新史學同時呱呱落地，是再也自然不過的史事了。

第三章　古典現實主義是明道文學觀的核心

第一節　明道與詩教、言志、緣情的關係

中國古代文學有兩大傳統，一是由《詩經》所開創的現實主義傳統，另一是由楚辭所奠定的浪漫主義傳統。爲了顯示它們和來自西方的、現代的現實主義和浪漫主義有所不同，我們最好加上「古典」或「古代」二字。那麼，古典現實主義的基本內涵是什麼？唐代明道文學觀與古典現實主義的關係如何？都是我們深入瞭解唐代明道文學觀本質的關鍵所在。爲了更好地解答以上兩個問題，我們必須先解答：到底什麼是「文以明道」？明道與詩教、言志、緣情三者之間的關係又如何？

一、「文以明道」的基本內涵

在中國傳統文化的哲學範疇中，「道」是一個普遍存在而難以捉摸的範疇。單是先秦諸子的學說裏，就有道家之道和儒家之道兩大體系。《老子》曾說「道可道，非常道；名可名，非常名」，把「道」說得「玄之又玄」（老子語），致使後人對道家之「道」的詮釋，眾說紛紜，莫衷一是，至今仍然如此。至於儒家之道，僅在《論語》一書裏，「道」字就有多種含義。根據楊伯峻《論語譯注》附錄《論語詞典》的統計與解說，「道」字在《論語》總共出現六十次，其含義多達十幾個：有時指「學術」，如「吾道一以貫之」（《里仁篇》）；

有時指「道德」，如「君子務本，本立而道生」（《學而篇》）；有時指「方法」，如「不以其道得之，不處也」（《里仁篇》）；有時指「合理的行為」，如「三年無改於父之道，可謂孝矣」（《學而篇》）；有時指「技藝」，如「雖小道，必有觀者焉」（《子張》篇）；有時指「路途」，如「力不足者，中道而廢」（《雍也》）。

那麼，韓愈、柳宗元等人所倡導「文以明道」的「道」，究竟又是指什麼？它的基本內涵又是什麼？關於這點，必須先用他們的話來說明一番，然後再加以闡釋，才有可能切合「文以明道」的本義。在韓柳之前，論述文與道關係較為具體的唐人，當推柳冕和梁肅。柳冕認為「蓋言教化發乎性情，繫乎國風者稱之道。故君子之文，必有其道。道有深淺，故文有崇替」。〔註1〕他還進一步說道：

夫君子之儒，必有其道；有其道，必有其文。道不及文，則德勝；文不知道，則氣衰；文多道寡，斯為藝矣。〔註2〕

所謂「君子之文，必有其道」，或「有其道，必有其文」，都是說文是道的載體，道是文的內涵；而且「文章之道，不根教化，別是一技耳」，「至若荀、孟、賈生，明先王之道，盡天人之際，意不在文，而文隨之，此真君子之文也」（《謝杜相公論房杜二相書》）。柳冕在此所說的「道」，顯然是指「聖人之道」，而「教化」則是指儒家所推崇的教化功能。此外，「道有深淺」與「文不知道，則氣衰」，也是值得我們特別注意的兩個哲學命題。梁肅對文道關係的看法，也值得一提：「故文本於道，道失則博以氣；氣不足則飾以辭。蓋道能兼氣，氣能兼辭，辭不當則文斯敗矣。」〔註3〕他將文、道、氣、辭四者的相關性，說得一清二楚，使人瞭解道對於文的重要性，故「文以明道」的理念已在其中，雖然他未用「明道」一詞。

韓愈《爭臣論》也出現了「明道」這一概念。它說：「吾子居其位，則思死其官；未得位，則修其辭以明其道。我將以明道也，非以為直而加人也。」〔註4〕韓文雖未解釋「明道」之具體內涵，但顯然是要「明」（闡明、宏揚）孔孟之道或聖人之道。由於「道」是個高度抽象而又普遍存在的哲學範疇，韓愈為了在「其所謂道」與「吾所謂道」之間劃清界線，曾特地撰寫專論《原道》篇，作了比較具體的闡述：

〔註1〕《答衢州鄭史君論文書》，見《全唐文》卷五二七，中華書局。
〔註2〕同上書。
〔註3〕《補闕李君前集序》，見《全唐文》卷五一八，中華書局。
〔註4〕《韓昌黎全集》，中國書店，第219頁。

博愛之謂仁，行之宜之之謂義，由是而言之焉之謂道，足乎已無待於外之謂德。仁與義爲定名，道與德爲虛位，故道有君子小人，而德有凶有吉。老子之小仁義，非毀也，其見者小也。坐井而觀天，曰天小者，非天小也。彼以煦煦爲仁，孑孑爲義，其小之也宜。其所謂道，道其所道，非吾所謂道也；其所謂德，德其所德，非吾所謂德也。凡吾所謂道德云者，含仁與義言之也，天下之公信也；老子之所謂道德云者，去仁與義言之也，一人之私言也。〔註5〕

上文內容重點有二：一爲「道」有「君子之道」與「小人之道」；儒家之道屬於前者，道家之道屬於後者。二爲儒家之道「含仁與義」，道家之道則「去仁與義」。由此觀之，韓愈所要借助文學宏揚的道，至少涵蓋了「仁義」與「道德」兩大倫理哲學範疇。儘管《原道》篇爲振興儒家道統，致力排斥佛、老，所以結尾措辭特別強烈，引起不少後人非議，但依我之淺見，我們不能以此否定韓愈提倡「文以明道」的歷史意義。正如我們不能因爲一句「打倒孔家店」，而否定「五四新文化運動」。

在唐代文學家中，柳宗元論述「文以明道」也較爲詳細。他首先告訴我們：「始吾幼且少，爲文章，以辭爲工。及長，乃知文者以明道，是固不苟爲炳炳烺烺，務采色、誇聲音而以爲能也。」「故吾每爲文章，未嘗敢以輕心掉之。」〔註6〕

另一文《報崔黯秀才論文書》，他則這樣寫道：

辱書及文章，辭意良高，所響慕不凡近，誠有意乎聖人之言。然聖人之言。然聖人之言，期以明道，學者務求諸道而遺其辭。辭之傳於世者，必由於書。道假辭而明，辭假書而傳，要之之道而已耳。道之及，及乎物而已耳，斯取道之內者也。今世因貴辭而矜書，粉澤以爲工，道密以爲能，不亦外乎？吾子之所言道，匪辭而書，其所望於僕，亦匪辭而書，是不亦去及物之道愈以遠乎？〔註7〕

引文中最關鍵性的詞句爲「道假辭而明，辭假書而傳」，可見文辭對明道也很重要，因爲作爲「道」的載體，文辭拙劣既無法明道，也無法將作品傳諸後世。這點和韓愈主張完全一致，他所謂「辭不足不可以成爲文」，「文辭之於

〔註5〕　《韓昌黎全集》，中國書店，第172頁。
〔註6〕　《答韋中立論師道書》，見《柳宗元集》，中華書局，第871頁。
〔註7〕　同上書。

言又其精也」，都是重視文辭的例證。當然，文不及道重要，不必刻意追求文辭之美。他甚至認爲「凡人爲辭工書者，皆病癖也」。〔註8〕

我們既然肯定，韓、柳認爲文學所要弘揚的應是以仁義爲核心的孔孟之倫理道德，那麼，明道文學觀中的「道」，應該可以解讀爲儒家的「修身齊家之道」與「治國平天下之道」兩個層次。因爲韓愈所言的仁義道德，都能在這兩個層次裏充分地體現出來。如所周知，儒家思想是倫理性的，「修身齊家」屬於社會倫理範疇，「治國平天下」則屬於政治倫理範疇。兩者即便不能涵蓋孔孟之道的全部內容，至少也涵蓋了絕大部分——而且是最主要部分的內容。根據《論語》、《孟子》等先秦儒家著作，我們知道孔孟之道雖非盡善盡美，但卻是中華民族最爲可貴的古代精神財富之一，它包含了仁愛、正義、氣節、誠信、勤奮、剛毅、寬恕、謙讓、忠孝、中庸、仁政、禮治、王道等性質不同的價值取向。兩千多年來，中國知識分子一直受其薰陶，並以此作爲立身處世的精神支柱。從「不知老之將至」到「威武不能屈」，從「窮則獨善其身」到「達則兼濟（善）天下」，從「和而不同」到「浩然之氣，至大至剛」，從「己所不欲，勿施於人」到「寧爲玉碎，不爲瓦全」，從「老吾老以及人之老」到「殺身成仁，舍生取義」，無一不可作爲先秦儒家精神（孔孟之道）的注腳。有鑒於此，我們不禁要問：韓、柳等人提倡以文學作品來闡明、宏揚以上的儒家人文精神，到底有何不妥？爲何要受到批判或貶謫？如所周知，孔孟之道的基本內涵，層次分明，不但如柳冕所說的「道有深淺」，而且還有大小之分，即有「大我」之道與「小我」之道。如「窮則獨善其身」是「小我」之道，「達則兼濟天下」則是「大我」之道；「己所不欲，勿施於人」是「小我」之道，「寧爲玉碎，不爲瓦全」則是「大我」之道。而白居易《與元九書》認爲，諷喻詩表達的是「兼濟之志」，其人生境界最高；而閒適詩釋放的則是「獨善之義」，其人生境界較低，其實也就是這個意思。

二、明道與詩教的關係

在明道文學觀確立之前，已有所謂的「詩教說」、「美刺說」、「言志說」和「緣情說」。古代中國人異常重視《詩經》，並非因爲它是一部優秀的文學作品，而是因爲它具有教化功能。「詩教」於是成爲一個含有特殊意義的文化

〔註8〕 《報崔黯秀才論文書》，同上書，第886頁。

概念。關於詩教的論述，最早見諸《論語》。孔子曾對其子伯魚說：「不學《詩》，無以言。」（《論語・季氏篇》）又曾對其弟子說：「小子何莫學夫《詩》？《詩》可以興，可以觀，可以群，可以怨。邇之事父，遠之事君；多識於鳥獸草木之名。」（《論語・陽貨篇》）

何謂「不學《詩》，無以言」？北京大學中文系教授褚斌傑的《詩經說略》解釋道：「如果不學詩，就不會說出優美動聽的話來。」這比起楊伯峻的直譯「不學詩便不會說話」，〔註9〕顯然略勝一籌；而且按照字面意思，褚斌傑的解釋是正確的，因為《詩經》文辭優美流暢，疊詞疊句很多，讀來琅琅上口，可以作為口語訓練的良好教材。但若結合《詩經》內容與周代社會生活，我個人認為，「不學《詩》，無以言」或許還有更深一層的多種含義。此即：一、若不學《詩》，說起話來就不能言之有物或言之成理；二、若不學《詩》，在某些社交場合就不能「賦《詩》言志」；三、若不學《詩》，則和人辯論或「作對」時，將無言以對。我的理由或依據是這樣的：《詩經》的內容包羅萬象、豐富多樣、涵蓋面頗廣，所以孔子用它當做教材，是當時各種知識的主要來源之一。熟讀《詩經》，學問自然會增加，說話就會有分量、有依據、有道理。其次，周代貴族階級在某些社交場合，「賦《詩》言志」不但成為一種時尚，而且在進行政治游說或口頭辯論（兩者皆頗盛行）時，也往往援引《詩經》詞句作為論據。此外，周代貴族在社交活動中，還很可能以《詩》作對，來營造生活情趣與社交氛圍，並顯示個人的才華、學問。

對於「興觀群怨」，我認為楊伯峻《論語譯注》的詮釋雖清楚、明確，但仍然不夠全面、透徹，也有補充之餘地和必要。「《詩》可以興」裏的「興」，應與「詩之六義」中的「興」有關，即屬於《詩經》之做法之一。所謂「比興法」，即比喻加聯想。此做法既已體現於《詩經》內容之內，讀時必須瞭解其詞句的寓意，必須在上下句間進行相關的聯想，所以可以培養讀者的想像力和聯想力。《詩》「可以觀」裏的「觀」，則是指「以《詩》觀風察俗」，即借「國風」的詩篇內容，來瞭解當時某地域的民情風俗和社會狀況，從而提升讀者的認知水平和觀察能力。這對受教育者也是很重要的。孔子所謂《詩》「可以群」中的「群」，雖可作「合群性」解，但《詩》如何能養成人之群性呢？原來在周代貴族的社會活動裏，「禮」與「樂」扮演著非常重要的角色，它們不但成為貴族生活不可缺少的部分，而且是貴族階級內部的潤滑劑，對

〔註9〕楊伯峻：《論語譯注》，中華書局，第186頁。

強化貴族階級的凝聚力，起著不可替代的重要作用。作為「樂」的組成部分的《詩經》，在培養貴族階級的「合群性」方面，自然也十分重要。至於《詩》「可以怨」，是指《詩經》的「美刺」功能中的諷刺手法。依照《毛詩序》（小序），在《詩經》中，諷刺詩多於讚美詩，而且諷刺對象不一，方式也有所不同，所以從中可以掌握一些諷刺技巧或手法。這點是比較容易理解的。

對於讀《詩》可以「邇之事父，遠之事君；多識於鳥獸草木之名」，我認為孔子的話也是有道理的。因為有些《詩經》篇章的主題思想，是涉及孝道與忠君愛國的。前者有小雅《蓼莪》、《北山》等，後者有大雅《文王》、《大明》、《風》、《載馳》。至於在《詩經》裏的「鳥獸草木之名」，據我不完全的記錄，鳥獸、草木名稱各有二十幾種。因此，讀了《詩經》自然會增加對鳥獸、草木的知識；孔子「一書多用」，把《詩經》視為周代「生物知識科」的教材，的確是很高明的做法。此外，孔子的「詩教說」說明了《詩經》的教化功能，不僅政治一端；它事實上還包含了審美、借鑒、認知（教育）等多種功能。這對我們瞭解包括唐代在內的中國古代文學觀，應該是很有啓發意義的。

到了漢代，關於「詩教」的詮釋、演繹，最佳者當推《毛詩序》。《毛詩序》將《詩經》的教化功能，提升到前所未有的高度，所以有學者認為它「是一篇代表封建階級正統文藝思想的綱領性文獻」。〔註 10〕首先，《毛詩序》認為：「正得失，動天地，感鬼神，莫近於詩。先王以是經夫婦，成孝敬，厚人倫，美教化，移風俗。」接著又強調《詩經》的諷諫作用，從孔孟的民本思想出發，提倡「上以風化下，下以風刺上，主文而譎諫，言之者無罪，聞之者足以戒」。《毛詩》除了「大序」（總序），還有針對各篇的「小序」，也同樣值得我們重視；因為長期以來，古人多以「小序」來理解《詩經》單篇的內容含義（雖然其中不少屬於牽強附會，乖離事實甚遠）。《毛詩序》作者基本上是根據《詩經》的具體內容，按照「美刺」來評價各篇章，這對我們瞭解「美刺說」多少有點幫助。〔註 11〕（據詹福瑞的統計，在 305 篇作品中，標明「美」者有 124 篇，而「刺」者占 181 篇）

東漢以後，談論《詩經》的教化作用者，大有人在（如唐人孔穎達《毛詩正義》）。但我認為在唐人中，結合《詩經》內容來議論「詩教」最具體、

〔註10〕張少康等：《先秦兩漢文論選》，人民文學出版社，第342頁。
〔註11〕詹福瑞：《中古文學理論範疇》，河北大學出版社，第50～51頁。

最精闢者，則恐怕非白居易莫屬。白居易《策林六十九・采詩》曾向朝廷建
議「采詩以補察時政」，並以《詩經》單篇如《蓼蕭》、《禾黍》、《北風》、《碩
鼠》等的具體功能作爲例證，發表了以下見解：

> 將在乎選觀風之使，建采詩之官，俾乎歌詠之聲，諷刺之興，
> 日採於下，歲獻於上者也。所謂「言之者無罪，聞之者足以自誡」。
> 大凡人之感於事，則必動於情；然後興於嗟歎，發於吟詠，而形於
> 歌詩矣。故聞《蓼蕭》之詩，則知澤及四海也；聞《禾黍》之詠，
> 則知時和歲豐也；聞《北風》之言，則知威虐及人也；聞《碩鼠》
> 之刺，則知重斂於下也。聞「廣袖高髻」之謠，則知風俗之奢蕩也；
> 聞「誰其獲者婦與姑」之言，則知征役之廢業也。故國風之盛衰，
> 由斯而見也；王政之得失，由斯而聞也；人情之哀樂，由斯而知也。
> 然後君臣親覽而斟酌焉，政之廢修之，闕者補之；人之憂者樂之，
> 勞者逸之。所謂善防川者，決之使導；善理人者，宣之使言。故政
> 有毫髮之善，下必知也；教有錙銖之失，上必聞也。則上之誠明，
> 何憂乎不下達？下之利病，何患乎不上知？上下交和，內外胥悅。
>
> 〔註12〕

只要將孔子、《毛詩序》、白居易的「詩教」言論，和柳冕、韓愈、柳宗元的
「明道」言論作一比較研究，我們不難發現，他們的文學觀在大同中僅存小
異。他們一致認爲，作爲古代文化重要組成部分的文學作品，具有兩大實用
功能（教化功能），即政治功能與諷諭功能。韓柳的「明道說」既是「詩教說」
的延續，又是「詩教說」的擴大與發展，所以兩者構成了相輔相成的關係。「詩
教說」最終融入「明道說」，變成了明道文學觀的組成部分，正是中國古代文
學觀發展的自然結果。

三、明道與言志、緣情的關係

　　爲了詮釋明道與緣情的關係，我們還得先費些筆墨，探討言志與緣情的
關係。因爲前面說過，在「明道說」產生之前，在中國古代文學領域裏，長
期存在「言志說」和「緣情說」。最早提到「詩言志」的除了《尚書・堯典》，
還有《左傳・襄公二十七年》；而《論語》所謂「不學《詩》，無以言」，極可

〔註12〕《白居易集》，中華書局，第 243～244 頁。

能也包含了「詩言志」的意思。不過，無論如何，在先秦時期，以詩言志的主體並非作詩者，而是指用詩者。直到東漢時期，《毛詩序》才從另一視角論述「詩言志」這個老話題，並賦予全新的意涵：

> 詩者，志之所之也，在心爲志，發言爲詩。情動於中而形之言，言之不足，故嗟歎之；嗟歎之不足，故永歌之；永歌之不足，不知手之舞之，足之蹈之也。〔註13〕

《毛詩序》不僅從創作論角度論述「詩言志」，將言志由用詩者轉變爲寫詩者，而且更重要的是將志與情、言並舉，將詩與歌、舞並論（雖然詩、樂、舞三合一早已存在），可見他對詩的本質或屬性已有全面的、深刻的認知。著名美學家朱光潛從美學角度來審視《毛詩序》這段文字，同樣給予極高的評價，認爲「把這個見解發揮得最透闢的是《詩大序》」。〔註14〕

　　一般學者都認爲，「緣情說」是晉代陸機提出的，因爲他在《文賦》裏說過這麼一句話：「詩緣情而綺靡，賦體物而瀏亮。」但是，對於緣情與言志的關係，現當代學者卻有兩種不同的看法。朱自清《詩言志辯》認爲「言志跟緣情到底兩樣，是不能混爲一談的」，理由是前者涉及政教內容，而後者主要抒發個人情懷。〔註15〕張少康也持類似觀點，他說：「陸機提出的『詩緣情而綺靡』主張，具有開一代風氣的重大意義。他只講緣情而不講言志，不管他主觀上是否意識到，實際上是起到了使詩的抒情不受『止乎禮義』束縛的巨大作用。」〔註16〕

　　另一種看法卻認爲，將緣情與言志對立起來，是不妥當、不正確的。楊明教授的見解最值得重視，他援引不少實例爲論據，證明自「漢魏以來，『情』、『志』二字是混用的」，所以很具說服力：

> 漢魏以來，「情」、「志」二字是混用的。……可見「志」或「情」，當時都是指內心的思想感情而言，無論是關於窮通出處，還是羈旅愁怨，都既可稱爲「志」，也可稱爲「情」。因此「詩緣情」一語，不過是說情志動於中而發爲詩之意，並不具有「詩言志」相對立的意義。《文賦》李善注釋云：「詩以言志，故曰緣情。」李周翰注：「詩言志，故緣情。」都是符合陸機原意的。「詩緣情而綺靡」一語的重

〔註13〕　張少康等：《先秦兩漢文論選》，人民文學出版社，第 343 頁。
〔註14〕　朱光潛：《詩論》，國民圖書出版社，第 5 頁。
〔註15〕　朱喬森：《朱自清全集》卷六，江蘇教育出版社，第 127 頁。
〔註16〕　張少康：《中國文學理論批評發展史》，北京大學出版社，第 190 頁。

要意義，並不在於用「緣情」代替了「言志」，而在於它沒有提出「止
乎禮義」，而強調了詩的美感特徵。〔註17〕

不僅如此，楊教授還明確地指出，「詩緣情的說法，實際上與傳統的『詩言志』
（《尚書・堯典》）、『吟詠情性』（《毛詩大序》）有著繼承關係，都將詩視為作
者內心世界的表現。」〔註18〕

　　我個人也認為，單從人類心理學上看，人的「情」（情感）與「志」（思
想）是融為一體的，根本無法分隔開來，更不可能存在對立關係或此消彼長
的關係。古代中國人早已有此認知。何況陸機的《文賦》並非論詩之專著，
在論及文章的利病與審美標準中，詩論僅占一小部分，所以從寫作的主觀意
圖來看，他似乎無意在「『詩言志』說」之外，另立「『詩緣情』說」。再說《毛
詩序》按詩歌創作原理，其實已將詩既言志又緣情，說得相當明白、透徹，
說明了它對詩歌本質（包括情性）的認知，並不亞於陸機的《文賦》。只不過
兩者所說之「情」，可能稍有不同：《毛詩序》所說的是「大我」之情，是激
昂之情；《文賦》所說的是「小我」之情，是「綺靡」之情。而「綺靡」之意，
按唐人樓穎的解說是：「昔陸平原之論文曰：『詩緣情而綺靡』，是彩色相宜、
煙霞交映、風流婉麗之謂也。」〔註19〕至於《毛詩序》所說的「故變風發乎
情，止於禮義」，我認為是專指《詩經》「變風」的諷諫功用，所以應該不具
有普遍性、代表性。況且「止於禮義」之情，只要屬於「寫真」之情，其作
品也是可貴的，至少勝過矯揉造作之情。誠如劉勰所言「蓋《風》、《雅》之
興，志思蓄憤，而吟詠情性，以諷其上，此為情而造文也」。他又接著說：「故
為情者要約而寫真，為文者淫麗而煩濫；而後之作者，採濫忽真，遠棄《風》、
《雅》，近師辭賦。」〔註20〕看來劉勰對「綺靡」之情，似乎並不讚賞或認可，
因為它可能傾向於「為文而造情」，屬於「淫麗而煩濫」的辭賦。毫無疑問，
唐代文人對詩既言志又緣情，也和前人有基本上相同的認知，如王昌齡《論
文意》說：「詩本志也，在心為志，發言為詩，情動於中，而形於言，然後書
之於紙也。」〔註21〕

〔註17〕王運熙、楊明：《中國文學批評通史》魏晉南北朝篇，上海古籍出版社，第102
　　　　～103頁。
〔註18〕同上書，第101頁。
〔註19〕《唐人選唐詩》、《國秀集》卷首，上海古籍出版社。
〔註20〕劉勰：《文心雕龍・情采篇》（周振甫注釋），人民文學出版社。
〔註21〕王利器：《文鏡祕府論校注》南卷，中國社會科學出版社。

　　言志與緣情的關係既是如此，明道與緣情的關係又如何？為了更好地解答這個問題，我們必須先說明「言志」與「明道」之關係。有學者已指出，《毛詩序》「言志」其實就是「明道」，如李澤厚等主編《中國美學史》說：

> 雖然在儒家「詩言志」的「志」裏也不是沒有「情」，但占重要地位的不是「情」，而是孔子所說的「志於道」（《論語・述而》）的「道」。所以「詩言志」實即詩「言道」、「載道」。〔註22〕

這樣的論斷基本上是正確的、可取的，但必須指出，孔子只說「志於道」，而沒說志等於道。兩者的「體位」畢竟不同：志是主體，而道卻是客體，屬於不同的哲學範疇。此外，言志指言作者之志，是屬於個體性的；明道指明孔孟之道，則是屬於群體性的。兩者「屬性」既然有所不同，所以還得分別看待，不宜混為一談（雖然一旦「志於道」，志中有道，道中也有志）。

　　為了論證明道與緣情並行不悖，甚至相輔相成，我們還必須考查主張「文以明道」者對「緣情」的理念或看法。在韓、柳等人的著作裏，我們即使看不到「緣情說」的言論，但也可以找到他們對「緣情說」的認同，乃至付諸創作實踐。自曹丕《典論・論文》提出「文以氣為主」以來，「文氣說」備受後人所重視，直到唐代仍然如此，而且往往將氣與道相提並論，如柳冕曾說「道不及文，則德勝；文不知道，則氣衰」。至於什麼是氣，他的解說也很清晰：「夫善為文者，發而為聲，鼓而為氣。真則氣雄，精則氣生，使五彩並用，而氣行於其中。」〔註23〕他在《答楊中丞論文書》裏又說：

> 天下之才少久矣，文章之氣衰甚矣，風俗之不養才病矣，才少而氣衰使然也。故當世君子學其道，習其弊，不知其病也。所以其才日盡，其氣益衰，其教不興，故其人日野。〔註24〕

我認為柳冕的「才氣說」相當重要，值得重視，因為它是曹丕「文氣說」的繼承與發展，甚至較之更勝一籌。「才」、「氣」雖和「情」不同，「才氣說」（或「文氣說」）雖不等於「緣情說」，但它們是相關的、相通的，具有完全相同的文化屬性。才、氣和情一樣，都是主體性的、個性化的，所以曹丕《典論・論文》說「氣之清濁有體，不可力強而致」，「雖在父兄，不能以移子弟」。柳冕將氣與道合為一談，並不會改變氣的文化屬性或本質，因為他認為氣來自

〔註22〕《中國美學史》第二卷上冊，第 270 頁。
〔註23〕《答衢州鄭使君論文書》，見《全唐文》卷五二七，中華書局。
〔註24〕《答揚中丞論文書》，見《全唐文》卷五二七，中華書局。

作家個人的氣質、才華。有學者認爲，柳冕「雖然也講情，但他所講的情，是骨肉之恩、朋友之義，是止於禮的，符合仁義之情，實際上是指倫理道德觀念，而不是個人的喜怒哀樂、怨憤抑鬱之情」。〔註25〕但在我看來，這樣的評語有欠公允，也令人費解，因爲柳冕本身在同一文裏曾明確地說過：「夫文生於情，情生於哀樂，哀樂生於治亂，故君子感哀樂而爲文章，以知治亂之本。」〔註26〕我們怎能說柳冕講的「實際上是指倫理道德觀念，而不是個人的喜怒哀樂、怨憤抑鬱之情」？難道「生於治亂」的哀樂之情就不是眞情？個人的喜怒哀樂與憂國憂民之情莫非是對立的？

　　白居易對曹丕「文氣說」的發揮，似乎更加淋漓盡致，足與其「詩教說」媲美，因爲他將氣分爲「粹氣」與「靈氣」，並主張「氣凝爲性，發爲志，散爲文」：

> 天地間有粹靈氣焉，萬類皆得之，而人居多。就人中，文人得之又居多。蓋是氣凝爲性，發爲志，散爲文。粹勝靈者，其文衝以恬；靈勝粹者，其文宣以秀；粹靈均者，其文蔚溫雅淵，疏朗麗則，檢不拘，達不放，古常而不鄙，新奇而不怪。〔註27〕

他不僅以「性」、「志」將「氣」與「文」連成一體，而且還將文學作品的藝術風格，如何受到氣的影響，說得十分巧妙，頗具獨創性與哲理性。

　　韓愈也是「文氣說」的繼承者與宏揚者。他將抽象的氣比喻成具體的水，又把文（言）比喻成水中的浮物，使到文氣關係具有形象性：

> 氣，水也；言，浮物也。水大而物之浮者大小畢浮，氣之與言猶是也。氣盛則言之短長與聲之高下皆宜。〔註28〕

然而，相對而言，若與「不平則鳴說」相比較，他的文氣說似乎不十分受重視，有的唐代文學思想史、批評史書並未論及之，或僅用寥寥數語（如羅根澤《中國文學批評史》）。在中國古代的文學創作論中，韓愈的「不平則鳴說」更加廣泛地引人注目，這是因爲他把「文氣說」加以改造、提升，從文藝心理學的角度說明文學創作的動機與動力。韓愈《送孟東野序》所謂「鬱於中而泄於外者也」，指的也是文學創作；所謂「大凡物不平則鳴」，則是用自然

〔註25〕羅宗強：《隋唐五代文學思想史》，中華書局，第196頁。
〔註26〕《與滑州盧大夫論文書》，見《全唐文》卷九一七，中華書局。
〔註27〕《故京兆元少尹文集序》，見《白居易集》卷六十七，中華書局。
〔註28〕《答李翊書》，見《韓昌黎全集》，中國書店，第245頁。

界的物理現象，來說明人類的心理現象，並藉此說明作家心理受到壓抑而產生不平衡狀態，是文學創作的原動力的來源。韓愈在《送孟東野序》中這樣寫道：

> 大凡物不平則鳴。草木之無聲，風撓之鳴；水之無聲，風蕩之鳴。其躍也或激之，其趨也或梗之，其沸也或炙之；金石之聲，或擊之鳴，人之於言也亦然。有不得已者而後言，其歌也有思，其哭也有懷。凡出乎口而為聲者，其皆有弗乎者乎！樂也者，鬱於中而泄於外者也，擇其善鳴者而假之鳴。〔註29〕

只要將以上見解，跟著名的奧國學者弗洛伊德（Sigmund Freud，1856～1939）或日本學者廚川白村（1880～1923）的創作理念，作一比較研究，其結果肯定令人驚訝：韓愈的「不平則鳴說」居然和外國現代文藝心理學如此近似，它具有外國現代文藝心理學的某些特徵。弗洛伊德認為文學藝術創作的動機與動力，都是由於作者的基本欲望尤其是性欲受到壓抑，不能得到滿足，以致心理失去平衡，而以文藝創作作為宣泄的對象，這和韓愈的「郁於中而泄於外者也」豈不也有些相似？廚川白村則認為，文學作品是作家心理苦悶的象徵性產物，並以此撰寫《苦悶的象徵》一書（此書已由魯迅譯成中文）。「苦悶的象徵」裏的「苦悶」不就是「鬱於中」，而「象徵」不就是「泄於外」麼？

　　李德裕《論文章》對曹丕之「文氣說」亦頗讚賞，並且加以發揮，主張「鼓氣以勢壯為美」：「魏文《典論》稱『文以氣為主，氣之清濁有體』，斯言盡之矣。然氣不可不貫；不貫則雖有英詞麗藻，如編珠綴玉，不得為全璞之寶矣。鼓氣以勢壯為美，勢不可以不息；不息則流蕩忘返。」（《四部叢刊》《李文饒集》外集卷三）

　　經過以上的論述與分析，我們得出的基本結論是：作為儒家文學觀的「文以明道」說，它和儒家思想一樣，具有明顯的延續性與高度的包容性（後者尤其重要）。它是「詩教說」的延續、擴大與發展，兩者相輔相成，構成儒家文學觀的理論基礎。明道說和長期盛行的「言志說」、「文氣說」、「緣情說」，無論在文學理論上或創作實踐上，都不存在此消彼長或水火不容的對立關係。自唐代以來，它們並行不悖，相互為用，甚至融為一體，構成中國古代文論的核心內容。至於明道文學觀的具體內涵，將在另一節裏加以論述。

〔註29〕《韓昌黎全集》，中國書店，第276頁。

第二節　明道文學觀的眞正蘊涵

　　明道文學觀中的「文以明道」有兩個關鍵詞，一是「文」，另一是「道」。但「文」指的是什麼？「道」指的又是什麼？「文」指的是散文還是詩文，學者們的看法似乎並不一致。我個人認爲，「文以明道」裏的「文」，應該是指「文章」，即包括詩賦在內的各種文體。如果僅作「散文」解，其內涵恐怕過於狹隘，並不盡切合唐人之本意。況且將詩賦納入文或文章範疇，是唐代常見的理念、做法，本書第一章已作了論證，不需要在此重複。事實上，提倡「文以明道」的柳宗元早已爲我們提供了明確的答案。他在《楊評事文集後序》裏是這樣寫道：

> 文有二道：辭令褒貶，本乎著述者也；導揚諷諭，本乎比興者也。著述者流，蓋出於《書》之謨、訓，《易》之象、繫，《春秋》之筆、削。其要在於高壯廣厚，詞正而理備，謂宜藏於簡策也。比興者流，蓋出於虞、夏之詠歌，殷、周之風雅，其要在於麗則清越，言暢而意美，謂宜流於謠誦也。〔註30〕

柳宗元的文學見解顯然不是個別性的，而是具有代表性的，因爲將文學作品分爲理性之文和感性之文，在唐代司空見慣，並且是唐人文學觀的基本內涵。「本乎著述者也」指的是理性之文，即說明文和議論文；「本乎比興者也」指的是感性之文，即詩賦乃至抒情之文。同時，還必須指出，理性作品固然可以明道（「辭令褒貶」），感性作品同樣可以明道（「導揚諷諭」）。白居易《與元九書》也將詩與道相提並論，認爲「奉而始終之則爲道，言而發明之則爲詩。謂之諷喻詩，兼濟之志也」。「故觀僕詩，知僕之道焉」。以上這些都是明道文學觀的基本理念。基於這樣的認知共識，我們才有可能進一步探討唐人明道文學觀的眞正蘊涵。

　　至於什麼是「道」，一般學者都依據唐人的文論作品，把它解讀爲「儒家的倫理道德」，或者什麼「政教」、「教化」之類。因此，「文以明道」就是以文章闡明、宣揚儒家的倫理道德，發揮其教化功能，爲封建王朝服務。也有學者以現代視角衡量明道文學觀，認爲它是違背文學特質的純功利文學觀。我個人認爲，僅僅按照唐人文論章句的解讀，用於文學批評的研究，自然不成問題；但若用於文學思想或文學觀念的研究，則未免過於簡單、狹隘，甚

〔註30〕　《柳宗元集》，中華書局，第 578 頁。

至可能有悖於提倡者的本意。而以現代文學的特質，作爲評價古代文學的準則，亦非明智、正確之舉。對於唐代文學觀念的研究，我們應奉行的基本原則除了歷史主義，就是：既要瞭解「道」的本義（內涵），也要瞭解「道」的引申義（外延）；既要審視其關於創作之言論，也要審視其創作實踐之成果。在進行比較研究過程中，必須結合前後兩者，缺一不可！前面說過，道的本義爲儒家的修身齊家之道與治國平天下之道，而其引申義則更爲廣泛、豐富，大凡與儒家思想相關的價值觀念及其體現，都可涵蓋在內。換言之，明道文學觀就是以儒家思想爲指導方向的文學觀念，它並沒有涉及創作方法論。

其實，只要拋開對儒家思想的成見，揚棄對「文學爲社會、爲政治服務」的偏見，然後密切結合唐代文學作品，以宏觀與微觀雙視角重新審視「文以明道」一番，我們不難發現明道文學觀其實具有豐富多樣、積極進取的深層內涵。它至少涵蓋了三大層面，即：一、文學應繼承詩教的優良傳統，二、文學作品應表述現實生活，三、文學作品應針砭各種政治弊端。

一、文學應繼承詩教的優良傳統

所謂「詩教」，在此是指《詩經》所體現的文學教育功能，也就是以諷諭爲主的美刺功能；而「優良傳統」則是指由《詩經》所開創的古典現實主義傳統，也就是中國古典文學的最主要傳統之一（另一優良傳統是古典浪漫主義）。有關這方面的論述，連篇累牘、不計其數，所以在此已無贅言之必要。讀者感到興趣的或許是：爲什麼說「文以明道」是繼承詩教的優良傳統？我在本書《明道與詩教、言志、緣情的關係》一節裏，已經簡略地闡述了明道與詩教的繼承關係，並且得出結論：「明道說」「是『詩教說』的延續、擴大與發展，兩者相輔相成，構成儒家文學觀的理論基礎」。在此，我想就這一結論，從另一角度闡述兩者的傳承關係。

單從理論上說，「詩教說」的哲學基礎是儒家思想，而「明道說」的哲學基礎同樣是儒家思想，兩者同根同源，所以後者繼承前者的衣鉢豈不理所當然？但是，在學術領域裏，單憑邏輯推理（尤其是「三段論」式推理），有時並不具說服力，讀者完全有權利要求論者提供證據。證據俯拾即是、信手可得，我們從唐人的一些論著裏，不難發現他們對於《詩經》與詩教推崇備至。例如，前文所引的柳宗元《楊評事文集後序》就認爲，詩歌應該繼承《詩經》的優良傳統（「比興者流」，「言暢而意美，謂宜流於謠誦也」）。盧藏用大力讚

揚孔子刪詩之舉，認為是「數千百年，文章粲然可觀」的原因之一。他寫道：「昔孔宣父以天縱之才，自衛返魯，乃刪《詩》、《書》，述《易》道而修《春秋》，數千百年，文章粲然可觀也。」（《右拾遺陳子昂文集序》）陳子昂以對比手法，從側面推崇《詩經》：「僕嘗暇時觀齊梁間詩，采麗競繁，而興寄都絕。每以永歎，竊思古人，常恐逶迤頹靡，風雅不作，以耿耿也。」（《與東方左史勸修竹篇序》）王昌齡則重視《詩經》裏最重要的成分──《國風》，認為好文章「興乎《國風》」：「以名教為宗，則文章起於皇道，興乎《國風》耳。自古文章，起於無作，興於自然，感激而成，都無飾練，發言以當，應物便是。」（《論文意》）元結清楚表明作《二風詩》之目的在於「繫古人規諫之流」：「客問元子曰：『子著《二風詩》何也？』曰：『吾欲極帝王理亂之道，繫古人規諫之流。』」（《二風詩論》）至於李白《古風五十九首》（其一）則感慨詩教之式微，其中兩句寫道：「《大雅》久不作，吾哀竟誰陳。《王風》委蔓草，戰國多荊棘。」顧況對《詩經》的教化作用頗為讚賞：「二《南》六義，在乎章句，安樂哀思，知其教。（在乎音響。君子入其國，觀其樂，」《禮部員外郎陶氏集序》）詩人釋皎然《詩式總序》開頭說：「夫詩者，眾妙之華實，六經之菁英，雖非聖功，妙均於聖。」其結尾則謂：

　　　洎西漢以來，文體四變，將恐風雅浸泯，輒欲商較，以正其原。

　　　今從西漢已降，至於我唐，名篇麗句，凡若干人，命曰《詩式》，使

　　無天機者坐致天機，若君子見知，庶有益於詩教矣。〔註31〕

《詩式》雖屬於論述詩歌審美特質之佳作，但作者很清楚地表明，作《詩式》之意圖，在於「若君子見知，庶有益於詩教矣」。這是因為在唐人文學觀念裏，詩文的審美功能與教化功能並非水火不相容，而可以是水乳交融的。〔註32〕身為「詩仙」的李白、「詩僧」的釋皎然，尚且不忘詩歌的教化功能（社會功能），更何況柳冕、韓愈、杜甫、白居易、陸希聲等人。柳冕不但認為「文章本於教化，形於治亂，繫於國風」，「蓋言教化發乎性情，繫乎國風者謂之道」〔註33〕，而且認為到了漢代，「詩之六義盡矣」（因漢賦喪失諷喻功能）：

　　　至於西漢，揚、馬以降，置其盛明之代，而習亡國之音，所失

〔註31〕　《全唐文》卷九一七，中華書局。

〔註32〕　釋皎然：《詩序》《文章宗旨》篇亦稱：「夫文章，天下之公器，安敢私焉。」

〔註33〕　《答衢州鄭使君論文書》，見《全唐文》卷五二七，中華書局。

豈不大哉！而武帝聞子虛之賦，歎曰：「嗟乎！朕不得與此人同時。」故武帝好神仙，相如爲大人賦以諷之，讀之飄飄然，反有凌雲之志。子雲非之曰：「諷則諷矣，吾恐不免於勸也。」子雲知之，不能行之，於是風雅之文，變爲形似；比興之體，變爲飛動；禮義之情，變爲物色。詩之六義盡矣。〔註34〕

至於韓愈，卻在五言古詩《薦士》裏，大力推薦《詩經》：「周詩三百篇，雅麗理訓誥。曾經聖人手，議論安敢到？」然後筆鋒一轉，又將南朝文學評得一文不值：「逶迤抵晉宋，氣象日凋耗」，「齊梁及陳隋，眾作等蟬噪。搜春摘花卉，沿襲傷剽盜。」必須指出，六朝文學（尤其是齊梁文學）某些作品遭受唐人的嘲諷、鞭撻，不是因爲唐人缺乏審美意識，而是因爲這些「沿襲傷剽盜」的形式主義作品，內容空洞無物，遠離了《詩經》所開創的古典現實主義傳統。杜甫《戲爲六絕句》也不忘推崇《風雅》：「未及前賢更勿疑，遞相祖述復先誰。別裁僞體親《風雅》，轉益多師是汝師。」陸希聲《北戶錄序》對《詩經》的推崇，同樣不落人後：「詩人之作，本於風俗，大抵以物類比興，達乎情性之源，自非觀化察時，周民俗之事，博聞多見，曲盡萬物之理者，則安足以蘊爲六藝之奧，流爲絃歌之美哉！」〔註35〕白居易是詩教說的繼承者，也是文以明道的弘揚者，他在《策林六十八·議文章》裏寫道：

　　且古之爲文，上以紐王教，繫國風，下以存炯戒，通諷諭。故懲勸善惡之柄，執於文士褒貶之際焉；補察得失之端，操於詩人美刺之間焉。今褒貶之文無核實，則懲勸之道缺矣；美刺之詩不稽政，則補察之義廢矣。雖雕章鏤句，將焉用之？〔註36〕

他又在《與元九書》裏說：「感人心者，莫先乎情，莫始乎言，莫切乎聲，莫深乎義。詩者，根情、苗言、華聲、實義。」〔註37〕可見白居易對詩歌本質的認知，非常深刻而全面，面面俱到，六朝詩人恐怕難望其項背。晚唐詩人吳融既推崇詩歌的美刺功能，又盛讚李白和白居易，也屬詩教的繼承者之一。他說：「夫詩之作，善善則頌美之，惡惡則風刺之。苟不能本此二道，雖甚美，猶土木不主於血氣，何所尚哉？」又說：「國朝爲歌爲詩者不少，獨李太白爲

〔註34〕柳冕：《謝杜相公論房杜二相書》，見《全唐文》卷五二七，中華書局。
〔註35〕《全唐文》卷八一三，中華書局。
〔註36〕《白居易集》卷六十五，中華書局。
〔註37〕「表述現實」不同於「反映實現」，因前者除了使用感性、形象手法，還使用理性、抽象手法。

稱首。蓋氣骨高舉，不失頌美風刺之道焉。厥後，白樂天諷諫五十篇，亦一時之奇逸極言。」〔註38〕另一晚唐詩人皮日休同樣強調文學的社會功能：

> 樂府，蓋古聖王採天下之詩，欲以知國之利病、民之休戚者也。……詩之美也，聞之足以觀乎功；詩之刺也，聞之足以戒乎政。……由是觀之，樂府之道大矣。〔註39〕

以上各家的文學見解雖不盡相同，對於「詩教」內涵的認知亦未必一致，但同樣在不同程度上，直接或間接要求唐代文學家繼承《詩經》的古典現實主義傳統。這似乎是毫無疑義的。必須再次強調，由於詩教（或明道）僅僅是一種價值觀念或指導思想，它完全不涉及創作方法論，所以絲毫無損於詩歌的藝術性與多樣性。換句話說，用說教方式宣揚孔孟之道的詩歌作品，在唐代文壇十分罕見；即使是直接宣揚孔孟之道的詩歌，多少也含有形象性、情感性。例如，白居易的詠鳥詩二首（《慈烏夜啼》、《燕詩示劉叟》）都以宏揚孝道為主題，屬於詩教（明道）之作，但其感染力頗強，可讀性不差，所以曾被選為海外華文中學的中國語文教材。

二、文學作品應表述現實生活

不僅如此，唐人還以其創作實踐，在很大程度上體現了「文學應表述現實生活」這一傳統理念。〔註40〕白居易《與元九書》所謂「文章合為時而著，歌詩合為事而作」，其實就是這個意思，因為「時」與「事」所構成的「時事」，就屬於某一時代的政治或社會現實。由於社會現實生活的多樣性、豐富性，文學作品的題材必須多樣化，體裁必須多元化，內容必須反映現實生活的方方面面，而其表現形式、寫作手法也必須各種各樣。換句話說，文學的表現對象必須多元化，即不能局限於某個群體、階層，否則就難以充分發揮其明道的社會功能。白居易《新樂府序》中的「五為一不為說」（「為君、為臣、為民、為物、為事而作，不為文而作也」），指的雖是新樂府詩，但也足以說明他要求詩文的寫作對象或題材，必須多元化、現實化，從而在某種程度上，否定了某些現代學者認為「明道僅僅宣揚儒家仁義道德」的片面論斷。其實，白居易主張詩文為君而作與為民而作，正是辯證的矛盾統一。早已有學者指

〔註38〕陳友琴：《溫故集》，上海文藝出版社，第 50 頁。
〔註39〕《檢校尚書吏部員外郎李公中集序》，見《全唐文》卷三八八，中華書局。
〔註40〕《白居易集》卷四十五，中華書局。

出這點：「他認爲『爲君』和『爲民』是統一的，『致君堯舜』就是爲民，把國家治好，使人民生活安康了，也就是『爲君』。當時士大夫階級中人都是這樣看問題的。」〔註41〕至於體裁或文體的多樣化，獨孤及的說法也值得一提。他說：

> 公之作本乎王道，大抵以五經爲泉源，抒情性以託諷，然後有
> 歌詠；美教化，獻箴諫，然後有賦頌；懸權衡以辯天下公是非，然
> 後有論議；至若記序編錄、銘鼎刻石之作，必采其行事以正褒貶，
> 非夫子之旨不書。〔註42〕

引文所言乃針對李華的個人作品，但同樣可以說明一般體裁或文體受到文章內容的制約，「本乎王道」的作品，既可以是「論議」，也可以是「賦頌」、「歌詠」，完全視其社會需要或寫作意圖而定。獨孤及從另一角度論說明道作品的多樣性，它顯然與白居易「五爲一不爲說」有著異曲同工之處。社會生活既然是豐富多樣的，任何單一的文學表現形式都無法滿足社會需求，古今中外皆如此。

如所周知，白居易是個「知行合一論」者，他在《與元九書》和《新樂府序》所提出的文學主張，都充分體現在他的詩文著作裏——尤其是早期作品裏。根據白居易、韓愈等人的文學主張，我們不妨將明道的詩文分爲三大類：

第一類作品是反映農民群眾的不幸遭遇。包括唐代在內的古代中國社會，農業是國家的經濟命脈，農業人口占總人口百分之九十以上。因此，農民生活或多或少都反映於唐人的文學作品中。例如，白居易的《垛地黃者》、《村居苦寒》、《納粟》、《夏旱》、《觀刈麥》，杜甫的《無家別》、《羌村》，張籍的《野老歌》，元稹的《田家詞》，孟郊的《寒地百姓吟》，柳宗元的《田家三首》，元結的《貧婦詞》，李商隱的《行次西郊作一百韻》，等等，都在不同程度上反映了農民生活的貧困疾苦。白居易《觀刈麥》寫得十分感人肺腑：

> 田家少閒月，五月人倍忙。夜來南風起，小麥覆隴黃。
> 婦姑荷簞食，童稚攜壺漿。相隨餉田去，丁壯在南岡。
> 足蒸暑土氣，背灼炎天光。力盡不知熱，但惜夏日長。

〔註41〕 《四部叢刊》，吳融：《禪月集》卷首。
〔註42〕 《正樂府序》，見《皮子文藪》卷十，上海古籍出版社。

復有貧婦人，抱子在其旁。右手秉遺穗，左手懸敝筐。

聽其相顧言，聞者爲悲傷。家田輸稅盡，拾此充饑腸。

今我何功德，曾不事農桑。吏祿三百石，歲晏有餘糧。

念此私自愧，盡日不能忘。〔註43〕

這是一首表述社會生活的古典現實主義詩篇。任何有良知、有血氣的人，讀了這首五言古詩，尤其是「復有貧婦人，抱子在其旁」、「右手秉遺穗，左手懸敝筐」、「家田輸稅盡，拾此充饑腸」三句，都會不禁心酸難過，因爲作爲糧食生產者的廣大農民，遭受重重剝削，竟然要靠拾遺穗充饑腸！而詩人白居易見此更加感慨萬千（「聽其相顧言，聞者爲悲傷」），在「念此私自愧，終日不能忘」之餘，還作詩爲農民鳴不平、求公道！詩人總是情感豐富的，而且異乎常人，《琵琶行》中的「座中泣下誰最多，江州司馬青衫濕」或許就是最好的注腳。柳宗元《田家三首》之（二），則將農村破產、官吏兇狠，寫得頗爲具體：「蠶絲盡輸稅，機杼空倚壁」，「公門少推恕，鞭撲恣狼藉」。同樣流露了詩人對農民群眾的深切同情，對地方官吏（「里胥」）的極度憎惡。《行次西郊作一百韻》是詩人李商隱途經長安西郊，目睹農村破敗的慘狀（「農具棄道旁，饑牛死空墩。依依過村落，十室無一存。」）而作的一首五古長篇。此外，皮日休的《三羞詩》、《橡媼奴》、《農父謠》，都是反映農村破產、民不聊生的佳作。讀了這一類作品，我們不僅同情農民階級的生活疾苦與不幸遭遇，而且還可以從中瞭解其共同原因：不是天災戰亂，就是苛捐雜稅與徭役兵役。尤其是苛捐雜稅，更使農民不堪剝削，造成農民世代貧困、無以聊生，而這正是歷代農民暴動、起義的社會根源。孔子所謂「苛政猛於虎」，便一語道破了統治階級的殘酷、兇狠。因此，憂國憂民的詩人們都期望朝廷施仁政、行王道，輕徭薄賦，以減輕農民階級的沉重負擔。

第二類作品是描述戰亂直接帶來肉體上和心靈上的痛苦。戰爭是唐代文學（詩歌）的重要主題，據一位臺灣省學者的統計，《全唐詩》裏的「戰爭詩更多達二千九百餘首。這是任何其他朝代所望塵莫及的」，其中又以杜甫詩作最多，凡「二百五十餘首」。〔註44〕這些戰爭詩（亦稱邊塞詩）大致可分爲二類：一類著重頌揚將士保家衛國，英勇善戰；另一類著重描述戰爭殘酷及其直接帶來的痛苦，蘊涵反戰或非戰的思想內容。單就後者而論，從初唐到晚

〔註43〕《全唐詩》卷四二四，明倫出版社。

〔註44〕洪讚：《唐代戰爭詩研究》，文史哲出版社，第403頁。

唐，就出現了許多名篇佳作。例如，陳子昂的《感遇》之三就以悲沉語調寫出「蒼蒼丁零塞，今古緬荒途」，「但見沙場死，誰憐塞上孤」。高適《燕歌行》則進一步描寫戰爭的殘酷之餘，還寫了戰士遠征、戍邊的心靈痛苦（「少婦城南欲斷腸，征人薊北空回首」）。岑參的邊塞詩（七絕）《磧中作》、《逢入京使》都很出色，如前篇寫道：「走馬西來欲到天，辭家見月兩回圓。今夜不知何處宿，平沙萬里絕人煙。」據我粗略統計，韓愈的戰爭詩，約有三十首，反映戰亂者有《汴州亂二首》、《歸彭城》、《烽火》等，但其意境並不如孟郊詩突出。孟郊的《傷春》、《征婦怨》、《古意》等，把藩鎮之亂給人民帶來的痛楚，把征婦獨守空閨，日所思、夜所夢的心理狀態，乃至歲月無情、紅顏不再的生活現實，逐一呈現於讀者眼前：「紅顏皓月逐春去，春去春來那得知。今人看花古人墓，令人惆悵山頭路。」（《傷春》詩句）張籍的《征婦怨》、《永嘉行》均在不同程度上控訴了戰爭的罪惡，如前者言「夫死戰場子在腹，妾身雖存如晝燭」；後者謂「婦人出門隨亂兵，夫死眼前不敢哭」。劉長卿的戰爭詩中，最能反映戰亂帶來的淒慘與悲痛者，當推《穆陵關北逢人歸漁陽》、《疲兵篇》、《從軍六首》等篇章。前者這樣寫道：

> 逢君穆陵路，匹馬向桑乾。楚國蒼山古，幽州白日寒。
>
> 城池百戰後，耆舊幾家殘。處處蓬篙遍，歸人掩淚看。

杜荀鶴目睹晚唐戰亂給予社會經濟的破壞、人民生活的困苦，內心憤憤不平，所以把它寫入《亂後逢村叟》、《題所居村舍》、《再經胡城縣》等詩篇，充分發揮了文學的社會功能。

第三類作品是抒發真摯的親情與友情。以上兩類文學作品都是抒情的，但所抒發的是憂國憂民之情，屬於儒家的「大我」之情。以下涉及的親情與友情，則屬於儒家的「小我」之情，同樣是健康、高尚、真摯的情懷。這類文學作品不僅數量較多、質量較高，而且人情味較濃、個體性較強，所以同樣受到廣大讀者的喜愛。這是因為主張文以明道者，既重視「大我」之情（或「兼濟」之情），也重視「小我」之情（或「獨善」之情），而且往往將二者融為一體。對此說如有疑問，不妨先讀柳冕對「小我」之情的論述，再看杜甫、白居易如何將二者融為一體：

> 夫天生人，人生情，聖與賢在有情之內久矣。苟忘情於仁義，
>
> 是殆於學也；忘情於骨肉，是殆於恩也；忘情於朋友，是殆於義也。
>
> 此聖人盡知於斯，立教於斯。今之儒者，苟持異論，以為聖人無情，

誤也。故無情者，聖人見天地之心，知性命之本，守窮達之分，故
得以忘情。明仁義之道，斯爲過矣；骨肉之恩，斯須忘之，斯爲亂
矣；朋友之義，斯須忘之，斯爲薄矣。〔註45〕

可見柳冕在提倡文以明道的同時，也主張文以緣情，因爲緣情也是明道文學
觀的組成部分。尤其是骨肉之情、朋友之義，更應成爲詩文的表現對象。

李白、杜甫、元結、韓愈、劉禹錫、白居易、柳宗元、元稹、杜牧、李
商隱等人，都是表述小我之情的高手。例如，《月夜》是杜甫困居長安時思念
妻子的傑作，但詩人並不直接抒寫自己的情懷，卻以反襯手法表現妻子的孤
獨、寂寞與痛苦，從而產生更大的藝術效果：「今夜鄜州月，閨中只獨看。遙
憐小兒女，未解憶長安。香霧雲鬟濕，清輝玉臂寒。何時依虛幌，雙照淚痕
乾。」《春望》裏的「烽火連三月，家書抵萬金」一語則道出親情的可貴及詩
人對家中妻兒的深深思念。李商隱《夜雨寄北》以更高超的藝術手法，抒寫
自己對妻子的款款深情：「君問歸期未有期，巴山夜雨漲秋池。何當共剪西窗
燭，卻話巴山夜雨時。」（關於《夜雨寄北》之趣旨，共有三說：一說思念妻
子，一說思念眷屬，另一說思念友人。本書取第一說）《祭十二郎文》是韓愈
爲紀念其侄兒而作的祭文，情感細膩而眞摯，極富有人情味，亦獲得後代的
佳評。《望月有感》使白居易與諸兄弟妹之離別情，躍然紙上：「時難年荒世
業空，弟兄羈旅各西東。田園寥落干戈後，骨肉流離道路中。弔影分爲千里
雁，辭根散作九秋蓬。共看明月應垂淚，一夜鄉心五處同。」在友情的表述
方面，唐代詩文的數量更多、質量更佳，可作爲實例者不勝枚舉。李白《黃
鶴樓送孟浩然之廣陵》這樣寫出依依不捨的惜別情：「故人西辭黃鶴樓，煙花
三月下揚州。孤帆遠影碧空盡，惟見長江天際流。」而《贈汪倫》也把兩人
的深情厚誼寫得十分形象、生動：「李白乘舟將欲行，忽聞岸上踏歌聲。桃花
潭水深千尺，不及汪倫送我情。」元稹和白居易交情之深，同樣見諸詩篇：「渺
渺江陵道，相思遠不知。近來文卷裏，半是憶君詩。」（白居易《憶元九》）
元稹自然投桃報李，我發現他提及「樂天」（白居易）的詩作，竟多達七十首！
〔註46〕此外，韓愈《寄皇甫湜》、王勃《送杜少府之任蜀州》、白居易《逢張
十八員外籍》、劉禹錫《憶樂天》、張籍《哭元九少府》、劉長卿《送李錄事兄
歸襄鄧》等，都可列爲友情詩中的部分佳品。

〔註45〕《答荊南斐尚書論文書》，見《全唐文》卷五二七，中華書局。
〔註46〕《全唐詩》卷四一一至卷四二三，明倫出版社。

三、文學作品應針砭各種政治弊端

在農民生活困苦不堪、內憂外患連年不斷的背後，肯定存在著各種政治弊端，諸如賦稅不公平、不合理，地方官吏以權謀私、軍中將領腐敗、有功無賞以及朝廷黨爭、宦官專權跋扈，乃至於最高統治者昏庸無能。身為朝廷命官的唐代文學家，不僅耳聞目睹，甚至親歷其事，對於各種政治弊端瞭如指掌，所以不可能無動於衷，而必然反映於其詩文作品之中。例如，聶夷中《田家》寫道：「父耕原上田，子鋤山下荒。六月禾未秀，官家已修倉。」詩人指出農家父子辛勤勞動，但大部分成果將歸官府所有，是很不公平、不合理的社會現象。家無存糧，一旦遇到凶年，挨饑受凍就難以避免。因此，他在另一首詩裏懇切地提出個人的訴求：「我願君王心，化作光明燭。不照綺羅筵，只照逃亡屋。」（《詠田家》）事實上，農民日出而作、日落而息，耕種再多，收成再好，有時也難逃飢餓的厄運：「春耕一粒粟，秋收萬顆子。四海無閒田，農夫猶餓死。」（聶夷中《憫農》）這是因為土地是農民階級的命根，一旦失去了土地，淪為佃農，生命就失去了保障。另一方面，即使失去勞動力（年老、疾病或服兵役），以致田地荒蕪，而租稅還得照納不誤。杜荀鶴《山中寡婦》就真實地反映了這種情況：

> 夫因兵死守蓬茅，麻苧衣衫鬢髮焦。
>
> 桑柘廢來猶納稅，田園荒盡尚征苗。
>
> 時挑野菜和根煮，旋斫生柴帶葉燒。
>
> 任是深山更深處，也應無計避征徭！〔註47〕

古往今來的農業時代，社會財富總是一個「常數」：富者愈富必然帶來窮者愈窮，富者若規田以千數，窮者必無立錐之地，屬於當代西方人所謂的「零和遊戲」。除了杜甫的「朱門酒肉臭，路有凍死骨」，張籍《野老歌》（又名《山農詞》）也道出窮人不如富家犬的社會悲情：

> 老農家貧在山住，耕種山田三四畝。
>
> 苗疏稅多不得食，輸入官倉化為土。
>
> 歲暮鋤犁傍空室，呼兒登山收橡實。
>
> 西江賈客珠百斛，船中養犬長食肉。〔註48〕

著名的杜甫之作《石壕吏》寫的是石壕村夜裏亂抓壯丁，如果還不足以反映

〔註47〕《全唐詩》卷六九一，明倫出版社。
〔註48〕《全唐詩》卷三八二，明倫出版社。

地方官吏的濫用職權、胡作非為，那麼請讀一讀杜荀鶴《再經胡城縣》：

去歲曾經此縣城，縣民無口不冤聲。

今年縣宰加朱紱，便是生靈血染成！〔註49〕

詩人用清晰不過的語言，強烈控訴地方官吏不顧人民死活，以百姓鮮血換取陞官發財。柳宗元《捕蛇者說》借捕蛇者祖、父二人被毒蛇咬死的不幸遭遇，以對比手法道出賦斂之毒甚於蛇毒，更加令人心寒膽戰：

余聞而愈悲。孔子曰：「苛政猛於虎也。」吾嘗疑乎是，今以蔣

氏觀之，猶信。嗚呼！孰知賦斂之毒，有甚是蛇者乎！故為之說，

俟觀人風者得焉。〔註50〕

對外戰爭的頻頻失利，除了統治者好大喜功、出師無名之外，還有一個重要因素，那就是軍中將領生活腐敗、有功無賞或擁兵自重。例如，高適《燕歌行》揭露了駭人的內情：「戰士軍前半死生，美人帳下猶歌舞。」軍中的黑暗面，也見於另一詩篇：「元戎日夕且歌舞，不念關山久辛苦」；「萬里飄搖空此身，十年征戰老胡塵。赤心報國無片賞，白首還家有幾人」。（劉長卿《疲兵篇》）戰敗無功而受祿，戰勝有功而不獎賞，怎能叫人心服：「將軍追虜騎，夜失陰山道。戰敗仍樹勳，韓彭但空老。」（劉長卿《從軍六首》）至於為何有些將士沒有獲得論功行賞，那是因為主帥生活腐敗，將經費用於逸樂：「千金盡把酬歌舞，猶勝三邊賞戰功。」（司空圖《南北史感遇十首》）試想：像這樣的統帥指揮下的軍隊，怎能負起保家衛國的重任？這是多數唐代文學家所關心的政治問題，因為它是治國平天下的重要組成部分。中唐以後，對外戰爭一籌莫展，正是因為守衛邊防將領借助外患、擁握重兵，以鞏固自己的權位。白居易痛心疾首，針對這一政治弊端，寫了《西涼伎》、《城鹽州》二首，給予猛烈抨擊。前者說：「涼州陷來四十年，河隴侵將七千里。平時安西萬里疆，今日邊防在鳳翔。緣邊空屯十萬卒，飽食溫衣閒過日。遺民腸斷在涼州，將卒相看無意收。」而後者則寫道：

吾聞高宗中宗世，北虜猖狂最難制。

韓公創築受降城，三城鼎峙屯漢兵。

東西互絕數千里，耳冷不聞胡馬聲。

如今邊將非無策，心笑韓公築城壁。

〔註49〕《全唐詩》卷六九一，明倫出版社。

〔註50〕《柳宗元集》，中華書局，第456頁。

相看養寇爲身謀，各握強兵固恩澤。〔註51〕

白居易等人撰寫這些明道詩文，其目的除了宣泄個人心中之憤憤不平（不平則鳴），就是希望發揮文學的政治功能，藉此提醒統治者（尤其是朝廷）及時糾正時弊，可謂用心良苦！此外，詩人們還冒著極大的政治風險，撰寫針對最高統治者的諷諭詩，進一步發揮其美刺功能，以完成自己作爲朝廷命官的政治使命。這類諷諭詩代表作，除了家喻戶曉的白居易的《長恨歌》（白居易將《長恨歌》列入「感傷詩」，可能基於政治上的考慮而淡化其諷喻色彩），還有杜甫的《麗人行》、《自京赴奉先縣詠懷五百字》、以及杜牧的《過華清宮絕句三首》等。《長恨歌》、《麗人行》與《過華清宮》的嘲諷對象都是唐玄宗，這是因爲玄宗早年勤於政務，勵精圖治，開創了足與「貞觀之治」媲美的「開元之治」；而晚年卻耽於逸樂、不理政事，以致釀成「安史之亂」，將唐王朝引向分裂、衰亡之末路。許多的事實表明，詩教的主要對象不是黎民百姓，而是統治階級；詩教中的「美刺說」，是以「刺」（嘲諷、針砭）爲主，「美」（歌功頌德）的成分則微不足道。因此，我認爲將「詩教說」貶謫爲「政治工具說」，是否符合歷史眞相、是否恰當正確，恐怕還有商榷之餘地！

由於政治弊端的複雜性，單憑詩歌針砭時弊並不足夠，所以唐人更著重以散文作爲明道之手段。在諫議制度下，唐王朝的政府高級官員，從中央到地方，都可以上疏議政，所以奏疏成爲政論散文中最重要的成分。他們當然也可以針對某些政治議題，撰寫文章發表個人見解，使得針砭時弊的散文內容多樣化。除了韓愈、柳宗元之外，陳子昂、元結、白居易、元稹、李翱、杜牧、羅隱、皮日休等人，在明道散文創作上，都扮演了重要角色。由於篇幅所限，在此不便舉例說明，有關例證請見諸《唐代散文與明道文學觀》一節。

總而言之，作爲一種文學觀念，明道文學觀涵蓋了詩歌、散文兩個領域。在詩歌領域裏，它繼承了《詩經》的古典現實主義傳統，注重文學的社會功能，但並不排斥文學作品的美學價值，白居易詩論（「詩者，情根、苗言、華聲、實義」）可作爲代表。情既爲詩之根，無根則無苗，無苗則無花，無花則無果，白氏之論豈不妙哉？「大我」（兼濟）之情與「小我」（獨善）之情既可分立並存，亦可融爲一體，如杜甫《春望》、白居易的《望月有感》即二者並存之範例。在散文領域裏，它同樣以儒家思想爲哲學基礎，繼承了先秦兩

〔註51〕《全唐詩》卷四二六，明倫出版社。

漢的優良傳統（樸實無華），注重經世致用，所以論說、理性之文（以奏疏、書論爲主）始終居於最主要地位。再者，以上所舉詩文作品的題旨，除了反映儒家的倫理道德觀念（重視親情友情），就是宣揚儒家的政治理念，從輕繇薄賦、保民養民到王道仁政、非戰反戰（「遠人不服，則修文德以來之」），其積極進取的歷史意義既不容忽視，更不容否定！

　　無論是「詩教說」、是「明道說」，其核心價值爲經世致用或實用主義，即將文學作爲修身、齊家、治國、平天下的文化軟件（Cultural Software）；而正統歷史觀內涵中的政治大一統、王朝正統性、疏通知遠、以史爲鑒，則可歸納爲「經世致用」四個大字，同樣是將歷史作爲治國平天下的文化軟件。因此，在某種意義上說，經世致用便成爲唐代明道文學觀與正統歷史觀最主要的共同特徵，它也是維繫兩者的文化共性的堅韌紐帶。

第三節　唐代文史家的人生境界與憂患意識

　　有些學者認爲，魏晉南北朝是文學的自覺時代，首先體現於文人自覺或自我意識的強化，如「竹林七賢」的某些怪誕行爲，就是自我意識的體現。又有學者認爲，「個性解放思想的濫觴」，始於明末清初「啓蒙思想家對個性解放的呼喚和論證」。〔註52〕他們都提出了不少理由或論據，論證這兩個彼此矛盾的命題。姑且不論何者比較正確、可取，但若以此證明唐代文人缺乏自我意識，或其自我意識不及魏晉南北朝和明末清初之文人，恐怕還欠缺足夠的說服力，難以令人信服。因爲要做這樣比較性、概括性的學術論證，並不具備共同的群體基礎，而只能在個體（即個別文人）之間進行，如在李白與劉伶、白居易與陶淵明之間。即使如此，作爲單一個體的劉伶，是否比李白更具自我意識或主體意識？作爲一個詩人的白居易，其個性魅力是否不及陶淵明？這顯然還是個見仁見智的學術課題。在唐代文史家的人生理想境界裏，對「三不朽」的熱烈追求，乃至關注政治、憂國憂民，不僅充分體現了強烈的自我意識，而且和他們的文史觀念息息相關。因此，探討文史家的共同身份、人生境界與憂患意識，必將有助於深入瞭解唐代明道文學觀與正統歷史觀的眞正內涵。

〔註52〕劉曉虹：《中國近代群己觀變革探析》，復旦大學出版社，第 41 頁。

一、朝廷命官：唐代文史家的第一身份

　　一般性的文史著作，在論述文史家時，往往忽視了其第一身份（主要身份）對其作品的重要作用，而僅僅重視其第二身份（次要身份），即僅把他們當成文學家或歷史家。因此，完全按照現代人的主觀願望或價值觀念，預設了一些現代的價值標準，對他們作出了某些非歷史主義的評價。例如，說某人缺乏自我意識，以致其作品缺少個性化的魅力；說某人無法區分應用文字與文學作品，而將兩者混為一談；說某人過於熱中政治，而忽視了文學的獨特性；說某人對農民革命或農民起義，採取全盤否定的態度；說某人鼓吹忠君（愚忠）思想，維護君主專制體制。如此等等，不一而足。

　　事實上，在唐代，中國尚未存在具有現代意義的專業性的文學家或歷史家（但為行文之方便，本書也稱之為文學家、歷史家）。根據新舊《唐書》列傳的記載，唐代比較著名的文學家和歷史家，幾乎清一色是朝廷命官——而且絕大多數在或曾在中央政府供職。〔註 53〕因此，我個人認為，朝廷命官既是唐代文史家的共同身份，也是他們的第一身份，文學家或歷史家反而是他們的第二身份。如果當時實行身份證制度，那麼無論韓愈、杜甫，或者劉知幾、李百藥，在他們身份證上的「職業」一欄，肯定都應清楚地寫著「朝廷命官」四字。其實，正史列傳已為我們提供了相關信息或證據：唐代文史家的政治身份獲得新舊《唐書》的充分肯定，對他們的政治生涯、官職變更，都逐一記載，費了不少筆墨；反而在文史著作方面的成就，記載時有疏漏，或語焉不詳。為了論說以上這個被人忽略的學術命題（即朝廷命官為唐代文史家之第一身份），我們還有必要不厭其煩地交叉羅列一些實例。

　　文學家陳子昂（公元 659～700 年）「家世富豪」，科舉進士出身。曾多次上疏議政，引起朝廷重視。結果「則天召見，奇其對，拜麟臺正字」，後再轉任右拾遺。其官品雖不高，但右拾遺屬於諫官，有諫議之權，所以頗為時人所重視。（《新唐書·陳子昂傳》）

　　歷史家姚思廉（公元 557～637 年）早年為秦王李世民幕僚（官職為秦王文學），太宗即位後，授予弘文館學士，並以著作郎身份修撰《梁書》、《陳書》。書成則加封為散騎常侍、封城縣男。生前官品不高，但卒後獲贈太常卿，陪葬於昭陵。（《新唐書·姚思廉傳》）

〔註53〕本書為行文之方便，而稱之為文學家和歷史家，但始終未與現代文學家和歷史家等同視之。

　　天寶初年，文學家杜甫（公元 712～770 年）雖應進士不第，但「天寶末，獻《三大禮賦》，玄宗奇之，召試文章，授予京兆府兵曹參軍」。接著先後授予右拾遺、京兆府功曹、節度參謀、檢校尚書工部員外郎等官職。其官位並不高，不如韓愈，但仍屬京官，時人稱之為杜工部。（《新唐書‧杜甫傳》）

　　歷史家李百藥（公元 565～628 年）原為隋末杜伏威屬吏，後投靠唐王朝。「太宗重其才名，貞觀元年，召拜中書舍人，賜爵安平縣男。受詔修定《五禮》及律令，撰《齊書》。二年，除禮部侍郎（副部長級）」。其後又與于志寧、孔穎達等，同受為太子右庶子。（《舊唐書‧李百藥傳》）

　　文學家韓愈（公元 768～824 年）出身進士，為人耿直，不平則鳴。出任四門博士、監察御史後不久，即被貶為山陽縣令。之後又回京城擔任國子博士、都官員外郎、刑部侍郎，但因上諫迎佛骨表，而先後被貶為潮州、袁州刺史。到了晚年，韓愈則回返朝廷供職，先後受命為國子祭酒、吏部侍郎、京兆尹兼御史大夫、兵部侍郎。（《舊唐書‧韓愈傳》）

　　歷史家房玄齡（公元 578～648 年）乃唐王朝開國功臣，早年任禮部尚書（部長級），旋「代長孫無忌為尚書左僕射（副宰相級），改封魏國公，監修國史」。他歷任高祖、太宗、高宗三朝大臣，與杜如晦、魏徵齊名，且被視為唐代最傑出的政治家之一。（《新唐書‧房玄齡傳》）

　　文學家白居易（公元 772～846 年）在被貶為江州司馬、創作《琵琶行》之前，曾任翰林學士、左拾遺，都屬中央政府裏的官職；之後又先後出任忠州刺史、司門員外郎、中書舍人、杭州刺史、刑部侍郎（副部長級）、太子少傅等職。他逝世後，「贈尚書右僕射（副宰相級），宣宗以詩弔之」。（《新唐書‧白居易傳》）

　　歷史家魏徵（公元 580～643 年）是唐太宗的心腹大臣，自始至終都在朝廷擔任要職，包括尚書左丞、秘書監、史館修撰、太子太傅、諫議大夫（高級諫官）等。他逝世時，「太宗親臨慟哭，廢朝五日」，而且當眾感歎：「今魏徵殂逝，遂亡一鏡矣！」（《舊唐書‧魏徵傳》）

　　文學家劉禹錫（公元 772～842 年）與柳宗元同榜進士及第，也是一名重要官員，初任監察御史，但因「永貞革新」失敗，先後被貶到遠州、連州、夔州、和州當刺史。直至寶曆二年（公元 826 年）後奉旨調回洛陽，任職於東都尚書省，此後任集賢殿學士、禮部侍中；但未幾又先後被貶為蘇州、汝州、同州刺史，再度變成地方高官。（《新唐書‧劉禹錫傳》）

　　自唐初武德元年（公元 618 年），歷史家令狐德棻（公元 583～666 年）即出任起居舍人，未幾又陞遷秘書丞，曾建議修撰「五史」（梁、陳、齊、周、隋）。貞觀年間，歷任禮部侍郎、秘書少監、禮部侍郎、宏文館學士、太常卿等要職。高宗四年（公元 653 年），又授命國子祭酒，兼授崇賢館學士，最終因撰寫《高宗實錄》三十卷，「進爵爲公」。（《舊唐書・令狐德棻傳》）

　　文學家李紳（公元 772～846 年）也是一名有政治抱負的文人。他曾任許多不同的官職：從左拾遺、翰林學士、司勳員外郎、知制誥、中書舍人，直到陞遷爲戶部侍郎、淮南節度使、中書侍郎（副宰相）。雖官位較高，但和其他文學家一樣，宦海浮沉不定，亦在所難免。（《新唐書・李紳傳》）

　　歷史家岑文本（公元 595～645 年）出身官宦家庭，「貞觀元年，除秘書郎，兼直中書省」，旋「擢拜中書舍人，漸蒙親顧」。太宗又「以文本爲中書侍郎，專典機密」，且因與令狐德棻共撰《周書》（其史論多出於岑文本）有功，而封之爲「江陵縣子」。（《舊唐書・岑文本傳》）

　　文學家柳宗元（公元 773～819 年）出身官宦之家，但仕途並不順利。進士登科後，曾任集賢殿正字、藍田尉、監察御史裏行（御史見習官）、禮部員外郎。後因參與王叔文的「永貞革新」失敗，而被貶爲劭州刺史、永州司馬和柳州刺史，最終在柳州逝世。（《新唐書・柳宗元傳》）

　　歷史家李延壽（公元？～678？年）是名符其實的史官，「貞觀中，累補太子典膳丞、崇賢館學士。以修撰勞，轉御史臺主簿，兼直國史」。《南史》、《北史》完成後，升任符璽郎，繼續兼修撰國史，直至逝世爲止。（《新唐書・李延壽傳》）

　　文學家元稹（公元 779～831 年）的最高官職爲宰相（即「同中書門下平章事」），在這之前，曾任左拾遺（諫官）、士曹參軍、通州司馬、虢州長史、膳部員外郎、工部侍郎（副部長級）；之後又被貶爲同州刺史、浙東觀察使。可見他在宦海浮沉，幾度起落，遠不及魏徵一帆風順。（《新唐書・元稹傳》）

　　歷史家劉知幾（公元 661～721 年）出身進士，官職由鳳閣舍人升至秘書少監、太子左庶子、崇文館學士、左散騎常侍，逝世後追贈工部尙書。在爲官期間，他一直從事史書編撰（「子玄領國史且三十年，官雖徙，職常如舊」）。（《新唐書・劉知幾傳》）

　　文學家杜牧（公元 803～853 年）出身官宦世家，杜佑（祖父）與杜預（先祖）皆是名相，但他本人生不逢時，仕途並不平坦。進士及第後，歷任弘文

館校書郎、監察御史、左補闕、史館修撰、吏部員外郎。之後又兩度出任地方官（池州、睦州、湖州刺史），直到晚年被召入京為考功郎中、知制誥、中書舍人等職。（《新唐書・杜牧傳》）

吳兢（公元 670～749 年）是歷史家，同時也是朝廷命官。最初在京任右拾遺、右補闕，後升任起居郎、諫議大夫、太子左庶子。「兢不得志，私撰《唐書》、《唐春秋》，未就」。「大臣奏國史不容在外，詔兢等赴館撰錄。進封長垣縣男。久之，坐書事不當，貶荊州司馬，以史草自隨」。（《新唐書・吳兢傳》）

文學家李商隱（公元 813～858 年）進士及第後，曾任地方節度使幕僚，後出任秘書省，為校書郎、京兆府掾曹、太學博士等，但為時不久，懷才不遇，以致無法施展自己的政治才華、抱負。最後又離京遠遊去當幕僚，成為晚唐最失意的官吏之一。（《舊唐書・李商隱傳》）

歷史家杜佑（公元 735～812 年）是杜牧的祖父，終生為官，而且平步青雲，官至宰相。歷任尚書左丞、陝州觀察使、檢校禮部尚書、淮南節度使、刑部尚書、檢校右僕射，然後再升為檢校司空、同平章事（宰相級），最終受封為歧國公。（《新唐書・杜佑傳》）

以上所交叉列舉的二十位著名文史家，絕大多數終生為官，如非京官即地方高官（刺史是一州最高官吏）。他們的最高官階為宰相，但人數不多，任期不長；他們一般屬於朝廷中高級官吏，或地方政府首長（刺史）。其他著名的文史家，如上官儀、盧照鄰、王勃、王昌齡、李華、賈至、元結、獨孤及、王維、蕭穎士、陸贄等（以上為文學家）以及長孫無忌、顏師古、孔穎達、于志寧、褚遂良、許敬忠、韋述、韋處厚、路隨等（以上為歷史家），無一不是朝廷命官。唐代文人本身對第一身份的認同、重視，還體現於兩方面：一是以官銜相稱呼，如稱韓愈為韓吏部（吏部侍郎），柳宗元為柳柳州（柳州刺史），杜甫為杜工部（工部員外郎）；二是在文集名稱上冠以官銜，如盧藏用《右拾遺陳子昂文集序》、李華《揚州功曹蕭穎士文集序》、賈至《工部侍郎李公集序》。當然，還有一些著名文學家終生不仕，如孟浩然、皮日休等人，但人數極少，屬於特例，而且事出有因：或看破紅塵，遁入空門（如釋皎然）；或科舉落第，無可奈何（如孟浩然）；或生不逢時，仕途閉塞（如皮日休）；或性格孤僻，不宜為吏（如孟東野）。這些特例的存在，並不影響我們以上的論點，因為即使在自然科學研究上，特例也可排除在外。

我們論述唐代文史家的社會身份（Social Identity）問題，為的是更深入地

瞭解他們的由世界觀與人生觀構建而成的價值觀念，瞭解唐代文學、歷史的特殊定位及其與政治生態的特殊關係。大體言之，作爲朝廷命官（屬於今人所謂的「政治人物」）的文史家，他們必然心繫國家、熱衷政治，甚至以政治作爲他們的第一生命，因爲只有這樣才符合他們的第一身份。因此，在政治上遭受挫折或懷才不遇，往往給他們以沉重的打擊，如白居易被貶爲江州司馬后，曾借《琵琶行》感歎：「同是天涯淪落人，相逢何必曾相識」？「座中泣下誰最多，江州司馬青衫濕」！韓愈被貶爲潮州刺史後，途中也作詩感歎道：「海風吹寒晴，波揚眾星輝。仰視北斗高，不知路所歸！」（《宿曾江口示侄孫湘二首》）由京官貶爲地方官雖遠離帝國政治中心，不利於在政治上建功立業，但卻令他們更加接近社會、瞭解民生，反而有利於文學創作。無論如何，如果我們按照「文學應遠離政治」的當代價值取向來要求或審視唐代文學，那麼就等於緣木求魚或以驢唇對馬嘴，其結果不言而喻。其次，在理論上或邏輯上說，唐代文史家身爲朝廷命官（即屬於馬克思所說的「統治階級」），必然擁護君主專制體制，支持政治大一統，而反對任何破壞這一政治體制的社會或政治行爲（包括農民起義、方鎮割據）。對於這種理所當然的政治立場，順理成章的價值取向，我們若加以非議、抨擊，豈不是無的放矢、毫無意義？更何況在當時的人類世界裏，除了君主專制制度，再也沒有其他更好的政體可供他們選擇，我們豈可要求唐代歷史家傾向於君主立憲政治，或者指望他們嚮往民主共和政體？總之，在當時的歷史條件下，唐代文史家熱衷政治，擁護君主專制體制，甚至將文史作品政治化、實用化，都具有其合理性與必然性，完全無可厚非！

二、人生境界：唐代文史家對「三不朽」的追求

各種證據表明，唐代文史家的人生理想境界爲「三不朽」，即在生前立德、立功、立言，以期在死後永垂不朽。「三不朽」也是儒家的人生觀或生命觀，即個體的人生價值的最高體現。《左傳·魯襄公二十四》就指出了這點：「太上有立德，其次有立功，其次有立言，雖久不廢，此之謂不朽。」換言之，所謂「不朽」，簡單地說就是流芳百世、永垂青史，也就是文天祥《正氣歌》所說的「人生自古誰無死，留取丹心照汗青」（屬於立德不朽觀）。

至於包括唐代在內的古代中國知識分子，爲何熱衷於追求「三不朽」？我個人認爲，主要有兩大原因：第一，個體的生命十分短暫，也十分脆弱，

尤其在古代，「人生七十古來稀」，能享有六十歲壽命者也不多。例如，前文所簡述的二十名文史家中，壽命超過七十歲者，只有李百藥、杜佑、劉禹錫等五六人，而陳子昂只有四十三歲，柳宗元四十七歲。他們二十人的平均壽命爲五十餘歲。因此，如何使個體的短暫生命更有價值、更有意義，如何讓個體的生命得以延續，自然就成爲唐代文史家價值體系中最重要的組成部分。對一般平民百姓來說，生兒育女以傳宗接代，似乎是延續個體生命的唯一途徑或方式；但對社會精英分子而言，除了傳宗接代外，還有條件借助立德、立功、立言以延續個體生命。第二，由於個體生命的短暫性與脆弱性，使人對衰老、死亡的恐懼心理普遍存在，所以各種宗教應運而生，並且將人的世界劃分爲「此世」（生前世界）與「彼世」（死後世界）兩部分，爲其信徒提供了在死後獲得永生（不朽）的可能性。世界三大宗教即基督教、佛教、伊斯蘭教都是如此，而中國人自創的道家，則以修道成仙或長生不老作爲延續生命的主要手段。然而，宗教家的不朽觀基本上都是出世的、消極的、虛幻的，和儒家傳統的入世不朽觀迥然不同，也和大唐帝國的政治需要、文化精神格格不入。因此，深受儒家思想薰陶的唐代文史家，極力排除佛、道的消極影響，而以積極進取、自強不息的儒家精神，在最大限度上體現了個體生命的價值。孔子所言「發憤忘食，樂以忘憂，不知老之將至」，就是這種達觀、奮發精神的最佳詮釋。

就唐代文史家而言，「三不朽」並非空泛虛無的文化理念，它作爲一種人生哲學，具有十分明確而充實的具體內涵。他們認爲，凡在人格道德修養方面爲後人豎立典範楷模者，可以令人永垂不朽，如周公、孔子、孟子等人；或在政治經濟方面建功立業、爲國家民族造福者，也可以令人永垂不朽，如周文王、管仲、商鞅等人；又或在文化思想方面著書立說、寫出某些精彩作品者，同樣可以令人永垂不朽，如屈原、司馬遷、班固等人。關於「立言」可以使人永垂不朽，曹丕《典論・論文》的論述最爲後人所津津樂道：

> 蓋文章經國之大業，不朽之盛事。年壽有時而盡，榮樂止乎其身，二者必至之常期，未如文章之無窮。是以古之作者，寄身於翰墨，見意於篇籍，不假良史之辭，不託飛馳之勢，而名聲自傳於後。〔註54〕

曹丕的立言不朽觀顯然具有三層內涵：其一，文章寫作乃「經國之大業，不朽之盛事」；其二，個人之年壽、榮樂皆有期限，不如「文章之無窮」；其三，

〔註54〕蕭統：《文選》卷五二，上海古籍出版社。

文章可使個人聲名傳諸後世，並不需要「良史之辭」或「飛馳之勢」（政治權勢）。在另一文裏，曹丕也提到立德、立言均可令人不朽：「人生有七尺之形，死爲一棺之土。惟立德揚名，可以不朽；其次莫如著篇籍。」〔註55〕曹丕的立言不朽觀不僅具有普遍性，而且獲得唐代文人的普遍認同與回應，著書立說（如著「六書二史」，立明道之說）盛行一時。唐代文人甚至以相同的話語，重述曹丕之立言不朽觀，如王勃稱：「文章經國之大業，不朽之能事，而君子所役心勞神，宜於大者遠者，非緣情體物、雕蟲小技而已。」（《平臺秘略論十首・藝文三》）值得注意的是：並非所有的詩文都可以不朽，而惟獨「大者遠者」及與經國大業相關者，才可以不朽。這一見解和曹丕的不朽觀幾乎完全吻合，因爲《典論・論文》所謂的不朽之文章，主要指和治國平天下有關的奏議和書論。換言之，文章之不朽價值，在於「役心勞神」的立言，而立言又是一種理性思維活動的產物，所以受到唐人特別重視。關於這點，皇甫湜《答李生第二書》的論述值得一讀：

> 夫文者非他，言之華者也。其用在通理而已，固不務奇，然無傷於奇也。使文奇而理正，是尤難也。生意便其易者乎？夫言亦可以通理矣，而以文爲貴者非他，文則遠，無文即不遠也。以非常之文通至正之理，是所以不朽也。〔註56〕

作者在強調「理正」（「至正之理」）之餘，亦十分重視「文奇」（「非常之文」），因爲這是不朽之文的兩大要素或條件（「以非常之文通至正之理，是所以不朽也」）。皇甫湜所謂「至正之理」，其實就是韓柳所說的儒家之道，所以我們甚至可以大膽假設：唐人認爲明道作品因其內容充實，含有「至正之理」，所以能夠傳之後世，成爲不朽之作。在我們現代人看來，柳宗元《永州八記》屬於古代散文之精品或極品；但對於唐宋人來說，其文化價值遠不及《貞符並序》、《封建論》、《非國語》（三文均屬明道之作）。「立言」可以不朽的文學觀念，既然具有其傳統性、普遍性與可行性，實例亦俯拾即是。例如，柳宗元《與楊京兆憑書》說文章因立言而改變、提升其價值：「今之世言士者，先文章。文章，士之末也。然立言存其乎其中，即末而操其本，可十七八，未易忽也。」〔註57〕韓愈在柳宗元去世後，就預言其「文學辭章」，「必傳於後」，

〔註55〕《與王朗書》，見《三國志》《魏書・文帝紀》注解，中華書局。
〔註56〕《皇甫湜文集》卷四，明倫出版社。
〔註57〕《柳宗元集》，中華書局，第789頁。

因為「子厚少精敏，無不通達」，其「議論證據今古，出入經史百子，踔厲風發，率常屈其座人，名聲大振，一時皆慕與之交。」〔註58〕據《舊唐書》記載，韓愈本身在立言方面早有建樹，生前已具不朽之資格或條件：

> 常以爲自魏晉已還，爲文者多拘偶對，而經誥之指歸，遷、雄之氣格，不復振起矣。故愈所爲文，務反近體，自成一家新語。後學之士，取爲師法。當時作者甚眾，無以過之，故世稱「韓文」焉。〔註59〕

歷史家著書立說，同樣是爲了體現個人的生命價值，追求不朽的人生境界。例如，杜佑完成《通典》後，於貞元十七年（公元 801 年）「自淮南使人詣闕獻之」，並在獻表中說：「臣聞太上立德，不可庶幾；其次立功，遂行當代；其次立言，見志後學。由是往哲遞相祖述，將施有政，用乂邦家。」〔註60〕

然而，必須指出，立言並非唐代文史家的唯一人生理想，更不是最重要的人生境界，如元稹就說過「僕聞上士立德，其次立事，不遇立言」。〔註61〕唐代文史家似乎更加熱衷於參與政治，在政治上建功立業，以體現個人生命的最大價值與意義，以期將來流芳百世。例如，杜甫科舉落第後，「天寶末，獻《三大禮賦》，玄宗奇之，召試文章，授京兆府兵曹參軍」。〔註62〕而杜詩名句「出師未捷身先死，長使英雄淚滿襟」，不就是杜甫在政治上建功立業理念的折射嗎？韓愈曾於貞元十一年（公元 795 年）多次上書謀求官職，《上宰相書》、《後十九日復上宰相書》、《後二十九日復上宰相書》均屬求仕之作，從中可知韓愈求仕多麼心切！皇甫湜是另個一例子，他的求仕之作《上江西李大人書》，熱衷於建功立業的思想傾向和韓愈大抵一致。韓愈等人的求任之舉，在某種意義上說，和孔孟爲了施展個人的政治抱負而周遊列國，豈不是有著殊途同歸之處？

科舉取仕制度的確立，不僅確立或強化了「學而優則仕」的文化傳統，而且爲唐代文人提供了進身之階梯，也激發了他們的政治熱忱。絕大部分的唐代文史家，都參加過科舉考試，並且取得較佳成績。其中，進士及第的著名文人爲數不少，包括陳子昂、劉知幾、張說、王昌齡、顏眞卿、李華、賈至、房玄

〔註58〕 《柳子厚墓誌銘》，見《柳宗元集》，中華書局，第 1434～1435 頁。
〔註59〕 《舊唐書·韓愈傳》，中華書局。
〔註60〕 《舊唐書·杜佑傳》，中華書局。
〔註61〕 《敘詩寄樂天書》，見《元稹集》卷三十，中華書局。
〔註62〕 《舊唐書·杜甫傳》，中華書局。

齡、元結、張籍、李翱、劉禹錫、白居易、皇甫湜、杜牧、李商隱、皮日休等人。他們參與科舉考試的動機或目的是很顯然的，就是為了晉身為朝廷命官，以便在治國平天下中發揮個人的政治才華，施展個人的政治抱負，實現個人的政治理想。像這樣難得的從政機遇，在隋唐科舉制度建立之前從未存在，所以在政治上建功立業，就很難普遍成為前代文人（尤其是六朝）的人生境界。陶淵明生不逢時，不願為五斗米而向鄉間小兒折腰，所以辭官（其實是芝麻小吏）歸故里，過著「採菊東籬下，悠然見南山」的隱逸生活，而受到後人稱道讚賞，甚而傳為千古的文壇佳話。但我個人對此不以為然，因為假如他生在盛唐而又進士及第，難道不願為「二千石」（漢代高官之代稱）而折腰？孟浩然雖已「隱鹿門山，以詩自適」，但四十歲還赴京師應進士，落第後才回返襄陽。〔註 63〕足見科舉取仕對唐代文人之吸引力，非同小可，就連隱居多年的孟浩然也不甘寂寞潦倒！而其名篇《臨洞庭湖贈張丞相》借觀賞湖光景色，向張九齡表達自己「欲濟無舟楫」的心情，屬於他早年求仕之作。

再者，在比較成熟的諫議制度下，唐代文官參政議政的政治意識，比我們所想像的要強烈得多。他們對於國家大事，從內政到邊防、從社會到文化，都要借助奏議與書論發表個人政治見解，提供各種的政治方案，積極扮演社會精英的重要角色。這類涉及經國大業的奏議書論，一旦被帝國朝廷重視、採納，就很可能成為個人政治生涯的轉折點，朝往建功立業的目標跨前一大步。例如，令狐德棻於武德初年建議「重購求天下遺書，置吏補錄」，接著又建議朝廷修撰梁、陳、齊、周、隋五代正史，均獲得高祖接納，於是受到朝廷重用、聲名遠揚。魏徵則將立言與立功合二為一，在「貞觀之治」中扮演重要角色，從而體現了個人生命的不朽價值。《舊唐書》是這樣描述太宗如何重用魏徵，以及如魚得水的君臣關係：

> 太宗新即位，勵精政道，數引徵入臥內，訪以得失。徵雅有經國之才，性又抗直，無所屈撓，太宗與之言，未嘗不欣然納受。徵亦喜逢知己之主，思竭其用，知無不言。太宗嘗勞之曰：「卿所陳諫，前後二百餘事，非卿至誠奉國，何能若是？」其年，遷尚書左丞。
> 〔註 64〕

〔註 63〕《舊唐書·孟浩然傳》，中華書局。
〔註 64〕《舊唐書·魏徵傳》，中華書局。

由於科舉及第僅僅取得爲官的資格，而非等於獲得官職，所以毛遂自薦（上書拜官）的政治傳統繼續存在。有些人就是憑著好文章（尤其是奏議書論）而獲得官職的，如陳子昂即以其立言（奏議）作爲進身立業（爲官）之階。他寫的幾則頗有見地的政論，引起朝廷注意、重視，其中一則強調地方官吏的重要性，在於刺史、縣令皆爲詔令的執行者，所以「國家興衰，在此職也」。可見，立言與立功的關係極爲密切，有時甚至合爲一體。至於立德，更是立言與立功的前提條件，居「三不朽」之首，因爲立德即養性修身，培養高尚的情操，作爲他人的楷模，屬於儒家倫理思想的核心內涵。孟子所說的「富貴不能淫，賤窮不能移，威武不能屈」，應視爲立德的基本準則。

三、憂國憂民：唐代文史家憂患意識的集中體現

在古代與現代漢語裏，存在著不少與憂患意識相關的常用熟語，如「未雨綢繆」、「防患於未然」、「前車之鑒」、「憂國憂民」、「後顧之憂」、「居安思危」、「先天下之憂而憂」、「養兒防老，積穀防饑」、「人無遠慮，必有近憂」、「生於憂患而死於安樂」等，都在不同程度上說明了中華傳統文化中長期而普遍存在著憂患意識。其中「人無遠慮，必有近憂」是孔子的名句，「居安思危」則出自《書經》與《左傳》，而孟子除了說過「生於憂患而死於安樂」，還有一段名言：「樂民之樂者，民亦樂其樂；憂民之憂者，民亦憂其憂。樂以天下，憂以天下，然而不王者，未之有也。」可見憂患意識所體現的憂國憂民，是儒家思想的核心內容之一，它對中國古代乃至現代知識分子的影響顯而易見。在《易傳》裏，基於對「物極必反」法則的認識，同樣提出「安而不忘危，存而不忘亡，治而不忘亂」的主張。

在孟子之後，我認爲古人對憂患意識的形象性表述，當以宋人范仲淹《岳陽樓記》最爲精彩，恐怕後人尚無出其右者。因爲它不僅情理並茂，將憂國（「憂其君」）與憂民（「憂其民」）相提並論，而且提出了「先天下之憂而憂，後天下之樂而樂」的著名命題：

> 嗟乎！予嘗求古仁人之心，或異二者之爲，何哉？不以物喜，不以己悲。居廟堂之高，則憂其民；處江湖之遠，則憂其君。是進亦憂，退亦憂。然則何時而樂耶？其必曰：「先天下之憂而憂，後天下之樂而樂」乎？噫，微斯人，吾誰與歸！

范仲淹所謂的「先天下之憂而憂」，其實已飽含居安思危的成分，而「進亦憂，

退亦憂」則表達了一種非常強烈、深切的憂患意識。在唐代，對憂患意識的最佳詮釋，則首先體現於「居安思危」的精確論述。魏徵就隋之速亡，先提出「鮮蹈平易之途，多遵覆車之轍，何哉」？然後將安危、治亂、存亡之間的辯證關係（來自《易傳》），很巧妙地用一個「思」字聯繫起來：「若能思其所以危，則安矣；思其所以亂，則治矣；思其所以亡，則存矣」。以下這段話語同樣足以令人深思反省：

> 夫鑒形之美惡，必就於止水；鑒國之安危，必取於亡國。《詩》曰：「殷鑒不遠，在夏后之世。」又曰：「伐柯伐柯，其則不遠。」臣願當今之動靜，思隋氏以為鑒，則存亡治亂，可得而知。若能思其所以危，則安矣；思其所以亂，則治矣；思其所以亡，則存矣。

〔註65〕

作者將憂患或危機細化為危、亂、亡三個層次，提醒統治者必須時刻牢記在心，並且要防止它從一個層次轉變為另一層次，即由「危」變成「亂」，由「亂」導致「亡」。換句話說，為了唐帝國的長治久安，統治者不可胡作非為，而得關注民生疾苦，牢牢記住「水可載舟，亦可覆舟」之古訓。「貞觀之治」是中國歷史上少有的太平盛世，所以魏徵對居安思危的論述，更充分體現了唐代歷史家深度的憂患意識。

馬周也是唐初著名諫官之一，深受太宗寵信。他在奏書裏不但論及「自古以來，國之興亡，不由積蓄多少，惟在百姓苦樂」，而且主張「臨天下者，以人為本。欲令百姓安樂，惟在刺史、縣令」。此外，他對帝國前途深感憂慮，理由是：「陛下少處人間，知百姓辛苦，前代成敗，目所親見，尚猶如此（指奢侈浪費）。而皇太子生長深宮，不更外事，即萬歲之後，固聖慮所當憂也。」〔註66〕陳子昂《諫雅州討生羌書》也提到「善為天下者」，必須「圖其安則思其危」：「臣聞古之善為天下者，計大而不計小，務德而不務刑，圖其安則思其危，謀其利則慮其害，然後能享福祿，伏願天下熟計之。」〔註67〕

唐代文學作品當中，蘊涵憂患意識的詩文不計其數，因為所有反映社會政治陰暗面的作品，都在不同程度上直接或間接體現了作者憂國憂民的高尚的思想感情。杜甫寫下「朱門酒肉臭，路有凍死骨」的詩句，肯定不是為了

〔註65〕《舊唐書‧魏徵傳》，中華書局。
〔註66〕《舊唐書‧馬周傳》，中華書局。
〔註67〕《舊唐書‧陳子昂傳》，中華書局。

激化階級矛盾，鼓動人民揭竿起義，而僅僅是詩人憂國憂民情愫的自然表露。李商隱《行次西效作一百韻》將一幅幅農村凋敝、民不聊生的圖像展現在讀者面前，同樣是憂國憂民的眞情流露；而他在另一詩篇大聲疾呼：「幾時拓土成王道，從古窮兵是禍胎！」〔註68〕，並將窮兵黷武和勞民傷財掛鉤，更直接顯示了對唐帝國前途的深切憂慮。韓愈冒死上《論佛骨表》，其動機出於擔憂統治階級過度迷信佛教，可能導致唐帝國政治的衰敗，所以也屬於憂患意識的反映或折射。杜牧七絕《泊秦淮》裏謂「商女不知亡國恨，隔江猶唱後庭花」，與其說是指陳「商女」無知寡情，毋寧說是擔憂唐王朝統治者沉迷逸樂，重蹈陳後主之覆轍。至於白居易《策林・六十九》主張設采詩之官，「采詩以補察時政」，其出發點在於使朝廷瞭解民情，以便防患於未然。建議雖不被接納，其可行性也值得懷疑，但多少可以看出大詩人對唐帝國前途的關注與憂慮。

　　作爲一種意識形態，憂患意識的本質究竟如何？它是消極、保守的，還是積極、進取的？我認爲這種意識形態的可貴之處，不僅在於強調防患於未然，而且將憂民提升到和憂國（憂君）同等的位置，所以構成民族精神的重要部分。再者，在很大程度上，憂國憂民強化了唐代文史家的社會責任感與歷史使命感，並將這種難能可貴的思想感情傳諸千秋百代。宋代理學家張載主張身爲社會精英的知識分子，任重道遠，必須「爲天地立心，爲生民立命，爲往聖繼絕學，爲萬世開太平」。〔註69〕而明末清初思想家顧炎武所提出的「天下興亡，匹夫有責」，更成爲中國先進的現當代知識分子的座右銘！或許有人認爲，憂國憂民既屬於「大我」，其普遍存在，正說明了唐代文史家缺乏「小我」意識。其實不然，因爲「大我」與「小我」不是對立的，在「大我」中還是有「我」，即依然存在「小我」。如果有人認爲，「人生幾何，對酒當歌」的感慨含有主體意識，而「先天下之憂而憂，後天下之樂而樂」的呼喚不含或少含作者的主體意識，這恐怕是不合邏輯的吧？換個角度來看，憂患意識或憂國憂民所體現的是一種崇高而可貴的人文關懷，它對當代中國知識分子而言，仍然是不可或缺的寶貴的文化遺產！孟子所說的「生於憂患而死於安樂」，對於今日正在奮發圖強的中華民族而言，仍然不失其重大的政治意義或

〔註68〕　《漢南書事》，見《李商隱集》，中華書局，第40頁。
〔註69〕　此名句常爲歷代文人引用，如馮友蘭《中國哲學史》自序二即以此爲「著書立說之宗旨」。

現實意義！

存在決定意識，社會存在決定社會意識，所以憂患意識產生的社會基礎必然和中國古代的社會存在以及文史家的社會身份（第一身份）息息相關。首先，唐代文史家一旦成爲朝廷命官，個人的政治生命就和唐帝國命運很緊密地連成一體，所以他們自然關注國計民生，憂國憂民。其次，在君主專制體制下，唐帝國的興衰存亡主要取決於最高統治者個人的素質與行爲；賢君與昏君所起的作用雖各趨於一端，但都是決定性的。後者正是令人擔憂的對象，如宋人范仲淹《岳陽樓記》謂「處江湖之遠，則憂其君」，即擔憂君王昏庸無能帶來嚴重的政治後果。第三，在農業社會裏，農民階級素來「靠天吃飯」（國泰民安之大前提爲風調雨順），而天災尤其是水災、旱災頻仍，若加上人禍（橫征暴斂、內亂外患連年），則民不聊生豈可避免？他們在養兒防老之外，還必須積穀防饑，因爲凶年隨時都會出現。這也是中國古代知識分子憂患意識的社會根源。即使到了今天，一些有識之士還爲中國的「三農問題」和「環保問題」而憂心忡忡呢！

那麼，唐代文史家的社會身份、人生境界與憂患意識，究竟和他們的文史觀念有何內在關係？簡單地說，身爲朝廷命官，他們理所當然地關注國家大事，重視文史的政治作用與社會價值，主張文以明道、疏通知遠；爲追求人生的「三大不朽」，他們在尋求建功立業之餘，更不忘著書立說，宏揚文學、歷史的經世致用的理性主義精神；普遍存在的憂患意識，使文學家更加關注社會弊端，詩文更具古典現實主義精神，史學家則一再強調以史爲鑒，致力維護政治大一統。一言以蔽之，在文史家的共同社會身份、共同人生境界與共同憂患意識三個領域裏，明道文學觀與正統歷史觀呈現了三點交會的文化現象。這種文化現象頻繁顯現，爲文學家與歷史家進行長期對話提供了更爲廣泛的共同話語與話題。他們的社會責任感與歷史使命感，又令這些共同話語顯得更有深度、更有分量，當然也更值得我們重視。

第四章　大一統思想是正統歷史觀的基石

第一節　正統歷史觀的眞正蘊涵

　　「正統」一詞的本義爲「改正朔，繼統系」。按照中國古代曆法，一年之始稱爲「正」，一月之初稱爲「朔」，「正朔」即一年開始的第一天。「改正朔」之意爲更改曆法。在西漢和西漢之前，改奉正朔是新王朝建立後的必要舉措，所以具有重要的政治意義。例如，夏代建寅，以正月爲歲首，正月初一即是正朔；周代建丑，以十二月爲歲首，十二月初一便是正朔。至於「繼統系」，則是指在改朝換代的過程中，歷代王朝之更替如商之代夏、周之代商，必須依循一定的傳承統系（「五德」或「三統」），才符合天意或天命。可見，正統論是中國古代歷史觀的重要組成部分，不瞭解正統論就等於不瞭解中國古代歷史觀。

　　正統論的初始理論基礎，是陰陽家鄒衍的「五德終始說」和《春秋·公羊傳》的「大一統說」。鄒衍將金、木、水、火、土稱爲「五行」，主張天地萬物都由這五種元素構成。五行之間相生相剋，造成各種客觀事物之生生息息、變動不已，政治上的改朝換代自然也不例外。呂不韋《呂氏春秋·應同篇》也認爲，自黃帝至周代的王朝歷史，依照「五德」相生相剋之次序不斷演變（如舜帝屬土德，夏禹屬木德，土生木；商湯屬金德，周文王屬火德，火克金），所以夏、商、周都屬於合乎天意或天命的正統王朝。

　　中國古代歷史觀中的正統論，已含有大一統的思想成分，因為大一統理念由來已久，如《詩經》有言：「普天之下，莫非王土；率土之濱，莫非王臣。」但是，大一統與正統之關係如何？《春秋·隱公元年》說：「元年，春，王正月。」《春秋·公羊傳》對此加以詮釋道：

> 元年者何？君之始年也。春者何？歲之始也，王者孰謂？謂文王也。曷為先言王而後言正月，王正月也。何言乎王正月？大一統也。

《公羊傳》是最早提及「大一統」一詞的古代文獻。「大」在此不作狀詞而作動詞用，其意為「宏揚」、「擴大」，可見「大一統」是「王正月」之後（即正統王朝建立後）所要實現的最終目標，而周文王作為開國君主，必須予以落實，責無旁貸。

　　正統論到了漢代被注入新的意涵，開始發生新的變化。人們不僅將正統與大一統相提並論、融為一體，而且以大一統為其核心、為其基石。所謂「正統」者，亦可解讀為「奉正朔，求一統」，即支持中央（中原）政權，尋求國家統一。董仲舒對此貢獻最大，他根據《春秋·公羊傳》對奉正朔與大一統關係的論述，進一步加以闡述發揮，使之具有新的歷史內涵與政治意義。他在《春秋繁露》裏寫道：

> 《春秋》曰：「王正月。」《傳》曰：「王者孰謂？謂文王也。曷為先言王而後言正月？王正月也。」何以謂之王正月？曰：王者必受命而後王。王者必改正朔，易服色，制禮樂，一統於天下。所以明易姓，非繼仁，通以已受之於天也。王者受命而王，制此月以應變，故作科以奉天地。故謂之王正月也。〔註1〕

前面說過，《公羊傳》文中的「王」是周文王，所以「王正月」是指各諸侯國共奉周正朔，以示天下一統於周天子。但值得我們特別注意的是，《春秋繁露》裏的「王」是剛「受命」的新王，所以「王者必改正朔，易服色，制禮樂，一統於天下」。這麼一來，實現全國政治統一，無形中便成了任何新王朝建立者不可推卸的政治使命，便成了任何新王朝取得正統地位的先決條件。換句話說，董仲舒已將《春秋·公羊傳》裏的「個案」轉化、提升為「慣例」，使之更具有普遍性的政治意義。

　　作為大一統主義者，董仲舒不僅全力擁護政治大一統，而且還全力提倡

─────────────────────

〔註1〕　《三代改制文》，見《春秋繁露》卷七，商務印書館。

思想大一統，因爲思想大一統可強化漢帝國的政治大一統。這便是漢武帝「罷黜百家，獨尊儒術」的理論基礎與歷史依據。董仲舒《天人三策》寫道：

> 《春秋》大一統者，天地之常經，古今之通誼也。今師異道，人異論，百家殊方，指意不同，是以上亡以持一統；法制數變，下不知所守。臣愚以爲諸不在六藝之科孔子之術者，皆絕其道，勿使並進。邪辟之説滅息，然後統紀可一而法度可明，民知所從矣。

〔註2〕

這段話將大一統的重要性及其政治作用，提升到前所未有的高度。它不僅認爲實現政治大一統是天經地義、永遠合理（「天地之常經，古今之通誼也」）的政治行爲，而且認爲漢初由於沒有統一思想的指導（「百家殊方，指意不同」），法律制度屢次更改，百官、人民皆無所適從。因此，董仲舒建議「罷黜百家，獨尊儒術」，以實現漢帝國的思想大一統。

由於自古以來，中國便是個多元民族的國家，正統論難免涉及民族關係問題。從先秦典籍如《尚書·夏書·禹貢》、《春秋·公羊傳》的記載來看，上古時期的正統論既重視華夷之辨，又主張華夷一體。根據《禹貢》，區分華夷的準則是地域：居於中原「九州」者爲華夏，處於九州外圍者爲夷狄（少數民族的總稱）。周平王東遷以後，出現了「王權中落、大國爭霸」的混亂局面，夷狄各族紛紛進入中原地區，華夷雜居的現象日見普遍，所以再也無法完全按照地域來區分華夷。於是乎按照文化辨識華夷的新理念、新準則，便自然應運而生了。因爲華夏文化比較進步，又很崇尚禮儀；夷狄文化比較落後，又不講究禮儀，所以重禮儀者爲華夏，不重禮儀者爲夷狄。這個多少含有華夷一體的價值取向確立之後，長期以來一直爲人們所普遍認同、採納，而構成正統論的基本內涵之一。

在漢代及漢代以前，人們對正統論似乎沒有什麼爭議，但是隨著漢帝國的瓦解，正統問題開始變得錯綜複雜，有關正統論之爭議也持續不斷，而且一直延續到清末民初。其原因有二：一是在四分五裂的局面裏，如魏、蜀、吳三國之鼎立，南北朝之對峙，何者應屬於正統王朝，就很難達致共識；二是漢代以後千餘年間，曾經出現好幾個非漢族王朝，如北魏、元朝、清朝，它們統治過半個乃至整個中國。這麼一來，關於正統與非正統的分歧爭議，就在所難免了。歷代議論正統的文章，爲數不少，其中就有些出自著名學者

〔註 2〕　《漢書·董仲舒傳》，中華書局。

之筆，如唐代之皇甫湜，宋代之司馬光、歐陽修，明末清初之王夫之，乃至清末民初之梁啓超等人。

按照正統論「繼統系」的基本理念，新王朝所取代的舊王朝必須屬於正統王朝，新王朝才具有正統地位；反之，舊王朝若不具正統性而屬於「僭僞」政權，則取而代之的新王朝的正統性就成了問題。這個傳統的政治理念，首先給隋唐學者出了一個不大不小的難題。爲什麼呢？因爲西晉之後，在北方先後出現的北魏、北周，都是少數民族所建立的王朝；而在南方的東晉以及先後出現的宋、齊、梁、陳則是漢族政權。南北朝對立交戰的結局，是隋代周而後滅陳，再度統一中國。唐之正統性取決於隋，而隋之正統性則應追溯至北魏。易言之，當東晉與北魏對立時，何者爲正統王朝？針對這個問題，唐代學者皇甫湜將其見解，寫成《東晉元魏正閏論》。首先，皇甫湜從文化（禮義）角度，說明北魏（元魏）雖統治「中國」（中原）卻屬於夷狄，直到孝文帝才開始「用夏變夷」（指漢化改革）。他這樣寫道：

> ……而拓跋氏種實匈奴，來自幽代，襲有先王之桑梓，目爲中國之位號，謂之滅邪？晉實未改；謂之禪邪？已無所傳。……或曰：「元之所據，中國也。」對曰：「所以爲中國者，以禮義也；所以爲夷狄者，無禮義也，豈繫於地哉？杞用夷禮，杞即夷矣；子居九夷，夷不陋矣；……非繫於地也……」〔註3〕

不僅如此，他還認爲「魏氏恣其暴強，虐此中夏，斬伐之地，雞犬無餘」，所以不配稱爲正統王朝。至於東晉則不然，「晉之南渡，人物收歸，禮樂咸在，流風善政，史實存焉」，所以應視爲正統王朝。其次，皇甫湜又提出一個問題：「周繼元（魏），隋繼周，國家之興，實繼隋氏，子謂是何？」然後自己加以解釋道：

> 晉爲宋，宋爲齊，齊爲梁，江陵之滅，則爲周矣。陳氏自樹而奪，無容於言，況隋兼江南，一天下而授之於我。故推而上，我受之隋，隋得之周，周取之梁。推梁而上，以至於堯舜，得天統矣。則陳奸於南，元閏於北，其不昭昭乎？〔註4〕

作者的意圖十分明顯：爲了論證唐王朝之正統性，除了說明東晉和南朝中的宋齊梁皆屬正統王朝外，還說明北周爲正統而陳朝卻非正統王朝。然而，皇

〔註3〕《全唐文》卷六八六，中華書局。

〔註4〕同上書。

甫湜的說法有違史實，南宋歷史家洪邁已指出其錯誤：「然予復考之，滅梁江陵者，魏文帝也。時歲在甲戌。又三年丁丑，周乃代魏，不得云江陵之滅，則爲周也。」〔註5〕

　　歐陽修對正統論非常重視，他所撰《正統論》專論，分上下兩篇，加上序論，內容相當詳實。由於三代之後，王朝更替日益複雜化，「或理或亂，或取或傳，或分或合」，正統論者已無法作出合理的詮釋。歐陽修首先置疑正統論的正確性，並提出三個疑點。其《正統論上》寫道：

　　　　自周之亡，迄於顯德，實千有二百一十六年之間，或理或亂，或取或傳，或分或合，其理不能一概。大抵其可疑之際有三：周秦之際也，東晉後魏之際也，五代之際也。秦親得周而一天下，其迹無異禹、湯，而論者黜之，其可疑者一也；以東晉承西晉則無終，以隋承後魏則無始，其可疑者二也；五代之所以得國者雖異，然同歸於賊亂也，而前世議者獨以梁爲僞，其可疑者三也。〔註6〕

不僅如此，他對一些「正統之論作」感到不滿，因爲論者「又挾自私之心，而溺於非聖之學也」：

　　　　然而論者眾矣，其是非予奪，所持者各異，使後世莫知夫所從者也，何哉？蓋於其可疑之際，又挾自私之心，而溺於非聖之學也。
　　〔註7〕

宋代另一著名歷史家司馬光也曾參與有關正統問題的爭論，其見解與歐陽修大同小異，即認爲正統論者與正統論本身都存在一些問題，以致無法對改朝換代作出合理的詮釋。他在《論正閏》一文裏寫道：

　　　　及漢室顛覆，三國鼎峙。晉室失馭，五胡雲擾。宋魏以降，南北分治，各有國史，互相排黜，南謂北爲索虜，北謂南爲島夷。朱氏代唐，四方幅裂，朱邪入汴，比之窮、新，運歷年紀，皆棄而不數，此皆私己之偏辭，非大公之通論也。〔註8〕

接著，他論及正統論本身的缺陷，即其所定之準則如繼承、地域、道德（禮義）、文化，都不足以論定或區分正邪、統閏。他說：

〔註5〕洪邁：《容齋隨筆》卷九，欣漢文化事業出版社。
〔註6〕歐陽修：《歐陽修全集》卷十六，中華書局。
〔註7〕同上書。
〔註8〕司馬光：《魏紀》，見《資治通鑑》卷六十九，明倫出版社。

　　　雖華夏仁暴，大小強弱，或時不同，要皆與古之列國無異，豈
　得獨尊獎一國謂之正統，而其餘皆爲僭偽哉！若以自上相授受者爲
　正邪，則陳氏何所受？拓跋氏何所受？若以居中夏者爲正邪，則劉、
　石、慕容、符、姚、赫連所得之土，皆五帝、三王之舊都也。若以
　有道德者爲正邪，則蕞爾之國，必有令主，三代之季，豈無僻王！
　是以正閏之論，自古及今，未有能通其義，確然使人不可移奪者也。

〔註9〕

歐陽修、司馬光僅僅質疑正統論的合理性與權威性，而王夫之和梁啓超卻進
一步全盤否定正統論的合理性，並且竭力予以鞭撻。明末清初思想家王夫之
《正統之論》就強烈指責正統之論源自「鄒衍之邪說」，而且足「以惑天下」，
「大抵皆方士之言，非君子之所齒也」。他這樣寫道：

　　　正統之論，始於五德。五德者，鄒衍之邪說，以惑天下，而誣
　古帝王以徵之，秦、漢因而襲之，大抵皆方士之言，非君子之所齒
　也。漢以下，其說雖未之能絕，而爭辨五德者鮮；唯正統則聚訟而
　不息。拓跋宏欲自躋於帝王之列，而高閭欲承符秦之火德，李彪欲
　承晉之水德；勿論劉、石、慕容、符氏不可以德言，司馬氏狐媚以
　篡，而何德之稱焉？夏尚玄，殷尚白，周尚赤，見於禮文者較然。
　如衍之說，玄爲水，白爲金，赤爲火，於相生相勝，豈有常法哉？
　天下之勢，一離一合，一治一亂而已。離而合之，合者不繼離也；
　亂而治之，治者不繼亂也。明於治亂合離之各有時，則奚有於五德
　之相禪，而取必於一統之相承哉！〔註10〕

他援引若干史事爲實例，否定五德終始之無稽理論，認爲「天下之勢，一離
一合，一治一亂而已」。離合治亂各有其時，「離而合之，合者不繼離也；亂
而治之，治者不繼亂也」，彼此既不相繼，亦與五德相禪無關。至於「改正朔」，
王夫之認爲其實就是改曆法；而改曆法的眞正原因在於「曆雖精，而行之數
百年則必差」，所以「正朔之必改，非示不相沿之說也」。〔註11〕在今天看來，
王夫之歷史觀比較進步，也比較科學，因爲他堅決反對正統論，就是批判天
命歷史觀，否定王權神授之說。同時，對作爲啓蒙思想家與大漢民族主義者

〔註9〕司馬光：《魏紀》，見《資治通鑒》卷六十九，明倫出版社。
〔註10〕同上書。
〔註11〕司馬光：《可以行之千年而不易》，見《資治通簽》卷十九，明倫出版社。

的王夫之而言，發表反正統之論不但是爲了否定君主專制體制的合理性，而且也是爲了否定滿清王朝統治中國的合法性（即正統性）。這是我們解讀王夫之非議正統論所應注意之處。

梁啓超對正統論的鞭撻、批判，較之王夫之實有過之而無不及。他的文章措辭十分強烈、偏激，如他宣稱「中國史家之謬，未有過於言正統者也」，而且指責古代歷史家（「言正統者」）「自爲奴隸根性所束縛，而復以煽後人之奴隸根性而已」：

> 中國史家之謬，未有過於言正統者也，言正統者，以爲天下不可一日無君也，於是乎有統，又以爲「天無二日，民無二王」也，於是乎有正統。統之云者，殆謂天所立而民所宗也。正之云者，殆謂一爲眞而餘爲僞也。千餘年來，陋儒齗齗於此事，攘臂張目，筆鬥舌戰，支離蔓衍，不可窮詰，一言蔽之曰：自爲奴隸根性所束縛，而復以煽後人之奴隸根性而已。〔註12〕

他接著在同一文裏，全面否定正統王朝之存在，認爲「周秦以後，無一朝能當此名者也」。理由如下：「第一，夷狄不可以爲統，則胡元及沙陀三小族，在所必擯，而後魏、北齊、北周、契丹、女眞，更無論矣。第二，簒奪不可以爲統，則魏、晉、宋、齊、梁、陳、北齊、北周、隋、後周、宋，在所必擯，而唐亦不能免矣。第三，盜賊不可以爲統，則後梁與明在所必擯，而漢亦如唯之與阿矣。」〔註13〕梁啓超雖然竭力否定正統論，但他將前人衡量王朝正統性的準則歸納爲六項，倒是很有學術性的參考價值的。這六項準則，即某一王朝是否屬於統一王朝？其統治時間是否長久？它與前代君王是否有血緣關係？其京城是否在前代王朝之舊都？它與前代王朝是否有繼承關係？是否屬於漢族政權？〔註14〕依照中國古代的傳統政治理念，任何王朝必須至少具備以上一項條件（即肯定性答案），才可稱爲正統王朝。

正如王夫之的言論一樣，梁啓超否定正統論絕非無的放矢。作爲清末「維新運動」的倡導者之一，梁啓超在西方民權主義思潮的指引下，曾以改革清王朝專制體制爲己任。因此，對於維護舊體制的正統論，必然要加以口誅筆伐，置之死地而後快。這也是可以理解、無可厚非的。然而，如果撇開政治

〔註12〕《論正統》，見《梁啓超史學論著四種》，嶽麓書社，第262頁。
〔註13〕同上書，第267～268頁。
〔註14〕同上書，第263頁。

因素不談，單從學術角度來審視一番，不難發現王、梁二人畫地爲牢，其反正統言論以偏概全，缺少全面性，而且主次不分，故意迴避「大一統」而不談，所以並不完全正確！前文已提過，「五德終始說」（或「三統說」）只是正統論的初期理論依據，到了漢代正統論已發生重大變化：大一統開始成爲正統論的核心內容，「五德終始說」的色調日見淡化，而改奉正朔之舉也已終止。（西漢初年，曾沿襲秦代曆法，以十月爲歲首）漢武帝太初元年（公元前 104 年），制定新曆法，改爲建寅，即恢復正月爲歲首，其後一直沿用到清代。因此，到了唐代或之後，任何人議論正統，如果仍然置「政治大一統」這一核心價值於不顧，而在五德終始說和改正朔上糾纏不清，均屬於避重就輕或舍本逐末之舉（無論自覺或不自覺）。其實，早在唐宋兩代，皇甫湜、歐陽修等人對於政治大一統在正統論中的核心位置，已有比較明確而深刻的認知。例如，皇甫湜《東晉元魏正閏論》論述正統之內涵時說：「王者受命於天，作主於人，必大一統。明所授所以正天下之位，一天下之心。」可見「必大一統」既是「王者受命於天」的最終目標，又是王者「正天下之位，一天下之心」的前提條件。歐陽修對於正統與政治大一統的辯證關係以及正統論產生的原因，說得也比較中肯貼切，值得我們重視：

> 傳曰：君子大居正。又曰：王者大一統，正者，所以正天下之不正也；統者，所以合天下之不一也。由不正與不一，然後正統之論作。堯舜之相傳，三代之相代，或以至公，或以大義，皆得天下之正，合天下於一。〔註15〕

歐陽修既然將「正統」解讀爲：「正者，所以正天下之不正也；統者，所以合天下之不一也」，重新將正統（「得天下之正」）與政治大一統（「合天下於一」）熔於一爐，完全符合前人正統論之本義。那麼，正統論是否就等於正統歷史觀？兩者的關係又如何？我認爲兩者屬於樹木（局部）與樹林（全體）的關係。換句話說，正統論雖是正統歷史觀的重要組成部分，但不等於正統歷史觀，因爲後者含有更加豐富的歷史文化內涵。首先，正統論所涵蓋的範疇只是王朝繼承的合法性，所以內容比較狹隘；而正統歷史觀所涉及的範疇，則是針對整體歷史發展最主要的價值取向與傳統理念，所以內容比較廣泛。其次，單是「正統」一詞在正統論和正統歷史觀裏，也具有不同的含義：對正統論而言，「正」是正朔、合法、正當，「統」是統系、統合、一統；但對正

〔註15〕歐陽修：《正統論上》，見《歐陽修全集》卷十六，中華書局。

統歷史觀而言,「正統」是個復合詞,指的是歷史價值觀念的傳承性與主流性。

　　從歷史哲學的角度來看,正統歷史觀有時間、空間兩個範疇:傳承性屬於時間範疇,它決定了這種價值取向在時間上的持久性和延續性,即由古至今,世代相傳,基本上從未間斷;主流性則屬於空間範疇,它決定了正統歷史觀在空間上的廣泛性與普遍性,即在全國範圍內被人們廣泛認同、接納,形成中華民族的共同心理狀態或價值觀念。有了以上的基本定義與界說,我們就可以探討正統歷史觀的真正內涵。就我個人的認知與研判,正統歷史觀的主要內涵,除了「王朝正統性」、「政治大一統」外,還應包括「疏通知遠」、「以史為鑒」兩個層面,因為這些價值觀念均蘊涵主導性、傳承性和實用性,都屬於傳統歷史觀念中的主流意識。先就王朝正統性而論,它是最具爭議的歷史課題,所以很難取得共識。大體上說,一旦剔除「五德」、「三統」的神秘外衣,歷史學家曾經以民族或文化作為王朝正統性的主要依據;然而從元代開始,凡是能夠統治全中國、實現政治大一統的王朝,不論來自哪個民族,都被視為正統王朝,包括元王朝、清王朝在內。這就是王朝正統性的真正意涵,雖然王夫之、梁啟超等人並不接受此一界說。

　　大一統或天下一統,最初指的僅僅是政治層面的一體化,而且嚴格地說,在秦代之前,僅僅作為一種政治理念或政治理想出現於中國歷史上。然而,隨著戰國時代的告終,秦帝國的創立,「普天之下,莫非王土;率土之濱,莫非王臣」這一政治理念,也因郡縣制的推行而得以真正實現。秦帝國之速亡,曾使大一統政治面臨嚴峻考驗,但漢帝國取而代之後,改弦易轍,統治中國長達四百餘年之久。這一空前的重大的政治變化,必然反映於漢代中國人的歷史觀念中,它不但強化了大一統在正統論(或正統歷史觀)中的核心位置,而且使得大一統的內容更具深度與廣度。從漢代開始,所謂「大一統」其實涵蓋了三個文化領域,即政治大一統、思想大一統與民族大一統。兩漢帝國的長期存在,使大一統理念轉變為政治實體,足以證明在中華大地上建立中央集權的統一國家,不僅具有可行性,而且具有現實性,甚至是中國歷史發展的必由之路!漢代結束之後,作為政治實體的大一統雖遭嚴重破壞,但作為意識形態的大一統卻依然存在。這對隋唐帝國的重建起著決定性的作用。因為漢帝國是個空前龐大的政治實體,單憑典章制度並不足以長期維持其政治統一,所以推行思想大一統勢在必行。從漢武帝開始,思想大一統與政治大一統結合為一、相互作用,構成正統歷史觀兩股精神或道德力量,支撐著

歷代中華帝國的重建與發展。毫無疑問，缺乏思想大一統支撐的政治大一統，在任何古代社會裏是無法長期存在的。因此，從歷史主義角度來看，我們對「罷黜百家、獨尊儒術」的合理性與必然性，既不可否定，亦不可忽視。單就這點而言，董仲舒不愧爲獨具慧眼的思想家，而漢武帝不失爲非凡的帝王。至於民族大一統如何成爲大一統歷史觀的組成部分，我們同樣可以從漢代歷史見其端倪。作爲當時世界兩大帝國之一（另一是羅馬帝國），漢帝國是以漢族爲主體的多元民族國家。和漢族相比，非漢族人口雖然比較少，文化也比較落後，但分佈地域很廣。因此，如何處理漢族與少數民族的關係，如何緩和民族矛盾，避免戰爭連年，自然就成爲漢代及其後王朝政府所必須面對的重要政治課題。無論是和親、是同化、是遷徙、是防禦、是征伐，其最終目標都是爲了實現或維護民族大一統。就以同化政策而言，人們認爲華夏既然是中國的主體，就應該以本身的先進文化來同化四周的少數民族，以實現華夷一體、天下一家。再以征伐而論，據《史記·南越列傳》記載，秦統一中國後，曾派兵征服南越（今兩廣一帶），「置桂林、南海、象郡，以謫徙民，與越雜處十三歲」。因先征伐、後徙民有利於中華民族基礎的擴大、有利於民族大一統的建立，故漢武帝亦採而納之。此外，所謂「遠人不服，則修文德以來之」，「四海之內，皆兄弟也」，都可以作爲中國古代民族大一統觀的注腳。民族大一統觀念還體現於正史的編撰上，在《史記》列傳中，少數民族歷史也佔了一定的位置，如《匈奴列傳》、《南越列傳》、《東越列傳》、《朝鮮列傳》、《西南夷列傳》。此舉開創了正史爲少數民族立傳的先河，「四夷」列傳成爲正史的組成部分，只有極少數例外。到了唐代，有關少數民族的著述增多，主要的有李德裕《異域歸忠傳》、高少逸《四夷朝貢錄》、韋齊休《雲南行記》與徐雲雯《南詔錄》等，在一定程度上反映了民族大一統觀念的深化。〔註16〕唐太宗爲了促進民族大一統，曾經發表這樣的言論：「夷狄亦人耳，其情與中夏不殊。人主患德澤不加，不必猜疑異類。蓋德澤洽，則四海可使如一家；猜忌多，則骨肉不免爲仇敵。」〔註17〕「自古皆貴中華，賤夷狄，朕獨愛之如一，故其種落皆依朕如父母。」〔註18〕唐太宗這種「四海如一家」的民族大一統觀，對後代君臣產生了深遠的影響，尤其值得我們關注。

〔註16〕 瞿林東：《唐代史學論稿》，北京師範大學出版社，第46頁。

〔註17〕 司馬光：《唐紀十三》，見《資治通鑒》卷一九七，明倫出版社。

〔註18〕 司馬光：《唐紀十四》，見《資治通鑒》，卷一九八，明倫出版社。

　　兩千餘年來，大一統觀念不僅早已演化爲文化基因，滲入中華傳統文化實體之內，而且歷久彌新，魅力無窮，就連今日的海外華人也深受其惠。不妨舉個實例：同樣是海外華人，對於臺灣分離主義者「去中國化」的倒行逆施，接受西方教育者多無動於衷，而接受中文教育者卻多深惡痛絕！爲何如此？因爲後者蒙受中華傳統文化的薰陶，血液中含有政治大一統的遺傳因子。這一點，或許不是中國國內文史學者所關注、所熟悉的，所以在此附帶一提。

　　「疏通知遠」是正統歷史觀中另一主要內涵。《禮記·經解》曾說：「疏通知遠，《書》教也。」這是「疏通知遠」一詞之由來，但何謂「疏通知遠」？其答案恐怕就要見仁見智，無法完全一致了。例如，當代著名歷史家白壽彝認爲，「疏通知遠」「可以包含兩個意思，一個是依據自己的歷史知識觀察當前的歷史動向，又一個是依據自己的歷史知識，提出自己對未來的想法」。[註19] 但依我的淺見，白先生的解讀並不盡切合《禮記》原文的本義，也不盡切合古人對歷史功能的認知水平。在我看來，「知遠」中的「遠」作爲一個時間概念，雖可指「未來」，但在此只能作「過去」（歷史）解，與「慎終追遠」中的「遠」大致相同。其次，我認爲「知遠」只是手段，「疏通」才是目的。全句的本義爲「知遠以疏通」，即借助歷史知識以瞭解現狀，可以使人們的思想開通、靈活，如李斯以《諫逐客書》促使秦王改變初衷，收回逐客之成命，即屬於「疏通知遠」觀念之體現。

　　無論如何，作爲經世致用的「疏通知遠」由來已久，而且世代相傳，歷久不衰，傳承性顯而易見。誠如劉知幾所言：「古者刊定一史，纂成一家，體統各殊，指歸咸別。夫《尚書》之教也，以疏通知遠爲主；《春秋》之義也，以懲惡勸善爲先。」「疏通知遠」這個正統歷史觀念的重要性，除了劉知幾將它與「懲惡勸善」相提並論，還體現於歷代學者對它的特別關注與不同詮釋上。例如，唐代注疏家孔穎達將「疏通知遠」解讀爲：「書錄帝王言誥，舉其大綱，事非繁密，是疏通；上知帝王之事，是知遠也。」（《禮記正義》）宋代儒者葉夢得《建康集》的解讀，則不相同：「書之記述其治亂，要使人考古驗今而已。知其事也，故其教疏通知遠。」元代學者吳澄的見解，則比較有新意：「疏謂開明，通謂透徹。書載古先帝王之事，使人心識明徹，上知久遠。」（《易纂言外集》）至於清代學人中，孫希旦《禮記集解》的看法或許也值得

〔註19〕白壽彝：《中國史學史論集》，中華書局，第 42 頁。

一提：「疏通謂通達於政事，知遠言能知帝王之事也。」

必須指出的是，上述古代學者中，無一人將「知遠」作「知來」解，或者認爲「遠」字含有「過去與未來」的雙重含義。因此，如果我們把它「革命化」或「現代化」，解讀爲「鑑往知來」，就變成了馬克思主義的唯物史觀，而不再是中國的傳統歷史觀！

作爲一個重要的傳統歷史觀念，必然反映在古代政論作品中。援引史事爲理論依據，以強化文章立論的說服力，是古代文史學者和高級官吏最常用的表述手法，在奏章裏更是屢見不鮮。若欲說明「疏通知遠」的歷史功能，李斯《諫逐客書》可視爲典型的代表作。秦王嬴政在位時，李斯被呂不韋推薦爲客卿。不料秦王突下逐客令，李斯也在被逐之列。李斯得知後，即刻作《諫逐客書》，引用大量史實論述逐客之錯誤，其中一段寫道：

> 臣聞吏議逐客，竊以爲過矣。昔穆公求士，西取由余於戎，東得百里奚於宛，迎蹇叔於宋，求丕豹、公孫支於晉。此五子者不產於秦，而穆公用之，並國二十，遂霸西戎。孝公用商鞅之法，移風易俗，民以殷盛，國以富強，百姓樂用，諸侯親服，獲楚魏之師，舉地千里，至今治強。惠王用張儀之計，拔三川之地，西並巴蜀，北收上郡，南取漢中。包九夷，制鄢郢，東據成皋之險，割膏腴之壤，遂散六國之從，使之西面事秦，功施到今。昭王得范睢，廢穰侯，逐華陽，強公室，杜私門，蠶食諸侯，使秦成帝業。此四君者，皆以客之功。由此觀之，客何負於秦哉！向使四君卻客而弗納，疏士而弗用，是使國無富利之實，而秦無強大之名也。〔註20〕

這段可圈可點的精彩論述，先講秦穆公稱霸西戎，靠的是「不產於秦」的由余、百里奚、蹇叔、丕豹、公孫支五人；再說孝公用商鞅變法，「民以殷盛，國以富強」；接著又提惠王用張儀連衡之計，擊破六國之合縱，「使之西面事秦」；最後談昭王得范睢遠交近攻之策，蠶食六國，統一中國。秦王讀《諫逐客書》後，豁然大悟，即刻收回逐客之成命，並且開始重用李斯，從而在很大程度上改變了中國歷史發展之進程。

就其本質而論，「疏通知遠」屬於歷史的教育功能或認知功能，正如《禮記》所言「《書》教也」，它與「以史爲鑒」頗相似但不盡相同。其之所以頗相似，是因爲兩者都強調經世致用，都以獲得歷史知識爲大前提，並建立在

〔註20〕 蕭統：《文選》，上海古籍出版社，第310～311頁。

對歷史認知的基礎之上。兩者之所以不盡相同，是因爲「以史爲鑒」屬於借鑒功能，具有更加鮮明、強烈的針對性與目的性。此外，因爲「疏通知遠」也是歷史家必須具備的主要素質或條件。例如，《隋書·經籍志二》稱：「夫史官者，必求博聞強識、疏通知遠之士，使居其位，百官眾職，咸所貳焉。是故前言往行，無不識也；天文地理，無不察也；人事之紀，無不達也。」

　　自從《詩經》提及「殷鑒不遠，在夏后之世」以來，「殷鑒」就成了「以史爲鑒」的簡稱或別稱，而不斷爲歷代學者所引用。其運用頻率之高，遠在「疏通知遠」之上，所以可援引的實例不勝枚舉。除了正史之外的其他論著，如賈誼《過秦論》、魏徵《諫太宗十思疏》、朱敬則《陳後主論》、權德輿《兩漢辨亡論》、韓愈《論佛骨表》、杜牧《罪言》乃至吳兢《貞觀政要》等，都在不同程度上利用「以史爲鑒」這個傳統價值觀念，作爲其文章、著作的立論基礎。例如，賈誼《過秦論》從秦國之崛起，統一中國，講到秦帝國的覆亡，其重點在於論述秦速亡之內在因素，可作爲「以史爲鑒」政論之典範：

　　　　於是廢先王之道，焚百家之言，以愚黔首；隳名城，殺豪傑，
　　收天下之兵，聚之咸陽，銷鋒鏑，鑄以爲金人十二，以弱天下之民；
　　然後踐華爲城，因河爲池，據億丈之城，臨不測之溪以爲固；良將
　　勁弩守要害之處，信臣精卒陳利兵而誰何。天下已定，始皇之心，
　　自以爲關中之固，金城千里，子孫帝王萬世之業也。〔註21〕

「前車既覆，後車當鑒」，賈誼作《過秦論》的目的，就是爲了提醒漢文帝勿重蹈秦始皇之覆轍。但這僅是「以史爲鑒」內涵的一部分。嚴格地說，「以史爲鑒」這個價值觀念是由「有所不爲」與「有所爲」兩部分構建而成。爲了避免犯前人的類似錯誤，統治者就必須「有所不爲」；而爲了汲取前人的成功經驗，統治者就應該「有所爲」。此外，到了唐代，「以史爲鑒」更進一步發展爲制約君權的政治謀略，致使這一正統歷史觀的內涵更加豐富，其實用價值也得到大幅度提升。有關這一點，我將在《吳兢〈貞觀政要〉與正統歷史觀》一節裏，列舉多個實例加以論述。

　　綜合本節內容，已足以得出以下結論：正統論之由來已久，其內涵並非一成不變。到了漢代，隨著西漢帝國的建立，政治大一統已開始提升爲正統論之核心；「五德終始說」或「三統說」到了唐代已被邊緣化，不再受到推崇。即使如此，以政治大一統爲核心的正統論，尚不足以構成正統歷史觀的全部

〔註21〕蕭統：《文選》，上海古籍出版社，第425～426頁。

內容，因為作為價值觀念的「疏通知遠」與「以史為鑒」的實用性、主導性與傳承性，在中國史學史上都是顯而易見的。總之，正統歷史觀的真正蘊涵包括了政治大一統、王朝正統性、疏通知遠、以史為鑒四大文化元素，缺一不可。其中，仍以政治大一統為其主體、為其基石，因為它屬於政治理念中的終極「目標」範疇。任何「手段」都從屬於目標，並為目標服務，無一例外，王朝正統性、疏通知遠、以史為鑒亦皆然。我認為對於今日的中華民族而言，董仲舒所強調的「《春秋》大一統者，天地之常經，古今之通誼也」，不僅具有十分深遠的歷史意義，而且有著十分重大的現實意義！面對「臺獨」、「藏獨」和「疆獨」的分裂主義勢力，以維護政治大一統的《反國家分裂法》的制定與頒佈，豈不就是其重大現實意義的集中體現嗎？

第二節　唐代文史家的大一統理念

如所周知，作為一種抽象概念的政治大一統理念，它必須借助比較具體的事物才能體現出來。對於一般的唐代文史家（文學家和歷史家）而言，最能體現他們的大一統理念的，恐怕就是他們的作品以及他們個人對以下三個政治問題的見解：如何看待對外戰爭（包括開疆拓土與駐軍屯田）？如何看待華夷關係（包括和親政策與胡人漢化）？如何看待藩鎮割據（包括「安史之亂」與削藩舉措）？

一、有關邊塞戰爭的理念

戰爭是政治的延續，也是解決階級矛盾、宗教矛盾、民族矛盾、國家矛盾的最後手段，所以自古至今戰爭延續不斷。對於戰爭的性質，古代中國人已有了比較深刻的理性認識，已將它分為「正義之戰」與「不義之戰」兩種類型，如墨子主張「非攻」，就是反對不義之戰，而不是盲目地反對一切戰爭。唐代文史家對於邊塞戰爭的理念或看法，大體上是延續這一傳統理念；但是，由於客觀條件在唐代已經發生根本性的變化，為了維護唐帝國的大一統，包括領土統一、皇權完整、邊疆安寧，唐代文史家的戰爭理念顯得比較複雜，其合理性與正義性有時難免引發爭議。據《舊唐書‧突厥傳》記載，突厥族在頡利可汗領導下，自唐高祖武德五年（公元 622 年）起，「控弦百餘萬」，兵力相當強大，連年入侵，對唐帝國邊區安全構成嚴重威脅。直到貞觀三年

（公元 629 年），唐太宗才派遣李靖等率領十餘萬大軍出擊，大敗突厥軍，俘虜頡利可汗，從而暫時消除了北方邊防之大患。此後，唐代出現了不少頌贊將士保家衛國的邊塞詩，其中包括陳子昂的《感遇》第三十四、《送魏大從軍》，岑參的《輪臺歌奉送封大夫出師西征》、《走馬川行奉送出師西征》，高適的《燕歌行》七古長篇，王維的《使至塞上》、《送趙都督赴代州得青字》，崔顥的《贈王威古》，王昌齡的《出塞》、《從軍行七首》，以及盧綸的《和張僕射塞下曲》。王詩《出塞》雖被後人譽為唐代七絕「壓卷之作」，但我覺得其《從軍行七首》之四、五同樣精彩絕倫，同樣洋溢著詩人的愛國激情和深切期盼：

> 其四
> 青海長雲暗雪山，孤城遙望玉門關。
> 黃沙百戰穿金甲，不破樓蘭終不還。

> 其五
> 大漠風塵日色昏，紅旗半卷出轅門。
> 前軍夜戰洮河北，已報生擒吐谷渾。〔註22〕

前一首以雪山、孤城為背景，形象地表達了戰士們英勇作戰，「不破樓蘭終不還」的堅強決心；後一首則除了表現將士的豪情壯志，亦不乏捷報頻傳帶給詩人的喜悅之情。大詩人李白所作《塞上曲》（五古）同樣是追述、頌揚唐太宗征服突厥的武功。詩人這樣寫道：

> 大漢無中策，匈奴犯渭橋。
> 五原秋草綠，胡馬一何驕。
> 命將征西極，橫行陰山側。
> 燕支落漢家，婦女無華色。
> 轉戰渡黃河，休兵樂事多。
> 蕭條清萬里，瀚海寂無波。〔註23〕

除了《塞上曲》，李白還寫了五律《塞下曲六首》，也是歌頌唐初為了維護帝國大一統而進行的邊塞戰爭。其中兩首寫道：

> 其一
> 五月天山雪，無花只有寒。
> 笛中聞折柳，春色未曾看。

〔註22〕《全唐詩》卷一四三，明倫出版社。
〔註23〕《李白全集》，上海古籍出版社，第 45 頁。

曉戰隨金鼓，宵眠抱玉鞍。

願將腰下劍，直爲斬樓蘭。

其三

駿馬似風飆，鳴鞭出渭橋。

彎弓辭漢月，插羽破天驕。

陣解星芒盡，營空海霧消。

功成畫麟閣，獨有霍嫖姚。〔註24〕

雖然事隔百餘年，早已是過眼煙雲，但詩人似乎將它當成昨日之事，心中仍澎湃著熱血、激情。「願將腰下劍，直爲斬樓蘭」一句（李白常隨身佩帶寶劍），不僅把自己化身爲一名出征的勇士，而且和王昌齡的「不破樓蘭終不還」，有著前呼後應之妙。唐軍將士的英勇善戰，在詩人筆下，繪就一幅感人至深的畫面，尤其是「駿馬似風飆，鳴鞭出渭橋」兩句，勾勒了唐騎兵的颯爽英姿，更令人印象深刻！

由於「安史之亂」長達八年之久，唐帝國聲勢江河日下，甚至逐漸趨向於分崩離析，所以西、北邊區防務廢弛，外族入侵不斷。自肅宗（公元 756～761 年）以後，河西隴右逐漸被吐蕃侵佔，國防前線距京城長安僅數百里，所以吐蕃在代宗廣德二年（公元 764 年）一度侵佔長安，構成對唐帝國的嚴重威脅。作爲晚唐愛國詩人的杜牧，在這種局面下，更加緬懷大唐盛世，如《將赴吳興登樂遊原》詩句「欲把一麾江海去，樂遊原上望昭陵」（昭陵乃唐太宗陵墓），深切地表達了對唐太宗的仰慕，因爲他實現了「四海一家無一事」的夢想。〔註25〕他還創作了《河湟》、《皇風》、《雪中抒懷》、《長安雜題長句六首》（之一），用以表達對唐帝國防務的密切關注。例如，《長安雜題長句六首》（之一）寫道：

舼稜金碧照山高，萬國珪璋捧赭袍。

舐筆和鉛欺賈馬，贊功論道鄙蕭曹。

東南樓日珠簾卷，西北天宛玉厄豪。

四海一家無一事，將軍攜鏡泣霜毛。〔註26〕

想起大唐太平盛世、一統天下，來訪各國貢臣從不間斷（「萬國珪璋捧褚袍」），

〔註24〕《李白全集》，上海古籍出版社，第 44 頁。

〔註25〕《杜牧全集》，上海古籍出版社，第 26 頁。

〔註26〕同上書，第 14 頁。

「四海一家無一事」，詩人儘管興奮不已，但那畢竟屬於陳年往事。因此，只好作《皇風》、《河湟》二詩以寄懷：期盼代宗早日出兵收復河湟（河西隴右），因為淪陷區人民「牧羊驅馬雖戎服，白髮丹心盡漢臣」，「何當提筆侍巡狩，前驅白旆弔河湟」。宣宗大中三年（公元 849 年），吐蕃發生內亂，河湟淪陷區人民乘機起義歸唐，杜牧得知此事，馬上寫了《今皇帝陛下一詔征兵不日功集河湟諸郡次第歸降臣獲睹聖功輒獻歌詠》：「捷書皆應睿謀期，十萬曾無一鏃遺。漢武慚誇朔方地，宣王休道太原師。威加塞外寒來早，恩入河源凍合遲。聽取滿城歌舞曲，涼州聲韻喜參差。」〔註 27〕在此之前，武宗會昌二年（公元 842 年），迴紇侵擾北方邊區，一度進攻雲州（今山西大同），朝廷發兵屯駐太原等地，以防禦迴紇南侵。杜牧《雪中抒懷》（五古）詩中有「北虜壞亭障，聞屯千里師」，就是指此歷史事件。詩中還提到「臣實有長策，被可徐鞭笞。如蒙一召議，食肉寢其皮」，再次說明了杜牧致力主張收復失地、鞏固防務，而戰爭是唯一有效的手段。他再三表示願為此出謀獻策，甚至效犬馬之勞亦義不容辭。他在《賀平党項表》裏說「党項剪除、北邊寧靜，華夏同慶，道路歡呼」。〔註 28〕對於迴紇（亦稱迴紇），他在《上李太尉論北邊書啓》裏的看法也是如此：

> 伏以回鶻種落，人素非多，校於突厥，絕為小弱。今者國破眾叛，逃來漠南，為羈旅之魂，食草萊之實。白髮驪之騎，凋耗已無；潼酪皮毛蟲資，飢寒皆盡。……今者不取，恐貽後患……〔註29〕

在政治大一統理念的主導、支配下，唐代詩人對維護帝國的領土統一、皇權完整，素來是非常認真、積極的，也是非常清醒、理性的。一方面，他們主張以軍事力量保衛唐帝國邊疆的安寧，應毫不猶豫地打擊入侵者，甚至為了邊區的長期安寧，而必須有限度地開疆拓土，駐軍屯田，移民塞邊。但另一方面，無論是岑參、高適、王昌齡，還是李白、杜甫，對於統治者的好大喜功、窮兵黷武、勞民傷財，都持反對甚至譴責的態度；對於戰死沙場或終年戍邊的將士，都給以極為深切的關懷與同情。從他們的許多作品中，我們不難找到足夠的例證。例如，岑參的《逢入京使》，高適的《燕歌行》，王昌齡的《塞下曲》，李白的《戰城南》，杜甫的《兵車行》，都屬於這一類型的詩篇。

〔註27〕《杜牧全集》，上海古籍出版社，第 17 頁。
〔註28〕同上書，第 139 頁。
〔註29〕同上書，第 147 頁。

二、有關華夷關係的理念

　　自古以來，中國就是個以「華族」為主體的多元民族的國家。華族發源、繁衍於黃河流域中游（後擴展至長江流域），其四周分佈著許多少數民族：東面的統稱為「東夷」，西面的統稱為「西戎」，南面的統稱為「南蠻」，北面的統稱為「北狄」。華族和四周少數民族的關係，可簡稱為「華夷關係」或「漢胡關係」（在此並無歧視少數民族之意）。作為正史之首的《史記》，其列傳中就有《匈奴列傳》、《南越列傳》、《東越列傳》、《朝鮮列傳》、《西南夷列傳》、《大宛列傳》，從而開創了為中華帝國境內少數民族和周邊民族撰史立傳的先河。唐人繼承了這個民族大一統的優良傳統，在其所修「六書二史」裏，《北史》、《北齊書》和《周書》講述的是北朝五個少數民族政權（即北魏、東魏、西魏、北齊、北周）的歷史，而《晉書》、《南史》、《梁書》、《陳書》、《隋書》講述的則是漢族政權（即兩晉、南朝和隋朝）的歷史。除了《北齊書》，其他五部史書都有講述中國境內少數民族和周邊民族的歷史（包括華夷關係在內）。這種做法所釋放的文化現象與政治理念，在某種程度上反映了唐人對非漢族的重視，雖然建立民族平等關係的歷史條件尚未存在。

　　唐人重視華夷關係，因為從歷史發展的經驗中，他們已意識到華夷關係將直接或間接影響帝國的政治穩定，乃至帝國的興衰與大一統。自唐初以來，朝廷君臣經常議論「安邊」問題，就充分說明了這一點。據《貞觀政要・論安邊》記載，「貞觀四年，李靖擊突厥頡利，敗之，其部落多來歸降者」。唐太宗於是召集群臣，討論如何安置突厥族，以至在朝中大臣之間引發一場激烈的爭論（《舊唐書・突厥傳》記載與此大致相同）。中書令溫彥博建議道：

　　　　請於河南處之，準漢建武時，置降匈奴於五原塞下，全其部落，
　　得為捍蔽，又不離其土俗，因而撫之，一則實空虛之地，二則示無
　　猜之心，故是含育之道也。〔註30〕

太宗認為他言之有理，表示同意這個安撫方案。但秘書監魏徵強烈反對，認為「匈奴人面獸心，非我族類」（按在此匈奴乃突厥之代稱），「弱則卑服」，「強必為寇盜」，所以若「以內地居之」，「將為後患，尤不可處以河南也」：

　　　　匈奴自古至今，未有如斯之破敗，此是上天剿絕，宗廟神武。
　　且其世寇中國，萬姓冤仇。陛下以其為降，不能誅滅，即宜遣還河

〔註30〕吳兢：《貞觀政要・論安邊》，上海古籍出版社。

北，居其舊土。匈奴人面獸心，非我族類，強必寇盜，弱則卑服，不顧恩義，其天性也。秦、漢患之若是，故時發猛將以擊之，收其河南以爲郡縣。陛下以內地居之，且今降者幾至十萬，數年之後，滋息過倍，居我肘腋，甫邇王畿，心腹之疾，將爲後患，尤不可處以河南也。〔註31〕

魏徵雖有秦漢史實爲依據，但仍然無法說服溫彥博。溫彥博再以「有歸我者必養之」爲理由，反駁魏徵的「宜遣還河北，居其舊土」的主張：

天子之於萬物也，天覆地載，有歸我者必養之。今突厥破除，餘落歸附，陛下不加憐憫，棄而不納，非天地之道，阻四夷之意，臣愚甚謂不可，宜處之河南。所謂死而生之，亡而存之，懷我厚恩，終無叛逆。〔註32〕

然而，魏徵堅持己見，再以西晉武帝不用郭欽、江統之「徙戎論」，以致匈奴族攻陷長安、推翻西晉爲例證，反駁溫彥博說：

晉代有魏時，胡落分居近郡，郭欽、江統勸逐出塞外，武帝不用其言，數年之後，遂傾、洛。前代覆車，殷鑒不遠。陛下必用彥博言，遣居河南，所謂養獸自遺患也。〔註33〕

因獲得唐太宗的贊同，溫彥博主張「選其酋首」，「不相統屬，力散勢分」（分而治之），並且「教以禮法」，「從其所欲」，「安能爲害」？

「臣聞聖人之道，無所不通。突厥餘魂，以命歸我，收居內地，教以禮法，選其酋首，遣居宿衛，畏威懷德，何患之有？且光武居河南單于於內郡，以爲漢藩翰，終於一代，不有叛逆。」又曰：「隋文帝勞兵馬，費倉庫，樹立可汗，令復其國，後孤恩失信，圍煬帝於雁門。今陛下仁厚，從其所欲，河南、河北，任情居住，各有酋長，不相統屬，力散勢分，安能爲害？」〔註34〕

唐太宗最終採納了溫彥博的安撫政策，「諸部落首領來降者，皆拜將軍中郎將，布列朝廷，五品以上百餘人，殆與朝士相半。唯拓拔不至，又遣招慰之，使者相望於道」。〔註35〕同時，由於唐太宗的開明政策，對非漢族人並不歧視、

〔註31〕吳兢：《貞觀政要‧論安邊》，上海古籍出版社。
〔註32〕同上書。
〔註33〕同上書。
〔註34〕同上書。
〔註35〕同上書。

不排斥，所以突厥人遷「入京師者近萬家」。〔註36〕不久之後，唐朝軍隊中出現了不少驍勇善戰的「蕃將」，也就不足爲奇了。

貞觀十四年（公元640年），侯君集平定西域小國高昌之後，唐太宗想將它劃爲州縣，但魏徵和褚遂良都認爲不妥。前者認爲此舉乃分散有用的資源去治理無用的地區（「散有用而事無用」），結果將得不償失；後者也認爲應另立高昌人爲首領，使高昌國成爲唐帝國的屏障或輔翼，這樣「中國不擾，既富且寧」。但是，太宗並不接納他們兩人的建議，執意將高昌改爲西州，然後在那裡設立「安西都護府」。〔註37〕

貞觀十六年（公元642年）某日，唐太宗和大臣們再議論華夷矛盾與安邊政策。針對「北狄代爲寇亂」，朝廷究竟應「擊而虜之」或「與之爲婚媾」，太宗問大臣「舉此二策，何者爲先」？

> 北狄代爲寇亂，今延陀倔強，須早爲之所。朕熟思之，惟有二策：選徒十萬，擊而虜之，滌除凶醜，百年無患，此一策也。若遂其來請，與之爲婚媾，朕爲蒼生父母，苟可利之，豈惜一女！北狄風俗，多由內政，亦既生子，則我外孫，不侵中國，斷可知矣。以此而言，邊境足得三十年來無事。舉此二策，何者爲先？〔註38〕

司空房玄齡認爲：「遭隋室大亂之後，戶口太半未復，兵凶戰危，聖人所慎，和親之策，實天下幸甚！」〔註39〕其實，主張采用「和親之策」，不止房玄齡一人，況且在此之前，「和親之策」已付諸實踐。貞觀十五年（公元641年），唐太宗應吐蕃之和親請求，以文成公主嫁給吐蕃「贊普」（王）松贊干布，並派禮部尚書李道宗護送公主入蕃，傳爲唐代歷史之佳話。景龍四年（公元710年）唐中宗又以金城公主嫁給吐蕃贊普，進一步加強唐蕃的友好關係與經濟文化交流。但是，歷史事實清楚地表明：作爲安撫政策之一環的「和親之策」，其有效性是有限的、短暫的，因爲它並不能根除華夷矛盾與利害衝突。因此，唐太宗同意「議者」將周宣王「出兵驅逐獫狁」稱爲「中策」，將漢武帝「北事匈奴」稱爲「下策」，將秦始皇「北築長城」稱爲「無策」：

> 初，上謂侍臣曰：「靺鞨遠來，蓋突厥服之所致也。昔周宣王之

〔註36〕杜佑：《通典‧邊防典‧突厥》，中華書局。

〔註37〕吳兢：《貞觀政要‧論安邊》，上海古籍出版社。

〔註38〕吳兢：《貞觀政要‧論征伐》，上海古籍出版社。

〔註39〕同上書。

　　時，獫狁孔熾，出兵驅逐，比之蚊蚋，議者以爲中策。漢武帝北事

　　匈奴，中國虛竭，議者以爲下策。然則自古以來，其無上策乎？朕

　　承隋之弊，而四夷歸伏，無爲而治，得非上策乎？」〔註40〕

唐太宗自以爲其恩威並用屬於「上策」，並獲得禮部侍郎李百藥的讚揚，令太
宗「大悅」，不是沒有原因的。原來，唐太宗所謂「四夷歸伏」，應該是指貞
觀「四年三月，諸蕃君長詣闕，請太宗爲天可汗。乃下制，令後璽書賜西域
北荒之君長，皆稱皇帝天可汗。諸蕃渠帥有死亡者，必下詔冊立其後嗣。統
制四夷，自此始也」。〔註41〕

　　對於「和親之策」，唐代文史家持有不同的政治見解，多數人認爲屬於權
宜之計。例如，詩人高適《塞上》就認爲「轉鬥豈長策，和親非遠圖」：

　　　　東出盧龍塞，浩然客思孤。

　　　　亭堠列萬里，漢兵猶備胡。

　　　　邊塵漲北溟，虜騎正南驅。

　　　　轉鬥豈長策，和親非遠圖。

　　　　惟昔李將軍，按節出皇都。

　　　　總戎掃大漠，一戰擒單于。

　　　　常懷感激心，願效縱橫謨。

　　　　倚劍欲誰語，關河空鬱紆。〔註42〕

此詩作於開元二十四年（公元 736 年）。作者清楚地表明了對安邊政策的看法：
既不應消極防禦，也不應老是和親示好，而應該堅決反擊叛唐的契丹，以杜
後患（「總戎掃大漠，一戰擒單于」）。

　　必須指出，在如何處理華夷關係的爭論中，唐代文史家或許也有所謂「鴿
派」（溫和派）和「鷹派」（強硬派）之分；但無論是房玄齡、魏徵、溫彥博，
還是陸贄、陳子昂、杜佑（陸贄、杜佑對處理華夷關係，均提出具體主張，
詳見其本傳）都屬於唐帝國政治大一統的堅定擁護者。他們主張征伐入侵者
或遷徙戎狄，固然是爲了確保帝國邊疆的安寧，強化帝國的政治統一；主張
「遠人不服，則修文德以來之」，或者「來則安之，降則納之」，也是爲了促
進少數民族與漢族的融合，藉以擴大帝國的政治基礎；至於主張「和親之策」，

〔註40〕王溥：《唐會要》卷九十六。

〔註41〕同上書。

〔註42〕《全唐詩》卷二一十，明倫出版社。

即使不獲得普遍認同，同樣有助於華夷的經濟文化交流，有利於帝國的邊區安寧與全國政治穩定。總之，這些涉及華夷關係的政治主張，不論屬於「上策」、「中策」，或者屬於「下策」、「無策」，其政治動機、政治目標是完全一致的，其政治立場、政治理念是完全相同的：都是全力維護、促進唐帝國的政治大一統，都是大一統政治理念的體現！他們政治理念的分歧，僅僅在於如何促進或維持唐帝國大一統的政治手段方面。

三、有關藩鎮割據的理念

所謂「藩鎮」，又稱爲「方鎮」，原本是指由節度使所率領的駐守各地的邊防武裝力量（即「鎮兵」或「牙兵」）。安祿山、史思明就是以節度使的身份，率領鎮兵反唐的。長達八年之久的「安史之亂」，是唐帝國走向分崩離析的開端，因爲亂後出現了藩鎮擁兵割據的局面。

當時的主要藩鎮，除了魏博鎮的田弘正，還有成德鎮的李寶臣、相衛鎮的薛嵩、盧龍鎮的李懷仙、淄青鎮的侯希逸、宣武鎮的李靈曜、淮西鎮的李希烈，其所割據地區分佈在今日之河北、山東、河南、安徽等省。這些藩鎮的節度使不是父子相傳，就是兵擁將立，朝廷既然無能爲力，只好承認既成事實，「追封」他們爲節度使。〔註43〕這些藩鎮非常跋扈，不僅割據一方，互相攻伐，甚至聯合起來反抗朝廷（以「四鎮之亂」爲最著名），所以變成了唐帝國政治大一統的致命毒瘤。單從《新唐書・藩鎮魏博列傳》的以下記載，即可見藩鎮跋扈之一斑：

> 安、史亂天下，至肅宗大難略平，君臣皆幸安，故瓜分河北，付授判將，護養孽萌，以成禍根。亂人乘之，遂擅署吏，以賦稅自私，不朝獻於廷。效戰國，肱髀相依，以土地傳子孫，脅百姓，加強其頸，利怵逆汙，遂使其人自視由羌狄然。一寇死，一賊生，訖唐亡百餘年，卒不爲王土。

唐代宗廣德元年（公元 763 年），「安史之亂」結束，唐軍收復河南、河北地區，杜甫得此喜訊後，欣喜若狂，馬上作七律詩《聞官軍收河南河北》一首：

> 劍外忽傳收薊北，初聞涕淚滿衣裳。

〔註43〕韓國磐：《隋唐五代史》，三聯書店，第 195～196 頁。

> 卻看妻子愁何在，漫捲詩書喜欲狂！
> 白日放歌須縱酒，青春作伴好還鄉。
> 即從巴峽穿巫峽，便下襄陽向洛陽。〔註44〕

當時，杜甫雖已遭貶謫，漂泊西南，正在還鄉（「青春作伴好還鄉」）途中，但其憂國憂民之心，仍然熾熱如火。要不然，他聽到官軍從叛軍手中收復失地，怎能「漫捲詩書喜欲狂」？又怎能「初聞涕淚滿衣裳」？不僅如此，這一喜訊，使詩人頓時忘掉了漂泊在外的痛楚，忘掉了還鄉途中的艱難，而且還鄉的腳步彷彿變得輕快起來！詩人對分裂主義勢力的痛恨，對恢復政治大一統的嚮往，還充分體現在另一詩篇《承聞河北諸道節度入朝歡喜口號絕句十二首》裏：

> 其一
> 祿山作孽降天誅，更有思明亦已無。
> 洶洶人寰猶不定，時時戰鬥欲何須？

> 其二
> 喧喧道路多歌謠，河北將軍盡入朝。
> 始是乾坤王室正，卻教江漢客魂銷。〔註45〕

代宗大曆二年（公元 767 年）春，汴宋、鳳翔諸節度使曾先後入朝，但河北諸道節度使則始終未曾入朝。當時杜甫遠在夔州（今重慶奉節），他只憑道聽途說，就大為感動（「卻教江漢客魂銷」），以為帝國恢復統一在望，政治穩定即將出現。所以詩篇之三接著寫道：「東逾遼水北滹沱，星象風雲喜共和。紫色關臨天地闊，黃金臺貯俊賢多。」儘管「河北將軍盡入朝」既非事實，而「紫色關臨天地闊」亦屬詩人的理想或幻想，但從中可窺見詩人的大一統理念是多麼強烈！

晚唐詩人李商隱對於藩鎮割據也十分關注，他早期作品《韓碑》一詩，就用了濃墨重彩來頌揚「平淮西之役」的豐功偉績：

> 元和天子神武姿，彼何人哉軒與羲。
> 誓將上雪列聖恥，坐法宮中朝四夷。
> 淮西有賊五十載，封狼生貙貙生羆。
> 不據山河據平地，長戈利矛日可麾。〔註46〕

〔註44〕《全唐詩》卷二二七，明倫出版社。
〔註45〕《全唐詩》卷二三十，明倫出版社。
〔註46〕《李商隱全集》，上海古籍出版社，第 1 頁。

全詩長達八十二句，以上僅是開頭八句。在頌揚「元和天子」之後，便嚴詞譴責淮西的地方割據勢力；接著借題發揮，讚頌平淮西之役的領導者裴度和韓愈。在此之前，劉禹錫曾針對這一削藩軍事行動，撰寫《平蔡州三首》。其中之一生動地描繪了吳元濟就擒時的醜態，軍民歡呼雀躍的場面，詩人激動之情流露無遺。〔註47〕

　　文宗大和八年（公元 834 年）成德鎮節度使王庭湊去世，其子元逵繼位，表面上對朝廷比較恭順，文宗便將其堂妹壽安公主嫁給王元逵。李商隱作《壽安公主出降》一詩，表示強烈反對：「事等和強虜，恩殊沐本枝。四郊多壘在，此禮恐無時。」〔註48〕武宗會昌三年（公元 843 年），昭義鎮劉稹抗旨反叛，朝廷決定出兵討伐，李商隱對此軍事行動，滿懷信心與激情。在《行次昭應具道上送戶部李中郎充昭義攻討》一詩裏，他這樣描寫道：

> 將軍大旆掃狂童，詔選名賢贊武功。
>
> 暫逐虎牙臨故絳，遠含雞舌過新豐。
>
> 魚遊沸鼎知無日，鳥覆危巢豈待風？
>
> 早勒勳庸燕石上，貯光綸綍漢廷中。〔註49〕

但揭示晚唐社會危機觸目驚心的唐代詩篇，首推李商隱《行次西郊作一百韻》。〔註50〕全詩長達二百零一句，凡四百五十字，內容描述農村凋敝、皇權旁落、外族入侵、民窮財盡、官逼民反等，從中我們還可進一步窺探詩人的大一統政治理念。

　　歐陽修稱讚杜牧「剛直有奇節，不爲齷齪小謹，敢論列大事，指陳病利尤切至」。〔註51〕杜牧在詩文裏清楚地表述了他的政治理念。他認爲當時最主要、最緊迫的國計民生問題，除了外族入侵，就是藩鎮割據，所以主張削平藩鎮、強化皇權、恢復政治統一。他堅決反對代宗以來朝廷對藩鎮割據的姑息政策，於是撰寫《罪言》一文（杜牧自稱「國家大事，牧不當官，言之實有罪，故作《罪言》」）表述了自己對藩鎮跋扈的關切，並提出了削藩的三種策略。他認爲朝廷對付藩鎮，「上策莫如自治」，「中策莫如取

〔註47〕《全唐詩》卷三五六，明倫出版社。

〔註48〕《李商隱全集》，上海古籍出版社，第 9 頁。

〔註49〕同上書。

〔註50〕同上書，第 11 頁。

〔註51〕《新唐書·杜牧傳》，中華書局。

魏」(「魏」乃指山東、河南),「最下策爲浪戰」(「不計地勢,不審攻守,爲浪戰」)。〔註52〕

文宗大和元年(公元 827 年),橫海節度使李同捷抗旨,不聽調遣衷海,所以朝廷下詔討伐。大和三年(公元 829 年)四月,官兵攻下滄州(今河北滄縣),斬殺李同捷。杜牧爲此戰事,撰寫《感懷詩一首》(五言古詩),並自注「時滄州用兵」(即表明爲滄州用兵而作),藉以深慨自「安史之亂」後,藩鎮跋扈,朝廷無能爲力。其中幾句寫道:

胡兵殺漢兵,屍滿咸陽市。

宣皇走豪傑,譚笑開中否。

蟠聯兩河間,爐萌終不弭。

號爲精兵處,齊蔡燕趙魏。〔註53〕

接著又言朝廷軍費開支過大,橫征暴斂(「急徵赴軍需,厚賦資凶器」),以致國家法度廢弛,百姓遭殃(「網羅漸離弛」、「黎民愈憔悴」)。憲宗用兵征討,雖初見成效,但未幾因朝廷失策,河北藩鎮叛亂再起,幾無寧日。內容涉及「安史之亂」與藩鎮割據的「小杜」詩,還有五古《史將軍》(二首),《東兵長句十韻》等幾首。我們從中同樣不難發現詩人憂國憂民的政治熱忱以及一心爲國爲民的政治抱負。在杜牧看來,消除藩鎮割據,強化中央集權,是唐帝國避免走向滅亡的唯一可行的途徑!

總而言之,唐代文史家對邊塞戰爭、華夷關係與藩鎮割據的理性認知,是構建唐代政治大一統理念的三個層面。我們在每一個層面裏,分別列舉不少詩文爲實例,論證了一些著名的唐代文史家的政治大一統理念。這些文人包括文學家陳子昂、王維、王昌齡、李白、杜甫、李商隱、杜牧以及歷史家魏徵、房玄齡等人。由此我們還可以進一步推論:中國人的大一統理念在唐代已普遍存在,並已滲入唐代文史家的靈魂深處,所以構成正統歷史觀的核心價值和最重要、最珍貴的中華文化遺產之一。〔註 54〕唐代文學家主張「文以明道」中的「道」,自然也包含「政治大一統之道」在內,所以明道文學觀與正統歷史觀在大一統理念裏再度出現交會點,可以說是順理成章、毋庸置

〔註52〕《新唐書·杜牧傳》,中華書局。
〔註53〕《杜牧全集》,上海古籍出版社,第 3 頁。
〔註54〕 在中國臺灣,有人爲了「去中國化」而非議政治大一統理念,認爲它是「過時的」君主專制體制下的產物,已不適合於當代中國。

疑的！換句話說，大一統理念不僅是唐人正統歷史觀的核心內涵，同時也是明道文學觀的主要內涵，所以它自然成爲兩者的共同文化基因。文學和歷史共同爲「大一統」服務，也就是爲唐代政治服務；在個人主觀意識中，無論我們是否贊同、欣賞這一文化景觀，都無法改變這個客觀存在的歷史事實。

第三節　大一統思想對中國歷史發展的深遠影響

　　世界歷史上少有的幾個大帝國，如以意大利爲中心的羅馬帝國（The Roman Empire，公元 66～476 年）和以波斯爲中心的阿拔斯——穆斯林帝國（亦簡稱爲阿拉伯帝國 Muslim Empire of The Abbasids 公元 750～991 年），一旦四分五裂、土崩瓦解，就再也無法重建、統一起來了。反觀中華帝國則不然：公元 220 年，東漢帝國覆亡之後，中國歷史進入三國、兩晉、南北朝時期，處於大分裂時代長達三百餘年之久；但到了公元 589 年，隋文帝楊堅統一南北朝，而且把統一的大帝國衣鉢傳給唐王朝，使漢帝國的大一統光輝再現於神州大地。從隋唐到明清的一千四百年間，中華帝國即使發生過分裂，最終又重歸於統一；除了五代和南宋，大一統的帝國可說一直長期存在。這種「分久又合」的歷史現象，在世界歷史上是獨一無二的，但中國現當代歷史家可能因「身在芝蘭之室，久而不聞其芳」，對此似乎不特別重視；而有的西方學者和歷史家對此雖興趣濃厚，但又困惑不解，至今還有人視之爲世界歷史之謎。

　　誠然，中華帝國「分久又合」的原因很複雜，我們必須從地理、歷史、經濟、政治與文化等不同層面來探討、剖析，因爲單憑一兩個層面的研究，恐怕是無法揭開這個謎底的。

　　就地理背景而論，著名的德國哲學家黑格爾（W.F.Hegel，1770～1831）從歷史哲學角度提出「歷史的地理基礎」這個歷史哲學概念，並闡述了地理條件對人類歷史發展的重要作用，認爲「助成民族精神的產生的那種自然的聯繫，就是地理的基礎」（黑格爾《歷史哲學》）。中國歷代王朝所統治的是連成一體的中國大陸板塊，所以比較容易征服、控制與治理；若是由星羅棋佈的群島組成的帝國版圖，一旦四分五裂，在交通、通信不發達的歷史條件下，中央政府就會鞭長莫及，很難使它重歸統一。另一方面，中國大陸本身「背山面海」，也提供天然屏障：東方和東南方是汪洋大海，西面則有喜馬拉雅山

脈和帕米爾高原將東亞大陸和南亞、西亞、中亞隔開，使得來自西方的強大勢力，如早年的西亞伊斯蘭教勢力，乃至後期的西歐殖民主義、帝國主義勢力，都很難從西邊侵入中國大陸，破壞中華帝國的統一。假如東亞大陸兩面環海，東西兩側都有海岸和港口，情況就迥然不同：西部地區對東部地區的依賴就不存在，而且在外來勢力入侵後，四分五裂局面一旦形成，就很難甚至不能扭轉過來。這是地理條件整體統一性形成之物質基礎。此外，中國大陸的地形西部高、東部低，形成三個階梯狀，黃河、長江、珠江之水都向東流，構成聯繫三大流域（從上游、中游到下游）的堅韌紐帶；從水資源的利用到水路的交通運輸，政治統一都可提供有利的條件。再說，中國大陸地形極其複雜，東西部地區的氣候、土壤各不相同，又形成了地理條件的複雜性與經濟發展的不平衡性，正是促進各地區經濟聯繫的的自然因素。這也是地理條件整體統一性形成之物質基礎。自秦漢以來，中國雖然是個多元民族的帝國，除了漢族外，還有匈奴族、烏桓族、鮮卑族、羌族、羯族、氐族、吐厥族、迴紇族、吐谷渾族、契丹族、党項族、蒙古族、女眞族（滿族），等等；但是他們屬於西、北邊疆的少數民族，人口比漢族少得多，而且一直以來經濟文化都比漢族落後，所以不容易、甚至不可能在整體統一性的物質基礎上，在中華帝國境內長期割據一方或獨立建國。

　　就歷史背景而論，秦帝國是經過春秋戰國時代數百年兼併戰爭而形成的，再經過漢帝國四百年的統治，爲日後歷代帝國的統一奠定了穩固的政治基礎。其中，包括建立爲帝國統治服務的中央集權體制以及把儒家思想列爲治國之道。早在秦漢時代，中國已經是個中央集權、主權完整、領土統一的「民族國家」（Nation-State），我們所稱的「漢族」、「漢人」、「漢語」、「漢字」都和漢帝國有關，而民族主義（Nationalism）早已在漢代萌芽生長。像漢帝國這種類型國家（即「民族國家」）在歐洲出現，如葡萄牙王國、西班牙王國，比在中國晚了大約一千五百年，所以歐洲不具備「分久又合」的這個歷史條件。秦漢帝國中央政府或朝廷不但已能有效地統治全國土地和人口，而且從此之後，帝國統一成了歷史之「常」（政治常態），一直居於歷史主流地位；帝國分裂則屬於歷史之「變」（反常狀態），即便出現最終也得讓位給帝國統一。自秦漢以後的政治分裂，大多數和西、北少數民族進入中原有關，其中如魏晉南北朝的「五胡亂華」，就是很好的例子。但是，這些所謂的「五胡」（匈奴、鮮卑、羯、氐、羌）在入主中原之後，往往主動接受較高水平的漢族文化。例如，北魏孝文帝（鮮卑族）所推行的漢化改革政策與措施，包括

遷都洛陽、使用漢語、改用漢姓、推崇儒學、胡漢通婚，等等，最終不僅使
到北魏的鮮卑族完全漢化，而且加速了北朝其他少數民族的漢化進程。總之，
各少數民族在中國歷史發展的大熔爐中不斷漢化，不論是被動或主動，都足
以緩和漢族與少數民族之間的矛盾與衝突，使得離心力逐漸減弱、親和力逐
漸增強，對於中華帝國的「分久又合」起著一定的正面作用。少數民族漢化
的另一結果，是在漢族的遺傳基因裏注入新的血緣因子，對漢族的擴大與發
展十分有利，而少數民族在全國人口中的比例卻日漸減少，有些甚至完全消
失。（根據 2000 年的人口普查，今日中國總人口近十三億，漢族佔了 91.8%，
而五十五個少數民族僅占 8.2%）

　　就經濟背景而論，秦統一中國的主要因素之一，就是應農業經濟發展的
需要。到了戰國時代末期，隨著鐵製農具和牛耕、灌溉的廣泛使用，農業經
濟空前發達，人們對政治統一的要求更加強烈。這個因素在以後歷代統一事
業中，繼續發揮了積極的作用。為什麼呢？因為農田水利灌溉對農業生產至
關重要，而較大型水利工程的興修、水利資源的合理利用，都需要以政治統
一為大前提。如果帝國四分五裂，這些問題（包括灌溉、抗洪）就不能妥善
解決了。傳說中的大禹治水故事，並把他尊奉為「聖人」之一，在很大程度
上反映了古代中國人對抗洪的高度重視。與此同時，自秦漢時代開始，隨著
農業和手工業的發展，商業也日漸發達，貨幣流通增加與增廣，商人地位日
益提高，所以他們希望並支持政治統一，以便消除對商業的人為干擾、阻礙，
從而建立一個較大的國內市場。在對外貿易幾乎不存在或微不足道的情況
下，國內市場顯得特別重要，兩漢、唐宋以後的中國經濟發展更是如此。漢
代商業發達，反映於商人勢力的增強，如晁錯《論貴粟疏》寫道：漢代商人
「衣必文采，食必粱肉」；「因其富厚，交通王侯，力過吏勢」。「今法律賤商
人，商人已富貴矣」！另一方面，政治分裂必定導致戰爭連年，社會經濟無
論是農業、手工業或商業，都遭受戰爭的直接破壞，人們也無法安其居、樂
其業，自然不在話下。

　　中國歷史發展的三大背景（即地理背景、歷史背景、經濟背景）所釋放
的文化意蘊，必然集中反映在古代中國人的政治理念中。換句話說，按照馬
克思主義哲學原理，大一統理念不是憑空產生的，它是建立在三大背景的基
礎之上，是中國歷史發展的自然產物，而又對中國歷史發展產生了十分深遠
的影響。至於其影響力度如何產生，則必須經過一番剖析，我們才能獲得比
較透徹的認知。

　　大一統歷史觀是由兩個層面構建而成，一是觀念層面，另一是制度層面。在秦統一中國之前，只存在觀念層面的大一統；而秦漢帝國的建立與發展，促使觀念層面的大一統轉化、提升爲制度層面的大一統，於是出現了兩個層面的重疊現象，即觀念層面大一統與制度層面大一統並存的文化構建。

　　在先秦諸子中，儒、法、墨三家思想各異，但它們幾乎一致認爲，爲了避免戰禍連年，惟有實現全中國的政治統一。孟子總是站在「王天下」的高度來議論政治問題，如他論王道、仁政時曾說「保民而王，莫之能禦也」，又說「老者衣帛食肉，黎民不饑不寒，然而不王者，未之有也」（「王」即「王天下」，「王」字作動詞用，即作「爲天下之王」、「統一天下」解）。又如梁襄王曾問孟子，要如何天下才能安定，孟子回答說「要政治統一才能安定」（「定於一」）（《孟子‧梁惠王上》）。至於如何實現政治統一，孟子認爲惟有實行王道與仁政，以爭取各國人民的支持。前期法家商鞅和管仲則認爲「法者，天下之道也」，更加重視政治大一統（即所謂「王天下」）。商鞅認爲「夫利天下之民者莫大於治，而治莫康於立君；立君之道莫廣於勝法，勝法之務莫急於去奸，去奸之本莫深於嚴刑」。〔註55〕至於墨子主張「尚賢」（「夫尚賢者政之本也」），同樣是從「王天下」的角度出發，認爲選賢與能則可「天下平」、「九州成」：「古者堯舉舜於服澤之陽，授之政，天下平。禹舉益於陰方之中，授之政，九州成。」〔註56〕產生於先秦的大一統理念，隨著大一統秦漢帝國的建立，而發生了一些重要變化。呂不韋《呂氏春秋》不但高度頌揚由「五德終始」與天人合一所帶來的政治大一統，而且將政治的治亂、社會的安危，直接和政治大一統相提並論，確認兩者構成必然性的因果關係：「一則治，異則亂；一則安，異則危。」〔註57〕李斯則認爲：「古者天下散亂，莫能相一，是以諸侯並作，語皆道古以害今，飾虛言以亂實，人善其所私學，以非上所建立。」因此，他主張禁止私學，焚燒詩書百家語，藉以鞏固政治大一統（按當時最受非議者乃秦始皇廢封建、立郡縣）。李斯的政治動機和主觀願望，似乎無可厚非，但其所主張的偏激手段卻在客觀上破壞了秦帝國的大一統，只爲後繼的漢帝國提供反面教材。到了西漢武帝時，大一統理念獲得了高度的提升，獲得了正統的統治地位。董仲舒以「天人感應」闡述「皇權天授論」，

〔註55〕　《商君書‧開塞篇》，見《中國歷代哲學文選》先秦篇，中華書局，第121頁。
〔註56〕　《墨子‧尚賢篇》，中華書局。
〔註57〕　《呂氏春秋‧不二篇》，中華書局。

即天子受命於天，天下受命於天子，所以天下人必須絕對服從天子，不得違抗天命或天意。同時，爲了鞏固漢帝國的政治大一統，朝廷還必須推行思想大一統，即定「六藝之科，孔子之術」於一尊，其他思想學說「皆絕其道，勿使並進，邪辟之說滅息，然後統紀可一而法度可明，民知所從矣」。〔註58〕

　　中國古代帝王去世後，史官依其生平事迹所給予的稱號，稱爲諡號。由於諡號可能含有褒貶意味，有損帝王的權威，所以秦始皇曾廢除此法（即諡法），並以「始皇帝」、「二世皇帝」作爲帝國最高統治著之稱號。但是秦代以後，又再恢復諡法，而且一直沿用到清代。諡法對於古代帝王——尤其是較有作爲者的作用，應該是積極的、正面的，使得他們比較在乎後人的褒貶，在乎個人的歷史地位、名聲，也使得他們比較熱衷於建功立業的追求。更重要的是，從漢代開始，隨著「正史」的創立，後代人編寫前代史成爲一種文化傳統。在正史裏，歷代王朝的創建者，固然取得好評美譽；而對帝國大一統有所作爲、有所貢獻者，也同樣備受頌揚，乃至大書特書。例如，魏徵等在《隋書・文帝紀》中對隋文帝「平一四海」、「外撫戎夷」深表讚賞：

> 初，得政之始，群情不附，諸子幼弱，內有六王之謀，外致三方之亂。握強兵、居重鎭者，皆周之舊臣。上推以赤心，各展其用。不逾期月，克定三邊；未及十年，平一四海。薄賦斂，輕型罰，內修制度，外撫戎夷。

　　相似的評價同樣見諸劉昫等《舊唐書》、歐陽修等《新唐書》。兩書皆以大量篇幅，記述秦王李世民（唐太宗）在唐帝國建立過程中所發揮的重要作用，即以武力消滅隋末湧現的地方割據勢力（包括薛仁杲、宋金剛、王世充、竇建德等）以及制服突厥等邊塞少數民族的武裝力量，而被少數民族尊爲「天可汗」。對於有爲的古代帝王將相而言，建立功業而使生命價值得以延續，是人生理想的最高境界。實現或維持帝國政治大一統的本身，就是古代帝王將相責無旁貸的政治使命，並且受到歷史的肯定、讚揚；反過來說，對於昏庸無能、苟且偷安的古代帝王將相，都將不可避免地受到歷史的嘲笑、非議乃至譴責。例如，房玄齡《晉書》譏笑西晉惠帝的一段文字，就傳爲後世之笑柄：

> 帝又嘗在華林園，聞蝦蟆聲，謂左右曰：「此鳴者爲官乎，私乎？」或對曰：「在官地爲官，在私地爲私。」及天下荒亂，百姓餓死，帝

〔註58〕　《漢書・董仲舒傳》，中華書局。

曰：「何不食肉糜？」其蒙蔽皆此類也。〔註59〕

房玄齡最後還加上一段「史臣曰」（評語），其中一句稱「古者敗國亡身，分鑣共軫，不有亂常，則多庸暗。」凡是偏安一隅的「小朝廷」，在各代歷史家心目中，難免黯然失色。例如，李延壽《南史》對東晉偏安江左批評道：

　　論曰：晉自社稷南遷，王綱弛紊，朝權國命，遞歸臺輔，君道雖存，主威久謝。桓溫雄才蓋世，勳高一時，移鼎之業已成，天人之望將改。自斯以後，帝道彌昏，道子開其禍端，元顯成其釁末。

〔註60〕

　　古代中國歷史上，每當改朝換代之際，總會出現「群雄並起」的局面，秦末如此，漢末如此，隋末也如此。「群雄」經過一番艱苦武裝鬥爭，「成者為王，敗者為寇」，無一例外。易言之，就初建的王朝如何鞏固其政權而言，「為王」者的出身其實並不重要；最重要的還是「為王」者如何取得正統地位。縱觀二千餘年中國古代史，自秦代至清代，「為王」者在建立新王朝之後，都必須集中力量，實現全中國的政治大一統，才具有「合法性」，才具有正統地位，也才能鞏固其政權。即使是少數民族所建立的元朝和清朝，同樣被視為中國歷史上的正統王朝，就是因為都是統一王朝，都實現了政治大一統。這種將「天下一統」與「正統地位」直接掛鉤的歷史觀念，在很大程度上推動了中華帝國「分久又合」乃至「分久必合」！

　　為何歷代王朝的開國者對實現政治大一統如此深具信心，又為何他們的「一統天下」的政治目標多數能夠實現？我認為最主要是因為從唐代開始，大一統思想已由觀念層面充分轉化、提升為機制層面。只有在機制層面的支撐下，實現政治大一統的可行性與現實性才能存在，大一統理念才能轉變成一種物質力量，一而再、再而三地發揮其政治作用。所謂機制層面的大一統，在此是指中央集權的政府機制、定於一尊的儒家思想、沿用千餘年的科舉制度以及獨一無二的文字系統。以上四者，除了科舉制度，都是在秦漢時期形成的。它們既是大一統思想在機制層面的體現，亦是為政治大一統服務的物質或精神力量，構成大一統思想的四大支柱。觀念層面的大一統與機制層面的大一統之間存在著辯證關係。

　　秦始皇統一中國後，曾「廢封建、立郡縣」，在中央設立「三公九卿」之

〔註59〕《晉書・惠帝紀》，中華書局。
〔註60〕《南史・宋本紀上一》，中華書局。

制，在地方設郡縣之制，創立了中央集權的政府機制。漢取代秦之後的四百年間，繼續沿用是「郡縣」制與「三公九卿」之制，只作了一些微小的改變（如東漢末設州郡縣三級制），就說明了這一中央集權的機制，是行之有效的。對於這一點，西方歷史家也予以極高的評價，如著名的英國現代史學家湯因比（A.J.Toynbee）認為「凡是中央集權的政府，如果沒有一種職業文官的制度，是不行的」。「就成果的持久性來說，漢朝的創建者可以算是所有統一國家締造者中最偉大的政治家」。〔註61〕

但魏晉南北朝時期，各朝政府的管理機制，不盡相同。例如，《隋書》所言：「魏、晉繼漢，大抵略同，爰及宋齊，亦無改作。梁武受終，多循齊舊」。「陳氏繼梁，不失舊物」。〔註62〕北朝則自西魏採用「六官制」一直沿用到北周末年。到了隋統一南北，中央集權的政府機制隨著大一統而得到進一步強化，最終以三省六部製取代三公九卿制。隋王朝壽命短暫，經二世而亡，但其所創立的典章制度，多爲唐王朝所沿襲，其中就包括了以「三省六部制」爲標誌的政府機制。唐代的三省六部制其實是由三省、六部、九寺（九卿）、五監、一臺所構成，其具體內容大致如下：三省即中書省（擬定詔令），其長官爲中書令、中書侍郎；門下省，審議、頒佈詔令，其長官爲侍中、黃門侍郎；尚書省，執行各種政務，其長官爲尚書僕射。由於尚書省屬於行政機構，政務繁多，之下設有吏部、戶部、禮部、兵部、刑部、工部，合稱「六部」，其長官爲尚書、侍郎。此外，唐初還設有太常寺、光祿寺、衛尉寺、宗正寺、太僕寺、大理寺、鴻臚寺、司農寺、太府寺等九個官署，合稱爲九卿或九寺；又設少府監、軍器監、將作監、都水監、國子監，合稱爲五監。九寺和五監之設立，用以分擔六部之職務。例如，太府寺協助戶部掌管有關財貨之事宜，國子監協助禮部掌管有關六學之事務。唐代的御史臺則是個監察組織，由御史大夫和御史中丞主持。

和中央集權體制相適應的唐代地方政府機制，也同樣沿用隋制，只是將郡縣制改爲州縣制：州設刺史，縣設縣令，皆由中央政府委派。同時，爲了強化對地方政府的監督，貞觀初年（公元627年）在全國設立十道（監察區），不時派遣黜陟使或觀風俗使分巡各道（按：到玄宗時道演變爲州之上的地方行政區）。相當完善的中央集權政府機制的建立，是維持帝國政治大一統的前

〔註61〕湯因比：《歷史研究》下冊（曹未風等譯），上海人民出版社，第41～42頁。
〔註62〕《隋書·百官志》，中華書局。

提條件；但是由於唐帝國領域遼闊（約有六百萬平方公里），是當時世界上最強大的國家，所以還必須建立一套制度來解決交通與通訊問題。驛站制度即由此產生。設在全國交通幹線上的驛站，依其規模分成七等，每一等級的馬匹、驛夫數量不同，如「都亭驛」有驛馬七十五匹，驛夫二十五人，是最大的驛站；而最小的驛站也有驛馬八匹，驛夫三人。〔註63〕就我所知，像這樣完整而有效的中央集權政府機制，在古代或中古世界裏是絕無僅有的，也是比較嚴密、進步的。所以它在中國的世代相傳、不斷完善（內容細節雖有所改變，但中央集權的本質始終不變），使得中央政府與地方政府之間聯繫日益緊密，皇權能夠伸展到中華帝國領域的每個角落，政治大一統的實現就有了可靠的保障。

中華帝國不僅疆域廣闊、人口眾多，而且又無共同的宗教信仰以維繫人心，所以單憑一套完整的中央集權政府機制，還不足以維繫帝國的政治大一統。換句話說，在交通與通訊尚未發達的歷史條件下，要維繫中華帝國的政治大一統，就非推行思想大一統不可。因此，從西漢武帝時開始，便「罷黜百家，獨尊儒術」，將儒家思想提升為漢帝國的正統思想、統治思想。於是孔孟成為至聖先師，儒家著作成為必讀經典。漢帝國政府為了推崇儒術而設立太學，按照儒家經典分科教學；每科設有博士，稱為五經博士，其學生則稱為博士弟子；凡是通曉一經的博士弟子，就取得當官資格，儒術自然成了進入官場、參與政治的「敲門磚」。對於漢帝國政府推崇儒家思想的原因，馮友蘭在上世紀20年代提出的學術見解，至今仍有參考價值。他首先認為「及漢之初葉，政治上既開以前未有之大一統之局，而社會及經濟各方面之變動，開始自春秋時代者，至此亦漸成立秩序。故此後思想之漸歸統一，乃自然之趨勢。秦皇、李斯行統一思想之政策於前，漢武、董仲舒行統一思想之政策於後，蓋代表一種自然之趨勢，非祇推行一二人之理想也」。〔註64〕接著，論及「儒家所以能獨尊之原因」，馮友蘭還提到兩點，值得我們注意。此即「各種新制度，亦用儒者為之」，「與儒家本身不同之學說，仍可在六藝的大帽子下，改頭換面，保持其存」：

> 即秦漢大一統後，欲另定政治上、社會上的各種新制度，亦需
> 用儒者為之。蓋儒者通以前之典籍，知以前之制度，又有自孔子以

〔註63〕王仲犖：《隋唐五代史》上冊，上海人民出版社，第445～448頁。
〔註64〕馮友蘭：《中國哲學史》，太平洋圖書公司，第486頁。

> 來所與各種原有制度之理論。再有一點，即儒家之六藝（即「六經」
> ——引者），本非一人之家學，其中有多種思想之萌芽，易爲人所引
> 申附會。此富有彈力性之六藝，於不同之思想有兼容並包之可能。
> 儒家獨尊，與儒家本身不同之學說，仍可在六藝的大帽子下，改頭
> 換面，保持其存。〔註65〕

我基本上贊同馮友蘭的見解，尤其是他所指出的儒家思想的「兼容並包」這個特性及其所衍生的中庸之道，使它較容易被不同思想的中國古代知識分子所普遍接受。所謂「有容乃大」，就是兼容性（或包容性）使儒家不斷汲取其他的思想成分，包括法家、陰陽家、道家乃至外來的佛家思想，使儒家本身不斷更新、壯大，變得博大精深，以適應社會發展的需要。例如，宋明理學就是儒學吸收佛、道二家某些學說成分的新產物，故被稱爲新儒學。又如，歷代中華帝國所採取的統治政策，多是儒法兼施並用，或者用馮友蘭的話來說，就是「陽儒陰法」，即標榜儒家之道而推行法家之術。馮友蘭還明確地指出，兼容性並不損害或削弱儒家的權威性，因爲「自董仲舒至康有爲，大多數著書立說之人，其學說無論如何新奇，皆須於經學中求有根據，方爲一般人所信受。經學雖常隨時代而變，而各時代精神，大部分必於經學中表現之」。〔註66〕

我認爲「有容乃大」不僅是一種儒家精神，不僅使儒家思想具有凝聚力、生命力，而且它是中華民族大一統精神的集中體現，所以對中華帝國政治大一統既十分有利，也十分重要。爲什麼呢？翻閱世界歷史，我們不難發現：宗教矛盾、衝突，往往是一個國家政治分裂的根源，而宗教衝突（宗教戰爭）不是發生在一元論信仰的宗教內部（如基督教），就是發生在兩股一元論信仰的宗教勢力之間，如基督教與伊斯蘭教之間。儒家思想的世俗性、兼容性和權威性使中華民族的宗教信仰趨向於多元性，所以它從根本上排除了一元論信仰的極端化，消除了宗教戰爭在中國出現的可能性。另一方面，歷代統治者還可充分利用儒家思想的兼容性，在一定程度上調和各地區、各族群之間的利害衝突，使之有利於政治大一統的重建與維繫。歷史很清楚地告訴我們：被定於一尊的儒家思想對中華帝國大一統所產生的作用，是十分顯著、深遠的；相比之下，基督教或伊斯蘭教對政治大一統的影響，都難望儒家思想之

〔註65〕馮友蘭：《中國哲學史》，太平洋圖書公司，第486～489頁。
〔註66〕同上書，第485頁。

項背，因爲這兩種宗教都比較缺乏兼容並包精神，無法長期維繫基督教世界或伊斯蘭教世界內部的政治大一統。

　　中華帝國政治大一統，必須由政治人物來實踐：從帝王將相、朝廷百官到州縣的地方官吏，理論上都應是政治大一統的建立者、維繫者。對於一個龐大帝國來說，帝王將相固然重要，朝廷百官、地方官吏也同樣扮演不可或缺的政治角色。因此，如何選拔官吏，自然就成爲歷代帝國政府所面對的重要政治課題。在漢代，帝國政府的選官用人辦法，雖有察舉制度、歲舉孝廉、上書拜官、舉賢良文學等多種，但選拔官吏範圍仍然十分狹隘。魏晉南北朝的九品中正制，當然更不能滿足統一大帝國的需要。直到隋唐創立科舉制度，選官用人辦法才發生重大的、根本的變化。所謂科舉，就是分科考試，選拔官吏之意。唐代的科舉考試共分爲三種：一種是讓學館出身者參加的，稱爲「生徒考試」；另一種爲州縣政府保送者而設的，稱爲「鄉貢考試」；還有一種是朝廷爲選拔特殊人才而舉行的，稱爲「制舉」，屬於不定期的考試。前兩種考試每年定期舉辦，所以被稱爲「常選」。科舉考試的科目很多，包括秀才、明經、進士、明法、明算、三史、童子等，而以進士科最受一般士人歡迎。這是因爲進士科考的是詩賦和時務策，比較能評鑒考生的才華、學識，而且難度最大，錄取機會往往不過百分之一二，但考中者仕途遠勝於其他科目，所以唐代士人始終趨之若鶩。唐代以後的科舉制度，主要就是在進士科的基礎上發展起來的。

　　科舉制度是古代中國文明的獨創性產物，也是中國人高度政治智慧的體現。按照錢穆的說法，英國東印度公司（British East India Company，成立於1600 年，是受英國政府操縱的海外機構，專門從事殖民主義活動）「首先採用我國考試制度，任用職員。其後此制度遂影響及於英國政府，亦採用考試，成爲彼國之文官制度」。﹝註 67﹞當然，若以現代視角來看，科舉制度並不完善；但若以歷史主義視角來看，科舉制度卻是當時世界上最進步的選官用人辦法，而其獨創性與政治作用更值得我們高度重視。「選賢與能」（儒家政治理想之組成部分）既然作爲科舉制度的基本理念，其真正目的就是爲了廣開政治門路，打破世族壟斷朝政的局面；網羅全國人才，爲帝國各級政府效命，爲帝國政治大一統服務。因此，歷代王朝都非常重視科舉制度，如王定保《唐

﹝註 67﹞錢穆：《中國歷史研究法》，三聯書店，第 27 頁。

摭言》記載唐太宗巡視科舉考場時的讚歎（「天下英雄，入吾彀中矣！」），屢為現代歷史家所援引、所稱道：

> （太宗）嘗私幸端門，見新進士綴行而出，喜曰：「天下英雄，入吾彀中矣！」〔註68〕

此外，同書還借唐人趙嘏詩句，說明科舉制度的政治作用：「太宗皇帝真長策，賺得英雄盡白頭」（由於進士科難度極大，時諺稱「三十老明經，五十少進士」）。毫無疑問，在教育未普及、人才很短缺的歷史條件下，科舉制度的政治作用尤為顯著、重要。它不僅將選官用人的權力集中於中央政府，強化了皇權或中央集權；而且廣羅全國人才，擴大了帝國統治階級的社會基礎，對帝國政治大一統起著不可替代的作用。在中世紀乃至近代時期，歐洲各國的教士階級與貴族階級把持政權，將世俗地主與商人排除在朝廷之外；而中國的寒門庶族（包括地主、商人與平民）居然有幸借助科舉參與政治，和世家豪族分享政權，甚至取得高官厚祿（最高可當宰相——布衣宰相）。他們始終是政治大一統的擁護者、構建者，因為惟有政治大一統，才能使他們的政治才華抱負得以施展；惟有帝國政治穩定，才能使他們的仕途通暢無阻。

文字是語言的符號或載體，人類語言雖數以千計，但世界文字主要只有兩大體系：一是表音文字體系，另一是表意文字體系。在十幾種世界主要文字中，惟有漢字屬於表意文字，其他都屬於表音文字，所以近百餘年來，尤其自「五四新文化運動」以來，中外學者對漢字多「另眼看待」，而且多認為漢字是一種「落後的」或「不科學的」怪異文字，甚至和近代中國的落後挨打相提並論。所謂「漢字不滅，中國必亡」的偏激言論，即由此產生。可見對漢字的政治功能，他們缺乏正確的、全面的認知。自上世紀二三十年代起，「漢字改革」不但擺上一些語文專家學者的議事日程，而且以漢字拉丁化或羅馬化為其最終目標。在這樣的歷史背景下，似乎很少學者認識並堅持「漢字有功無過」，更不用說認真探討漢字系統對政治大一統的偉大貢獻。

漢字作為獨一無二的表意文字系統，自從它產生時候起，便具有兩個特點：一、它是語言的簡化或縮寫符號，所以「文字」（書面語）和「語言」（口頭語）是兩個截然不同的文化範疇（對表音文字而言，兩者是合為一體的，必須「我手寫我口」）；二、它不受語音（讀音）變化的左右，即不隨著讀音而改變其本義或形體。前者使漢字在同一空間所能容納和傳達的信息量，超

〔註68〕王定保：《唐摭言》卷一，中華書局。

過任何一種表音文字，這在書寫工具與印刷術落後的歷史時期，尤其重要。（至今亦如此，將一頁半的英文或馬來文譯成大小相同的中文，大約只需一頁空間）後者則使漢字克服了方言問題，即在各地「言異語」（講不同方言）的社會條件下，實現了「書同文」。漢字在語音一再變化、方言日漸增多的社會環境裏，顯得更具彈性與生命力。即使面對外來語的「入侵」，從古代印度的佛教用語到現代西方的科技用語，漢字都能應付自如、採而納之，並且將它們「中國化」或「漢化」。漢字並非世界上最古老的文字，但的確是最進步、最完美的古老文字系統，它至少已存在三千餘年、且將繼續發揮其特異功能，直到千年萬載，就證明了這一點。

自秦始皇規定「書同文」以來的兩千餘年間，中華帝國就是利用這一獨特的文字系統來實現其政治大一統與文化大一統，所以我們對此怎能熟視無睹？我們不妨假設：如果中國使用的是表音文字，東漢帝國滅亡三百餘年之後，中國是否有可能重歸政治大一統？我想答案應該是否定的。這是因為南北各地區的漢族方言和少數民族語言，必將隨著政治四分五裂而逐漸改變其性質與政治地位，即由方言提升為各國的官方語言（即以方言為基礎的表音語文），在全中國恢復「書同文」就成了遙不可及的夢想。關於這個假設性的推論，我們可以引用西歐歷史作為旁證。在西羅馬帝國時代，西起大不列顛，東到巴爾幹，北抵萊茵河、多瑙河，南達北非地中海沿岸，曾經使用一種共同語文——拉丁文。但隨著大帝國的滅亡、封建割據局面的出現，西歐各地區的方言（Dialects）迅速發展起來，變為民族國家形成的動力之一。這些方言（如葡萄牙語、西班牙語、法蘭克語、英吉利語等）最終搖身一變，完全取代了拉丁文，晉級為本國的民族語文（National Language）或官方語文（Official Language）。顯赫一時的拉丁文，不得不逐漸退出西歐歷史舞臺，讓位給原本不能登大雅之堂的方言。另一方面，為了「挽狂瀾於既倒」，羅馬教廷曾經千方百計試圖借助宗教力量將四分五裂的西歐重新整合，置於以日爾曼為中心的神聖羅馬帝國（The Holy Roman Empire）的統治之下，即恢復西羅馬帝國的大一統，但歷史證明那只不過是一種夢想，其阻力主要來自新興的西歐民族國家的民族主義。到了 13 世紀以後，民族主義因民族語文和民族文學的興起而更加高漲，西歐再統一的希望開始逐漸破滅。因此，我們完全有理由相信：漢字是大一統理念的產物，而上述的漢字獨特性，使其政治功能超越拉丁文或任何一種表音文字；它能夠並曾經扮演表音文字所不能扮演

的政治角色，對於重建、維繫中華帝國的政治大一統功不可沒！今天，我們不僅應儘早把「漢字落後論」送進中國歷史博物館，而且還得重新深入探索漢字的文化內涵與政治功能，以便徹底抹去那層歷史塵埃，讓漢字系統再度在中華民族的偉大復興中熠熠生輝、魅力四射！

第五章　從文學著作窺探唐代
　　　　　明道文學觀

第一節　明道文學觀是否對唐代詩歌產生負面效應

　　本書第三章對於唐代明道文學觀的全面性詮釋，只是我個人的粗淺見解，或許未能獲得普遍的認同。可能有的學者依然堅持己見，認為教化功能是唐代明道文學觀的唯一內容，不同意「古典現實主義是唐代明道文學觀的核心」的說法。為了避免各執一詞，致使兩種觀點成為兩道永不交叉的平行線，也為了使學術交流、互動具有針對性，我們姑且以教化功能或社會功能為唐代明道文學觀的唯一內容，來探討明道文學觀是否對唐代詩歌產生負面效應。

　　統計數據在自然科學領域裏固然最具權威性，而在社會科學或人文科學領域裏，也可成為強而有力的論據。作為意識形態的明道文學觀，它本身固然無法進行「量化」或「數據化」，但它對唐詩創作的影響，統計數據倒是可以派上用場的。因此，我想嘗試借助一些簡單的統計數據，來審視明道文學觀是否制約唐代詩歌的創作傾向、發展空間。

　　眾所周知，白居易是唐代最重要的古典現實主義詩人之一，也是現存詩作最多的詩人。根據上海古籍出版社《白居易全集》，在 2914 首詩歌中，若以形式或格式來說，可分為古體詩和近體詩兩大類。前者又分為五言古調、七言古調、格詩三種，共計 1016 首，占總數的 34.87%；後者則分為五言律

詩、七言律詩兩種，共計 1898 首，占總數的 65.13%。若以思想內容來說，白居易《與元九書》曾將它們分為諷諭詩、閒適詩、感傷詩與雜律詩四大類。備受白居易重視的諷諭詩，幾乎都集中在五言、七言古調，但在 603 首五、七言古調裏，諷諭詩只有 172 首，占 28.52%；而閒適詩、感傷詩的數量幾乎相等，各有 216 首和 215 首，分別占 35.82%與 35.66%。至於在五、七言律詩中，「諷諭詩則只有寥寥可數的不引人注目的幾首」。〔註 1〕總的來看，在白居易現存的 2914 首詩歌中，含有教化功能的諷諭詩只有 200 首左右，即大約占總數的 6.86%。這些統計數據說明了什麼？我認為至少說明了：一、明道文學觀對白詩創作的影響力度，並不很大；二、對極力倡導「詩教」的白居易尚且如此，對其他不重視「詩教」的許多詩人，如李白、王維等人，明道文學觀的影響更微不足道；三、如果對《全唐詩》裏約五萬首唐詩進行統計，我想諷諭詩的數量不超過 6.86%。至於明道文學觀對其他重視文學社會功能的詩人，如韓愈、劉禹錫、杜牧的影響，或許也得進行考查、審視，並且提出相關統計數據。

韓愈是古文大師，他的詩作在數量上，雖不能和白居易相提並論，但依然被視為大詩人之一。根據韓愈弟子李漢所編的《韓昌黎全集》，我們知道韓詩共有370首，其中古體詩210首，近體詩（律詩）160首。若以思想內容來說，或許可將它們分為諷諭詩與非諷諭詩兩大類（在此，「諷諭」之含義為諷刺，或傳達某一具有社會意義的理念，故諷諭詩乃指社會詩）。據我的粗略統計，其中諷諭詩僅 45 首，占總數的 12.16%，比例雖略高於白詩，但仍然屬於少數。不過，可能受到杜甫《戲為六絕句》的影響，韓詩也出現「論說詩」，即以詩論詩、論文、論事。這與明道文學觀是否有關，還有待作進一步的探討，不必急於妄下結論。

劉禹錫與杜牧是唐代詩壇上兩顆耀眼的明星，一般文學史書都把他們歸入「現實主義詩人」，並且給其作品以高度評價。但是，在他們的優秀作品裏，多少含有教化功能的諷諭詩，同樣只占少數部分。例如，《全唐詩》所錄劉禹錫的 665 篇各體詩作中，含帶諷諭色彩者只占 31 首（即 4.66%），還不到百分之五，其餘都屬於非諷喻詩。由此可見，明道文學觀對唐代詩歌的發展空間，對唐詩的多樣性與豐富性，根本不會產生負面效應。真正影響唐代詩歌創作傾向的因素，除了某個歷史時期的以經濟、政治為主的社會狀況，就是

〔註 1〕喬象鍾等：《唐代文學史》下冊，人民文學出版社，第 263 頁。

詩人本身（如杜甫、白居易）的政治遭遇，因為每個詩人都持有一張顏色相同的「身份證」——朝廷命官。社會動亂、詩人官場失意或懷才不遇，對詩歌創作而言有時是件好事，所謂「不平則鳴」、「詩窮而後工」，就是這個道理。

　　對於明道文學觀是否制約唐代詩歌的發展空間，我們還可以從唐人的詩歌理念方面進行探討。唐人不僅繼承了前代的詩歌理念，而且於之有所發展、有所創新，如殷璠《河嶽英靈集序》就提出「神來」、「氣來」、「情來」，對詩歌創作抽象性的概括；又以「風骨」、「興象」等審美概念，作為詩歌作品的審美範疇與選詩、評詩的準則。〔註2〕有學者認為，「殷璠把風骨、興象作為一對品評標準提出來，這在中國文學批評史上是一種新的發展」（王運熙語）。〔註3〕唐代近體詩的格律是由永明體演變而來的，其中包含了沈約等人的聲律理論（平仄）；唐代近體詩所依據的對偶說，同樣源自六朝。上官儀總結近體詩的對偶規律，不但提出了「六對」與「八對」之說，而且作了相當具體的說明。值得一提的是，中國詩歌的平仄、對偶所呈現的審美情趣，在世界文學中是獨一無二的（因為只有漢語與漢字才能構建平仄對偶之美學價值，其他語文都不具備這一基本條件或功能。日本漢學家青木正兒對此特別讚賞），而且是由唐代詩人將它發揮得淋漓盡致！

　　李白、杜甫、白居易等大詩人對於詩歌創作，一方面主張繼承「詩經」的美刺傳統，另一方面又持有個人的獨特見解，不受這一傳統的束縛。例如，李白一再讚揚謝朓（小謝）：「蓬萊文章建安骨，中間小謝又清發」；「我吟謝朓詩上語，朔風颯颯吹飛雨」。杜甫不但一再以詩句讚美庾信，認為「庾信文章老更成，凌雲健筆意縱橫」（《戲為六絕句》），而且對謝靈運、陶潛之為人或人格也頗讚賞：「優游謝康樂，放浪陶彭澤」（《石櫃閣》）。至於白居易《與元九書》所提出的「詩者，根情、苗言、華聲、實義」，更為後代學者所津津樂道、推崇備至，因為他對詩歌本質的認知、詮釋，十分全面，非同凡響。總之，博采眾長，兼收並蓄，「濃妝淡抹總相宜」，是唐代詩人的共同詩歌理念，可見明道文學觀並沒有制約唐代詩歌理論或理念的發展空間。

　　對審美價值與教化功能的關係，基本上有兩種迥然不同的見解：唯美主義者認為審美價值與教化功能是對立的，猶如水火不能相容，或者存在此消

〔註2〕《全唐文》卷四三六，中華書局。
〔註3〕王運熙、楊明：《中國文學批評通史》隋唐五代卷，上海古籍出版社，第245頁。

彼長的關係。換句話說，審美價值是不包含、也不可包含教化功能，否則審美價值將受到破壞。這就是唯美主義者主張「為藝術而藝術」的理論基礎。文學界的現實主義者則持不同的見解，認為審美價值與教化功能不是對立的，而是並存的，是可以「兼容」的，甚至可以相輔相成，從而發揮更大的社會功能，產生更高的文化價值和審美價值。

至於明道文學觀是否局限詩人的自我意識或主體意識（在此，「主體」是與「客體」相對之哲學範疇，故「主體意識」應可作「自我意識」解），有些學者認為，唐人提倡「文以明道」（或「文以載道」），曾給唐代文人與唐代文學帶來不良影響，不僅削弱了文人的自我意識或主體意識和個性自由，甚至構成了遏制文學生命力的消極因素。但我認為歷史事實並非如此。假如明道文學觀削弱了詩人的自我意識或主體意識，或對詩人創作思維產生負面作用，那麼，唐詩創作必然普遍趨向於單一化與概念化，其藝術價值也必然受到嚴重破壞。在此，所謂「單一化」，主要是指個別詩人的創作內容與創作技巧而言，即「明道詩人」只善於創作含有教化功能的作品；而「概念化」則是就單一詩篇的審美價值而論，即含有教化功能的作品，必然傾向於「概念化」而缺乏審美價值。事實上，唐代詩壇並未普遍出現這兩種不良傾向；相反的，唐詩的審美價值與教化功能的完美結合、交融，不僅體現於單一詩人的創作實踐過程中，同時也體現於單一詩篇的藝術價值中，以下的許多實例足以證明這一論斷。

眾所周知，身為古文運動領袖的韓愈，非常重視文學的社會功能或教化作用，《柳子厚墓誌銘》、《答李翊書》、《送孟東野序》等皆屬其散文傑作。他還「以文為詩」（將詩歌散文化），借古詩《調張籍》評論李白、杜甫詩歌的成就。如果以上作品皆以教化功能或認知功能為主，那麼不妨再讀一讀韓愈在貞元二十年（公元 804 年）貶官途中所作的七絕《湘中》：

> 猿愁魚踴水翻波，自古流傳是汨羅。
> 蘋藻滿盤無處奠，空聞漁父叩舷歌。

還有《早春呈水部張十八員外二首》其一寫道：

> 天街小雨潤如酥，草色遙看近卻無。
> 最是一年春好處，絕勝煙柳滿皇都。

此二絕詩中，前者文辭優美流暢，內容含蓄，情感豐富真摯；後者雖有散文化的傾向，但描寫皇都長安的早春雨景，是如此雅致迷人。它們所含的藝術

感染力相當強烈，即便最苛求的讀者也不能否定其審美價值。此外，相傳賈島寫五律《題李凝幽居》中兩句「鳥宿池邊樹，僧敲月下門」時，正爲選用「推」、「敲」二字猶疑不決，途中巧遇韓愈，並求教於他。據說是韓愈建議選用「敲」字，因敲門發出聲響，才能襯托出月夜的寂靜。可見韓愈的語言美學修養之高，似乎還勝過苦吟詩人賈島一籌。這段文壇佳話，還給我們帶來了一個富有形象性的現代漢語詞彙「推敲」呢！柳宗元也是「文以明道」的主要倡導人之一，不但擅長議論文，代表作《封建論》即屬一流佳作，而且他又是山水詩文的創作高手，《永州八記》至今仍爲人們推崇備至，讚不絕口。至於他的五絕《江雪》：

> 千山鳥飛絕，萬徑人蹤滅。
>
> 孤舟簑笠翁，獨釣寒江雪。

更是家喻戶曉，百讀不厭，其審美價值之高，無以倫比；單憑二十個字，一幅多天雪景圖，就歷歷在目，是名副其實的「詩中有畫」。其他感人的山水詩佳作，還有七古《漁翁》、七絕《柳州二月榕葉落盡題》、七律《得盧衡州書因以詩寄》等篇。例如，《漁翁》寫道：

> 漁翁夜傍西岩宿，曉汲清湘燃楚竹。
>
> 煙銷日出不見人，欸乃一聲山水綠。
>
> 回看天際下中流，岩上無心雲相逐。

十分有趣的是，兩詩的唯一人物都是「漁人」（隱士或詩人之化身），但《江雪》描繪的是靜態美，而《漁翁》描繪的是動態美。兩詩一靜一動，將詩人個人所嚮往的隱士生活，異常完美地展現在我們眼前。另一首七絕《雨晴至江渡》同樣膾炙人口，意境絕妙：「江雨初晴思遠步，日西獨向愚溪渡。渡頭水落村徑成，撩亂浮槎在高處。」試問：有誰敢說此三詩中缺少詩人柳宗元的自我意識或個性自由？對唯美主義者來說，一個熱中「永貞革新」、提倡「文以明道」的詩人，居然寫出如此優美的閒適詩篇，簡直不可思議。

杜甫更是以古典現實主義作品見稱於世，從《兵車行》到《春望》，從《三吏》、《三別》到《茅屋爲秋風所破歌》，都是反對窮兵黷武，反映民生困苦，揭露政治黑暗的佳作，其社會功能（即教化作用）是十分鮮明、強烈的。但這並不意味著杜甫不能創作審美價值很高的純美詩篇，《江畔獨步尋花》就是例證：

> 黃四娘家花滿蹊，千朵萬朵壓枝低。
>
> 流連戲蝶時時舞，自在嬌鶯恰恰啼。

這首七絕淺白如話，意境絕佳，讀者不僅可以看到彩蝶在黃四娘家的花叢中飛舞，還可以聞到花香、聽到江畔鳥語，獲得心靈深處的高度美感享受！同時，這首七言絕句韻律優美，對偶相當工整：如「留連戲蝶」對「自在嬌鶯」，「時時舞」對「恰恰啼」，同樣呈現了異常豐富的審美意蘊。

至於杜牧亦和杜甫一樣，自幼年便有憂國憂民的社會情懷，便有為國為民的政治抱負。但同樣生不逢時、懷才不遇，所以他的詩篇不乏「不平則鳴」之作，如五古《杜秋娘詩》、《張好好詩》、《郡齋獨酌》，皆可作為代表。這些作品都是反映現實生活的，具有明顯的教化功能。然而，創作抒情寫景的小詩絕句，也是杜牧所擅長的。他往往在短短的兩句或四句之中，繪出一個完整的景物、一幅美麗的圖畫，或者有時還在圖景之中寄以深沉而蘊涵的情思，使人玩味無窮。例如，《山行》寫道：

> 遠上寒山石徑斜，白雲深處有人家。
> 停車坐愛楓林晚，霜葉紅於二月花。

《寄揚州韓綽判官》則寫道：

> 青山隱隱水遙遙，秋盡江南草木凋。
> 二十四橋明月夜，玉人何處教吹簫。

前一首描繪的是一幅如詩如畫的美景，帶給人以純美的感受；後一首在寫秋末景物之餘，還寫作者的傷感情懷，帶給讀者以無限的深思、遐想。任何一名出色的畫家，都可將這兩首詩轉化為圖畫——兩幅異常秀麗典雅的風景畫。我認為「詩中有畫」一語，不應只用於讚美王維的詩篇，包括杜牧在內的許多唐代詩人都應享有同樣的美譽。

以上幾個實例強而有力地證明了：主張文學應具有教化功能，既不降低文學家對審美價值的追求，也不扼制文學家的藝術創作才能。我們還可列舉一些唐詩為實例，證明文學作品的審美價值與教化功能，不但不是對立的，而且能夠十分完美地融合於同一篇作品之中。例如，白居易主張「文章合為時而著，歌詩合為事而作」，他的《琵琶行》雖屬於現實主義作品，但其審美價值之高，足以令許多乃至所有唯美主義作品黯然失色，而且充分體現了詩人的「華而不豔，美而有度」的審美觀念！（白居易《賦賦》）〔註 4〕單憑以下一段的音樂描寫，我們就可看到詩人無比豐富的藝術想像力以及驚人的語言駕馭能力：

〔註 4〕《白居易集》卷三八，中華書局。

> 大弦嘈嘈如急雨，小弦切切如私語。
>
> 嘈嘈切切錯雜彈，大珠小珠落玉盤。
>
> 間關鶯語花底滑，幽咽泉流冰下難。
>
> 水泉冷澀弦凝絕，凝絕不通聲暫歇。
>
> 別有幽情暗恨生，此時無聲勝有聲。
>
> 銀瓶乍破水漿迸，鐵騎突出刀槍鳴。
>
> 曲終收撥當心劃，四弦一聲如裂帛。

眾所周知，在各種的文學描寫中，音樂描寫的難度最大，而以詩歌描寫音樂，更是難上加難！像這樣高超、美妙而生動的音樂描寫，無論在古代或現代的中外文壇上，即使不是絕無僅有，也屬鳳毛麟角。我覺得如果「餘音繞梁，三日不絕」是音樂的最高境界，那麼白居易筆下的這段曲調也該當之無愧。

再看杜甫《兵車行》這首傳誦千年的敘事詩篇：

> 車轔轔，馬蕭蕭，行人弓箭各在腰。
>
> 爺娘妻子走相送，塵埃不見咸陽橋。
>
> 牽衣頓足攔道哭，哭聲直上干雲霄。

如果說《琵琶行》是音樂描寫之絕佳典範，那麼，《兵車行》以上的描寫亦屬一絕，堪稱場景描寫之典範。杜甫僅僅使用了六個短句，就將唐朝大軍出征前的悲壯場面，描繪得栩栩如生，如此令人驚心動魄，是全詩最富有形象性、最精彩的部分！我念中學時，為了爭取「默寫」獲得滿分，而把《兵車行》背得滾瓜爛熟，四十餘載後的今天，以上詩句所描繪的畫面，竟然還在我腦海裏蕩漾。它和下文中的「邊庭流血成海水，武皇開邊意未已」、「古來白骨無人收」、「新鬼煩冤舊鬼哭」，起著前呼後應的藝術效果。詩人通過這樣沉痛、淒涼的描寫，將《兵車行》反對窮兵黷武的思想感情充分地展現、宣泄出來，引起古今廣大讀者的共鳴。

劉禹錫的《烏衣巷》與杜牧的《泊秦淮》，則是兩首寓意比較深刻的唐詩傑作。前者寫道：

> 朱雀橋邊野草花，烏衣巷口夕陽斜。
>
> 舊時王謝堂前燕，飛入尋常百姓家。

後者則寫道：

> 煙籠寒水月籠沙，夜泊秦淮近酒家。
>
> 商女不知亡國恨，隔江猶唱後庭花。

這兩首絕句有個共同的特點：前兩句都是單純的景物描寫，不含任何教化功能或社會意義；但後兩句卻隱隱約約地流露出嘲笑、諷刺的味道，即以古喻今，足以令人沉思、玩味、反省。讀者不禁要問：東晉顯赫一時的王、謝兩大家族的「堂前燕」，為何要「飛入尋常百姓家」？秦淮歌妓「不知亡國恨」而吟唱陳後主的《玉樹後庭花》，到底在影射什麼？詩人劉禹錫《臺城》為我們提供了正確的答案：「臺城六代盡豪華，結綺臨春事最奢；萬戶千門成野草，只緣一曲後庭花。」然而，這類詩篇的審美情趣，並不亞於上述的《山行》和《寄揚州韓綽判官》，可見，審美價值與教化功能絕對可以完美地結合為一，充分地體現在任何一篇詩歌裏，包括短詩絕句在內。類似的例證可真不少，俯拾皆是，盧綸的五絕《塞下曲》即其中之一：

> 月黑雁飛高，單于夜遁逃。

> 欲將輕騎逐，大雪滿弓刀。

還有張籍的七絕《涼州詞》，也為後人所稱道：

> 鳳林關裏水東流，白草黃榆六十秋。

> 邊將皆承主恩澤，無人解道取涼州。

儘管內容並不相同，但都屬於邊塞詩，帶有政治色彩，洋溢著詩人的愛國主義情感。前者語言節奏明快，寥寥數語就反映了邊防戰事的艱苦，戰士的勇敢善戰；後者則語調低沉，先寫失地的荒涼景象，再把矛頭指向邊將的無能、失職。兩詩都具有形象之美、語言之美，情操之美，尤其是《塞下曲》，它讓讀者看到這樣的場景：在大雪紛飛的黑夜裏，一支邊防輕騎，正在乘勝追擊來犯的敵軍。如果再將它們和王昌齡的《出塞》相提並論，還可增加一些鑑賞情趣：「秦時明月漢時關，萬里長征人未還。但使龍城飛將在，不教胡馬度陰山。」

　　經過以上三個不同層次（即詩壇、詩人、詩作）的分析與論證，我們得出的結論是：就整體詩壇來看，唐詩數量龐大、形式多樣、內容豐富，前所未有，充分印證了明道文學觀並不局限唐代詩歌的創作傾向、理論發展空間。

　　就個別詩人來看，擅長於寫「明道詩」者，也同樣擅長於創作完全不含「明道」色彩的純美詩篇，這強有力地說明了明道文學觀既不妨礙詩人的個性自由，也不削弱詩人的自我意識。

　　再就單一詩篇來看，教化功能與審美價值能夠完美無瑕地融為一體，說明了明道文學觀並不損害詩歌的審美情趣與藝術價值。

一言以蔽之，明道文學觀對唐代詩歌的發展，其影響或作用肯定只能是積極的、正面的，所謂消極的、負面的效應事實上並不存在！被視爲「文學自覺時代」的魏晉南北朝的詩歌成就，無論在數量或質量上都無法和唐詩媲美，或許也可作爲以上論點的旁證吧。

第二節 唐代散文與明道文學觀

在前一節裏，已經從不同角度、不同層面論述明道文學觀對唐代詩歌並未產生負面影響。但是，詩歌僅是文學體裁之一，不能代表整個唐代文學，所以或許還不足以說明對唐代文學的發展，明道文學觀不是一個消極因素。更何況有些學者對於「文以明道」裏的「文」，持有不同的看法，認爲「文」在此乃指散文，不包括詩歌在內。因此，我們還有必要就唐代散文與明道文學觀的關係這一課題，從不同層面進行一番探討、論述。

「散文」是個現代化的文學概念，在包括唐代在內的古代，散文通常只稱爲「文」（南朝及唐初，不押韻之文體，有時亦稱爲「筆」，但似乎並不通行），是指詩賦之外的各種文體。這些文體按其性質基本上可以分爲兩大類：一類是理性之文（即抽象之文），另一類是感性之文（即形象之文）。在寫作方法上，前者基於理性認識，純屬喻之以理；後者則基於感性認識，偏重動之以情。如果再依現代文體加以細化、分類，理性之文包含說明文、議論文（應用文字），而感性之文包含敘述文、記述文、描寫文和抒情文。對於我們現代人來說，理性之文一般上不屬於文學作品；但對唐人而言，理性之文、應用文學不僅屬於文學作品，而且是文學作品的重要組成部分。[註5] 這種古今文學觀念的巨大差異性，往往爲一些研究中國古代文學思想的學者所忽略，造成對唐代明道文學觀的種種誤解，以至於有些論點、評論無法「對號入座」（只因進入誤區）。例如，有學者認爲，柳冕「認識到不能文道兼得復古便不會成功，自然不錯；但他所企慕的『大君子』之文只是應用文字，而非文學作品，則兼得與否只與儒道有關，而與文學幾乎無涉了」。[註6]

文以明道與散文復古雖是兩個不同的範疇或概念，但由於二者從一個母體同時孕育、誕生，所以是一對孿生兄弟。提倡或支持文以明道的文學家，

[註5] 「文學作品」顯然是現代用語，唐人所說的「文章」，即屬於當時之詩文作品。
[註6] 黃保眞等：《中國古代文學理論史》卷二，第175頁。

如陳子昂、蕭穎士、李華、賈至、獨孤及、梁肅、柳冕、柳宗元、劉禹錫、韓愈、李翱等人，同時也是提倡或支持散文復古者。這是眾所周知的史實，無須在此贅言。然而，明道文學觀與古文運動的辯證關係倒是一個值得探討的學術課題。這是因為有學者認為，文與道相結合雖有利於儒學的復興，但「對文學運動的發展，卻是一種很大的阻力」。〔註7〕

首先，從動機來看，韓、柳等提倡者究竟是為了明道而主張復古，還是為了復古而主張明道？柳冕認為「君子之儒，必有其道；有其道，必有其文」〔註8〕就是將「道」「文」（文辭），（明道）置於第一位，置於第二位，所以他是為了明道而主張散文復古。梁肅的看法也大同小異，他認為「文本於道，失道則博之以氣，氣不足則飾之以辭。蓋道能兼氣，氣能兼辭，辭不當則文斯敗矣」。〔註9〕在他心目中，道同樣是第一位的，辭（文辭）則屬於第二位的。韓愈則將「古道」與「古文」的體位關係說得更加明確：「雖然，愈之為古文，豈獨取其句讀不類於今者邪？思古人而不得見，學古道則欲兼通其辭；通其辭者，本志乎古道者也。」〔註10〕由此可見，韓愈等人是為明道而提倡文體改革，「文以明道」是其最終目的，散文復古（即以散文取代駢文）僅僅是其手段或途徑。

其次，任何事物的發生、發展，都有一個由量變到質變、漸變到突變的演變過程。從過程來看，究竟是「文以明道」驅動「散文復古」，還是「散文復古」驅動「文以明道」？若要回答這個問題，請先聽柳冕的一段話語，因為它對我們多少有點啟發性：

　　昔遊、夏之文章與夫子之道通疏，列於四科之末，此藝成而下也；苟言無文，斯不足徵。小子志雖復古，力不足也；言雖近道，辭則不文，雖欲拯其將墜，末由也已。〔註11〕

由於唐代駢文仍然盛行一時，提倡散文改革並非輕而易舉。從以上這一小段文字裏，我們獲得了兩個文化信息：一、柳冕「志雖復古」，但個人力量有限，無能為力；二、柳冕所作文章「言雖近道」，然因其文辭不夠精彩，所以不能發揮推動作用。看來，上文不是柳冕自謙之詞，因為韓愈倡導古文同樣受到

〔註7〕黃雲眉：《韓愈柳宗元文學評價》，山東人民出版社，第124頁。
〔註8〕《答荊南斐尚書論文書》，見《全唐文》卷五二七。
〔註9〕《補闕李君前集序》，見《全唐文》卷五一八。
〔註10〕《題哀辭後》，見《韓昌黎全集》，中國書店，第311頁。
〔註11〕《答荊南斐尚書論文書》，見《全唐文》卷五二七。

重重阻力，李翱《韓昌黎全集序》曾指出這一點：「時人始而驚，中而笑且排，先生益堅，終而翕然隨以定。」韓愈、柳宗元等憑著堅定的毅力與決心，將「古道」（或「古學」）與「古辭」兩手抓，即把「文以明道」與古文運動納入同一軌道，使兩者相互為用、互相拉動，才能取得古文運動的顯著進展。易言之，明道雖是古文運動的目標，也是古文運動的指導思想與推動力量；但若無古文運動，唐代的明道文學觀恐怕也無法推廣與深入人心，因為駢文很難甚至不能用以明道，無法完成「回狂瀾於既倒」之歷史使命。換句話說，「文以明道」中的「文」，對古文家而言，若非詩歌，就應該是樸實無華、淺白易懂的古文，而不能是堆砌典故、深奧費解的駢文。這是內容決定形式論（「有其道，必有其文」）的基本原理，不需在此多費筆墨。

　　第三，從結果來看，究竟是明道落實了復古，還是復古構建了明道？從唐代古文運動的發展過程來看，明道與復古始終是同步平行的，也是相輔相成的，所以其結果當然同時「到位」。到了韓、柳所處的中唐後期，古文運動既取得初步的重大成就，文以明道亦逐步深入文壇，為廣大文人所認同、所接納。所謂「文起八代之衰，道濟古今之溺」一語（蘇東坡《潮州韓文公廟碑》），就很貼切地說明了這個重大成果。因此，古文運動可以說是明道文學觀的產物，但反過來說，明道文學觀是古文運動的成果，也未嘗不可。一言以蔽之，文與道相結合對唐代文學發展，不是「阻力」而是「助力」。宋祁在《新唐書·韓愈傳》對明道與復古的結果，所作的評論也值得一提：

　　　　贊曰：唐興……殆百餘年，其後文章稍稍可述。至貞元、元和間，愈遂以《六經》之文為諸儒倡，障隄末流，反刓以樸，劃偽以真。……自晉汔隋，老佛顯行，聖道不斷如帶。……愈排二家，乃去千餘歲，撥衰反正，功與齊而力倍之，所以過況、雄為不少矣。
　　　　自愈沒，其言大行，學者仰之如泰山、北斗云。〔註12〕

韓愈一面「反刓以樸，劃偽以真」（提倡散文歸真返樸），一面「撥衰反正」（提倡儒家思想），終於獲得復古與明道的雙豐收，所以在他去世後，「其言大行，學者仰之如泰山、北斗」。這與其說是韓愈個人的成就，毋寧說是「文以明道」運動或古文運動的成就。無論如何，文與道相結合，對於古文運動的發展不是阻力，而是一種動力或助力。當代學者倪文傑主編《全唐文精華》（大連出版社1999年版）共六卷，韓、柳散文即佔了一卷（即六分之一），

〔註12〕《新唐書·韓愈傳》，中華書局。

可見他們在散文方面的成就，已受到中國歷史的充分肯定。

在前一節裏，曾經提到「由於政治弊端的複雜性，單憑詩歌針砭時弊並不足夠，所以唐人更著重以散文（主要是『古文』）作爲明道之手段」。顯然，這是因爲散文寫作在格式、字數上不受任何限制，具有較大的思想表述空間，其實用價值非詩歌所能相比；尤其在議論、說理方面，詩歌所能發揮的作用更受局限。因此，散文的文化地位自然在詩歌之上，這首先反映於正史列傳對載文體裁的選擇。新舊《唐書》列傳載文的選擇，雖非出自唐人之手，但其取捨準則與唐人所修「八史」的列傳載文卻是完全一致的。

根據劉昫等《舊唐書》與歐陽修、宋祁等《新唐書》，著名文學家列傳的載文，除了韓愈的《進學解》、《論佛骨表》、《祭鱷魚文》、《潮州刺史謝上表》，柳宗元的《貞符並序》、《與蕭翰林俛書》、《寄許京兆孟容書》、《懲咎賦》，陳子昂的《諫靈駕入京書》、《諫淮州討生羌書》，還有獨孤及的《上書陳政》，杜佑的《論安邊之道疏》，元稹的《教本書》、《獻文自敘》、《元氏長慶集自序》、《論李杜之優劣》（此文見諸《舊唐書‧杜甫傳》），白居易的《獻疏言事》、《諫元稹左降三不可書》、《與元九書》，劉禹錫的《遊玄都觀詩序》、《奏請宰相興學書》以及李翱的《奏議朔望上食太廟》、《論史官記事不實狀》，李邕的《諫以妖人鄭普思爲秘書監書》，元結的《時議三篇》、《自釋》，等等。從以上正史列傳所刊的載文裏，我們清楚地看到：除了柳宗元《懲咎賦》，其餘篇章都屬於散文，而且不是奏議，就是書論，可見在古代的文學觀念中，理性之文的重要性遠勝於感性之文。唐修正史（即「八史」）列傳的載文，同樣以政治性的奏議、書論爲主，詩賦的比重微不足道。曹丕所謂「文章經國之大業，不朽之盛事」，主要就是指這類奏議和書論，因爲其內容都涉及國家大事，既可立言亦可立功（若被朝廷接納並付諸實踐），自然屬於不朽之盛事。有關這點，陳子昂曾就奏議的政治功用，說得十分明確：「況乎非常之時，遇非常之主，言必獲用，死亦何驚，千載之迹，將不朽於今日矣。」〔註13〕而晚唐古文家孫樵的《與友人論文書》，則從宏觀角度看待一般性的明道散文：

> 古今所謂文者，辭必高然後爲奇，意必深然後爲工，煥然如日
> 月之經天地也，炳然如虎豹之異犬羊也。是故以之明道，則顯而微；
> 以之揚名，則久而傳。〔註14〕

〔註13〕《舊唐書‧陳子昂傳》，中華書局。
〔註14〕《孫可之文集》卷三，上海古籍出版社。

作者所說的「文」，主要是指用以明道的散文，除了將明道與「揚名」、立言與「不朽」掛鈎、相提並論，還以此（即明道）作爲散文寫作的目標。

其次，唐人對明道散文的高度重視，亦見之於文學理論與文學批評。例如，陳子昂稱「文章小能，何足觀者」，指的就是言之無物的散文作品。〔註15〕而盧藏用則大力讚揚陳子昂的文章：「道喪五百歲而得陳君。君諱子昂，字伯玉，蜀人也。崛起江、漢，虎視函夏，卓立千古，橫制頹波，天下翕然，質文一變。」〔註16〕李華則認爲文章不僅涉及個人「立身揚名」，而且和國家「安危存亡」有著密切關係：

> 文章本乎作者，而哀樂繫乎時。本乎作者，六經之志也；繫乎時者，樂文、武而哀幽、厲也。立身揚名，有國有家，化人成俗，安危存亡，於是乎觀之。宜於志者曰言，飾而成之曰文。有德之文信，無德之文詐。〔註17〕

所謂有「有德之文信，無德之文詐」（在此「德」宜作合乎六經的「道」解），也就是指作者的個人因素（品格、學養）對文章所發揮的作用：或信或詐，「本乎作者」。韓會《文衡》對理性之文的見解，同樣值得一提，因他將文章分爲三個層次：「故文之大者，統三才，理萬物；其次，敘損益，助教化；其次，陳善惡，備勸誡。始伏羲，盡孔門，從斯道矣。」（《昌黎先生全集》附錄《韓會傳》）

如所周知，韓愈十分重視文章內容，但從不忽視用以表達內容之文辭：

> 夫所謂文者，必有諸其中，是故君子慎其實；實之美惡，其發也不掩：本深而末茂，形大而聲宏，行峻而言厲，心醇而氣和；昭晰者無疑，優游者有餘；體不備不可以爲成人，辭不足不可以爲成文。〔註18〕

由此觀之，「文以明道」中的「文」（「辭」）與「道」（「實」）同等重要；只顧「實」（內容）而不顧「文」（文辭），顯然無法達到明道的目的。因此，文辭之簡潔優美、流暢活潑，始終是韓、柳等明道散文家所追求的崇高目標；他們在這方面的成就，更是不可忽視或低估的，因爲早在唐代，「韓文」似乎已

〔註15〕　《上薛令文章啓》，見《隋唐五代文選論》，第71頁。
〔註16〕　《右拾遺陳子昂文集序》，見《全唐文》卷二三八。
〔註17〕　《贈禮部尚書清河孝公崔沔集序》，見《全唐文》卷三一五。
〔註18〕　《答尉遲生書》，見《韓昌黎全集》，中國書店，第234頁。

成為明道散文之典範。韓愈還創造了不少警句妙語，如「不平則鳴」、「俯首帖耳」、「搖尾乞憐」、「面目可憎」、「垂頭喪氣」、「詰屈聱牙」、「回狂瀾於既倒」、「業精於勤荒於嬉」等，成為至今尚為人們廣泛使用的成語。反觀被視為「文學自覺時代」的魏晉南北朝，卻沒有任何一位文學家留下如此之多的精妙成語。這是什麼道理？單憑這一點，就值得我們反覆深思。韓愈在文學語言方面的成就，雖與其明道文學觀之間未存在必然性的因果關係，但足以證明明道文學觀對唐代文學發展並不是一種消極因素。因此，我們可以這麼說：明道文學觀對唐代散文的發展，只可能存在或發揮正面的、積極的作用，正如它對唐詩的發展一樣。有關這一論點，下文將作進一步論述。無論如何，所謂明道對唐代散文是一種消極因素的說法，我認為是不能成立的，因為論者往往只從唯美主義出發，作形而上學的推理或立論，而無法提出十分具體的、令人信服的論據——不論是正面或反面的論據。

　　明道散文所明之「道」，主要是儒家治國平天下的政治哲學，也就是孔孟一再強調的王道、仁政與德治，其次才是個人的養性修身之道。王道是和霸道相對的政治理念，其指陳的主要對象為春秋戰國時代的大國爭霸以及如何實現政治大一統（即天下太平）的政治路線。王道的哲學基礎是仁政和德治，而後二者的主要對象則是本國人民。所謂仁政，按照孟子的見解，就是統治者應關心民瘼，照顧民生，具體表現於輕繇役、薄賦稅、省刑罰（見《孟子‧梁惠王上》）。孟子還認為，唯有施行仁政，才能落實王道（即王天下），而且「仁」與「不仁」作用極大，它涉及整個統治階級（上自周天子下至卿大夫）的興衰存亡。他這樣寫道：

> 三代之得天下也以仁，其失天下也以不仁。國之所以廢興存亡者亦然。天子不仁，不保四海。諸侯不仁，不保社稷。卿大夫不仁，不保宗廟。士庶人不仁，不保四體。〔註19〕

至於所謂「德治」，具有兩層含義，一是孔子所說的「為政以德」（《論語‧為政》：「為政以德，譬如北辰，居其所而眾星共之」），即為政者必須先「正其身」（《論語‧子路》：「其身正，不令而行；其身不正，雖令不行」），然後才能以德服人。另一是以道德教化人民百姓，使其有廉恥之心而安分守己：「道之以政，齊之以刑，民免而無恥；道之以德，齊之以禮，有恥且格。」〔註20〕

〔註19〕《孟子‧離婁上》。
〔註20〕《論語‧為政》。

唐初諫官馬周在奏議裏就曾強調君主正身（即修身）之重要，指出「人主每見前代之亡，則知其政教之所由喪，而皆不知其身之失」。「是以殷紂笑夏桀之亡，而幽、厲亦笑殷紂之滅；隋煬帝大業之初又笑齊、魏之失國」。〔註21〕

　　唐詩中有不少反對窮兵黷武的篇章，而唐文亦然。唐代文學家同樣基於王道，以散文反對霸道，即反對統治者勞師動眾，發動侵略戰爭。例如，陳子昂《諫雅州討生羌書》首先指出：「亂生必由於怨。自國初以來，未嘗一日為盜。今一旦無罪受戮，其怨必甚。」接著文章筆鋒一轉，再強調窮兵黷武的嚴重後果，並且得出「自古亡國破家，未嘗不由黷兵」的正確結論：

> 　　且國家近者廢安北，拔單于，棄龜茲，放疏勒，天下翕然，謂之盛德。所以者何？蓋以陛下務在仁，不在廣，務在養，不在殺，將以此息邊鄙，休甲兵，行三皇、五帝之事者也。今又徇貪夫之議，謀動兵戈，將誅無罪之戎，而遺全蜀之患，將何以令天下乎？此愚臣所以不甚悟者也。況當今山東饑，關隴弊，歷歲枯旱，人有流亡。誠是聖人寧靜思和天人之時，不可動甲兵，興大役，以自生亂。臣又流聞西軍失手，北軍不利，邊人忙動，情有不安，今者復驅此兵，投之不測。臣聞自古亡國破家，未嘗不由黷兵。今小人議夷狄之利，非帝王之志德也，又況弊中夏哉！〔註22〕

《舊唐書》本傳稱陳子昂「數上書陳事，詞皆典美」，雖極貼切中肯，但僅涉及其文章的表現形式，所以並不足以說明其成就。《新唐書》本傳的評價則較為中肯，認為「唐興，文章承徐庾餘風，天下祖尚，子昂始變雅正」，「子昂所論著，當世以為法」。這說明了他的政論散文，已受到唐宋人的高度重視。今人對陳子昂政論的評價也很高，如有學者評論道：

> 　　其中論事書疏章表，凡二十餘篇，最值得注意。這些文章內容豐富，大都是針對現實問題而發的陳述政見之作。它們重在言事，辨析情理，講究實際效用，因而其寫法也有較為嚴格的要求，既要敘事清晰，條理縝密，又要說理透闢，駁詰有力，這樣才能取得預期的效果。〔註23〕

也有現代學者認為，「子昂之文，主要成就在於直言極諫，主要特點是縱橫馳

〔註21〕　《舊唐書・馬周傳》，中華書局。
〔註22〕　《舊唐書・陳子昂傳》，中華書局。
〔註23〕　喬象鍾等：《唐代文學史》下冊，人民文學出版社，第197頁。

騁」。「其指陳時弊，是新的內容；其縱橫馳騁，是新的文風」。〔註24〕我個人認為，陳子昂是位優秀散文家，他的散文很出色，無疑和他的文學理念即明道文學觀有關。讀了他的明道散文作品，不僅覺得條理清晰、思路縝密，內容豐富、針對性強，而且感到理直氣壯、義正詞嚴，具有較強的說服力。常言道「文如其人，人若其文」，陳子昂年輕氣盛，他個人對國計民生密切關注，對弊政深痛惡絕，由其詩文即可略見端倪。若將他列為唐代古文運動或文以明道之先驅，他亦當之無愧！

　　元結《時議三篇》是以自問自答的寫作手法完成的書論（時事論文），其特定的閱讀對象為唐肅宗。據《新唐書》記載，「時史思明攻河南，帝將幸河東，召結詣京師，問所欲言。結自以見軒陛，拘忌諱，恐言不悉情，乃上《時議》三篇」。首篇的一段文字，寫得十分大膽，對「天子」的腐敗生活直言不諱，而且極盡詳細之能事：

> 今天子重城深宮，燕和而居；凝冕大昕，纓佩而朝；太官具味，視時而獻；太常備樂，和聲以薦；國機軍務，參籌乃敢進；百姓疾苦，時有不聞；廄芻良馬、宮籍美女、輿服禮物、休符瑞諜，日月充備；朝廷歌頌盛德大業，聽而不厭；四方貢賦，爭上尤異；諧臣顓官，怡愉天顏；文武大臣至於庶官，皆權賞逾望。此所以不能以彊制弱，以未安忘危。〔註25〕

作者將統治者的腐敗無能具體化、形象化，是為了說明唐王朝為何對藩鎮之亂束手無策，為何不能以強制弱：「今天子重城深宮，燕和而居」，「百姓疾苦，時有不聞」，「朝廷歌頌盛德大業，聽而不厭」，「未安忘危」，自然不能平削藩鎮，轉危為安。這篇文章措辭強烈，直陳時弊，毫不留情，誠然蘊涵魏徵奏議之遺風！歐陽修將它選為正史《新唐書》載文之一，是很有道理、很有見地的。除了書論，元結還寫了不少明道的雜文短論，如《心規》、《戲規》、《出規》、《惡圓》、《惡曲》、《時化》等，無一不是白居易所謂的「為時而著」、「為事而作」，所以都具有鮮明的古典現實主義色彩。

　　杜佑《論安邊之道疏》則比較客觀、公正地看待防務問題，亦屬弘揚王道之佳作。它同樣針對興師動眾、開拓邊疆所帶來的弊端陳述己見。文章首先認為，「宋璟為相，慮武臣邀功，為國生事，止授以郎將。由是訖開元之盛，

〔註24〕郭預衡：《中國散文史》中冊，上海古籍出版社，第79頁。
〔註25〕《新唐書・元結傳》，中華書局。

無人復議開邊，中國遂寧，外夷亦靜。此皆成敗可徵，鑒戒非遠」。論及党項叛唐的原因，文章則認爲邊將難辭其咎：「且党項小蕃，雜處中國，本懷我德，當示撫綏。間者邊將非廉，亟有侵刻，或利其善馬，或取其子女，便賄方物，徵發役徒。勞苦既多，叛亡遂起，或與北狄通使，或與西戎寇邊，有爲使然，固當懲革。」〔註 26〕文章還明確反對動輒勞師動眾，出兵討伐，而贊同《左傳》所謂的「遠人不服，則修文德以來之」，也就是「誠宜慎擇良將，誡之完葺，使保誠信，絕其所取，用示懷柔」。必須指出，主張以懷柔取代征伐，正是杜佑《論安邊之道疏》的中心意旨所在；而其他涉及安邊的政論散文，如陸贄、獨孤及、元結、魏徵之奏議書論，則使用相同或不同的話語，表達同樣一個儒家的政治理念：「遠人不服，則修文德以來之」！

　　貞觀十一年（公元 637 年），著名諫官馬周在一篇奏疏中，陳述養民、保民之必要性，並要求唐太宗給予重視，以期減少百姓徭役之苦：「今百姓承喪亂之後，比於隋時才十分之一。而供官徭役，道路相繼，兄去弟還，首尾不絕，遠者往來五六千里，春秋冬夏，略無休時。陛下雖每有恩詔令其減省，而有司作既不廢，自然須人，徒行文書，役之如故。臣每訪問，四五年來，百姓頗有嗟怨之言，以爲陛下不存養之。」〔註 27〕韓愈《御史臺上論天旱人饑狀》也是一篇明道之文，反映了作者「憂天下之心」，關心農民疾苦，並敢於言「群臣之所未言」。其中一段有云：

　　　　右臣伏以今年已來，京畿諸縣夏逢亢旱，秋又早霜，田種所收，
　　十不存一。陛下恩逾慈母，仁過春陽，租賦之間，例皆蠲免。所徵
　　至少，所放至多；上恩雖弘，下困猶甚。至聞有棄子逐妻以求口食，
　　坼屋伐樹以納稅錢，寒餒道途，斃踣溝壑。有者皆已輸納，無者徒
　　被追徵。臣愚以爲此皆群臣之所未言，陛下之所未知者也！〔註 28〕

在理論上訴求王道、宏揚仁政，是唐代明道散文的另一內涵，也是最根本、最重要的內涵。王道仁政乃儒家極力主張的爲政之道，許多唐代文史家一致認爲，統治者務必重視、接納並付諸實踐，因爲它涉及一個帝國之興衰存亡（「人不聊生，則怨氣充塞；怨氣充塞，則離叛之心生矣」）。岑文本之奏議就這樣寫道：

〔註 26〕《舊唐書・杜佑傳》，中華書局。
〔註 27〕《舊唐書・馬周傳》，中華書局。
〔註 28〕《韓昌黎全集》，中國書店，第 443 頁。

> 今雖億兆乂安,方隅寧謐,既承喪亂之後,又接凋弊之餘,戶
> 口減損尚多,田疇墾闢猶少。覆燾之恩著矣,而瘡痍未復;德教之
> 風被矣,而資產屢空。是以古人譬之種樹,年祀綿遠,則枝葉扶疏;
> 若種之日淺,根本未固,雖壅之以黑墳,暖之以春日,一人搖之,
> 必致枯槁。今之百姓,頗類於此。常加含養,則日就滋息;暫有征
> 役,則隨而凋耗。凋耗既甚,則人不聊生;人不聊生,則怨氣充塞;
> 怨氣充塞,則離叛之心生矣。〔註29〕

保民養民是儒家政治思想結構中的核心部分,文章作者以種樹比喻養民之
道,在於使之(仁政)根深蒂固,枝葉扶疏,否則日後「必致枯槁」。如果將
此政論和柳宗元《種樹郭橐駝傳》作一比較,則可發現其異曲同工之妙,因
為後者也以養樹講述為政養民之道:「噫,不亦善夫!吾問養樹,得養人術。
傳其事以為官戒也。」〔註30〕

　　獨孤及《直諫表》之趣旨與此大同小異,但行文用語更為直率、嚴厲,
除了大膽指陳唐代宗「有容下之名,無容諫之實」,還揭露政治之黑暗面,譴
責官府不恤民生疾苦,甚至令人不禁聯想起「得道者多助,失道者寡助」之
古訓:

> 自師興不息十年矣。萬姓之生產空於杼軸,擁兵者第館互街陌,
> 奴婢厭酒肉,而貧人贏餓就役,剝膚及髓。長安城中白晝椎剽,京
> 兆尹不敢詰。加以官亂職廢,將墮卒暴,百揆隳刺,如紛麻沸粥。
> 民不敢訴於有司,有司不敢聞於天聽。士庶茹毒飲痛,窮而無告。
> 今其心嘼嘼,獨特於麥。麥不登,則易子咬骨,可而待。眠於焚薪
> 之上,豈危於此?陛下不以此時軫薄冰朽索之念,勵精更始,思所
> 以救之之術,忍令宗廟有累卵之危,萬姓悼心而失圖,臣實懼焉。

〔註31〕

此表寫於代宗之世,故可憂可慮之事,更甚於「安史之亂」時期。它呈現於
讀者眼前,是一幅幅多麼令人觸目驚心的圖像,如「擁兵者等館互街陌,奴
婢厭酒肉,而貧人贏餓就役,剝膚及髓」;「麥不登,則易咬骨,可跂而待」。
獨孤及的這類散文,雖不似陳子昂奏議那樣充滿激情,但卻說得相當具體,

〔註29〕《舊唐書・岑文本傳》,中華書局。
〔註30〕《柳宗元集》,中華書局,第474頁。
〔註31〕《全唐文》卷三八四,中華書局。

也充分發揮了文以明道的社會功能，是唐人明道文學觀的體現。

　　梁肅留下的詩文雖不多，《神仙傳論》則是篇頗有見地的散文作品。唐代道教盛行一時，得道成仙之說隨之廣為流傳，但梁肅不以為然，因為它與正統的儒家宗教觀（「敬鬼神而遠之」）牴觸。《神仙傳論》就是以儒家思想為基石，反對道家的修煉神仙之說：

　　　　彼仙人之徒，方竊竊然化金以為丹，煉氣以存身，觀千百年居
　　　　於六合之內，是類龜鶴大椿，愈長且久，不足尚也。噫，後之人選
　　　　為所惑，不思老氏損之之義，顏子不遠之覆；乃馳其智用，以符藥
　　　　術為務，而妄於靈臺之所念慮。其末也，謂齒髮不變，疾病不作，
　　　　以之為攻，而交戰於夭壽之域，號為道流，不亦大哀乎？按《神仙
　　　　傳》凡一百九十人，予所尚者惟柱史、廣成二人而已，餘皆生死之
　　　　徒也。因而論之，以自警云。〔註32〕

如果以現代視角來評價，這篇文章似乎平凡無奇，甚至不值一提；但以歷史主義觀點來看，否定「化金以為丹，煉氣以存身」，是很進步、很可取的，所以屬於反宗教迷信的明道之作。因此，有學者認為「這是一篇很有思想深度的文章」〔註33〕，的確言之成理。

　　在唐人的小品散文（敘事散文）中，也有不少明道作品，柳宗元《捕蛇者說》最為後人所稱道。全文大意如下：永州地區毒蛇出沒，因蛇毒可入藥，鄉民乃以捕蛇為生；但不少村民被毒蛇咬死，蔣氏祖父、父親即其中之受害者。後因賦稅繁重，生活艱苦，村民紛紛遷往他鄉，但蔣氏始終不願離開。相比之下，被毒蛇咬死的風險雖大，但還不如「苛政」之可怕。作者在文章之末感歎道：「余聞而愈悲。孔子曰：『苛政猛於虎也』吾嘗疑乎是，今以蔣氏觀之，猶信。嗚呼！熟知賦斂之毒，有甚是蛇者乎！故為之說，以俟夫觀人風者得焉。」〔註34〕讀畢《捕蛇者說》，不妨再讀《禮記・檀弓下》中的一則小品短文：

　　　　孔子過泰山側，有婦人哭於墓者而哀，夫子式而聽之；使子路
　　　　問之，曰：「子之哭也，一似重有憂者？」而曰：「然。昔者，吾舅
　　　　死於虎，吾夫又死焉，今吾子又死焉。」夫子曰：「何為不去也？」

〔註32〕《全唐文》卷五一九，中華書局。
〔註33〕郭預衡：《中國古代散文史》中冊，上海古籍出版社，第 147 頁。
〔註34〕《柳宗元集》，中華書局，第 456 頁。

曰：「無苛政」。夫子曰：「小子識之，苛政猛於虎也。」
然後再將兩文作一比較研究，就不難發現兩者的題旨何等相似！我認為《捕蛇者說》是一篇具有代表性或典型性的明道散文，它的中心思想無疑是反對橫征暴斂，主張輕繇薄役，將孔孟的仁政思想（即「苛政猛於虎也」）演繹得出神入化，其可讀性較之《禮記‧檀弓下》實有過之而無不及。

明道文學觀只要在某種程度上成為唐代文學家的指導思想，便可以引導他們寫出一些情理並茂的好文章。除了前面按照內容需要而列舉引證之篇章，值得一提的名篇佳作，還有韓愈的《原道》、《送孟東野序》、《原毀》、《進學解》、《送窮文》、《柳子厚墓誌銘》、《張中丞傳後敘》等，柳宗元的《封建論》、《天對》、《答韋中立書》、《天說》、《非國語》、《種樹郭橐駝傳》、《三戒》等，張九齡的《上姚令公書》、《諫誅安祿山疏》、《荊州謝上表》等，王維的《裴僕射濟州遺愛碑》、《與工部李侍郎書》等，獨孤及的《右函谷關銘》、《仙掌銘》等，元結的《世化》、《化虎論》、《請省官狀》、《請給將士父母糧狀》、《哀丘表》等，白居易的《與元九書》、《策林》、《論制科人表》、《論和糴疏》等，元稹的《敘事寄樂天書》、《論諫職表》、《敘奏》等，杜牧的《罪言》、《戰論》、《守論》、《上李太尉論北邊事啟》等，皮日休的《讀司馬法》、《鹿門隱書》等，陸龜蒙的《野廟碑》、《馬當山銘》等。以上散文作品不但在一定程度上體現了儒家的理性主義精神，同時也流露了作者對政治、對社會的人文關懷，所以稱之為明道作品應不為過。

明道散文之質量雖高，但相對而言，數量並不多，這點與明道詩歌完全一致。就以韓、柳兩人之作品為例，含帶明道色彩的文章亦屬少數。李漢編《韓昌黎全集》總共收各類散文作品三百三十一篇，中華書局出版的《柳宗元集》則有散文作品四百六十五篇，但其內容題旨絕大部分（或在 80% 以上）是和明道無關者。另一方面，唐代散文的多元性、多樣性與豐富性，絕不亞於之前任何朝代的散文作品，除了疏論、奏議之外，還有雜著、傳記、序文、碑誌、祭文、哀辭等不同的文體類別。在這些散文中，類似韓愈《毛穎傳》、柳宗元《永州八記》的非實用性的感性作品，不但數量比較少，而且比較不受重視，甚至有被邊緣化的迹象。《毛穎傳》曾受時人之非議、譏笑，或許可作為例證（「時言韓愈為《毛穎傳》，不能舉其辭，而獨大笑以為怪。」）〔註35〕然而，必須指

〔註35〕柳宗元：《讀韓愈所著〈毛穎傳〉後題》，見《柳宗元集》，中華書局，第 569 頁。

出，這是唐人的基本文學觀使然，不能以此論斷明道文學觀制約唐代文學的發展！

　　結語：明道文學觀是正統的，而正統歷史觀則是明道的。前者之所以是正統的，是由於它具有顯明的主流性、權威性與傳承性；後者之所以是明道的，是因為它所體現的經世致用或理性主義精神，也屬於儒家思想。經世致用在文學領域所釋放的深度的人文關懷，其實就是古典現實主義。鑒於儒家思想的包容性以及社會生活的實際需要，明道文學觀對唐代散文的影響是正面的、積極的，它並不妨礙散文作品多元化與多樣化的發展趨向！隨著人類社會的發展，文化的進步，審美價值與社會功能的關係開始發生重大變化。到了現代社會，兩者關係似乎日漸疏離，審美價值甚至取得完全獨立存在的空間。人們所提倡的純藝術，往往只是關注審美價值而不理會其社會功能，就說明了這一點。然而，這是否意味著審美價值與社會功能處於對立位置？顯然不是，更何況在古代農業社會的唐代！

第六章　從歷史著作窺探唐代
正統歷史觀

第一節　唐修正史與正統歷史觀

　　所謂「正史」，就是中國歷代朝廷（中央政府）所修撰，或由私人修撰朝廷所認可、接受的紀傳體史書——主要是斷代王朝史。其數量多寡因朝代而異，並隨著時間的推移而不斷增加，即由「四史」（《史記》、《漢書》、《後漢書》、《三國志》）增加至「二十四史」乃至「二十五史」。《史記》雖居二十四史之首，但正史之名並不始於漢代，而是始於唐代，所以如果我們說「正史之稱確立於唐代」，應該也是可以成立的吧？劉知幾《史通·古今正史》篇將《史記》、《漢書》以下的記載一代皇朝的史書，不論紀傳體或編年體，一律當成正史。但《隋書·經籍志》卻將正史的領域縮小，使它僅限於《史記》所開創的紀傳體史書，而此一文化定位獲得唐人與後人的廣泛認同、採納。《經籍志》既然把歷代史書分為正史、古史、雜史、霸史等十三類（其餘者為起居注、舊事、職官、儀注、刑法、雜傳、地理、譜系、簿錄等專史），此後與正史相對並舉的史書，便有了雜史、霸史、野史等名目，但其地位遠不及正史重要。易言之，二十四史的重要性、權威性在很大程度上來自其正史地位，即由朝廷修撰或認可的文化定位。出自唐人之手者共有八部之多，佔了正史的三分之一，可見唐王朝對歷史重視之程度。

　　武德五年（公元 622 年），唐高祖曾接納令狐德棻的建議，下詔蕭瑀等十

七人修撰前朝六史（魏史、周史、齊史、隋史、梁史、陳史），但「歷數年，竟不能就而罷」。〔註1〕修史數年不成之原因何在，《舊唐書》隻字不提，現代歷史學者似乎也不關注，但依我的推測，此事很可能與當時宮廷的權力鬥爭有關。所謂「冰凍三尺非一日之寒」，發生於武德九年的宮廷政變──「玄武門之變」，是唐初以來秦王李世民和太子李建成多年爭權奪利的結果。「玄武門之變」後，爭奪皇位的權力鬥爭終於結束（李建成被殺，唐高祖只好退位），帝國政治日趨穩定，於是大規模的修史工作得以繼續。「貞觀三年，太宗復敕修撰，乃令德棻與秘書郎岑文本修周史，中書舍人李百藥修齊史，智者郎姚思廉修梁、陳史，秘書監魏徵修隋史，與尚書左僕射房玄齡總監諸代史」。（同上）以上五史同於貞觀十年編成，合稱為「五代史」。後來因為缺少典志而感到美中不足，太宗再任命魏徵、于志寧等十人共修《五代史志》（後附於《隋書》）。不久，太宗又下詔改撰《晉書》，由房玄齡、褚遂良、許敬宗三人監修，令狐德棻、李延壽等十八人參與其盛，終於貞觀二十二年完成，歷時僅三年。至於《南史》與《北史》，原屬私修史書，由李大師修撰，未成而卒，其子李延壽克紹箕裘，費時十六年完成，並且於高宗顯慶四年（公元 659 年）獻給朝廷，從而獲得正史的地位。

　　唐初所修撰「八史」或稱「六書二史」（《晉書》、《北齊書》、《周書》、《梁書》、《陳書》、《隋書》、《南史》、《北史》）既然屬於正史，儘管還存在這樣或那樣的缺點，其代表性與權威性毋庸置疑。通過八史來審視、探討唐代的歷史觀──尤其是正統歷史觀，應該是正確途徑、最佳選擇，因為所得的答案應該是最具有代表性的。唐修正史與修史家如何看待歷史的社會功能？如何看待改朝換代與王朝正統性？如何看待包含民族大一統在內的政治大一統？只要以八史的內容及修史家的言論為依據，明確地回答這三個問題，那麼，我們對唐人正統歷史觀的認知、詮釋，就可謂相當全面，所得結論「即不中亦不遠矣」！

一、如何看待歷史的社會功能

　　前面說過，唐初設立史館，任命專家學者（史官）同時編撰了六部正史，接著又將兩部私修史書列為正史，足以說明唐王朝對歷史的高度重視。其實，

〔註1〕《舊唐書‧令狐德棻傳》，中華書局。

重視歷史是中華民族的傳統價值觀，唐人只不過進一步把修史工作發揚光大，提升到制度化的水平。而這一修史制度為宋、元、明、清各代所因襲，長達一千三百餘年之久，在世界史學史上絕無僅有。唐人高度重視歷史，乃是由於歷史具有經世致用的社會功能，而且這種社會功能是經學、哲學、文學所不能替代的。所謂「經世致用」，簡單地說就是長久或永恒的實用價值，它主要體現在「疏通知遠」和「以史為鑒」兩個層面。誠如劉知幾《史通·忤時》篇所言：「古者刊定一史，纂成一家。體統各殊，指歸咸別。夫《尚書》之教也，以疏通知遠為主；《春秋》之義也，以懲惡勸善為先。」因此，歷史家本身就必須疏通知遠、博學多才：「夫史官者，必博聞強記，疏通知遠之士，使居其位，百官眾職，咸所貳焉。是故前言往行，無不識也；天文地理，無不察也；人事之紀，無不達也。」〔註2〕而劉知幾甚至對歷史家提出更高的要求，認為優秀的歷史家必須才、學、識三者兼備，缺一不可。〔註3〕

　　唐高祖武德五年，「兼涉文史」的大臣令狐德棻上疏朝廷，建議儘早修撰前代史書，其理由是「如更十數年後，恐事迹湮沒」，「如文史不存，何以貽鑒今古」：

> 竊見近代以來，多無正史，梁、陳及齊，猶有文籍。至周、隋遭大業離亂，多有遺闕。當今耳目猶接，尚有可憑，如更十數年後，恐事迹湮沒。陛下既受禪於隋，復承周氏曆數，國家二祖功業，並在周時。如文史不存，何以貽鑒今古？如臣愚見，並請修之。〔註4〕

高祖不僅完全贊同其觀點，接納其建議，立刻下詔修史，並且在詔書裏稱「司典序言，史官記事，考論得失，究盡變通，所以裁成義類，懲惡勸善，多識前古，貽鑒將來」。〔註5〕這麼一來，正統歷史觀的兩大社會功能（即「疏通知遠」、「以史為鑒」），在此詔書裏得到朝廷相當充分的認同與詮釋。

　　貞觀二十年，唐太宗下《修晉書詔》，表示對歷史著作疏通知遠的社會功能，也異常重視。首先，它體現於對史官與史籍的高度讚揚：

> 是知右史序言，由斯不昧；左官詮事，歷茲未遠；發揮文字之本，通達書契之源，大矣哉，蓋史籍之為用也。〔註6〕

〔註2〕 《隋書·經籍志》，中華書局。
〔註3〕 《舊唐書·劉知幾傳》，中華書局。
〔註4〕 《舊唐書·令狐德棻傳》，中華書局。
〔註5〕 同上書。
〔註6〕 《晉書》卷尾，中華書局。

接著，《修晉書詔》又以濃墨重彩盛讚《三國志》等史書的借鑒功能，指出唐修前代史書之目的，在於「彰善癉惡，激一代之清芬；褒吉懲凶，備百王之令典」：

> 蕞爾當塗，陳壽敷其《國志》；眇哉劉宋，沈約裁其帝籍；至梁、陳、高氏，朕命勒成，惟周及隋，亦同甄錄。莫不彰善癉惡，激一代之清芬；褒吉懲凶，備百王之令典。〔註7〕

唐初兩篇詔書對歷史的認知功能（疏通知遠）與借鑒功能（以史爲鑒），都充分給予肯定，絕非個別或特殊的案例。兩詔書都十分清楚地表明，修撰各朝史書之目的，不僅是爲了疏通知遠，也是爲了以史爲鑒，可謂一舉兩得。長孫無忌在《經籍·總論》裏，對於歷史的疏通知遠這一功能，亦作了一番闡述：「遭時制宜，質文迭用，應之以通變，通變之以中庸。中庸則可大，通變則可久，其教有適，其用無窮」，「故曰：『不疾而速，不行而至』。今之所以知古，後之所以知今，其斯之謂也」。〔註8〕這段帶有辯證哲理的闡述，同《易經》的「窮則變，變則通，通則久」，豈不有同工異曲之妙？

歷史的社會功能既然備受唐王朝中央政府的重視，成爲君臣治國平天下的重要政治理念，那麼，疏通知遠和以史爲鑒就不可能停留在理念層面上，而必然提升、轉化爲政治手段或政治實踐。其提升、轉化的途徑大致有二：一爲在修史、敘史過程中，對某個歷史人物或歷史事件，加上修史家個人的價值取向、主觀評論；另一爲在參政、議政過程中，修史家以朝廷命官的身份，用歷史作爲主要的立論依據，同皇帝及其他大臣進行政治對話，從而充分發揮了歷史的社會功能。前者主要體現於正史本紀中的史論（以「史臣曰」、「論曰」爲標誌），後者則主要見之於有關政治議題的奏摺（以魏徵、房玄齡奏疏爲代表）。

唐乃代隋而興，而隋之壽命又如此短促，故太宗對隋之速亡最爲關切，「以隋爲鑒」就成了唐代君臣最重視、最常論的議題。《隋書》和《北史》都一致認爲，隋亡之遠因應追溯到文帝晚年。隋文帝統一中國後，「躬節儉，平徭賦，倉廩實，法令行，君子咸樂其生，小人各安其業」，「二十年間，天下無事，區宇之內晏如也」。但是，到了「暮年」，文帝「無寬仁之度，有刻薄之資」，「聽哲婦之言，惑邪臣之說」，以致統治家族內部傾軋，「天下已非隋有」。因

〔註7〕《晉書》卷尾，中華書局。
〔註8〕《隋書·經籍志一》，中華書局。

此，所得出的結論是：「迹其衰怠之源，稽其亂亡之兆，起自高祖，成於煬帝，所由來遠矣，非一朝一夕。」〔註9〕儘管《隋書》、《北史》所陳述的理由，不盡正確無誤，但唐代歷史家將隋滅亡視爲一個漸變過程，更強化了以史爲鑒的力度，很值得我們重視、贊許。

　　另一統一王朝（晉）的滅亡，同樣受到唐王朝統治者的高度重視，這是因爲西晉曾統一中國，其滅亡也比較具有借鑒意義。安帝是東晉的末代皇帝，《晉書·恭帝紀》之末，也有一段警策之語，說明東晉滅亡的原因，足以令唐王朝統治者引以爲戒：

　　　　史臣曰：安帝即位之辰，鍾無妄之日，道子、元顯並傾朝政，

　　主昏臣亂，未有如斯不亡者也。〔註10〕

在君主專制時代，昏君必出亂臣賊子，而且必然導致封建王朝的覆亡，這對於統治階級而言，無疑是「前車既覆，後車當鑒」！晉代如此，隋代如此，唐代當然也不能例外。

　　據《舊唐書》記載，歷史家令狐德棻和唐高宗的一段政治對話，涉及疏通知遠和以史爲鑒，十分精彩，值得引爲範例：

　　　　時高宗初嗣位，留心政道，嘗召宰臣及弘文學士於中華殿而問

　　曰：「何者爲王道、霸道？又孰爲先後？」德對曰：「王道任德，霸

　　道任刑。自三王以上，皆行王道；惟秦任霸道，漢則雜而行之；魏、

　　晉以下，王霸俱失。如欲用之，王道爲最，而行之爲難。」高宗曰：

　　「今之所行，何政爲要？」德對曰：「古者爲政，清其心，簡其事，

　　以此爲本。當今天下無虞，年穀豐稔，薄賦斂，少征役，此乃合乎

　　古道。爲政之要道，莫過於此。」高宗曰：「政道莫尚於無爲也。」

　　又問曰：「禹、湯何以興？桀、紂何以亡？」德對曰：「《傳》稱：『禹、

　　湯罪己，其興也勃焉，桀、紂罪人，其亡也忽焉。二主惑於妹喜、

　　妲己，誅戮諫者，造炮烙之刑，是其所以亡也。』高宗甚悦，既罷，

　　各賜以繒綵。〔註11〕

這段君臣對話雖涉及兩個政治課題，即治國平天下之道和王朝興亡之原因，但令狐德棻的立論始終離不開「歷史依據」，再次證明了歷史在中國古代政治中的重要作用（包含制約皇權在內）。

〔註 9〕　《隋書·高祖帝紀》、《北史·隋本紀上》，中華書局。
〔註10〕　《晉書·恭帝紀》，中華書局。
〔註11〕　《舊唐書·令狐德棻傳》，中華書局。

魏徵因病辭職後，仍然不忘國事，「又頻上四疏，以陳得失」，其中之一寫道：「昔在有隋，統一寰宇，甲兵強盛，三十餘年，風行萬里，威動異俗，一旦舉而棄之，盡爲他人所有。彼煬帝豈惡天下之治安，不欲社稷之長久，故行桀虐，以就滅亡哉？」〔註12〕另一歷史家岑文本的奏疏，則認爲「創撥亂之業，其功既難；守己成之基，其道不易。故居安思危，所以定其業；有始有終，所以隆其基也」。接著又援引孔子之言，期盼太宗牢記載舟覆舟的古訓：「仲尼曰：『君猶舟也，人猶水也，水所以載舟，亦所以覆舟。』是以古之哲王，雖休勿休，日愼一日者，良爲此也。」〔註13〕武則天即位初年，「天下頗多流言異」，但卻獲得歷史家的擁護、獻言。朱敬則上疏議政，同樣援引大量史事作爲議論的基礎，其中首段論及秦之興與亡：

> 臣聞李斯之相秦也，行申、商之法，重刑名之家，杜私門，張公室，棄無用之費，損不急之官，惜日愛功，疾耕急戰，人繁國富，乃屠諸侯。此救弊之術也。……況鋒鏑已銷，石城又毀，諒可易之以寬泰，潤之以淳和，八風之樂以柔之，三代之禮以導之。秦既不然，淫虐滋甚，往而不返，卒至土崩，此不知變之禍也。〔註14〕

朱氏認爲，秦一統天下之前，李斯行申不害、商鞅之法，爲當時「救弊之術」，有助於政治統一。在統一天下後，理應改弦易轍，行寬泰、淳和、禮樂之道，但「秦既不然，淫虐滋甚，往而不返」，以致速亡。接著又提及漢初如何「開王道，謀帝圖」，與秦截然不同。朱氏之意在藉此爲鑒，勸武則天改變嚴苛的統治之術，「絕告密羅織之徒」。該奏摺經過如此對比而產生的反差效果，令人印象比較深刻，可見朱敬則將歷史的社會功能，同樣發揮得比較充分、透徹。

二、如何看待改朝換代與王朝正統性

在唐代之前，改朝換代頻頻發生，所以唐代歷史家必須正視、解讀這一歷史現象，否則歷史的借鑒功能就無法體現。綜合唐人正史的記載與史論，我發現他們對改朝換代即朝代興亡的看法有兩大特點。在興亡過程方面，他們認爲朝代有興必有亡，而興亡交替是一個可長可短的演變過程，或者說得

〔註12〕 《舊唐書·魏徵傳》，中華書局。
〔註13〕 《舊唐書·岑文本傳》，中華書局。
〔註14〕 《舊唐書·朱敬則傳》，中華書局。

更準確一些，就是一個由漸變到突變、由量變到質變的發展過程。如果用唐人的話語來說，就是：任何一個朝代都先衰敗而後滅亡（衰敗是漸變、量變，而滅亡是突變、質變）。隋朝是如此，梁朝是如此，其他朝代都是如此。《梁書》史論對梁武帝蕭衍的統治，同樣一分為二。由於梁武帝早年「興文學，修郊祀，治五禮，定六律。四聰既達，萬機斯理，治定功成，遠安邇肅」，所以「三四十年，斯為盛矣」。但是，到了晚年，情況大不相同：「及乎耄年，委事群倖。然朱異之徒，作威作福，挾朋樹黨，政以賄成，服冕乘軒，由其掌握，是以朝經混亂，賞罰無章。『小人道長』，抑此之謂也」。〔註15〕

如果說隋之滅亡，「起自高祖，成於煬帝」，是唐代歷史家的正確論斷，那麼，蕭梁之覆亡何嘗不是始自梁武帝？不妨再舉個例證：《晉書·武帝紀》史論出自唐太宗之「御筆」，對晉武帝司馬炎的評價，先褒後貶，亦頗實事求是。他認為晉武帝西伐南征，「通上代之不通，服前王之未服，禎祥顯應，風教肅清，天人之功成矣，霸王之業大矣」。然而，「驕泰之心，因斯以起。見土地之廣，謂萬葉而無虞；睹天下之安，謂千年而永治。不知處廣以思狹，則廣可長廣；居治而忘危，則治無常治。加之建立非所，委寄失才，志欲就於昇平，行先迎於禍亂」，「曾未數年，綱紀大亂，海內版蕩，宗廟播遷」。〔註16〕可見西晉被迫南遷，雖在元帝建成元年（公元317年），但早在武帝晚年已埋下敗亡的禍根。居安思危是憂患意識的最佳注腳，因此，受到唐人的高度重視。誠如唐太宗所言「居治而忘危，則治無常治」，任何一個帝王如果不牢記在心，那麼他所統治的王朝遲早會走向衰敗乃至覆亡。這個歷史過程可長可短、可疾可緩，但不可逆轉、改變，更不可避免。由此觀之，唐人對改朝換代過程的歷史認知與詮釋，已經達到既高且深的程度。

在論述興亡原因方面，唐人的歷史認知也相當高深。每當敘述某一朝代興亡的過程時，往往附加緣由，使兩者融為一體。天道與人事是兩個不同的範疇，在我們現代人的歷史理念裏，天命歷史觀與人文歷史觀猶如水火不相容；但是唐人卻把兩者巧妙地結合為一，用以詮釋中國歷史上的改朝換代。如李百藥稱「是知祚之長短，必在天時；政或興衰，有關人事」。〔註17〕針對蕭齊滅亡之原因，姚思廉曾感歎道：「嗚呼！天道何其酷焉。雖曆數斯窮，蓋

〔註15〕　《梁書·武帝本紀下》，中華書局。
〔註16〕　《晉書·武帝紀》，中華書局。
〔註17〕　《舊唐書·李百藥傳》，中華書局。

唐代明道文學觀與正統歷史觀的比較研究

亦人事然也。」可見他和李百藥一樣，都將天道與人事作爲王朝興衰的原因。根據唐修正史，新王朝的建立者或開拓者不僅其相貌、體形、性格與眾不同，而且在得天下之前，天地間還往往顯示某種符瑞、祥兆。例如，《南史·宋本紀》稱宋武帝劉裕出生之夜，「神光照室盡明，是夕甘露降於墓樹。及長，雄傑有大度，身長七尺六寸，風骨奇偉，不事廉隅小節，奉繼母以孝聞」，「嘗遊京口竹林寺，獨臥講堂前，上有五色龍章，眾僧見之，驚以白帝（指劉裕）。帝獨喜曰：『上人無妄言』」。《梁書》同樣將梁武帝蕭衍視爲「眞命天子」，說他「生而有奇異，兩骭駢骨，頂上隆起，有文在右手曰『武』。帝及長，博學多通，好籌略，有文武才幹，時流名輩咸推許焉。所居室常若雲氣，人或過者，體輒肅然」。〔註18〕由此觀之，對唐代歷史家而言，劉裕、蕭衍「得天下」之原因，幾乎完全雷同：他們既具備某些特殊的個人條件，又符合天意，獲得天助，所以才成爲開國的「眞命天子」。在正史裏其他朝代的統治者，如北魏的拓跋珪、北齊的高歡、北周的宇文化及，也多具備人事與天道兩項條件。

論及朝代衰亡的原因，唐代正史雖不排斥天命歷史觀，但卻將重點放在人事方面。由於在君主專制時代，皇帝個人的昏庸無能或殘暴無道，足以令一個王朝衰亡，所以對昏君行爲的記述、評論，自然就成爲唐修正史本紀的核心內容。例如，《南史》費了不少筆墨描述陳後主（陳叔寶）的「荒於酒色，不恤政事」，其中一小段這樣寫道：

> 後主愈驕，不虞外難，荒於酒色，不恤政事，左右嬖佞珥貂者五十人，婦人美貌麗服巧態以從者千餘人。常使張貴妃、孔貴人等八人夾坐，江總、孔範等十人預宴，號曰「狎客」。先令八婦人襞采箋，製五言詩，十客一時繼和，遲則罰酒。君臣酣飲，從夕達旦，以此爲常。而盛修宮室，無時休止。稅江稅市，徵取百端。刑罰酷濫，牢獄常滿。〔註19〕

不僅如此，魏徵還在《陳書》史論裏添加幾道濃墨，指出陳朝速亡之原因，在於後主「惟寄情於文酒，昵近群小」，「耽荒爲長夜之飲，嬖寵同豔妻之孽，危亡弗恤，上下相蒙」。〔註20〕至於北齊敗亡之因素，也和陳朝大同小異，魏徵是這樣點評的：

〔註18〕 《梁書·武帝本紀上》，中華書局。
〔註19〕 《南史·陳本紀下》，中華書局。
〔註20〕 《陳書·後主本紀》，中華書局。

－168－

> 齊自河清之後，逮於武平之末，土木之工不息，嬪嬙之選無已。
> 征稅盡，人力殫，物產無以給其求，江海不能贍其欲。所謂火既熾
> 矣，更負薪以足之；數既窮矣，又爲惡以促之。欲求大廈不燔，延
> 期過曆，不亦難乎。由此言之，齊氏之敗亡，蓋亦由人，匪惟天道
> 也。〔註21〕

統治階級（尤其是最高統治者）內部的腐朽不堪，雖是一個王朝衰敗、滅亡的主要因素，但絕不是唯一的歷史因素。歷史告訴我們，改朝換代多數是在所謂「民變」（農民起義、農民戰爭）中進行、完成，也有少數是因爲軍人政變。由於水可載舟亦可覆舟，官逼民反自古已然，所以從《史記》開始，歷代正史不得不重視「民變」（包含「兵變」），有的甚至給予正面的評價。例如，《史記》認爲陳勝率眾揭竿起義雖然失敗，但是「其所遣王侯將相竟亡秦，由涉首事也」。〔註22〕《晉書》同樣爲民變領袖立傳（《孫恩傳》、《盧循傳》），並且在本傳裏記載了東晉末年農民起義的概況。隋代農民暴動、起義也散見於《隋書》紀傳裏，「五十五卷紀傳中，有二十多卷記載了有關農民起義的材料」。（《隋書》出版說明）其他有關南朝或北朝農民暴動、起義的記載，同樣可以從《梁書》、《北齊書》、《周書》裏獲得，雖然有些史實已被扭曲、丑化。必須指出，對於唐代歷史家而言，民變只是改朝換代的外部條件（即外因），它們必須透過「統治階級腐朽不堪」這個內在因素（即內因），才能發揮摧枯拉朽的政治效應。如《隋書》記載，隋煬帝「淫荒無度」，「土木之功不息」，「猾吏侵漁，人不堪命」，「於是相聚萑蒲，蝟毛而起，大則跨州連郡，稱王稱帝；小則千百爲群，攻城剽地」。〔註23〕同書史論還援引《書經》之言「天作孽，猶可違；自作孽，不可逭」，而史稱「觀隋之存亡，斯言信而有徵矣」。由此不難看出，唐代歷史家對於改朝換代原因的認知，正如對改朝換代過程的認知一樣明確而深刻，所以正史才能發揮「以史爲鑒」的政治作用。

眾所周知，在漢唐之間，只有西晉與隋屬於統一王朝，其他都屬於非統一王朝（還有些是由非漢族所建）。因此，如何爲「五胡十六國」、北魏、北齊、北周作歷史定位，以及如何看待東晉與南朝（宋、齊、梁、陳）的正統性，就成爲唐代歷史家必須面對的具有挑戰性的修史課題。朱熹《通鑒綱目》

〔註21〕 《北史·齊本紀下》，中華書局。
〔註22〕 《史記·陳涉世家》，中華書局。
〔註23〕 《隋書·煬帝本紀下》，中華書局。

以兩晉、宋、齊、梁、陳爲正統王朝，而北魏、北齊、北周皆視爲非正統王朝，其原因顯而易見：後者都由非漢族所建。然而，唐代歷史家的見解有所不同，漢族所建的兩晉和南朝固然具有正統性，而非漢族所建的北朝（魏、齊、周）同樣具有正統性。他們將兩者一視同仁，平等對待，《魏書》、《北齊書》、《周書》、《北史》都列爲正史，就足以證明了這一點。唐人這種做法，固然在某種程度上，彰顯了盛唐風範的開明大度，同時也有客觀政治上的奧妙緣由。因爲唐朝的正統定位取決於隋之正統性，而隋之正統性則又必須追溯至北周與北魏。易言之，如果北周與北魏不屬於正統王朝，那麼，隋唐的正統定位豈不成了問題？反觀「五胡十六國」同屬非漢族政權，但它們在唐修正史裏的歷史定位，就無法和北朝相提並論了。唐修正史視「十六國」爲地方割據勢力或僭僞政權，所以不具有合法性、正統性。例如，《晉書》將「十六國」列入「載記」，而《北史》把夏、燕、後秦、北燕、西秦、北涼、後涼等七國，一概歸入「僭僞附庸」。經過這樣一褒一貶的強烈對比，北魏、北齊、北周的歷史地位自然脫穎而出。朱熹等人試圖以「六朝」（純漢族政權）取代「南北朝」（漢胡政權並立）的歷史觀念，並未能獲得現代歷史家的普遍贊同；反之，唐代將《魏書》、《北齊書》、《周書》、《北史》列爲正史，不僅開創了爲非漢族王朝修撰正史的先河，同時說明了「中國歷史是由中華民族共同諦造」的理念，已在唐人正統歷史觀中萌芽、滋長。此二者皆是民族大一統理念的體現，對中國歷史之影響至大。

另一方面，唐代歷史家爲了肯定北魏、北齊、北周的正統地位，同樣在其統治者身上做文章。如《北史》說北魏鮮卑族拓跋氏是黃帝軒轅氏的子孫後代，又說北周宇文氏「其先出自炎帝」，亦屬炎黃子孫。〔註24〕至於取魏而代之的北齊，其統治者高歡不僅「目有精光，長頭高權，齒白如玉，少有人傑表」，而且「尊主匡國，功濟天下」，所以最終取代北魏完全符合天道人意。〔註25〕

此外，爲了強化北魏、北齊、北周的正統地位，唐代歷史家還視之爲「中國」。凡是境內少數民族與周邊國家的朝貢，不論其性質或眞實性如何（按有些貢使可能是商人假冒），一律不厭其煩地寫入北朝正史本紀。《北齊書》、《周書》、《北史》都是如此。如據《北史》記載，北魏孝文帝在位二十九年，接

〔註24〕 《北史・魏本紀》、《北史・周本紀》，中華書局。
〔註25〕 《北史・齊本紀》，中華書局。

受他國「遣使朝貢」居然多達二十五年次（不同國家在同年同月朝貢爲一「年次」），涉及的國家、地區或民族則多達三十個，其中包括高麗、高昌、契丹、粟特、吐谷渾、龜茲等等。〔註26〕《北齊書》同樣重視周邊國家、地區的「遣使朝貢」，所以文宣帝高洋在位僅十年，其帝紀提及外來朝貢超過二十年次，涉及者有高麗、茹茹、庫莫、室韋乃至南朝的梁、陳等漢族王朝。〔註27〕

三、如何看待政治大一統與民族大一統

　　經過一番深入思考、辨析，我個人還發現唐修正史記載「遣史朝貢」，不僅是爲了宣示有關王朝的正統地位，同時是爲了宏揚「天下一家」的政治理念，即宏揚包括民族大一統在內的政治大一統。何以見得如此？中國是世界四大文明古國之一，自周代以來，中國人便認爲中國是世界的中心。周王一直被視爲世界中心裏的核心人物，在理論上各諸侯國都必須向周王朝貢，以表示對他的忠誠、臣服，承認他作爲「天子」的至尊地位。即使進入春秋戰國時代，王權已經中落，強大的諸侯國在爭霸過程中，依然要以「尊王攘夷」作爲幌子，或者「挾天子以令諸侯」。

　　秦漢統一中國後，「溥天之下，莫非王土；率土之濱，莫非王臣」的政治理想，終於提升、轉化爲政治現實。郡縣制的建立使封建諸侯基本上消滅了，但在歷代王朝之政治生活中，朝貢之舉不但得以恢復、延續，而且進一步擴大範圍，即由諸侯國擴大至「四夷」各國或各族。換句話說，從此之後，任何一個比較強大的王朝都必須借助周邊國家「遣使朝貢」，以表明本身是「中國」、是「天朝」，以強化本身作爲世界中心的特殊地位。統一王朝（如漢、唐）固然有此種政治需求與政治能力，而非統一王朝（如南北朝）同樣有此種政治需求——甚至更強烈的政治需求。這是因爲前者已實現政治大一統，取得了正統王朝的地位，而後者僅以實現政治大一統爲目標，其正統地位還是個未知數。

　　世界歷史家將以歐洲爲世界歷史中心的歷史觀念，稱爲「歐洲中心論」（Eurocentrism）。這是因爲自文藝復興、地理大發現後，歐洲最先步上工業革命道路，加上資產階級的政治改革與政治革命，歐洲的確一度成爲世界的經濟、政治、文化中心。同「歐洲中心論」相比較，「中國中心論」（Sinocentrism）

〔註26〕　《北史・魏本紀第三》，中華書局。
〔註27〕　《北史・齊本紀下》，中華書局。

不但歷史更加悠久，「中國中心論」而且呈現迥然不同的政治形態與文化特質。在某種意義上說，「歐洲中心論」基本上是借助殖民主義、帝國主義的軍事擴張、征服、佔領來實現的，而「中國中心論」則主要依靠非軍事手段來宣示，漢代張騫、班超出使西域是如此，明代鄭和下西洋也是如此。有學者以此證明中華民族愛好和平，因為先秦儒家就強調「遠人不服，則修文德以來之」，但我個人認為這一歷史現象和民族性無關。真正的原因是在農耕自然經濟基礎上建立的中華帝國，地大物博，基本上可以自供自足，並不需要建立殖民地或海外市場以取得一般商品。包括唐人在內的古代中國人所追求的政治理想，只是以中國為中心的政治大一統與民族大一統。而這兩種大一統理想的實現，除了建立單一的中央集權體制外，就是周邊國家持續不斷向中國「遣使入貢」，承認天朝居天下之中心位置，具有駕臨其它一切國家的權威。歷史事實證明，古代中國人的政治虛榮心不難得到滿足，因為周邊中小國都能從朝貢中獲得比較豐厚的物質回報，對遣使朝貢總是樂此不疲甚至爭先恐後。例如魏徵曾於貞觀二年，諫阻高昌等西域十國進貢，理由是過於頻密的朝貢，勞民又傷財（「今若許十國入貢，其使不下千人，欲使緣邊諸州何以取濟？」），結果「上善其議」，「遽追止之」。〔註28〕西方一些歷史家也注意到長期存在的「中國中心論」下的政治大一統理念，如著名的當代英國歷史家湯因比（A.J.Toynbee）就說過：「遠東統一國家的滿清皇帝在外交事務上也表現了同樣的心理，他們認為世界上的一切政府，包括西方世界的政府在內，都是在過去某一個無法確定的時期，由中國王朝敕封的。」〔註29〕

政治大一統不僅需要中央王朝來構建，也需要中央集權體制來維繫。在君主專制時代裏，皇權是中央集權體制的核心，皇權強弱既反映了政治大一統的狀況，也在最大程度上決定了中央集權體制的成敗。因此，維護皇權就成為唐代歷史家不可推卸的政治使命。所謂「維護皇權」，在此有兩層含義：一為支持郡縣制，反對封建制（分封制），因為後者必然在客觀上最終削弱皇權，不利於中央集權體制。絕大部分的唐代歷史家都是郡縣制的堅定擁護者，從他們在朝廷的政治對話裏，就可見其一斑。貞觀二年，「朝廷議將封建諸侯」，李百藥以禮部侍郎身份，奏上《封建論》，反對恢復封建制，結果「太宗竟從其議」。另一含義為借助史書或奏章，不斷提醒最高統治者要成為賢

〔註28〕《舊唐書·魏徵傳》，中華書局。
〔註29〕湯因比：《歷史研究》下冊（曹末風等譯），上海人民出版社，第9頁。

君，要施行仁政，要居安思危，不要得意忘形，濫用權力。唐太宗本人也持相同的見解，他為《晉書·武帝紀》所撰史論裏，指出「（武帝）不知處廣以思狹，則廣可長廣；居治而忘危，則治無常治」。

必須指出，唐代歷史家一再強調的「以史為鑒」，不論其主觀意圖如何，都很可能產生維護皇權與制約皇權的客觀效果。這兩個似乎自相矛盾的雙重效果之所以並存不悖，乃是因為兩者的終極目標完全一致：維持帝國的長治久安與政治大一統。維護皇權與制約皇權的矛盾，因其共同的終極目標而取得了統一，豈不是完全吻合辯證法的矛盾統一律？

唐修史書對政治大一統的全面肯定，還體現於盛讚大一統的政治話語裏。例如，《隋書》先敘隋文帝「不逾期月，克定三邊，未及十年，平一四海」，「內修制度，外撫戎夷」，然後在史論裏又寫道：

> 於時蠻夷猾夏，荊、揚未一，劬勞日昃，經營四方。樓船南邁
> 則金陵失險，驃騎北指則單于款塞，職方所載，併入疆理，禹貢所
> 圖，咸受正朔。雖晉武之克平吳、會，漢宜之推亡固存，比議論功，
> 不能尚也。〔註30〕

對於隋文帝楊堅以軍事力量在短期間統一南北，《隋書》史論十分讚賞，給予很高的評價，絲毫不足為奇。這是因為實現政治大一統，結束了南北對峙局面，勢必產生正面的政治、經濟效應。即使實現局部的統一，如北魏太武帝拓跋燾統一北方，「混一華戎」，也獲得唐代歷史家的充分肯定、熱情稱頌。李延壽在《北史》史論裏寫道：

> 論曰：太武聰明雄斷，咸靈傑立，借二世之資，奮征伐之氣，
> 遂戎軒四出，周旋夷險，平秦、隴，掃統萬，翦遼海，蕩河源，南
> 夷荷擔，北蠕絕迹，廓定四表，混一華戎，其為武功也大矣。〔註31〕

有學者以「現代視角」來審視這樣的史論，認為它僅是御用史官對封建帝王的歌功頌德，不值得列為學術議題。但是，我個人不以為然。理由有兩點：第一，唐代歷史家讚頌任何一個帝王，並非毫無條件或毫無根據。同樣一個隋文帝，其「克定三邊」、「平一四海」，受到《隋書》論贊高度讚賞；但其晚年「喜怒不常，過於殺戮」，又受到《隋書》論贊嚴詞譴責，可見歷史家的價值取向是很明確、很理性的。第二，在這些論贊的歌功頌德的文字裏，難免

〔註30〕《隋書·高祖帝紀下》，中華書局。
〔註31〕《北史·魏本紀第二》，中華書局。

有溢美之詞、誇大之語，但絲毫不妨礙我們對唐代歷史觀的審視、解讀。因為唐代歷史家對政治大一統的強烈願望，不就是在歌功頌德的字裏行間釋放出來的嗎？同樣是勞師動眾，南征北伐，若能實現或有利於政治大一統，則受到正史的肯定乃至讚揚；反之，則遭受正史的非議、譴責，其原因不是不言而喻的嗎？

民族大一統是政治大一統的組成部分，但並不等同於政治大一統，所以分開論述未嘗不可。如果說《史記》記述匈奴、南越、朝鮮、西南夷和大宛的事迹，正是民族大一統理念的體現，那麼，從唐修正史裏，不難發現這個理念非但一脈相承，而且更爲彰顯凸出。除了《陳書》和《北齊書》，其餘六史都有關於境內少數民族和境外國家、民族的記載。（「境內」、「境外」是我們爲行文之便而用的名稱，唐人並無明晰的國界概念）《晉書》則除了在《四夷列傳》記載夫餘國、馬韓、辰韓、倭人（以上爲東夷）、吐谷渾、龜茲國、大宛國、康居國、大秦（以上爲西戎）、林邑國、扶南國（以上爲南蠻）以及匈奴（北狄）等二十四國之外，還在《載記》裏記述五胡十六國領袖的事迹，涉及人物眾多，共有劉聰、劉曜、石勒、石虎、慕容皝、苻堅、苻融、姚興、馮跋等七十六人，其中關於石勒、苻堅的記載，均分上下兩卷，十分詳盡。對於苻堅統一中原地區之舉，《晉書》亦予以充分肯定。《南史》、《北史》對於少數民族和周邊國家，都有爲數更多的記載。《南史》有南海諸國、西南夷、東夷、西戎、諸蠻、西域、北狄等七大類別，總共四十七個國家或民族；《北史》所記載的「蠻夷」之邦，則除了五胡十六國中的六國，還有一百一十個國家、地區，包括高麗、百濟、新羅、契丹、流求、倭、吐谷渾、党項、鄯善、高昌、烏孫、疏勒、波斯、安息、大月氏、條支、康國、吐厥、鐵勒等。《梁書·諸夷傳》將「諸夷」分爲三大類：海南諸國爲一類，東夷爲一類，西北諸戎爲一類，涉及國家或民族共三十二個，其名稱都在《南史》、《北史》裏出現。《周書》以兩卷《異域列傳》記述了高麗、吐厥、于闐、安息、波斯等二十一個大小國家。但《隋書》的記載較爲詳細，也較有系統性。它按地域（方位）分類記載，《東夷列傳》記述百濟、高麗、倭國等六國，《南蠻列傳》記述林邑、眞臘等四國，《西域列傳》記述吐谷渾、党項、高昌、吐火羅、波斯等二十三國，《北狄列傳》記述鐵勒、契丹、室韋等六國。

從唐修正史中我們知道，唐代歷史家繼續將當時所知的世界劃分爲兩個領域：一個是「中國」，另一個是「天下」。在唐人的政治理念裏，中國是天

下的中心，其主體民族是華族（就我所知，唐修正史列傳裏只有「華族」或「華夏」，而無「漢族」一詞），而華族所建立的王朝是天朝。中國之外的天下各國（東夷西戎、南蠻北狄），不論大小強弱，都應該向中國稱臣納貢，即以遣使朝貢的方式，表示對中國至高無上地位的承認與尊崇。可見唐人所追求的是群星伴月的天下一家，即以華族爲主角、非華族爲配角的民族大一統。至於如何實現這個模式的民族大一統，唐代歷史家幾乎一致主張使用和平手段，包括以厚禮、冊封作爲奉表稱臣者之回報。例如，《梁書》史論謂「海南東夷西北戎諸國，地窮邊裔，各有疆域」，「高祖以德懷之，故朝貢歲至，美矣」。〔註32〕又如《隋書》記載，文帝即位初年，朱湯受封爲高麗王，故「遣使朝貢不絕」，但後存有離異之心。開皇十七年，文帝「賜湯璽書」稱：「守藩臣之節，奉朝正之典，自化爾藩，勿忤他國，則長享富貴，實稱朕心。彼之一方，雖地狹人少，然普天之下，皆爲朕臣。」〔註33〕再如《周書》記載：「安息國在蔥嶺之西，治蔚搜城。北與康居、西與波斯相接，東去長安一萬七千五百里。天和二年，其王遣使來獻。」〔註34〕

在南北朝對峙時期，南朝固然以正統自居，而北朝也力爭正統地位，於是出現了相互敵視、詆毀。南朝史書指北朝爲「索虜」，北朝史書稱南朝爲「島夷」。《北史‧傳序》說：「大師少有著述之志，常以宋、齊、梁、陳、魏、齊、周、隋南北分隔，南書謂北爲『索虜』，北書指南爲『島夷』。又各以其本國周悉，書別國並不能備，亦往往失實。常欲改正，將擬《吳越春秋》，編年以備南北。」可見李大師、延壽父子的民族大一統理念，是他們編撰《南史》、《北史》的動機與指南。再說，在此之前，《宋書》、《南齊書》、《梁書》、《陳書》、《魏書》、《北齊書》、《周書》既然已經先後問世，唐王朝爲何還接納《南史》、《北史》爲正史？我想這與當時的客觀形勢、歷史條件有關。經過兩晉南北朝的胡漢交戰、同化，到隋唐統一中國，民族大融合的格局已經形成，而唐朝政府更致力於促進民族大一統。此外，和民族大一統有關者，還有兩點值得一提：第一，唐王朝重用不少非漢族文臣武將，包括鮮卑人長孫無忌、尚可孤，日本人阿倍仲麻呂（漢名晁衡）、鐵勒人僕固懷恩、契苾何力，吐厥人執失思力、史大奈，雜種胡人安祿山、史思明，靺鞨人李謹行，吐番人論

〔註32〕《梁書‧諸夷列傳》，中華書局。
〔註33〕《隋書‧東夷列傳》，中華書局。
〔註34〕《周書‧異域列傳》，中華書局。

弓仁，高麗人高仙芝、泉南生，哥舒人哥舒翰等等。其中不少驍勇善戰，留名青史。〔註 35〕第二，任由歷史家將南方漢族王朝向北方非漢族王朝「遣使進貢」，寫入唐朝官修正史內。李百藥《北齊書》三番四次記載蕭梁向北齊進貢：文宣帝（高洋）即位初年，梁東湘王蕭繹四度遣使朝貢，日期分別為「元年十一月甲寅」、「二年春正月丁未」、「夏四月壬辰」、「冬十月庚申」。到了「三年十一月辛巳」，梁王即位於江陵（是為元帝）後，還繼續向北齊奉表進貢。〔註 36〕我認為這樣的歷史記載，不僅證明了唐代歷史家對南北朝基本上一視同仁，而且在某種程度上體現了胡漢一家的民族大一統理念。對於祖籍福建、廣東、海南三省的海外華人而言，唐人的民族大一統理念可能還含有特殊的意義與價值，因為長期以來他們自稱為「唐人」，將中國稱為「唐山」，而這兩者皆屬於光榮稱號。〔註 37〕

第二節　吳兢《貞觀政要》與正統歷史觀

英國史學界有句名言：「歷史是過去的政治，而政治是現在的歷史。」（History is the past politics and politics is the present history）易言之，歷史人物關於政治的主張或理念，就是他們的歷史觀的體現。《貞觀政要》即是關於唐代貞觀年間（即「貞觀之治」）的論政之作，我們不僅可以從中窺探作者吳兢的歷史觀，而且還可以從中發掘書中人物（如唐太宗、魏徵）的歷史觀——尤其是正統歷史觀，閱讀此書可謂一舉兩得，獲益良多。

一、歷史家吳兢及其《貞觀政要》

根據劉昫《舊唐書·吳兢傳》，吳兢卒於唐玄宗天寶八年（公元 749 年），「時年八十餘」，是唐代最著名的歷史家之一。從少年時代起，吳兢就孜孜不倦地博覽群書（他家中藏書豐富，故編成《吳氏西齋書目》），尤其是經書史傳，所以《舊唐書》稱他「勵志勤學，博通經史」。因其「博通經史」，受武

〔註35〕見《舊唐書》各人本傳，中華書局。
〔註36〕《北齊書·文宣帝紀》，中華書局。
〔註37〕費信：《星槎勝覽》、馬歡：《瀛涯勝覽》，都稱當時定居東南亞的華人為「唐人」，可見最遲在明代，海外華人不但已自稱為「唐人」，而且也被當地土著稱為「唐人」。

周大臣魏元忠、朱敬則的器重，吳兢大概在武周長安三年（公元 703 年）出任史職，並且和另一名史官劉知幾結爲知己。〔註38〕

　　吳兢爲人剛正不阿，和劉知幾頗爲相似，而他們兩人的正統歷史觀也基本上相同：一致認爲求眞、存實是歷史家最重要的使命，修撰史書時，必須堅持直書不諱，反對曲筆隱諱，所以吳兢在唐代已享有「當今董狐」的美譽。對此，瞿林東《唐代史學論稿》也給予他很恰當的高度評價：「我們可以這樣認爲：在唐代，劉知幾是從理論上對『直書』與『曲筆』作了總結的史學家，而吳兢則是在實際中眞正貫徹了直書原則的史學家」，「吳兢始而能秉筆直書，繼而又敢於承擔責任，不徇人情，即使面對權貴，也無所阿容。他之被譽爲『當今董狐』，是當之無愧的」。爲了證明這一論斷，瞿林東根據《唐會要》，列舉了兩個實例：其一爲吳兢不願和武三思、張易之等共事，避免同流合污，而另撰《唐書》九十八卷、《唐春秋》三十卷（可惜兩書皆已失傳）；另一爲唐玄宗時，吳兢與劉知幾重修《則天實錄》，宰相張說要求刪改數字，但遭吳兢拒絕。〔註39〕

　　吳兢始終堅持秉筆直書，力求保存歷史記載的眞實性，爲的是要發揮歷史的借鑒功能。關於這點，從他編撰《貞觀政要》的動機或目的中，我們可以窺見一斑。《貞觀政要・序》寫道：

　　　　太宗時，政化良足可觀，振古而來，未之有也。至於垂世教之
　　美，典謨諫奏之詞，可以宏闡大猷，增崇至道者，爰命不才，備加
　　甄錄，體制大略，咸發成規。於是綴集所聞，參詳舊史，撮其指要，
　　舉其宏綱，詞兼質文，義在懲勸，人倫之紀備矣，軍國之政存焉。

序文除了表示對「貞觀之治」十分仰慕（「振古以來，未之有也」），認爲它可作爲後世之楷模，還說明編撰《貞觀政要》之動機出自「義在懲勸」，「庶乎有國有家者克遵前軌，擇善而從，則可久之業益彰矣，可大之功尤著矣」。在《上〈貞觀政要〉表》裏，吳兢又作了更加明確的表述，不僅致力頌揚唐太宗的「貞觀巍巍」之教化，而且強調其「用賢納諫之美」，足以「煥乎國籍，作鑒來葉」。他這樣寫道：

　　　　竊惟太宗文武皇帝之政化，自曠古以來，未有如此之盛者也。
　　雖唐堯、虞舜、夏禹、殷湯、周之文武、漢之文景，皆所不逮也。

─────────────

〔註38〕《新唐書・劉子玄傳》，中華書局。
〔註39〕瞿林東：《唐代史學論稿》，北京師範大學出版社，第 203～231 頁。

> 至如用賢納諫之美，垂代立教之規，可以弘闡大猷，增崇至道者，並煥乎國籍，作鑒來葉。微臣以早居史職，莫不誠誦在心。其有委質策名，立功樹德，正詞鯁義，志在匡君者，並隨事載錄，用備勸誡，撰成一十卷，合四十篇，仍以《貞觀政要》為目。謹隨表奉進，望紆天鑒，擇善而行，引而伸之，觸類而長。……陛下倘不修祖業，微臣亦恥之。〔註40〕

他在上表又稱「若陛下之聖明，克遵太宗之故事，則不假遠求上古之術，必致太宗之業」。可見吳兢不僅在理論上提倡「以史為鑒」，而且請求唐玄宗付諸實踐，傚仿貞觀之治業，也就是試圖將「以史為鑒」落到實處，將這一抽象理念具體化、政治化。同時，更值得我們注意的是：他期望唐玄宗仿傚的對象，不是遙遠的「上古之術」，而是最近的「太宗之故事」；不是前代之外姓他人，而是玄宗自己之祖宗，所以吳兢在上表中顯得十分理直氣壯，居然宣稱「陛下倘不修祖業，微臣亦恥之」（口氣可真不小，可治以犯上罪！）。

作為吳兢碩果僅存的著作，《貞觀政要》由他「綴集所聞，參詳舊史，撮其指要」編撰而成，是一部非常難得的政論性文集。〔註41〕（也有學者稱之為「政治史著作」，但我認為欠妥）全書分為十卷四十篇，每篇都有一個中心課題，涵蓋範圍甚廣，從君王的個人修養到治國平天下之道，都包括在內，所以內容充實、多樣，可讀性很高。從表述方式來說，《貞觀政要》屬於語錄體，採用的基本上是對話式，即以君臣對話的方式，將唐太宗和魏徵、王珪、杜如晦、李靖、虞世南、房玄齡等數十名大臣的言論集錄而成，其中還包含大臣的奏章和唐太宗的詔書，同樣屬於君臣對話的性質。政治對話的課題，包括了君道、政體、任賢、求諫、納諫（直諫）、君臣鑒誡、擇官、封建、太子諸王定分、尊敬師傅、教戒太子諸王、規諫太子、仁義、忠義、孝友、公平、誠信、儉約、謙讓、仁惻、慎所好、慎言、杜讒、悔過、奢縱、貪鄙、崇儒、文史、禮樂、務農、刑法、赦令、貢賦、辯興亡、征伐、安邊、行幸、畋獵、災祥、慎終等四十個名目。以上的每一名目，都是篇章名稱（如《論君道》篇、《論慎終》篇）。

君臣對話的內容雖廣泛，但基本環繞著以下的幾個課題：唐太宗應如何鞏固唐帝國的政治統一？應如何避免重蹈隋王朝之覆轍？應如何成為「明

〔註40〕吳兢：《上〈貞觀政要〉表》。
〔註41〕吳兢：《貞觀政要‧原序》。

君」？作爲「明君」應如何知人善用？如何處理大臣們的直諫不諱？如何善待黎民百姓？作爲「天可汗」的大唐天子，應如何對待境內外的少數民族？十分有趣而又值得注意的是：幾乎每個主要課題，都涉及「以史爲鑒」，或者離不開以歷史爲其理論依據。

二、涉及「以史爲鑒」的君臣對話

　　前面說過，《貞觀政要》是唐代貞觀年間的君臣對話錄，主角是唐太宗李世民和多名心腹大臣，例如，房玄齡、杜如晦、魏徵、王珪、李靖等。由於在君主專制體制下，「社稷安危，國家治亂，在於一人而已」（魏徵語），他們議論的話題便從「爲君之道」開始。例如，貞觀元年某日，唐太宗對身邊大臣說：

　　　　爲君之道，必須先存百姓，若損百姓以奉本身，猶割股以啖腹，
　　腹飽而身斃。若安天下，必須先正其身，未有身正而影曲，上治而
　　下亂者。〔註42〕

諫議大夫魏徵聽了很高興，表示很贊同，並援引史事說明太宗所言「實同古義」，即「治國」必須從「修身」著手：

　　　　古者聖哲之主，皆亦近取諸身，故能遠體諸物。昔楚聘詹何，
　　問其治國之要，詹何對以修身之術。楚王又問治何故？詹何曰：「未
　　聞身治而國亂者」。陛下所明，實同古義。〔註43〕

　　君臣對話之二。貞觀二年某日，唐王朝君臣再議論爲君之道時，太宗問魏徵：「何謂爲明君、暗君？」魏徵回答道：「君之所以明者，兼聽也；其所以暗者，偏信也。」接著他列舉了大量史事爲例證，說明君王不可「偏信」，必須「兼聽納下」，「而下情必得上通」：

　　　　《詩》云：「先民有言，詢於芻蕘」。昔唐、虞之理，闢四門，
　　明四目，達四聰。是以聖無不照，故共、鯀之徒，不能塞也，靖言
　　庸回，不能惑也。秦二世則隱藏其身，捐隔疏賤而偏信趙高，及天
　　下潰叛，不得聞也。梁武帝偏信朱异，而侯景舉兵向闕，竟不得知
　　也。隋煬帝偏信虞世基，而諸賊攻城剽邑，亦不得知也。是故人君
　　兼聽納下，則貴臣不得壅蔽，而下情必得上通也。〔註44〕

〔註42〕《貞觀政要・論君道》：上海古籍出版社，第 1 頁。
〔註43〕同上書。
〔註44〕同上書，第 2 頁。

魏徵以史論證「兼聽則明，偏聽則暗」，令「太宗甚善言」。〔註45〕此一至理名言不僅對古代帝王具有鑒戒作用，而且還可作現代政治家的座右銘！

　　君臣對話之三。貞觀十年某日，太宗向侍從大臣提出一道政治難題：「帝王之業，草創與守成孰難？」尚書左僕射房玄齡的答案是：「天地草昧，群雄竟起，攻破乃降戰勝乃克，由此言之，草創爲難。」但魏徵不以爲然，並立刻反駁道：

> 帝王之起，必承衰亂。覆彼昏狡，百姓樂推，四海歸命，天授人與，乃不萬難。然既得之後，志趣驕逸，百姓欲靜而徭役不休，百姓凋殘而侈務不息，國之衰弊，恒由此起。以斯而言，守成則難。
> 〔註46〕

房、魏雙方各抒己見，展開唇槍舌劍，唐太宗深知雙方都有道理，都有史實爲依據。因此，由他「總結陳詞」，得出「創業惟艱，守成不易」的著名結論：「玄齡昔從我定天下，備嘗艱苦，出萬死而遇一生，所以見草創之難也。魏徵與我安天下，慮生驕逸之端，必踐危亡之地，所以見守成之難也。」但依我看來，太宗更重視、更讚賞魏徵的見解，因爲「創業惟艱」畢竟已成爲過去，成爲歷史，而「守成不易」卻是他所面對的政治現狀與未來。或者用他本人的話來說，即「今草創之難，既已往矣；守成之難者，當思與公等愼之」。〔註47〕

　　君臣對話之四。爲了維持唐帝國的長治久安與政治大一統，唐太宗非常重視求諫與納諫，經常與大臣議論國是。貞觀六年某日，太宗對侍臣說：

> 看古之帝王，有興有衰，猶如朝之有暮，皆爲蔽其耳目，不知時政得失，忠者不言，邪諂者日進，既不見過，所以至於滅亡。朕既在九重，不能盡見天下，故布之卿等，以爲朕之耳目。莫以天下無事，四海安寧，便不存意。可愛非君，可畏非民。天子者，有道則人推而爲主，無道則人棄而不用，誠可畏也！〔註48〕

從太宗的話語裏，可知他對朝代興衰更替的因素，認識十分深刻，既與統治者（君王、大臣）素質、朝廷政策有關，也與黎民百姓心理的向背息息相關（「有道則人推而爲主，無道則人棄而不用」）。因此，魏徵聽畢以上言論後便

〔註45〕《貞觀政要‧論君道》，上海古籍出版社，第2頁。
〔註46〕同上書，第3頁。
〔註47〕同上書。
〔註48〕《貞觀政要‧論政體》，上海古籍出版社，第16頁。

順水推舟，直言不諱地提醒太宗要「能留心治道」，要居安思危，要常如臨深淵、如履薄冰，甚至要牢記「水能載舟，亦能覆舟」的古訓：

> 自古失國之主，皆爲居安忘危，處治忘亂，所以不能長久。今陛下富有四海，内外清晏，能留心治道，常臨深履薄，國家曆數，自然靈長。臣又聞古語云：「君，舟也；人，水也。水能載舟，亦能覆舟。」陛下以爲可畏，誠如聖旨。〔註49〕

君臣對話之五。貞觀七年某日，太宗和秘書監魏徵等人辯論歷史上治亂問題，並且認爲「當今大亂之後，造次不可致治」。但是，魏徵認爲太宗的想法不正確，因爲「凡人在危困，則憂死亡。憂死亡，則思化。思化，則易教。然則亂後易教，猶饑人易食也」。太宗不以爲然，反問魏徵：「善人爲邦百年，然後勝殘去殺。大亂之後，將求致化，寧可造次而望乎？」魏徵的答覆，相當明確、自信：

> 此據常人，不在聖哲。若聖哲施化，上下同心，人應如響，不疾而速，期月而可理，信不爲難，三年成功，猶謂其晚。〔註50〕

太宗終於被說服了，基本上接受了魏徵的看法，但老臣封德彝等人仍然不服，擡出歷史來進行反駁道：

> 三代以後，人漸澆訛，故秦任法律，漢雜霸道，皆欲化而不能，豈能化而不欲？若信魏徵所說，恐敗亂國家。〔註51〕

魏徵之言既被對方指爲「恐敗亂國家」，他不得不致力爲自己辯護，並且也搬出更多史事作爲論據：

> 五帝、三王，不易人而化。行帝道則帝，行王道則王，在於當時所理，化之而已，考之載籍，可得而知。昔黃帝與蚩尤七十餘戰，其亂甚矣，既勝之後，便致太平。九黎亂德，顓頊征之，既克之後，不失其化。桀爲亂虐，而湯放之，在湯之代，即致太平。紂爲無道，武王伐之，成王之代，亦致太平。若言人漸澆訛，不及純樸，至今應悉爲鬼魅，寧可復得而教化耶？〔註52〕

封德彝等人聽了以上言論後，雖「咸以爲不可」，但也不再和魏徵辯論下去，

〔註49〕 《貞觀政要・論政體》，上海古籍出版社，第18頁。
〔註50〕 同上書。
〔註51〕 同上書。
〔註52〕 同上書。

因為在掉歷史書袋上，他們肯定不是魏徵的對手。倒是唐太宗對「大亂之後可以大治」更加深信不疑，並且將此政治理念付之於實踐，「貞觀之治」即其產物。

君臣對話之六。貞觀四年，唐太宗下詔徵調士兵去洛陽重修乾元殿，作為他日後巡視之行宮。給事中張玄素上疏表示反對，並規諫太宗改變初衷。他所持的理由，不外乎大興土木勢必勞民傷財，「百姓承亂離之後」，「生計未安」。但我認為奏疏中最能說服唐太宗的，恐怕是「以秦為鑒」和「以隋為鑒」的兩段話語。奏章開頭一段便寫道：

> 微臣竊思秦始皇之為君也，借周室之餘，因六國之盛，將貽之萬葉。及其子而亡，諒由逞嗜奔欲，逆天害人者也。〔註53〕

接著，張玄素又在奏疏末段說「阿房成，秦人散；章華就，楚眾離；乾元畢工，隋人解體」，的確令人膽顫心驚，深具前車可鑒的作用：

> 臣嘗見隋室初造此殿，楹棟宏壯，大木非近道所有，多自豫章採來。二千人一柱，其下施轂，皆以生鐵為之。中間若用不輪，動即火出。略計一柱，用數十萬，切則餘費又過倍於此。臣聞阿房成，秦人散；章華就，楚眾離；乾元畢工，隋人解體。且以陛下今時功力，何如隋日？承凋殘之後，役瘡痍之人，費億萬之功，襲百王之弊。以此言之，甚於煬帝遠矣。深願陛下思之，無為由余所笑，則天下幸甚。〔註54〕

看來太宗非常重視此一奏疏，所以特地召見玄素，問他道：「卿以我不如煬帝，何如桀紂？」對方雖不正面回答，但依然堅定地說：「若此殿卒興，所謂同歸於亂。」太宗聽了不禁歎息道：「我不思量，遂至於此。」又回頭對魏徵說：「今玄素上表，洛陽亦實未宜修造，後必事理須行，露坐亦復何苦？所作所役，宜即停之。」由於唐太宗特別重視「以史為鑒」，張玄素即藉此規諫他放棄重修乾元殿，充分發揮了歷史的借鑒功能。這也成了唐太宗從諫如流的歷史佳話之一。

君臣對話之七。貞觀元年某日，太宗在會議中對大臣們說：「朕看古來帝王，以仁義為治者，國祚延長；任法御人者，雖救一時，敗亡亦促。即見前王成事，足見元龜。今欲專以仁義誠信為治，望革近代之澆薄也。」黃門侍

〔註53〕《貞觀政要·論納諫》，上海古籍出版社，第55頁。

〔註54〕同上書，第57頁。

郎王珪對太宗的看法，做了補充，認爲若要「弘道移風」，必須用人惟賢：「天下凋喪日久，陛下承其餘弊，弘道移風，萬代之福。但非賢不理，惟在得人。」太宗對此表示贊同，並且說「朕思臣之情，豈捨夢寐」。不料給事中杜正倫提醒太宗道：「世必有才，隨時所用，豈待夢傳說、逢呂尙，然後爲治乎？」在此次君臣對話中，太宗所言「任法御人者，雖救一時，敗亡亦促」，主要是指秦始皇和隋煬帝。他曾對房玄齡說：「隋煬帝豈爲田仗不足，以至滅亡，正由仁義不修，而群下怨叛故也。」〔註55〕

　　君臣對話之八。《詩經》所謂「殷鑒不遠，在夏后之世」，原本是針對周人而言。對於唐王朝君臣來說，「殷鑒」畢竟是很遙遠的事。因此，唐太宗最關心的，還是秦、隋兩代速亡的原因，尤其隋王朝速亡的原因。在涉及以史爲鑒的君臣對話裏，「以隋爲鑒」在《貞觀政要》裏出現的頻率最高，就證明了這一點。唐太宗甚至多次告誡大臣，要求君臣共同以隋爲鑒。如貞觀九年某日，太宗曾對身旁的大臣說：

　　　　往昔初平京師，宮中美女珍玩，無院不滿。煬帝意猶不足，徵求無已，兼東西征討，窮兵黷武，百姓不堪，遂致亡滅。此皆朕所目見。故夙夜孜孜，惟欲清淨，使天下無事，遂得徭役不興，年穀豐稔，百姓安樂。夫治國猶如栽樹，本根不搖，則枝葉茂榮。君能清淨，百姓何得不安樂乎？〔註56〕

太宗之言肯定獲得大臣們贊同、附和，尤其是魏徵和王珪，他們曾多次在君臣對話中，強調以隋爲鑒、居安思危的重要性與必要性。例如，貞觀十年，魏徵上疏議政，連篇累牘都涉及以史爲鑒，其中一段指出「隋氏亂亡之源」，就在於「甲兵屢動，徭役不息」：

　　　　且我之所代，實在有隋，隋氏亂亡之源，聖明之所臨照。以隋氏之府藏譬今日之資儲，以隋氏之甲兵況當今之士馬；以隋氏之戶口校今時之百姓，度長比大，曾何等級？然隋氏以富強而喪敗，動之也；我以貧窮而安寧，靜之也。靜之則安，動之則亂，人皆知之，非隱而難見，非微而難察也。然鮮蹈平易之途，多遵覆車之轍，何哉？在於安不思危，治不念亂，存不慮亡之所致也。昔隋氏之未亂，自謂必無亂；隋氏之未亡，自謂必不亡。所以甲兵屢動，徭役不息，

〔註55〕　《貞觀政要・論仁義》，上海古籍出版社，第 150 頁。
〔註56〕　《貞觀政要・論政體》，上海古籍出版社，第 22 頁。

至於身將受戮辱，竟未悟其滅亡之所由也，可不哀哉！〔註57〕

君臣對話之九。在《貞觀政要》的政治對話裏，有時也涉及一些「個案」。如貞觀四年某日，當太宗和侍臣議論隋朝政治時，魏徵就提出一例發生在隋代的個案：

> 臣往在隋朝，曾聞有盜發，煬帝令於土澄捕逐。但有疑似，哭加拷掠，枉承賊者二千餘人，並令同日斬決。大理丞張元濟怪之，試尋其狀，乃有六七人盜發之日，先禁因此他所，被放才出，亦遭推勘，不勝苦痛，自誣行盜。元濟因此更事究尋，二人內惟九人逗留不明。官人有諳識者，就九人內四人非賊。有司以煬帝已令斬決，遂不執奏，並殺之。〔註58〕

對於這樣草菅人命的事件，太宗卻有自己的看法。他認為這不僅僅是「煬帝無道」，隋代大臣們也犯了「亦不盡心」、知情不諫之過失，所以唐帝國的大臣們都得以此為鑒：

> 非是煬帝無道，臣下亦不盡心。須相匡諫，不避誅戮，豈得惟行諂佞，苟求悅譽。君臣如此，何能不敗？朕賴公等共相輔佐，遂令圄圉空虛。願公等善始克終，恒如今日。〔註59〕

君臣對話之十。在涉及「以史為鑒」的君臣對話中，議論的多屬於嚴肅的政治課題，難免顯得枯燥乏味。但事實上也不盡然。例如，貞觀六年某日，太宗議論周朝「能保八百之基」，而秦代「不過二世而滅」之後，突然話題一轉，講了夏桀、商紂不如顏回、閔損（皆孔子門生）的故事，並且說自己常「將此事以為鑒誡」：

> 朕聞周、秦初得天下，其事不異。然周則惟善是務，積功累德，所以能保八百之基；秦乃恣其奢淫，好行刑罰，不過二世而滅。豈非為善者福祚延長，為惡者降年不永？朕每將此事以為鑒誡，常恐不逮，為人所笑。〔註60〕

魏徵不愧是位傑出的大諫官，他聽畢太宗所講的故事，馬上接著講了一個既詼諧有趣、又寓意深長的歷史故事：

> 臣聞魯哀公謂孔子曰：「又人好忘者，移宅而忘其妻。」孔子曰：

〔註57〕《貞觀政要‧論刑法》，上海古籍出版社，第247頁。

〔註58〕《貞觀政要‧論君臣鑒戒》，上海古籍出版社，第77頁。

〔註59〕同上書，第77～78頁。

〔註60〕同上書。

「又有好忘甚以此者，丘見桀、紂之君，乃忘其身。」願陛下每以此爲慮，免後人笑！〔註61〕

「移宅而忘其妻」固然可笑，而爲君者「乃忘其身」豈不更加可笑？魏徵此番話的本意很明顯：太宗千萬不要忘掉作爲帝皇的身份，更不要忘掉他身旁的功臣，而成爲得意忘形、忘恩負義的「好忘者」，否則將遭後人嘲笑！

君臣對話之十一。皇太子是皇位的繼承者，是未來的皇帝，所以其個人素質也直接決定封建王朝的興衰存亡。由於他們自幼「生長深宮，百姓艱難，都不聞見」，如果不從小細心調教，將來勢必「好尙驕逸」，很難成爲賢明君主。貞觀七年某日，唐太宗對太子左庶子于志寧、杜正倫說：

> 卿等輔導太子，常須爲百姓間利害事。朕年十八，猶在民間，百姓艱難，無不諳練。及居帝位，每商量處置，或時有乖疏，得人諫諍，方始覺悟。若無忠諫者爲說，何由行得好事？況太子生長深宮，百姓艱難，都不聞見？且人主安危所繫，不可輒爲驕縱。但出敕云，由諫者即斬，必知天下士庶無敢更發直言。故克己勵精，容納諫諍，卿等常須以此意共其談說，每見有不是事，宜極言切諫，令有所裨益也。〔註62〕

不久太宗又下詔要求門下侍中魏徵「錄自古諸王行事得失，分其善惡，各爲一篇，名曰《諸王善惡錄》」，分賜給太子諸王。太子閱畢此書，非常讚賞，並且對年輕的王子們說：「此宜置於座右，用爲立身之本。」

君臣對話之十二。爲了維持唐王朝的長治久安，太宗一直傾向於分封諸王侯，因他錯誤地認爲「周封子弟，八百餘年；秦罷諸侯，二世而滅；呂后欲危劉氏，終賴宗室獲安。封建親賢，當是子孫長久之道」。〔註63〕貞觀十一年，太宗再次分封荊王李元景、吳王李恪、功臣長孫無忌、房玄齡等三十五人爲世襲刺史。禮部侍郎李百藥馬上撰寫了一篇奏疏，強烈反對世襲官爵，其開頭一段就這樣寫道：

> 臣聞經國庇民，王者之常制；尊主安上，人情之大方。思闡理定之規，以弘長世之業，萬古不易，百慮同歸。然命曆有賒促之殊，邦家有治亂之異。遐觀載籍，論之詳矣。咸云周過其數，秦不及期，

〔註61〕　《貞觀政要‧論君臣鑒戒》，上海古籍出版社，第77～78頁。
〔註62〕　《貞觀政要‧論教戒太子諸王》，上海古籍出版社，第124～125頁。
〔註63〕　《貞觀政要‧論封建》，上海古籍出版社，第99頁。

存亡之理，在於郡國。周氏以鑒夏、殷之長久，遵黃、唐之並建，
維城磐石，深根固本，雖王綱弛廢，而枝幹相持，故使逆節不生，
宗祀不絕。秦氏背師古之訓，棄先王之道，翦華恃險，罷侯置守，
子弟無尺土之邑，兆庶罕共理之憂，故一夫號澤而七廟隳圮。〔註64〕

李百藥的政治見解，獲得中書舍人馬周的大力支持。他也上疏力陳分封之流
弊，並謂「昔漢光武不任功臣以吏事，所以終全其世者，良由得其術也」。唐
太宗最終採納了包括這兩位大臣在內的反對意見，取消了分封世襲刺史的詔
令。〔註65〕在關於分封問題的長期爭論中，魏徵、李百藥、馬周、于志寧等
人始終持反對意見，就是他們維護唐帝國政治統一的大一統歷史觀的體現。

到了唐代，作為正統歷史觀重要內容的「以史為鑒」，不僅僅是一種價值
觀念，而是一種具有實用功能的政治哲學，是一種治國平天下的行動指南。
換句話說，「以史為鑒」已成為一件具有雙重用途的政治法寶。太宗及其侍臣
們利用它來治理唐帝國，為唐王朝締造了中國歷史上罕見的太平盛世——「貞
觀之治」，也為唐太宗贏得了知人善用、從諫如流的「開明君主」的美譽。而
歷史家吳兢又試圖利用唐代「以史為鑒」的政治傳統，要求唐玄宗仿傚「貞
觀之治」，即把負面的「以史為鑒」改變為正面的「以史為鑒」，使到歷史的
借鑒功能增添了新內涵、新色調！同時，「以史為鑒」本來只是一種傳統的歷
史觀念與政治理念，但正因為其傳統性與正統性，在唐代的諫議制度之下，
竟然轉化為制約皇權的思想武器或道義力量，同樣完全超出了我們現代人的
設想範圍。

〔註64〕 《貞觀政要‧論封建》，上海古籍出版社，第 100 頁。
〔註65〕 同上書，第 111 頁。

第七章　唐代歷史家的文學觀

第一節　劉知幾的文學觀

　　劉知幾（公元 661～721 年）是唐代最重要的歷史家之一。他碩果僅存的《史通》是部經典著作，足以和劉勰的《文心雕龍》媲美，兩者甚至可稱為「古代文史二劉雙璧」。有鑒於此，一些文學批評史名著，如郭紹虞的《中國文學批評史》、羅根澤的《中國文學批評史》、朱東潤的《中國文學批評史綱》以及王運熙、楊明合著的《中國文學批評通史》隋唐五代卷，都從文學批評角度論及劉知幾的文學觀，其中以後者的論述最詳盡、周密。楊明教授在上書中專設一節（即第三章第五節，乃楊教授所撰，故僅提其名），在三個大標題之下（即「一、強調史文區別，重史輕文」；「二、主張史文尚簡」；「三、要求史文徵實」），援引原始資料，針對劉知幾文學觀進行透切細緻的剖析。全文灑灑洋洋萬餘言，既有廣度又有深度，讀後使我茅塞頓開，獲益匪淺，但亦令我左右為難。為什麼呢？因為如果我採用相同的（文學批評）視角，沿著相同的思路，採用相同的資料，撰寫一篇《劉知幾的文學觀》，其學術成果肯定十分有限：內容既難免與前人論文雷同，深度與廣度又無法企及。即使預先申明「如有雷同，實屬巧合」，也屬拾人牙慧，毫無意義。因此，惟有獨闢蹊徑，即另找立足點和切入點，轉換不同的視角與思路，才有可能言前人未言者，或「在同中求異」，使到文章有點新鮮感、可讀性。

一、史以文傳：關於文史關係的看法

作爲唐代的優秀歷史家，劉知幾自然瞭解：客觀存在的歷史必須經過適當的主體化，才能保存下來，也才能發揮其應有的社會功能或作用。劉知幾認爲歷史家的主要任務有二：一是及時記錄當時所發生的比較重要的事情，以及最高當權者的言語、活動；另一就是彙集相關資料，編撰前代歷史。用他的話來說，就是「夫爲史之道，其流有二。何者？書事記言，出自當時之簡；勒成刪定，歸於後來之筆」。〔註1〕因此，如何進行歷史主體化就成了劉知幾最關心的首要課題。所謂「歷史主體化」，其實就是一種涉及歷史記載的文章寫作，所以語文居於特別重要的位置。他在《史通》中一再提及「文勝質則史」、「言之不（無）文，行之不遠」（皆屬孔子名言），並且得出「故知史之爲務，必借於文」的論斷。基於「史以文傳」（史以文爲載體）這一理念，劉知幾十分重視史書的文章寫作，尤其是文體的選擇與文辭的運用；同時，他還嚴厲批評某些文章因濫用文體與文辭，而出現的「文非文、史非史」的怪異現象。他是這麼說的：

> 昔夫子有云：「文勝質則史。」故知史之爲務，必借於文。自《五經》已降，《三史》而往，以文敘事，可得言焉。而今之所作，有異於是。其立言也，或虛加練飾，輕事雕采；或體兼賦頌，詞類俳優。文非文，史非史。譬如烏孫（西域少數民族之小國──引者），雜以漢儀，而刻鵠不成，反類於鶩者也。〔註2〕

所謂「史以文傳」，其實還有一層更重要的意思，就是史書能否傳之千秋百代，在很大程度上取決於其文章寫作。劉知幾認爲，文辭之美即「文而不儷，質而非野」，能夠增加史書的可讀性，可使讀者「三復忘疲，百遍不斁」，從而發揮較大的文化作用。他說：

> 夫史之稱美者，以敘事爲先。至若書功過，記善惡，文而不儷，質而非野，使人味其滋旨，懷其德音，三復忘疲，百遍無斁，自非作者曰聖，其孰能與於此乎？〔註3〕

此外，他認爲史書「文約而事豐」、「剪截浮詞，撮其機要」，乃至遣詞用字的準確性（如「崩」、「薨」、「卒」分別用於皇帝、諸侯、卿大夫之死），也都有

〔註1〕《史通・史官建置》篇，遼寧教育出版社。
〔註2〕《史通・敘事》篇，遼寧教育出版社。
〔註3〕《史通・敘事》篇，遼寧教育出版社。

助於「史以文傳」。與此同時，劉知幾原則上贊同「史可載文」的文化傳統，他在《史通》裏設《載文篇》，論述這個課題。所謂「載文」，即在正史列傳中附錄相關人物的詩文，例如，《晉書‧摯虞傳》附載《思遊賦》、《太康頌》，《江統傳》附載《徒戎論》全文，而《南史‧江淹傳》、《南史‧范縝傳》則分別附載了《自獄中上書》和《神滅論》。由於受到文學觀念的時代局限，劉知幾主張「載文」應有所取捨，而取捨之準則爲：所取者應是內容充實、有助教化的詩文；所捨者則爲內容荒誕、堆砌詞藻的作品。他甚至認爲應以「載文」作爲「禁淫之堤防，持雅之管轄」：

> 凡今之爲史而載文也，苟能撥浮華，採貞實，亦可使夫雕蟲小技者，聞義而知徒矣。此乃禁淫之堤防，持雅之管轄，凡爲載削者，可不務乎？〔註4〕

在文史關係方面，還有兩個值得再討論的問題：一、劉知幾所謂「文之與史，較然異轍」，到底是什麼意思？二、劉知幾如何看待文與史？他爲何「重史輕文」？對於第一個問題，我們得先細讀《史通》一段原文，再從中瞭解其本意。在《核才篇》裏，他說：

> 昔尼父有言：「文勝質則史。」蓋史者當時之文也，然樸散淳銷，時移世異，文之與史，較然異轍。故以張衡之文，而不聞於史；以陳壽之史，而不習於文。其有賦述《兩都》，詩裁《八詠》，而能編次漢冊，勒成宋典。

其言下之意爲：文史原本是一體，但隨著「時移世異」，到了漢魏才開始一分爲二。如張衡之作屬於「文」，陳壽之作屬於「史」。這些文學作品（詩賦），如《兩都》、《八詠》都載入了史冊。可見劉知幾在該文中，並無輕視文學作品（詩賦）之意。他將文史劃分開來，顯然不是爲了降低文學的地位，而是爲了避免史書寫作受到駢儷文體的不良影響（如「徒有其文，竟無其事」）。

那麼，劉知幾「重史輕文」又應如何解讀呢？原來他在《史通‧自敘》篇裏這麼說：「余幼喜詩賦，而壯都不爲，恥以文士得名，期以述者自命。」又說：「著述之功，其力大矣，豈與詩賦小技校其優劣哉？」楊雄曾稱詩賦爲壯夫莫爲之「小道」，曹植亦深表示贊同；如果劉知幾有所輕視，最多也同樣只是「詩賦小技」，而不是像賈誼《過秦論》、晁錯《論貴粟疏》、諸葛亮《出

〔註4〕《史通‧載文》篇，遼寧教育出版社。

師表》這樣的文學作品。至於劉知幾個人立志要當史家，不要當文人，則是因爲他認爲文人易得，史家難求，人才以稀爲貴。唐初禮部尙書鄭惟忠曾問他：自古以來，爲何「文士多而史才少」？劉知幾的答覆是：作爲一位優秀的史家（即他所謂的「史才」），必須兼備才華、學養、見識三個條件，所以非常稀罕難得。〔註5〕若再以宏觀角度來看，「重史輕文」是古代中國社會長期存在的價值觀念，而且具有一定的普遍性，恐怕不是劉知幾個人所獨有的。

二、懲惡勸善：關於文學功能的觀點

不過，必須指出：劉知幾所輕視的，既不是唐人觀念中的文學，也不是一般性的詩文，而僅僅是某些華而不實的詩賦和內容荒誕不經的文字，包括史書中的某些記載。例如，他說：「爰洎中葉，文體大變，樹理者多以詭妄爲本，飾辭者務以淫麗爲宗。譬如女工之有綺縠，音樂之有鄭、衛。」又說：「且漢代詞賦，雖云虛矯，自餘他文，大抵猶實。至於魏晉以下，則訛謬雷同。權而論之，其失有五：一曰虛設，二曰厚顏，三曰假手，四曰自戾，五曰一概。」〔註6〕他所指的是史書載文裏的官樣文章，不是「徒有其文，竟無其事」，就是千篇一律（一般化），缺少具體的內容。

在泛文學觀念的支配下，唐代文人的「輕文」言論，不僅來自歷史家，也來自其他一些著名的文學家。例如，陳子昂曾經感慨「文章道弊五百年矣」，「漢魏風骨，晉宋莫傳」。又說「文章薄技，固棄於高賢；刀筆小能，不容於先達」。〔註7〕柳冕則認爲，因受齊梁文風的不良影響，「不根教化」的文章，「別是一技耳」，以致「當時君子，恥爲文人」。〔註8〕可見他們兩人同樣輕視言之無物的文學作品，和劉知幾的文學觀簡直同出一轍！貶謫齊梁文學的唐代文學家，除了「初唐四傑」中的王勃、楊炯，還有盧藏用等人。如後者宣稱：「宋齊之末，蓋逶迤，陵頹流靡。至於徐庾，天之將喪斯文也。後進之士若上官儀者，繼踵而生，於是風雅之道掃地盡矣。」〔註9〕

但是，只要換個視角，我們不難發現劉知幾又高度重視文學，尤其是文

〔註5〕　《舊唐書・劉子玄傳》，中華書局。
〔註6〕　《史通・載文》篇，遼寧教育出版社。
〔註7〕　《上薛令文章啓》，見《全唐文》卷二一四，中華書局。
〔註8〕　《謝杜相公論房杜二相書》，見《全唐文》卷五二七，中華書局。
〔註9〕　《右拾遺陳子昂文集序》，見《全唐文》卷二三八，中華書局。

學的社會價值與政治功能。在《載文篇》裏，他一面貶低魏晉南北朝的某些詩文，一面又說「文之為用，遠矣大矣」，並認為文學與歷史的社會功能是重疊的、共同的。他寫道：

> 夫觀乎人文，以化天下；觀乎國風，以察興亡。文之為用，遠矣大矣。若乃宣僖善政，其美載於周詩；懷襄不道，其惡存乎楚賦。讀者不以吉甫、奚斯為諂，屈平、宋玉為謗者，何也？蓋不虛美、不隱惡故也。是則文之將史，其流一焉，固可以方駕南董，俱稱良直者矣。

在他看來，由於詩經和楚辭「不虛美、不隱惡」，不僅足以「化天下」、「察興亡」，而且足以勸善懲惡，令人引以為戒。這種教化功能與借鑑功能，也是歷史著作最主要或最高層次的社會功能，所以相關歷史家如「晉之董狐，齊之南史」地位最高。他說：

> 史之為務，厥途有三焉。何則？彰善貶惡，不避強禦，若晉之董狐，齊之南史，此其上也。編次勒成，鬱為不朽，若魯之丘明，漢之子長，此其次也。高才博學，名重一時，若周之史佚，楚之倚相，此其下也。〔註10〕

「彰善貶惡」既然是文學和歷史所應共有的社會功能，文學家（如屈原、宋玉）也可與他最推崇的歷史家（即南史、董狐）相提並論，似乎又將文學提高到了至尊的地位。我們必須以「一分為二」的辯證觀點，來解讀劉知幾的文學觀，否則就難免對這種近乎自相矛盾的理念，感到迷惑費解。劉知幾向世人推薦的文學作品，還有以下這些：

> 至如詩有韋孟《諷諫》，賦有趙壹《嫉邪》，篇則賈誼《過秦》，論則班彪《王命》，張華述箴於女史，張載題銘於《劍閣》，諸葛表主以出師，王昶書字以誡子，劉向、谷永之上疏，晁錯、李固之對策，荀伯子之彈文，山巨源之啟事，此皆言成軌則，為世龜鏡。求諸歷代，往往而有。苟書之竹帛，持以不刊，則其文可與三代同風，其事可與《五經》齊列。古猶今也，何遠之有哉？〔註11〕

其中有詩賦、議論、箴銘、書表、對策、彈文和啟事，文體各異，但同屬於文學範疇，且因「皆言成軌則，為世龜鏡」而受重視與推崇。劉知幾對文學

〔註10〕《史通・辨職》篇，遼寧教育出版社。
〔註11〕《史通・載文》篇，遼寧教育出版社。

範疇與文學功能的認知，既然和我們現代人大不相同，他對文學審美價值的認知，也就不可能符合我們所預設的準繩。

如果從歷史學或社會學的角度來看，劉知幾把「勸善懲惡」放在文學功能的首位，是有其合理性、正確性與必要性的。因為在唐代中國，包括文化資源在內的社會資源還很匱乏，中華民族要生存、要發展，就要充分利用這些有限的社會資源（文化資源）。換句話說，文學和歷史既然同屬於主要的文化資源，那麼文化資源的合理配置與充分利用，使其社會價值「優先化」（Prioritization）和社會功能「極大化」（Maximization），自然就成為了合理、正確的社會價值觀念。正因為如此，「勸善懲惡」不僅是唐代許多文學作品的主題思想，而且是許多文學家的文學主張。在這方面，劉知幾絕非「孤家寡人」，他還有一些見解相似的著名「同志」或「同路人」呢，其中包括柳宗元、獨孤及、白居易等人。如柳宗元認為「文之用，辭令褒貶，導揚諷諭而已。雖其言鄙野，足以備於用」。〔註12〕白居易則嚴厲批評內容缺少「懲勸善惡」、徒有「雕章鏤句」的詩文，認為這類作品沒有多大的文化價值，「若行於時，則誣善惡而惑當代；若傳於後，則混真偽而疑將來」：

> 是以凡今秉筆之徒，率爾而言者有矣，斐然成章者有矣。故歌詠、詩賦、碑碣、贊詠之制，往往有虛美者矣，有媿辭者矣。若行於時，則誣善惡而惑當代；若傳於後，則混真偽而疑將來。……且古之為文者，上以紐王教，繫國風；下以存炯戒，通諷諭。故懲勸善惡之柄，執於文士褒貶之際焉；補察得失之端，操於詩人美刺之間焉。今褒貶之文無核實，則懲勸之道缺矣；美刺之詩不稽政，則補察之義廢矣。雖雕章鏤句，將焉用之？〔註13〕

白居易的這段議論文字，彷彿不是出自大詩人之手，而是出自歷史家之筆。若將它和劉知幾《史通》的《載文篇》或《論贊篇》作比較研究，就不難發現兩者在內容基調上實有異曲同工之妙，而且在大同中似乎很難找到小異。

三、文約事豐：關於文學語言的理念

文學是語言的藝術，現代文學是如此，古代文學更是如此。對古代中國人來說，文學作品可分為兩大類，一類是理性的或實用性的，另一類則是感

〔註12〕《楊評事文集後序》，見《柳宗元集》卷二十一，中華書局。
〔註13〕白居易：《策林六十八·議文章》，見《白居易集》卷二，中華書局。

性的或非實用性的，並且以前者為主體。感性的文學作品固然是審美對象，要追求語言風格之美；而理性的文學作品也是審美對象，所以也要講究語言文辭之美。誠如楊明教授所說：在古代，「實用性文章之所以也當作審美對象加以觀賞，其語言文辭之美是一個重要的因素」。〔註14〕

另一方面，史書寫作同樣追求語言文辭之美，而且在準則上和理性文學寫作相同或相似，如要求簡潔、精確、豐富、多彩。因此，在古代中國，文學語言既是歷史語言，而歷史語言也是文學語言，兩者之間無法劃分楚河漢界。任何一本中國文學史著作，論述司馬遷《史記》的語言藝術時，都把它（即歷史語言）當作文學語言，就足以說明了這一點。劉知幾在《史通》裏所顯示的對於語言藝術的理念，自然也屬於對文學語言的理念。這是無可辯駁或置疑的道理。

基於「言之不（無）文，行之不遠」這一理念，劉知幾高度重視文學語言的運用。他在《史通》裏費了不少筆墨，談論此一課題。《言語篇》固然是語言專篇，其他篇章如《載文篇》、《敘事篇》、《雜說篇》等，也都或多或少涉及語言的運用。劉知幾一再強調語言樸實無華之美，並且以「文約而事豐」為其最高境界。他說：

> 國史之美者，以敘事為工，而敘事之工者，以簡要為主。簡之時義大矣哉！歷觀自古，作者權輿，《尚書》發蹤，所載務於寡事；《春秋》變體，其言貴於省文。斯蓋澆淳殊致，前後異迹。然則文約而事豐，此述作之尤美者也。〔註15〕

「文約而事豐」亦可引申為「文約而義豐」，乃至於「文約而情豐」。劉知幾接著還列舉多個實例，詳細說明「省文」應從「省句」與「省字」著手。對於「文約而事豐」，他在《敘事篇》裏也作進一步的闡釋，並以生動、有趣的比喻，即「用奇兵者，持一當百」、「售鐵錢者，以兩當一」（前者即其所謂「用晦」），使讀者更易於領會其含義：

> 蓋作者言雖簡略，理皆要害，故疏而不遺，儉而無闕。譬如用奇兵者，持一當百，能全克敵功者也。若才乏俊穎，思多昏滯，費詞既甚，敘事才周，亦猶售鐵錢者，以兩當一，方成貿遷之價也。

〔註14〕 王運熙、楊明：《中國文學批評通史》魏晉南北朝卷，上海古籍出版社，第16頁。

〔註15〕 《史通‧敘事》篇，遼寧教育出版社。

「疏而不遺，儉而無闕」是上文之要旨，所以劉知幾《敘事篇》再寫道：「夫記事之體，欲簡而且詳，疏而不漏。若煩則盡取，省則多捐，此乃忘折衷之宜，失均平之理。惟夫博雅君子，知其利者焉。」

任何文章要落實「文約而事豐」，誠然並非易事；即使做到「儉而無闕」，也難免因過於簡略而變成單調乏味（「言拙而寡味」），不能吸引讀者的閱讀興趣。因此，劉知幾又提出「用晦之道」，作爲相輔相成的輔助手段。他這樣寫道：

> 夫飾言者爲文，編文者爲句，句積而章立，章積而篇成。篇目既分，而一家之言備矣。……然章句之間，有顯有晦。顯也者，繁詞縟說，理盡於篇中；晦也者，省字約文，事溢於句外。然則晦之將顯，優劣不同，較可知矣。夫能略小存大，舉重明輕，一言而鉅細咸該，片語而洪纖靡漏，此皆用晦之道也。〔註16〕

所謂「用晦」，就是「省字約文，事溢於句外」，「一言而鉅細咸該，片語而洪纖靡漏」；或者借用楊明教授的詮釋，即「言簡意賅、辭淺義深、意在言外之謂」，共有三層含義，十分深刻。〔註17〕他的「用晦之道」基本上有三途徑，即生動的比喻、適當的誇張以及巧妙運用細節。例如，「高祖亡蕭何，如失左右手」；「漢兵敗績，睢水爲之不流」；「董生乘馬，三年不知牝牡」；「翟公之門，可張雀羅」，都是劉知幾所列舉的「用晦」實例。

爲了實現「文約而事豐」，增加史書、文章的眞實性，使之發揮更大的社會功能，劉知幾對於語言的運用，還有値得重視的四項主張，不妨稱之爲「四異說」。首先是語言因時而異。他認爲語言具有時代性，古代語言不同於當代語言，所以不應採用古語記載今事（即反對「假託古詞，翻易今語」）。他爲此創造了「上古」（或「遠古」）「中古」、「近代」（或「近古」）三個歷史範疇，（或「中世」）、並用以表示特定的歷史發展階段。如「上古」「中指春秋時代與之前，古」指戰國、秦漢時期，「近代」指魏晉南北朝時期。由於語言隨著時代而有所改變，在不同的歷史時期具有不同的特徵，所以劉知幾主張史書用語應反映其時代特徵，不可爲著古雅而失眞。

其次是語言因地而異。由於中國幅員遼闊、人口眾多、民族複雜，各地區的語言也各有不同。尤其在東晉南北朝時期，西、北少數民族大舉進入中

〔註16〕《史通‧敘事》篇，遼寧教育出版社。
〔註17〕王運熙、楊明：《中國文學批評通史》隋唐五代卷，上海古籍出版社。

原地區，建立了許多小國（舊史稱之「五胡亂華」），致使語言的地域性更加突顯。劉知幾認爲，在南北朝時期，胡人統治下的北方地區使用的應是「夷音」，而在漢人統治下的南方地區，人們使用的卻是「華語」。北魏拓跋珪、北周宇文泰等人講的雖然是「夷音」，但魏收《魏書》和牛弘《周史》二書「必諱其夷音，變成華語」，他認爲都是很錯誤的做法（「華而失實，過莫大焉」）。〔註18〕

其三是語言因人而異。即使在同樣時代、同樣地域，只要人們的社會地位、文化修養不同，他們的語言風格也是有區別的。例如，西漢雖推崇儒術，但「王平所識，僅通十字；霍光無學，不知一經」，而史書「述其言語，必稱典誥」，令人誤以爲兩人都很有學問，這是違背歷史家的實錄精神的。又如，由於「胡俗不施冠冕」，隋人「王劭《齊志》述洛幹謝恩，脫帽而謝」，本來準確無誤；但唐人李百藥《北齊書》卻將「脫帽」改爲「免冠」，以致「華而失實」，弄巧反拙。從劉知幾所舉的這兩個實例，可知他對文學語言個性化的認知，是很有深度的，也是很獨到的，值得我們高度重視。

其四是語言因文而異。劉知幾主張區分文史，正是由於當時撰史者載言記事，爲了追求文辭典雅、駢儷，以致內容失其眞實性與準確性。他認爲當代詩文中可用典故，但當代史書則不可，例如，「來獻百牢」、「朝會萬國」、「吳徵魯賦」、「禹計塗山」，都是不可用於當代史書的歷史典故。（《敘事篇》：「持彼往事，用爲施於簡冊則否。」）又如，今說，於文章則可，」「賈生敘鵩鳥之辭（指《鵩鳥賦》）而文同屈宋，施於寓言則可，求諸實錄則否矣。」〔註19〕可見語言之運用應隨著文體而不同，亦屬劉知幾的文學高見之一。

研究劉知幾文學觀較之研究其文學理論或文學批評，可擁有較大的空間，因爲在「聽其言」之後，我們還可「觀其行」。《史通》是用當時流行的駢體文寫成，以四字句與六字句爲主，十分工整，詞彙豐富，頗有文采。單憑這點，就可以證明劉知幾非常重視語言文辭之美。具體的實例，約有以下數端：

（一）熟語運用頗貼切。《史通》所運用的成語、俗語，如「懲惡勸善」、「被髮左衽」、「疏而不漏」、「聞所未聞」、「一國三公」、「十羊九牧」、「沐猴而冠」、「聚蚊成雷」、「自相矛盾」，「成人之美」、「倜儻不羈」、「鳩居鵲巢」、

〔註18〕以上皆詳見《史通・言語》篇與《史通・雜說》篇，遼寧教育出版社。
〔註19〕《史通・雜說》篇，遼寧教育出版社。

「益壽延年」、「助桀為虐」、「畫虎不成反類犬」、「足成一家之言」、「舉一隅以三隅反」等，數量雖不很多，但質量都很高，而且都運用得十分貼切到位，無形中增添了《史通》的語言風采。

（二）對句使用頗適當。對句是漢語獨有的特色（研究中國文學的外國人感受特深，如日本漢學家青木正兒），也是文辭美的由來之一，所以自然受劉知幾重視。他在《史通》裏使用了不少對句，如：「故論其細也，則纖芥無遺；語其粗也，則丘山是棄」。又如：「或假人之美，借為私惠；或誣人之惡，持之以仇」。再如，「其言簡而要，其事詳而博；信聖人之羽翮，而述者之冠冕也」。此外還有：「昔董狐之書法也，以示天朝；南史之書弒也，執簡以往」。這樣的對句在駢文中穿插運用，致使駢文的四六句型發生一些變化，從而增加了文章的審美情趣。

（三）用晦之道頗高明。劉知幾是個「用晦」高手，為了使「事溢於句外」，他在行文過程中，也屢次運用生動而形象的比喻與誇張。例如，他以花多果少比喻文章內容空洞：「如二傳之敘事也，榛蕪溢句，疣贅滿行，華多而少實，言拙而寡味」。為了說明「雖事皆形似，而言必憑虛」的弊端，他用的比喻是：「夫鏤冰為璧，不可得而用也；畫地為餅，不可得而食也」。至於「十羊九牧，其令難行；一國三公，適從何在？其不可四也」，說的是眾人合修史書之困難（這也是劉知幾的經驗之談），既形象又巧妙，令讀者趣味盎然。

通過「聽其言，觀其行」，即借助其理論與實踐，我們對劉知幾的文學觀，應該有了比較全面的認識。他相信史以文傳，因「言之不文，行之不遠」；他鄙視、排斥華而不實的詩文，重視文學作品的社會功能；他非議作品堆砌詞藻，濫用典故，但並不忽視語言文辭之美；他在語言運用上要求區分文史，但在社會功能上，又主張文史合而為一。總而言之，作為一種文化價值觀念，劉知幾的文學觀是個複雜的、矛盾的統一體，我們千萬不可把它簡單化、概念化！羅根澤《中國文學批評史》以所謂「政治工具說」，作為劉知幾文學觀的定性或定位，似乎並不恰當。

第二節　魏徵等歷史家的文學觀

在唐代歷史家中，魏徵（公元 580～634 年）與杜佑（公元 735～812 年）齊名：前者以出任諫官、主編《隋書》（包括《十志》）而獲得好評，後者則

以撰寫《通典》（「三通」之一）而揚名後世。其他歷史家還有《晉書》主編房玄齡、《梁書》和《陳書》作者姚思廉、《北齊書》作者李百藥、《北周書》主編令狐德以及《南史》和《北史》作者李延壽。本節將主要透過「六書二史」，來窺探魏徵等人的文學觀，並將其文學觀作比較研究，從而將進一步瞭解唐代文史的共生關係。

一、「文之爲用，其大矣哉」

在第一節裏，曾經提及劉知幾高度重視文學，尤其是文學的社會功能（雖然相比之下，文學的重要性不如歷史）。對唐代歷史家而言，這絕不是個別的或孤立的價值觀念，而是具有代表性、普遍性的文學觀念。魏徵在《隋書·文學傳序》裏，就強調「文之爲用，其大矣哉」。他和劉知幾幾乎異口同聲說道：

《易》曰：「觀乎天文，以察時變；觀乎人文，以化成天下。」
《傳》曰：「……言之不文，行之不遠。」故堯曰則天，表文明之稱；
周雲盛德，箸煥乎之美。然則文之爲用，其大矣哉！

引經據典，將「天文」與「人文」相提並論，又援引「言之不文，行之不遠」，以強調文學之社會功能及其重要性，不僅僅是劉、魏兩人的共同見解，其他歷史家如李百藥、姚思廉、房玄齡、李延壽，也都持有相同或近似的認知。其中李百藥說：

夫玄象著明，以察時變，天文也；聖達玄言，化成天下，人文也。達幽顯之情，明天人之際，其在文乎。逖聽三古，彌綸百代，
制禮作樂，騰實飛聲，若或言之不文，豈能行之遠也。〔註20〕

他同時強調「文之時義大哉遠矣」：「夫文以化成，惟聖之高義，行而不遠，前史之格言。……既而書契之道聿興，鍾石之文逾廣，移風俗於王化，崇孝教於人倫，……故知文之時義大哉遠矣！」其實他將「移風俗於王化，崇孝教於人倫」，作爲文學之功用，而文學之重要性（「大哉遠矣」）就建在這個基礎上。對此，魏徵的解說比較言簡意賅，而且更有新意。他說：

上所以敷德教於下，下所以達情志於上。大則經緯天地，作訓垂範，次則風謠歌頌，匡主和民。〔註21〕

〔註20〕《北齊書·文苑傳序》，中華書局。
〔註21〕《隋書·文學傳序》，中華書局。

我認為魏徵之言中，最值得我們注意的，應是「下所以達情志於上」與「匡主和民」兩句。因為一般人所理解的文學政治功能，只是「教化於下」，而魏徵卻論及反映民生、下情上達的重要性。對「文之為用」，劉知幾說的是「觀乎國風，以察興亡」，魏徵卻把它進而提升到「匡主」（制約君主）這個層次。這顯然是一大創見，而且肯定和他的諫官身份有關。原來魏徵是中國歷史上最著名的諫官，常隨唐太宗左右，「匡主」（諍諫）即其政治使命。他在職十幾年，共上書直諫百餘次，深受唐太宗器重，且成為中國古代政治之美談。

姚思廉認為文學之重要性及其功能，在於「經禮樂而緯國家，通古今而述美惡，非文莫可也。是以君臨天下者，莫不敦悅其義；縉紳之學，咸貴尚以其道，古往今來，未之能易」。〔註22〕（《梁書・文學傳序》）在《陳書・文學傳序》裏，姚思廉也表達了相似的見解，而且說得更加清楚明白：

> 自楚、漢以降，辭人世出，洛汭、江左，其流彌暢。莫不思侔造化，明竝日月，大則憲章典謨，禪贊王道；小則文理清正，申紓性靈。至於經禮樂，綜人倫，通古今，述美惡，莫尚乎此。

看來他不僅秉承了司馬遷的「通古今之變」說，而且還弘揚了曹丕的「經國之大業」說，即將文史的最高層次的（「莫尚乎此」）社會功能合為一體，進而得出「經禮樂」、「緯國家」、「綜人倫」、「通古今」、「述美惡」的結論，亦屬於文學功能的綜合性論斷。

當然，在唐代歷史家的價值觀念中，文學畢竟不同於歷史，它除了理性部分，還有感性部分。姚思廉所謂「文理清正，申紓性靈」，就說明了他對文學本質的認知，還是比較全面的。在充分發揮文學作品的社會功能之餘，文學家還可通過文學作品，抒發個人的喜怒哀樂之情，給讀者以心曠神怡，或以百感交集。他在《梁書・文學傳後論》裏，又說「夫文者妙發性靈，獨拔懷抱」。李百藥、房玄齡與李延壽、令狐德棻都一致認為，文學作品也是作家「情性」的體現（「文章之作，本乎情性」），而李百藥主張「然文之所起，情發於中。人有六情，稟五常之秀；情感六氣，順四時之序」。〔註23〕魏徵則對文學作品的創作，發表了以下的見解，它和韓愈的「不平則鳴論」有點近似。他說：

> 或離讒放逐之臣，途窮後門之士，道軻而未遇，志鬱抑而不申，

〔註22〕《北齊書・文苑傳序》，中華書局。
〔註23〕同上書。

　　憤發委約之中，飛文魏闕之下，奮迅泥滓，自致青雲，振沉溺於一

　朝，流風聲於千載，往往而有。是以凡百君子，莫不用心焉。〔註24〕

以上引文是「次則風謠歌頌，匡主和民」之延續，屬於「文之爲用」的組成
部分。如此觀之，在魏徵的文學觀念中，文學功能共三個不同層次：「作訓垂
範」最高，「匡主和民」次之，上書言志緣情又次之。對於後者，魏徵認爲文
章即使出自懷才不遇或其他的精神壓抑，只要用心寫作，也往往可以「振沉
溺於一朝，流風聲於千載」。

　　《隋書·經籍志》給予屈原（尤其是）《楚辭》《離騷》極高的評價，認
爲《離騷》不僅具含諷諫功能，而且情感眞摯、富有文采，而屈原「其氣質
高麗，雅致清遠，後之文人，咸不能逮」：

　　　　《楚辭》者，屈原之所作也。自周室衰亂，詩人寢息，詔之道

　　興，諷刺之辭廢。楚有賢臣屈原，被讒放逐，乃著《離騷》八篇，

　　言己離別愁思，申杼其心，自明無罪，因以諷諫，冀君覺悟，卒不

　　省察，遂赴汨羅死焉。弟子宋玉，痛失其師，傷而和之。其後，賈

　　誼、東方朔、劉向、揚雄，嘉其文采，擬之而作。蓋以原楚人也，

　　謂之「楚辭」。然其氣質高麗，雅致清遠，後之文，咸不能逮。

〔註25〕

因此，我認爲羅根澤將魏徵、姚思廉等人的文學觀貼上「文學爲政治工具說」
的標籤，恐怕有欠中肯，亦有將錯綜複雜的思想觀念片面化、簡單化之嫌。〔註
26〕關於這點，從下文論述還可得到進一步的印證。

二、「文體遷變，邪正或殊」

　　眾所周知，從變易與縱面觀點看事物，是歷史家的本能和本領，中外古
今皆如此。在唐代「六書二史」的《文學傳》（或《文苑傳》）序文、論贊裏，
魏徵等歷史家或多或少都表露了這一觀點，即從文體演變講述文學發展及其
特徵。對包括唐代在內的歷史家的「文學史觀」，羅根澤倒是很重視的。他說：

　　　　他們是史學家，以故他們的文學史觀，比一般文學家與文學批

　　評家，較有見解。純粹的文學家及一部分的文學批評家對於文學的

〔註24〕　《隋書·文學傳序》，中華書局。
〔註25〕　《隋書·經籍志》卷三五，中華書局。
〔註26〕　羅根澤：《中國文學批評史》卷二，古典文學出版社，第94～95頁。

觀察，往往是「橫剖面」的。只注意好壞的價值，不注意歷史的因
素，是靜止的批評，不是變動的探討。史學家歷覽古今，則是「縱
剖面」的，由古今的不同，而探討前後的轉變。〔註27〕

的確如此，唐代歷史家善於「歷覽古今」，對前代文學進行不是「靜止的批評」，
而是「變動的探討」。如魏徵《隋書‧經籍志》說「世有澆淳，時移治亂，文
體遷變，邪正或殊」，就比較清楚地論及兩點：其一是文體變遷（文學發展）
直接受到時代改變與政治因素（或「治」或「亂」）的影響；其二是文學發展
的方向或結果，是「正」是「邪」，則各有不同。平心而論，這種把文體嬗變
與時代治亂掛鉤，誠然如羅根澤所說，是史學家眼光過人之處。文學理論家
劉勰雖然看到這點，而他所謂「文變染乎世情，興廢繫乎時序」，也說得「四
平八穩」，但似乎不如魏徵之言透徹、明確（含批判性是其優點）。

　　對於先秦、兩漢文學，唐代歷史家都給予了正面評價，而且彼此的論點
大致相似；至於對魏晉文學，也褒多於貶。如令狐德棻說：

其後逐臣屈平，作《離騷》以敘志，宏才豔發，有惻隱之美。
宋玉，南國詞人，追逸轡而亞述其迹。大儒荀況，賦禮智以陳其情，
含章鬱起，有諷論之義。賈生，洛陽才子，繼清景而奮其暉。竝陶
鑄性靈，組織風雅，詞賦之作，實為其冠。〔註28〕

上文顯示對詩人屈原、宋玉乃至大儒荀況與才子賈誼四人的詩文作品，令狐
德棻都給予極高評價。接著，他把目標轉向兩漢和魏晉文學，而繼續寫道：

自是著述滋繁，體制匪一。孝武之後，雅尚斯文，揚葩振藻者
如林，而二馬、王、楊為之傑；東京之朝，茲道愈扇，咀徵含商者
成市，而班、傅、張、蔡為之雄。當塗受命，尤好蟲篆。曹、王、
陳、阮，負宏衍之思，挺棟幹於鄧林；潘、陸、張、左，擅侈麗之
才，飾羽儀於鳳穴。斯竝高視當世，連衡孔門。〔註29〕

文中對西漢的司馬遷、王充、揚雄，東漢的班固、張衡、蔡邕等人，魏晉的
「三曹」、王粲、陳琳、阮籍、潘岳、陸機、左思等人，同樣都給予佳評。說
他們不是人傑，就是雄才；不是「負宏衍之思」，就是「擅侈麗之才」，甚至
「高視當世，連衡孔門」。他認為雖然時代不斷推移，文學內容、體裁與風格

〔註27〕羅根澤：《中國文學批評史》卷二，古典文學出版社，第99頁。
〔註28〕《周書‧王褒庾信傳論》，中華書局。
〔註29〕同上書。

屢次改變（「雖時運推移，質文屢變」），但是文學發展仍處於正確軌道。

其他歷史家對當時文學的評價，觀點基本上也大同小異。如魏徵說：「宋玉、屈原，激清風於南楚；嚴、鄒、枚、馬，陳盛藻於西京。平子豔發於東都；王粲獨步於漳滏。爰逮晉氏，見稱潘、陸，並縟藻相輝，宮商間起，清辭潤乎金石，精義薄乎雲天。永嘉已後，玄風既扇，辭多平淡，文寡風力。降及江東，不勝其弊」。〔註30〕值得注意的是：魏徵對兩晉文學持不同看法，褒西晉而貶東晉，認爲後者「辭多平淡，文寡風力」，完全符合他所提出的「時移治亂，文體遷變」這個理念。房玄齡《晉書・文苑傳序》也費了一些筆墨，論述自周代至兩晉的著名作家，包括荀況、宋玉、班固、張衡、「三曹」、「七子」、陸機、潘岳等人。評語雖同樣過於抽象，甚至含糊不清，但對他們的文學成就一律予以肯定、讚賞，如稱「張載擅銘山之美，陸機挺焚研之奇」、「三祖葉其高韻，七子分其麗則」。

對於南北朝文學，唐代歷史家的觀點稍有分歧，評價隨之不一致。姚思廉對梁陳文學，無一貶詞，甚至讚賞有嘉。如他不但盛讚梁武帝蕭衍大力獎勵文學，而且認爲「沈約、江淹、任昉，並以文采，妙絕當時」。他這樣寫道：

> 高祖聰明文思，光宅區宇，旁求儒雅，詔採異人，文章之盛，煥乎俱集。每所御幸，輒命群臣賦詩。其文善者，賜以金帛。指闕庭而獻賦頌者，或引見焉。其在位者，則沈約、江淹、任昉，並以文采，妙絕當時」。〔註31〕

對於備受後人嘲諷的陳後主（陳叔寶），卻因爲他「雅尚文詞」，獎勵文學，姚思廉同樣給予肯定甚至稱譽：

> 後主嗣業，雅尚文詞，傍求學藝，煥乎俱集。每臣下表疏及獻上賦頌者，躬自省覽。其有辭工，則神筆賞激，加以爵位。是此搢紳之徒，咸知自勵矣。若名位文學晃著者，別以功迹論。〔註32〕

但是，在另一方面，其他歷史家對南北朝文學，則貶多於褒。李百藥援引沈約之言，謂「自漢至魏，四百餘年，辭人才子，文體三變」。又說從此之後，模仿、抄襲之作尤多。直至梁末，南朝文風每況愈下，從「輕險」、「流俗」、「悲而不雅」逐漸變成「淫聲」、「亡國之音」，都是「隨君上之情欲也」。至

〔註30〕　《隋書・經籍志・集部總論》，中華書局。
〔註31〕　《梁書・文學傳序》，中華書局。
〔註32〕　《陳書・文苑傳序》，中華書局。

於北朝的北齊文人，亦多「文學膚淺」，「當時操筆之徒，搜求略盡。此外如廣平宋孝王、信都劉善經輩三數人，論其才性，入館諸賢亦十三四不逮之也」。〔註33〕

令狐德棻對南朝文學的評價，同樣貶多於褒。如既稱「惟王褒、庾信，奇才秀出，牢籠一代」，又說：「然則子山之文，發源於宋末，盛行於梁季。其體以淫放爲本，其詞以輕險爲宗。故能誇目侈於紅紫，蕩心逾於鄭衛。昔楊子雲有言『詩人之賦麗以則，詞人之賦麗以淫』。若以庾氏方之，斯又詞賦之罪人也。」

魏徵的文學觀點則稍有不同，他對江淹、沈約、任昉的評價較高，但對徐陵、庾信則予全盤否定。他說他們「其意淺而繁，其文匿而採」，同屬於折射「亡國之音」的宮體作品：

> 梁自大同之後，雅道淪缺，漸乖典則，爭馳新巧。簡文、湘東，啟其淫放；徐陵、庾信，分道揚鑣。其意淺而繁，其文匿而採，詞尚輕險，情多哀思。格以延陵之聽，蓋亦亡國之音乎！〔註34〕

不僅如此，對南朝皇帝如陳後主等人的宮體詩，魏徵更大力鞭撻之：

> 近古皇王，時有撰述，並皆包括天地，牢籠群有，競採浮豔之詞，爭馳迂誕之說，騁末學之博聞，飾雕蟲之小技，流宕忘反，殊途同致。（《群書治要序》）〔註35〕

然而，對於北朝文學的評價，歷史家們則持同情、理解的平和態度。這是因爲少數民族大舉進入中原後，北方四分五裂，戰亂連年，文學發展深受打擊，自然無法避免。誠如令狐德棻所言：

> 既而中原版蕩，戎狄交侵，僭僞相屬，士民塗炭，故文章黜焉。其潛思於戰爭之間，揮翰於鋒鏑之下，亦往往而間出。……然皆迫於倉卒，牽於戰爭。兢奏符檄，則粲然可觀；體物緣情，則寂寥於世。非其才有優劣，時運然也。〔註36〕

魏徵的看法亦頗相似，他認爲「其中原則兵亂積年，文章道盡。後魏文帝，頗效屬辭，未能變俗，例皆淳古」。他還將南北朝文學的特色進行比較，然後得出以下結論：

〔註33〕《北齊書・文苑傳序》，中華書局。
〔註34〕《隋書・經籍志》卷三五，中華書局。
〔註35〕《四部叢刊》本《群書治要》卷首，明倫出版社。
〔註36〕《周書・王褒庾信傳論》，中華書局。

> 江左宮商發越，貴於清綺；河朔詞義貞剛，重乎氣質。氣質則
> 理勝其詞，清綺則文過其意。理深者便於時用，文華者宜於詠歌。
> 此其南北詞人得失之大較也。若能掇彼清音，簡茲累句，各去所短。
> 合其兩長，則文質斌斌，盡善盡美矣。〔註37〕

這是很獨到的結論，其觀點可取之處有三：一為道出兩種性質不同的文學作
品，南朝（「江左」）偏重於「文過其意」的感性文學，北朝（「河朔」）擅長
於「理勝其詞」的理性文學；前者「文華」故「宜於詠歌」，後者「理深」故
「便於時用」。二為南朝作品因「文過其意」而多「累句」，北朝作品因「理
勝其詞」而缺文采，故兩者若能取長補短，則「盡善盡美矣」。三為其「新鮮
之處，在於它是從總結南北朝文學不同特點的角度立論的，體現了政治上的
大一統實現之後人們觀察、思考問題的新的視角」。（楊明教授語）〔註38〕第
三項雖屬「言外之意」，但見解獨到，對我們深入瞭解魏徵的文學觀，很有意
義、很有幫助。

三、文辭樸實，情趣盎然

　　魏徵等唐代史家的文學觀或文學理念，不僅體現於對文學功能的論述，
對文學發展的見解以及對文學家的評價，而且還體現於他們對史傳文章寫作
的審美情趣。只要翻閱「六書二史」中的一些列傳，就會發現其文辭多數樸
素無華，但又不失其優美，特別是在駢體文盛行的時期，更給人以耳目一新
的審美感受。因為從文藝鑒賞學或接受學的角度來看，創作與鑒賞是一種授
受關係，任何一種文字作品之審美價值，在很大程度上取決於讀者之領悟與
接受。若再從語言美學的角度來看，詞藻豐富豔麗是一種美，簡潔淺白也是
一種美，而且是平易近人的、永恒的美。庾信詩文不論學者們給予多高評價，
都無法和唐詩宋詞相媲美，就是這兩個道理。或許再打個比方，五顏六色的
華麗晚服，未必勝過單純色彩（包括黑白在內）的淑女晚裝，尤其是在色彩
繽紛的場合，恐怕也是這個道理。為了體會唐代歷史家樸實無華的審美情趣，
不妨先讀《周書・異域傳上》的一段記載：

> 獠者，蓋南蠻之別種，……俗多不辨姓氏，又無名字，所生男

〔註37〕《隋書・文學傳序》，中華書局。
〔註38〕王運熙、楊明：《中國文學批評通史》隋唐五代卷，上海古籍出版社，第 55
　　　頁。

女，唯以長幼次等呼之。其丈夫稱阿蔓、阿段，婦人稱阿夷、阿弟
之類，皆其語之次等稱謂也。喜則群聚，怒則相殺，雖父子兄弟，
亦手刃之。遞相掠賣，不避親戚。被賣者號叫不服，逃竄避之，乃
將買人指攝捕逐，若追亡叛，獲便縛之。但經被縛者，即服爲賤隸，
不敢更稱良矣。

它所記述的是在漢中一帶，一個少數民族的奇風異俗，不僅文詞簡約、淺白
易懂，而且內容新鮮有趣，給讀者以讀「花邊新聞」的感受。如此這般的奇
聞趣事，在正史列傳裏並不罕見，而且有些涉及中國境外的「蠻夷之邦」。凡
是研究東南亞古代史者，都可能讀過以下這段記載：

扶南國俗本裸，文身披髮，不製衣裳，以女人爲王，號曰柳葉。
年少壯健，有似男子。其南有激國，有事鬼神者字混塡。夢神賜之弓，
乘賈人舶入海。混塡晨起即詣廟，於神壇下得弓，便依夢乘舶入海，
遂至扶南外邑。柳葉人眾見舶至，欲劫取之。混塡即將弓射其舶，穿
度一面，矢及侍者。柳葉大懼，舉眾降混塡。塡乃教柳葉穿布貫頭，
形不復露，遂君其國，納柳葉爲妻，生子分王七邑。〔註39〕

我們與其將它視爲歷史記載，不如把它當成傳奇小說，因爲其內容來自道聽
途說，眞實性、可信度甚低，最多只能作「三七分」，即三分眞實，七分虛
構。如果作爲傳奇小說，倒是故事情節離奇，足以引人入勝，文學的審美價
值不菲，而且文辭淺白易懂，易於廣泛流傳。引文所體現的正是劉知幾所說
的「敘事之美」，即「夫國史之美者，以敘事爲工，而敘事之工者，以簡要
爲主」。

以上兩段引文，皆屬故事片段，而且虛構性強、可信度弱。以下則是《南
史・列傳六十三》裏一篇比較完整的「眞實」故事：

又宋初吳郡人陳遺，少爲郡吏，母好食鐺底飯。遺在役，恒帶
一囊，每煮食輒錄其焦以貽母。後孫恩亂，聚得數升，恒帶自隨，
及敗逃竄，多有餓死，遺以此得活。母晝夜泣涕，目爲失明，耳無
所聞。遺還入戶，再拜號咽，母豁然即明。

如果按照現代歷史觀來看，以上文字根本不是歷史記載，而是一篇弘揚孝道
的文學作品，是一篇結構比較完整的超微型小說。看來唐代歷史家爲滿足或

張揚個人的審美情趣，將民間故事當成「實錄」寫進了正史，甚至熱衷於搜奇覓異，有聞必錄，把文學色彩引進了史書，已不足爲奇。

說明這種文史不分、寓文於史的文化現象，或許三個實例尚未足夠，所以不妨再摘錄一兩小段眞人眞事：

> （王弘之）性好釣，上虞江有一處名三石頭，弘之常垂綸於此。
> 經過者不識之，或問：「漁師得魚賣不？」弘之曰：「亦自不得，得亦不賣。」日夕載魚入上虞郭，經親故門，各以一兩頭置門內而去。
> 〔註40〕

根據史書本傳，故事主角王弘之是名隱士，和謝靈運、顏延之都有交情，其事迹較平淡無奇，但眞實性、可信度頗高。作者同樣採用了傳奇小說的表現手法，故事裏有人物，有情節，有對白，有插敍，和傳奇小說幾乎沒有兩樣。其實，以上實例屢見不鮮，因爲許多歷史名人趣事都來自正史，例如，王羲之愛鵝，劉伶嗜酒，陶潛「不爲五斗米而折腰」，都爲後人所津津樂道。此外，還有關於潘岳的一小段有趣文字，值得一讀：「岳美姿儀，……少時常挾彈出洛陽道，婦人遇之者，皆連手縈繞，投之以果，遂滿載以歸。時張載甚醜，每行，小兒以瓦擲之，委頓而反。」〔註41〕房玄齡以文學作品中常見的誇張、對比手法，只用幾句話就把潘岳的美男子形象寫活了。

不厭其煩地援引許多實例，只是爲了證明或說明這樣一個事實：唐代歷史家文學觀的蘊涵中，不盡是微言大義；或者說在微言大義之外，還有完全屬於作家個人生活的審美情趣。當然，他們的文學觀正如歷史觀一樣，有著明顯的時代烙印或與生俱來的「胎記」，是無可避免也無可厚非的。所謂「時代烙印」，就是爲了滿足當時社會發展與文化生活的需要，文學必須和歷史結合爲一體，優先並充分發揮其社會功能（包括教育功能、借鑒功能在內），而後才輪到個人的審美娛樂情趣。文史作品的共生關係，就是建立在這樣的共同基石之上的！唐代歷史家和文學家站在同一戰線，同聲批判南朝文學——尤其是「宮體」，並不意味著他們缺乏審美意識。他們嘲諷南朝文學中的「亡國之音」（如陳後主《玉樹後庭花》），也是有理論依據的，即依據儒家的「詩

〔註40〕《宋書·隱逸傳》，中華書局。
〔註41〕《晉書·潘岳傳》，中華書局。

可以觀」（詩教）這一文化傳統。〔註42〕其實，他們所反對的是唯美主義或形式主義的、華而不實的美，所追求的是現實主義或自然主義的、樸實無華的美！這是我們探討唐代文學觀時，不可忽略的歷史事實。

第三節　文學在唐修正史中的位置

按照論文寫作大綱，在第八章第三節《歷史在唐代文學中的位置》裏，我們將討論「唐代詩歌的歷史情結」、「唐代傳奇的歷史色調」和「唐代散文的歷史精神」，以便瞭解唐代文學家的歷史觀以及文史合一這個文化傳統在唐代的繼承與延續。在這一節裏，我想從不同的角度，從另一層面討論文學與歷史的密切關係，借助文學在唐代史書中的地位，更深一層瞭解唐代歷史家的文學觀，以落實唐人文學觀與歷史觀的交叉比較研究。

一、唐修正史中的文學家傳記

眾所周知，「二十六史」之中，除了司馬遷《史記》、班固《漢書》、陳壽《三國志》、沈約《宋書》、令狐德棻《周書》、薛居正《舊五代史》、歐陽修《新五代史》、宋濂《元史》、柯廷玉《新元史》，其他十七部正史都有《文學傳》（或《文苑傳》）。但是，不論正史上是否有《文學傳》，我們仍然可以從正史其他列傳中，獲得有關文學家的生平事迹；換句話說，古代文學家的生平事迹，雖主要來自正史記載，但單憑《文學傳》或《文苑傳》，卻未必可以獲得著名文學家的相關資料。就以唐人修撰的「六書二史」而論，在列傳中出現的兩晉南北朝著名文學家，有山濤、阮籍、嵇康、向秀、劉伶、皇甫謐、摯虞、張載、張華、陸機、陸雲、江統、潘岳、左思、張協、劉琨、郭璞、干寶（以上在《晉書》），以及陶淵明、謝靈運、蕭統、鮑照、劉勰、鍾嶸、江淹、吳均、丘遲、何遜、陶弘景、陰鏗，徐陵（以上在《南史》），酈道元、溫子昇、庾信、王褒、顏之推、劉善經（以上在《北史》），等等。此外，還有《陳書》中的江總、《梁書》中的沈約、范雲、任昉、蕭子顯。以上所提的

〔註42〕有些學者認為，唐人將南朝某些文學作品視為「亡國之音」，很不妥當，因為這是否定文學的獨特性或審美價值。事實上，論者不但忽略了古今文學觀的差異性，而且誤解了唐人所謂「亡國之音」的本意。唐人認為，從《玉樹後庭花》裏，後人可知陳朝覆亡之原因，而非《玉樹後庭花》的寫作會導致陳朝覆亡。這是兩個不同的概念，值得我們留意，以免將馮京當馬涼。

文學家共四十餘人，惟有左思、鍾嶸、劉勰、庾信、王褒、顏之推、丘遲、陰鏗等八人之生平事迹，出現於《文學傳》（或《文苑傳》），其他文人都不屬於《文學傳》成員。

那麼，唐人編撰的《文學傳》或《文苑傳》裏到底有多少成員？他們又是一些什麼樣的人物？根據我的統計，唐人編修「六書二史」（其中《周書》無《文學傳》）的《文學傳》裏，總共記載文人一百六十三人次，其中大約只有十七人次（9.04%）受到現當代學者的普遍重視，讓他們的名字出現於現代人編著的中國古代文學通史和文學批評通史裏。具體情況大致如下：《晉書‧文苑傳》共記載了十七人，只有左思一人是我們所熟悉的；《南史‧文學傳》共記載了五十四人，只有鍾嶸、劉勰、丘遲、吳均、檀道鸞五人爲後人所肯定；《北史‧文苑傳》共記載了三十人，只有溫子昇、王褒、庾信、顏之推、劉善經五人爲今人所器重。至於《北齊書‧文苑傳》所記載的十四人，只有顏之推的名字是大家所知曉的；《梁書‧文學傳》所記載的十一人，但爲大家認同的只有鍾嶸、吳均、丘遲三人；《陳書‧文學傳》裏有十七人，但只有陰鏗一人值得一提；《隋書‧文學傳》裏有十九人，也只有劉善經一人屬於知名人物。其他許多著名的六朝文學家，如陸機、陶淵明、謝靈運、干寶乃至「竹林七賢」，都不出現於唐代正史《文學傳》。我們對此種奇特的文化現象，應該如何解讀或詮釋？我認爲比較合理的文化詮釋，或許有以下數端：

其一，唐代歷史家的包括文學觀在內的文化價值觀念，和我們現代人的文化價值觀念迥然不同，他們對各種歷史人物的評價、定位和歸類，自然隨之而異。例如，東晉大詩人陶淵明在《晉書》與《南史》內，雖居有一席之地，但都被兩書當成隱士而列入《隱逸傳》（分別爲列傳第六十四、六十五）；而著名的南齊數學家、科學家祖沖之反而被列入《南史‧文學傳》（列傳第六十二）。由此亦可見，若按我們現代人的價值準則，唐人的文學觀念是多麼怪異或含糊不清，否則不會出現這樣奇特的文化現象。

其二，對唐代歷史家而言，文學家不被列入《文學傳》，並不表示這些文學家的社會地位不如《文學傳》裏的文人，或者他們在文學方面缺少成就、貢獻。恰恰相反，有時正是爲了凸顯他們的歷史地位。例如，《謝靈運傳》在《南史》裏編入列傳第九，其排名遠在《文學傳》之前，而且內容比較詳細（近二千言），《南史‧文學傳》中無一文人可與他相比（包括備受後代推崇的鍾嶸與劉勰），因爲他們的傳記多在四百字之內，最長的也不過六百字左右。

其三，由於兩晉南北朝時期，門閥制度極爲盛行，家族背景在很大程度上決定了文人的社會地位或歷史地位，而且充分地反映於唐修正史的列傳中。在《南史》裏，出身世家豪族的謝靈運（其祖父謝玄是東晉的宰相），就不可能和出身寒門庶族的劉勰同列於《文學傳》。爲了凸顯世家豪族的特殊地位，無論《南史》或《北史》，都「用家傳形式，按世系而不按時代先後編次列傳，一姓一族的人物，集中在一起」（中華書局《〈南史〉出版說明》）。例如出身豪門世家的王弘（曾祖父王導是西晉丞相）及其子孫王錫、王僧達、王融、王微、王遠、王僧祐、王籍、王沖、王瑒、王瑜等十一人，同列於《南史·王弘傳》。

其四，若從正史列傳的編排位置或次序來看，《文學傳》的地位比較不重要，如《晉書·文苑傳》名列第六十二，介於《儒林傳》與《外戚傳》之間；《南史·文學傳》同樣名列第六十二，介於《儒林傳》與《孝義傳》之間；《梁書·文學傳》分上下篇，名列第四十三、四十四，介於《儒林傳》與《處士傳》之間；《陳書·文學傳》名列第二十八，倒數第三位；《北齊書·文苑傳》名列第三十七，倒數第六位；《隋書·文學傳》名列第四十一，位於《儒林傳》之後、《隱逸傳》之前。因此，凡是在六朝時有身份、有地位的文學之士，唐代歷史家都避免把他們編入《文學傳》。這一實事求是的做法，不僅體現了唐代歷史家的文學觀，同時在某種程度上，反映了文學家在魏晉南北朝的社會地位並不很高這一歷史事實。

唐修正史中的《文學傳》，記載的既然是文學之士的生平事蹟，照理每人都應有著作（詩文）刊行於世，「文」兼「學」應是入選的必要條件，正如姚思廉《梁書·文學傳序》所說：「今綴到沆等文兼學者，至太清中人，爲《文學傳》云。」然而，令人費解的是，實際情況並非完全如此。《文學傳》裏的「文兼學者」不是每人都有詩文作品，而且這並不是個別的、孤立的文化現象。《南史·文學傳》記載了五十名文人，其中十三人無作品集；《北史·文苑傳》共有二十八人，其中七人無作品集；《梁書·文學傳》記載二十五名文人，其中四人無作品集；《陳書·文學傳》共有十七人，其中三人無詩文集；《北齊書·文苑傳》記載文人十四名，其中無詩文集者竟多達九人。其他如《晉書·文苑傳》所載文士十七人，其中無詩集或文集者，也有三人；《隋書·文學傳》所載文士十八人，其中未提及作品刊行於世者，共有五人。即使在有詩文作品者當中，大約只有65％提及其作品名稱，對其餘僅僅含糊地說「所

著文章行於世」。爲何出現如此怪異的文化現象？究其原因可能有二：一是這些文學家所著文章在唐代已經失傳，或唐代修史館一時無法獲得相關信息；另一是在當時，對文學之士而言，一般非實用性的詩文作品遠不如學問、官職重要，所以可以省略而不提。官職在文學家本傳裏不可或缺，詩文作品卻可有可無，則成爲既常見而又奇特的文化現象。

二、唐修正史中的載文與文論

　　另一方面，唐人繼承了前代的文化傳統，在所修「六書二史」的列傳中，附載不少詩文作品，時人稱之爲「載文」。劉知幾《史通》有《載文》篇，專論載文之選用準則。所有載文都不是列傳的附錄，而是穿插於列傳之中，構成列傳的組成部分。除了詩賦，載文作品還有三大類別：奏章、書函與論文。這對我們瞭解文學在唐代史書中的位置，也具有相當重要的意義，所以值得我們研究、討論。正史列傳裏出現的詩賦，爲數不少，但以賦爲主，其中較著名的作品有陶淵明的《歸去來辭》（附載於《晉書・陶潛傳》和《南史・陶潛傳》）、張華的《鷦鷯賦》（附載於《晉書・張華傳》）、摯虞的《思遊賦》（《晉書・摯虞傳》）、潘岳的《閑居賦》（《晉書・潘岳傳》）、庾信的《哀江南賦》（《周書・庾信傳》）、劉璠的《雪賦》（《周書・劉璠傳》）、沈約的《郊居賦》（《梁書・沈約傳》、蘇侃的《塞客吟》（《南史・蘇侃傳》）、嵇康的《幽憤詩》（《晉書・嵇康傳》）、劉伶的《酒德頌》（《晉書・劉伶傳》）、向秀的《思舊賦》（《晉書・向秀傳》）。以上這些詩賦作品，都屬於相關作家的代表作，具有較高的文學價值。尤其是陶淵明《歸去來辭》、庾信《哀江南賦》更在中國古代文學史上居於重要地位，受到後人（包括現代人）普遍肯定與讚賞，甚至被列爲海外華文中學語文科之教材。

　　奏章亦稱奏疏或奏摺，是古代最重要的文學體裁之一。正史列傳既以官吏爲主體，上奏又是下情上達的唯一手段，是政治生活必不可少者，所以奏章較之詩賦，更受古代一般文人與歷史家重視。奏章內容大多涉及國計民生，結構嚴謹，風格典雅，文辭優美，則是其形式之特色。例如：《晉書・劉頌傳》附載劉頌奏疏全文（上奏西晉武帝，長達六千餘言，約占本傳全文 87%），是針對西晉初年大封同姓諸侯一事，提出個人的獨到見解。劉頌援引史實，從各個不同層面論述分封制之弊端，是一篇難得的政論。《晉書・傅玄傳》亦附載兩則上呈晉武帝的奏文：一則提倡「尊儒尚學，貴農賤商，此皆事業之要

務也」；另一則針對農業生產與水利工程，提出個人意見與建議。內容雖稍嫌簡略，但仍不失爲奏章中之佳作。《梁書·賀琛傳》所載長篇奏疏指陳四事，條理分明，直言時弊而不諱，亦當屬佳作之一。《隋書·牛弘傳》共附載四則奏章，其中一則是牛弘「以典籍遺逸，上表請開獻書之路」，因言之成理，持之有故，結果獲得隋文帝接納，「於是下詔，獻書一卷，賚絹一匹」。《隋書·李諤傳》卷六十六所載《上隋文帝論文書》，則屬於文論之作。作者強調文學之最大作用在於「正俗調風」，「苟非懲勸，義不徒然」，並且大力批判齊梁文風，令讀者耳目一新，在當時尤爲難得。

古代書翰一般分爲上行、平行與下行三種，既是人們遠程溝通的唯一工具，也是表情達意的不可或缺的一種文學形式。唐代正史列傳的載文裏，不乏高水平的名篇佳作。例如，范曄《獄中與諸甥姪書》，附載於《南史·范曄傳》，兼論文學、歷史與音樂，主張文學創作「應以意爲主，以文傳意」，「則其旨必見」，「其詞不疏」，「然後抽其芬芳，振其金石耳」。其文學主張，頗受到現代學者的普遍重視與高度評價，如楊明教授在《中國文學批評通史》魏晉南北朝卷裏，就詳論了《獄中與諸甥姪書》，並給予頗高的評價。南朝梁武帝皇太子蕭綱《與湘東王書》，附載於《梁書·庾於陵傳》，亦屬文論名篇佳作，他主張文學創作要「吐言天拔，出於自然」，認爲「謝朓、沈約之詩，陸倕之筆，斯實文章之冠冕，述作之楷模」。《晉書·王羲之傳》稱「時殷浩（按浩乃揚州刺史）與桓溫不協，羲之以國家之安在於內外和，因與浩書以戒之，浩不從。及浩將北伐，羲之以爲必敗，以書止之，言甚切至。浩遂行，果爲姚襄所敗。復圖再舉，又遺浩書止之」。載文《與殷浩書》不僅「言甚切至」，情理兼備，而且認爲東晉北伐一敗再敗，原因在於「未有深謀遠慮」、「忠言嘉謀棄而莫用」，誠屬眞知灼見。此篇書翰行文淺白流暢，風格自然清新，在駢文盛行之東晉尤爲珍貴難得。

按照唐人的文學觀念，論說文亦屬文學範疇，其重要性且在詩賦之上。因此，唐代正史列傳之載文中，論說文自然必不可少，而且有些還佔了本傳的大量篇幅。例如，《晉書·陸機傳》所附載的《辯亡論》（分上下兩篇）和《五等論》全文，是三篇言之有物的優秀論文。其論點相當明確，論據相當充分，可讀性頗高。（《晉書》載文取《辯亡論》而捨《文賦》，可見其作者文學觀念之一斑。）《晉書·劉寔傳》說劉寔作《崇讓論》之目的爲：「以世多進趣，廉遜道闕，乃著《崇讓論》以矯之」。作者是個政治理想主義者，主張上自三公，下至郡守，皆應選賢舉能；若不能稱職，則宜自動讓位於賢能者。

看來作者是受到古代禪讓傳說的啓發，才萌發如此的奇思妙想。《梁書‧鍾嶸傳》則刊載鍾嶸名作《詩評序》（又名《詩品序》）爲後世提供極爲珍貴的五言詩論著。凡研究魏晉南北朝詩歌者，《詩品序》是必須精讀的篇章，其重要性可想而知。至於《晉書‧王羲之傳》所刊載的《三月三日蘭亭詩序》，內容雖不足與《詩品序》媲美，但既含有山水詩創作的審美主張，又是一篇情文並茂的散文傑作。《梁書‧劉勰傳》裏的《文心雕龍‧序志》亦屬載文精品之一，和鍾嶸《詩品序》難分軒輊，其文學價值已被充分肯定，不必在此增添贅言。《梁書‧范縝傳》所載的《神滅論》，以罕見的一問一答的表述手法，闡明精神與肉體的哲學關係，具有極高的說服力與可讀性，更是一篇不可多得的傑作（哲理散文）。

　　以上載文皆屬兩晉南北朝的詩文，至於文論則指唐代歷史家的作品，即正史列傳中的序論與後論。其中主要包括：房玄齡的《晉書‧文苑傳序》、《晉書‧文苑傳後論》，李延壽的《南史‧文學傳序》、《南史‧文學傳論》，姚思廉的《梁書‧文學傳序》、《梁書‧文學傳後論》、《陳書‧文學傳》、《陳書‧後主紀論》，李百藥的《北齊書‧文苑傳序》，令狐德棻的《周書‧王褒庾信傳論》，魏徵的《隋書‧文學傳序》、《隋書‧經籍志‧集部總論》。這些文論作品，既出自歷史家之手，其文學觀基本上是一致的，即對文學本質、文學範疇和文學功能，都持有相同或近似的見解。不僅如此，他們的文學見解和許多唐代文學家的言論，還出現了驚人的一致性（詳見《唐代歷史家的文學觀》一章）。當然，歷史家的文學觀在大同之中還存有小異，令狐德棻的「文氣論」就值得在此一提，因爲它可與文學家的文氣論媲美。他說：

　　　　原夫文章之作，本乎情性。覃思則變化無方，形言則條流遂廣。雖詩賦與奏議異軫，銘誄與書論殊途，而撮其直要，舉其大抵，莫若以氣爲主，以文傳意。考其殿最，定其區域，摭《六經》百氏之英華，探屈、宋、卿、雲之密奧，其調也尚遠，其旨也在深，其理也富當，其辭也欲巧。然後熒金璧，播芝蘭，文質因其宜，繁約適其變，權橫輕重，斟酌古今，和而能壯，麗而能典，煥乎若五色之成章，紛乎猶八音之繁令。〔註43〕

文章不但應「以氣爲主，以文傳意」，而且要達到「調遠」、「旨深」、「理當」、「辭巧」的境界，此乃令狐德棻「文氣論」之要旨、精華所在。由於正史文

〔註43〕《周書‧王褒庾信傳論》，中華書局。

學傳序論與後論所體現的文學觀，在很大程度上代表了唐代文學觀中的主流意識，所以尤其值得我們重視；任何一部中國文學批評史或文學思想史，如果忽略了這一點，恐怕就是不夠完美的。

三、唐修正史中的感性文學色彩

正史列傳既是歷史，又是文學，所以有人稱之爲「歷史文學」，也有人稱之爲「史傳文學」。就其本質或特性而言，史傳文學是文史合一的結晶，也是理性與感性合一的產物，所以從唐代史書列傳中尋找感性文學的色彩，並非困難之事。在此所謂感性文學的色彩，包含了人物個性的展現，故事情節的設置，人物對白的使用以及敘事方法的全知視角。古代的歷史記載是以人爲主體，如果文學可以稱爲「人學」，歷史何嘗不可？正史列傳的人物眾多，而且形形色色，上自貴族官僚，下至孝子貞婦（普通百姓），其個性自然有所不同。因此，人物個性的展現，就好比列傳裏一道亮麗的光環，熠熠生輝。例如，晉朝大畫家顧愷之，在歷史家的生花妙筆之下，就是這樣栩栩如生的人物：

> 愷之每食甘蔗，恒自尾至本。人或怪之。云：「漸入佳境」。尤善丹青，圖寫特妙，謝安深重之，以爲有蒼生以來未之有也。愷之畫人成，或數年不點睛。人問其故，答說：「四體妍蚩，本無關少於妙處，傳神寫照，正在阿堵中。」……又爲謝琨像，在石岩裏，云：「此子宜置丘壑中」。欲圖殷仲堪，仲堪有目病，固辭。愷之曰：「明府正爲眼耳，若明點瞳子，飛白拂上，使如輕雲之蔽月，豈不美乎！」仲堪乃從之。〔註44〕

古今中外的藝術家，幾乎都是「怪物」，顧愷之並不例外，其言行皆異乎常人。從「畫人成，或數年不點睛」，到將謝琨像置於石岩裏，顧愷之所持的「理由」實在令人費解，莫名其妙。

畫家如此，有的武將亦然。如東晉名將祖逖「性豁蕩，不脩儀檢，年十四五猶未知書，諸兄每憂之。然輕財好俠，慷慨有節尚，每至田舍，輒稱兄意，散穀帛以賙貧乏，鄉黨宗族，以是重之」，「後乃博覽書記，該涉古今」，「與司空劉琨俱爲司州主簿，情好綢繆，共被同寢。中夜聞荒雞鳴，蹴琨覺

〔註44〕《晉書‧顧愷之傳》，中華書局。

曰：『此非惡聲也。』因起舞」。晉室東遷，南北朝對峙，「逖以社稷傾覆，常懷振復之志」，「帝乃以逖為奮威將軍、豫州刺史，給千人廩，布三千匹，不給鎧仗，使自招募。仍將本流徒部曲百餘家渡江，中流擊楫而曰：『祖逖不能清中而復濟者，有如大江！』辭色壯烈，眾皆慨歎」。〔註45〕

在歷史家筆下，文學家阮籍則是個好色之徒，其個性和顧愷之、祖逖迴然而異，同樣給人留下深刻印象：

籍嫂嘗歸寧，籍相見與別。或譏之，籍曰：「禮豈為我設邪！」鄰家少婦有美色，當壚沽酒。籍嘗詣飲，醉，便臥其側。籍既不自嫌，其夫察之，亦不疑也。兵家女有才色，未嫁而死。籍不識其父兄，徑往哭之，盡哀而還。〔註46〕

上述三個實例，足以說明歷史人物個性的充分展現，躍然紙上，所憑藉的不是抽象的敘述、說明，而是生活化的細微情節；不是枯燥乏味的政治語言，而是生動有趣的文學描述。《晉書》以食甘蔗和畫人像為事例，使顧愷之超凡出眾的個性躍然紙上；又以疏財濟貧、聞雞起舞、中流擊楫三個歷史故事，將祖逖的豪傑本色展現無遺。至於阮籍是個怎樣的文人，作者即便不加說明，讀者也可從他的放蕩不羈的怪誕行為中，心領神會，獲得非常深刻的感性印象和審美情趣。

歷史（列傳）和文學（小說）還有一個共同的文化特徵，那就是內容含有故事性。在故事情節設置過程中，歷史家不但充分利用人物的矛盾衝突，使場面戲劇化，而且虛與實相結合，進行適當的渲染、誇張，以增強歷史記載的藝術效果。像這類實例不勝枚舉，單在《晉書》就已有不少（請注意：唐王朝很重視《晉書》，唐太宗為之撰寫史論）。公元383年，前秦苻堅率號稱百萬之眾南下，企圖一舉消滅東晉，引發了歷史上著名的「淝水之戰」。謝安出任東晉「征討大都督」，他臨危不亂，沉著應戰，對東晉獲得戰爭勝利起著關鍵性作用。《晉書·謝玄傳》是這樣描述的：

（苻）堅後率眾，號百萬，次於淮淝，京師震恐。加（謝）安征討大都督。（謝）玄入問計，安夷然無懼色，答曰：「已別有旨。」既而寂然。玄不敢復言，乃令張玄重請。安遂命駕出山墅。親朋畢集，方與玄圍碁（棋）賭別墅。安常碁於少玄，是日玄懼，便為敵

〔註45〕《晉書·祖逖傳》，中華書局。
〔註46〕《晉書·阮籍傳》，中華書局。

> 手而又不勝。安顧謂其甥羊曇曰：「以墅乞汝。」安遂遊涉，至夜乃
> 還，指授將帥，各當其任。玄等既破堅，有驛書至，安方對客圍棋，
> 看書既竟，便攝放床上，了無喜色，棋如故。客問之，徐答曰：「小
> 兒輩遂已破賊。」

為了說明謝玄在此戰役中的作用，作者不惜多費筆墨，極盡渲染、鋪張之能事，甚至虛構某些故事細節，幾乎將歷史記載演繹成了歷史小說。若採用現代化的歷史記載，只需「謝安沉著應戰」六字，恐怕便已足夠了吧？這種文化現象的普遍出現，與其說由於唐人文史不分，毋寧說由於在唐人的歷史觀念裏，審美功能與愉悅功能同樣佔有一定的位置；同時，有一項統計數字，可以說明文史作品關係之密切：劉義慶《世說新語》所出現的人物共有六百四十一人，其中名見於《晉書》者，多達二百八十三人，占總人數的 44.15％。〔註47〕至於《隋書‧經籍志》將干寶《搜神記》（小說集）列入史部傳記類，那也就不足為奇了。

　　眾所周知，人物對白和自白是文學語言的主要成分。在小說和劇本裏，不同人物使用不同的語言，對白中的語言必須符合使用者的年齡、身份、地位、職業、性別，等等。那麼，列傳中的人物對白具有什麼特點？人物對白和自白被劉知幾稱為「載言」，它們的普遍存在，即幾乎每篇列傳裏都有人物對白或自白（除非是簡短的附傳），是值得一提的第一個特點；其次，列傳人物對白（或自白）雖具普遍性，但在列傳中所佔分量不大：少者一兩句，多者十來句；其三，雖然如此，列傳人物對白所產生的藝術效果卻不容忽視：用歷史人物自身的語言，更能展現其個性，也更能給人以真實感、親切感。試讀以下這段精彩異常的對白文字：

> 時竟陵王子良盛招賓客，縝亦預焉。……太原王琰乃著論譏縝曰：
> 「嗚呼范子！曾不知其先祖神靈所在。」欲杜縝後對。縝又對曰：「嗚
> 呼王子！知其祖先神靈所在，而不能殺身以從之。」其險詣皆此類
> 也。子良使王融謂之曰：「神滅既自非理，而卿堅執之，恐傷名教。
> 以卿之大美，何患不至中書郎，而乖剌為此，可便毀棄之。」縝大
> 笑曰：「使范縝賣論取官，已至今僕矣，何但中書郎邪。」〔註48〕

在唯心主義思潮興盛一時的南北朝，范縝以其唯物主義（即「神滅論」）傲視

〔註47〕逯耀東：《魏晉史學的思想與社會基礎》，東大圖書公司，第 175 頁。
〔註48〕《南史‧范雲傳》，中華書局。

中國古代哲學殿堂。單憑以上對話，多少可窺見他對自己的唯物主義理念充滿自信，而且爲人異常開朗、樂觀、豁達、瀟灑，甚至給人以鶴立雞群的感覺。《晉書·阮籍傳》這段妙言妙語，同樣令人忍俊不禁：

> 有司言有子殺母者，籍曰：「喜！殺父乃可，至殺母乎！」坐者怪其失言。帝曰：「殺父，天下之極惡，而以爲可乎？」籍曰：「禽獸知母而不知父，殺父，禽獸之類也。殺母，禽獸之不若。」眾乃悅服。

以上所舉的五個實例，出自《晉書》者居其四，是否表明只有《晉書》含帶感性文學色彩？答案是否定的。感性文學色彩是六書二史的共同特色，但其程度之深淺、分量之多寡，在各史書列傳並不一樣。大體言之，《晉書》最明顯，《南史》、《北史》次之，《周書》、《北齊書》、《梁書》、《陳書》、《隋書》又次之。因此，我們不難從各史書找到感性文學色彩的例證。《南史》與《北史》的《隱逸傳》、《列女傳》、《孝義傳》都有不少的奇聞趣事，其可讀性不亞於《晉書》。宋儒朱熹甚至認爲，《南史》、《北史》裏的作品除了帝紀，其餘都可視爲「小說」。《晉書》對「淝水之戰」的描寫固然很生動精彩，《梁書》對「邵陽之戰」的細節描繪也毫不遜色，不讓前者專美。其中一段寫道：

> 魏軍又夜來攻城，飛矢雨集，叡子黯請下城以避箭，叡不許。軍中驚，叡於城上厲聲呵之，乃定。魏人先於邵陽洲兩岸爲兩橋，樹柵數百步，跨淮通道。叡裝大艦，使梁郡太守馮道根、盧江太守裴邃、秦郡太守李文釗等爲水軍。值淮水暴長（漲），叡即遣之，鬥艦竟發，皆臨敵壘，以小船載草，灌之以膏，從而焚其橋。風怒火盛，煙塵晦冥，敢死之士，拔柵砍橋，水又漂疾，倏忽之間，橋柵盡壞。而道根等皆身自搏戰，軍人奮勇，呼聲動天地，無不一當百，魏人大潰。〔註49〕

若從文學創作角度來看，中國古典小說普遍採用全知視角。所謂「全知視角」，亦稱爲「全方位視角」，就是作者本身處於全知全能的位置，小說中的人物、故事、場景，無一不在其支配之下、安排之中。這種立體化的敘事方式，在正史列傳中亦屢見不鮮。比如在房玄齡等歷史家的筆下，阮籍、嵇康、劉伶三人的傳記，都涉及生平事迹的各個不同層面，除了家世、外貌、性格，還有事迹、言談、舉止、交友、官職、著作等。人物形象的塑造，是

〔註49〕《梁書·韋叡傳》，中華書局。

隨著人物活動空間而展開，空間位置的轉變，始終不離開作者的視線，所以能使人物形象的立體感油然而生。

　　總之，以上論述足以說明：在文史合一觀念的指引下，唐修正史列傳的文學色彩相當鮮明、強烈；而從文學在唐代史書中的位置，我們又可知「史中有文」這一文化基因，歷久彌新，世代相傳，成為中國古代文化的優良傳統之一。它在保存與豐富古典文學遺產方面，起著不可磨滅、不可替代的作用，對中國古典小說（從傳奇小說到章回小說）的創作，也產生了不可忽視的影響。千百年來，從史書裏尋找文學創作的素材，或從歷史遺迹中取得文學創作的靈感，一直是包括唐代在內的中國古代文學家所走過的創作道路。詩人、詞人是如此，小說家、戲曲家也是如此。

第八章　唐代文學家的歷史觀

第一節　韓愈的歷史觀

在中國古代文學史上，韓愈（公元 768～824 年）是位文壇泰斗，居「唐宋古文八大家」之首，近千年來享有「文起八代之衰」的美譽。在中國古代思想史上，韓愈是個非凡人物，因致力排佛崇儒而被譽爲「道濟天下之溺」。這是眾所周知的史實。然而，韓愈作爲優秀修史家的歷史觀卻鮮爲人稱道，而他如何運用歷史爲思想武器，和各種保守勢力進行的不懈鬥爭，也較少受到重視。一般文學史和史學史都迴避此二者，或許因爲屬於邊緣課題的緣故吧。

一、從《順宗實錄》看韓愈史觀

眾所周知，唐王朝非常重視歷史，除了先後完成八部前朝正史的修撰，還有「起居注」、「實錄」、「國史」、「時政記」等當朝當代的歷史記錄。唐憲宗元和年間（公元 806～820 年），韓愈一度奉詔出任史職，主持修撰《順宗實錄》，歷時約一年半。韓愈爲人耿直，疾惡如仇，如歐陽修《新唐書》贊他「操行堅正，鯁言無所忌」；而他自稱《順宗實錄》「忠良姦佞，莫不備書；苟關於時，無所不錄」，看來並非誇大其辭，或自我標榜。他在《進順宗皇帝實錄表狀》中，說明了主體化歷史的功能，修撰實錄的過程與所遵循的基本原則：

> 臣愈言：今之所以知古，後之所以知今，不可口傳，必憑諸史。
> 自雖二帝三王之盛，若不存記錄，則名氏年代，不聞於茲，功德事

業，無可稱道焉。……去八年十一月，臣在史職，監修李吉甫授臣
以前史官韋處厚所撰先帝實錄三卷，云未周悉，令臣重修。臣與修
撰左拾遺沈傳師、直館京兆府咸陽縣尉宇文籍等，共加採訪，並尋
檢詔敕修成順宗皇帝實錄五卷。削去常事，著其繫於政者，比之實
錄，十益六七。忠良姦佞，莫不備書；苟關於時，無所不錄。〔註1〕

對於朝吏貪得無厭，巧立名目，竭澤而漁，以致民不聊生，韓愈一律秉
筆直書不諱。試看《順宗實錄》卷二關於「宮市」的一段詳細記載：

貞元末，以宦者為使，抑買人物，稍不如本佶。末年不復行文
書，置白望數百人於兩市並要鬧坊，閱人所賣物，但稱宮市，斂手
付與，真偽不復可辨，無敢問所從來。其論價之高下者，率用百錢
物，買人直數千錢物，仍索進奉門戶並腳價錢。將物詣市，至有空
手而歸者。名為宮市，而實奪之。……然宮市亦不為之改易。諫官
御史，數奉諫陳，不聽。〔註2〕

實錄提及德宗貞元末年，宦官以採購宮廷物品之名，行巧取豪奪之實：不但
「率用百錢物，買人直數千錢物」，甚至還要賣者倒貼搬運費和門戶錢。對於
這種「名為宮市，而實奪之」的不法行徑，「諫官御史」，雖「數奏諫陳」，但
德宗「不聽」。其根本原因何在？原來自「安史之亂」（公元755～763年）後，
皇權逐漸旁落，宦官集團日益跋扈，《舊唐書》卷184《宦官傳》序謂「德宗
避涇師之難」，「自是，神策親軍之權，全歸於宦者矣」。其實，德宗已成傀儡，
宦官不僅掌控神策禁軍，而且出任監軍使，監視各道節度使，對朝野大吏擁
有生殺予奪之權力，其權勢之大可想而知。〔註3〕

面對如此險惡的政治生態環境，韓愈毫不畏縮，毅然完成《順宗實錄》
五卷，為後人提供極為珍貴的唐代史料。〔註4〕修撰實錄遇到不少困難與阻
力，據《舊唐書・韓愈傳》稱，《順宗實錄》完成後「頗為當代所非」，理由
是「繁簡不當，敘事拙於取捨」，故「穆宗、文宗嘗詔史臣添改」，「而韋處厚

〔註1〕《韓昌黎全集》，中國書店，第448～449頁。
〔註2〕同上書，第503～504頁。
〔註3〕韓國磐：《隋唐五代史綱》，三聯書店，第244～248頁。
〔註4〕按《順宗實錄》是碩果僅存的唐實錄，《舊唐書》卷140《張建封傳》即採用
　　　《順宗實錄》記宮市一段。至於實錄之作者問題，我參閱了多名學者之研究
　　　心得，如瞿林東《唐代史學論稿》、黃永年《唐史史料學》、閻琦《韓昌黎文
　　　集校注》等，並相信此實錄乃韓愈所撰之可能性最大。

竟別撰《順宗實錄》三卷」。但史實並非如此，據《進順宗皇帝實錄表狀》，韋處厚撰《順宗實錄》三卷是在韓愈修書之前，所以《舊唐書》記載顯然有誤。同時，對於《舊唐書》之非議，當代唐史學家瞿林東援引《舊唐書・路隨傳》爲例證，嚴詞加以批駁道：

> 「頗爲當代所非」，原來是「內官惡之」；「所非」的原因也並非「繁簡不當」，而是「說禁中事頗切直」。把「切直」加上「不實」的罪名，實在太荒謬了。〔註5〕

從《順宗實錄》「敘事拙於取捨」的內容，我們多少可看到韓愈的歷史觀念與史家精神。首先，他相信史事本身既是一種客觀存在，作爲史官就必須實事求是，使任何史事記載都盡可能接近史事本身；其次，既然名爲「實錄」，就必須如實記錄，做到名副其實，使史事本身得到較充分的保存與再現，如此對後人才有參照價值（「據事迹實錄，則善惡自見」）；再次，爲了體現唐人修史的存實求眞精神，修史者必須剛正不阿，堅持原則，敢於承擔各種政治壓力與政治風險，當然也包括罷官貶職，甚至殺身之禍。韓愈自然意識到修史之困難與風險，他在《答劉秀才論史書》中曾說：「夫爲史者，不爲人禍，則有天刑，豈可不畏懼而輕爲之哉？」又說：「愚以爲凡史氏褒貶大法，春秋已備之矣。後之作者，在據事迹實錄，則善惡自見。然此尙非淺陋偷惰者所能就，況褒貶邪？」〔註6〕

上述顯然只是韓愈歷史觀的一個側面，因爲編修史書並非他的主要貢獻；我們還可以韓愈排斥佛老，反對方鎮割據，提倡古文等多項主要社會實踐中，更加全面地窺探他的歷史觀。

二、從《論佛骨表》看韓愈史觀

在韓愈的五十七年生涯中，排斥佛老的鬥爭事迹居於重要位置，皇甫湜《韓文公墓誌銘》就這樣寫道：

> （韓愈）常惋佛老氏法，潰聖人之隄，乃唱而築之。及爲刑部侍郎，遂章言憲宗迎佛骨非是，任爲身恥，震怒天顏，先生處之安然，就貶八千里海上。嗚呼古所謂非苟知之，亦允蹈之者邪！〔註7〕

〔註5〕瞿林東：《唐代史學論稿》，北京師範大學出版社，第312～313頁。
〔註6〕《韓昌黎全集》，中國書店，第487頁。
〔註7〕高步瀛：《唐宋文舉要》，第2頁。

銘文所謂「常惋佛老氏法，潰聖人之隄」，的確是韓愈反對佛道兩教的原因，但我認為這並非唯一原因或主要的、根本的原因。這是因為「自南北朝以來，佛教、道教已經形成封建社會特殊勢力」，「在唐初曾一度擡高道教，尊奉備至，在武周時又一度擡高佛教」，「在它們的發展中，蘊含著愈來愈深刻的世俗地主與僧侶地主的矛盾」。〔註 8〕換句話說，出身世俗地主的韓愈所深痛惡絕的，看來並不是或主要不是佛道兩教的哲學思想，而是兩教過度膨脹對當時社會經濟所產生的惡劣影響，對唐帝國中央集權體制所帶來的破壞作用。韓愈其實也不討厭一般僧侶（只要不是迷溺者），他不但和佛道僧侶來往，而且和他們的交情甚篤，贈送他們多篇詩文如《送文暢師》、《送廖道士序》、《送張道士序》等。其中《送廖道士序》在描繪衡山美景之餘，還稱譽「廖師……學於衡山，氣專而容寂，多藝而善遊」。〔註 9〕此外，韓愈被貶為潮州刺史後，亦與大顛和尚交往甚密，曾作《與大顛師書》，稱讚「大顛師論甚宏博，而必守山林，義不至城郭。自激修行，獨立空曠」。〔註 10〕

　　元和十四年（公元 819 年），憲宗迎佛骨入宮供奉，京都長安轟動一時。韓愈時任刑部侍郎，本無權諫諍，但因「群臣不言其非，御史不舉其失」，所以冒死撰寫《論佛骨表》，上呈唐憲宗。《論佛骨表》筆鋒犀利，措詞強烈，顯得韓愈理直氣壯，而他反對憲宗佞佛的主要理由，正是以下列一些歷史事實為理論依據：

　　首先，韓愈列舉古代「帝王」，多長命百歲，在位長久。韓愈不厭其煩地寫出他們在位與在世年數，從黃帝、少昊、顓頊、帝嚳、帝堯、帝舜、夏禹，直到商周的成湯、太戊、武丁、文王、武王、穆王，莫不如此。然後他得出結論：「此時天下太平，百姓安樂壽考，然中國未有佛也」，「此時佛法亦未入中國，非因事佛而致然也」。

　　接著筆鋒一轉，《論佛骨表》指出佛教傳入中國後，王朝命運全然改觀：東漢明帝「在位才十八年耳」，「其後亂世相繼，運祚不長」，「宋齊梁陳元魏以下，事佛漸謹，年代尤促」，「惟梁武帝在位四十八年，前後三度捨身施佛」，「其後竟為侯景所逼，餓死臺城，國亦尋滅」。韓愈由此得出深具針對性的歷史結論是：「事佛求福，乃更得禍，由此觀之，佛不足事，亦可知矣」。

〔註 8〕侯外廬等：《中國思想通史》第四卷上冊，人民出版社，第 327 頁。
〔註 9〕《韓昌黎全集》，中國書店，第 288 頁。
〔註 10〕同上書，第 489 頁。

　　韓愈認為：唐朝初年，皇帝並不佞佛，「高祖始受隋禪，則議除之（按指除去佛事），當時群臣才識不足，不能深知先王之道，古今之宜，推闡聖明，以救斯弊，其事遂止，臣常恨焉」。而今皇帝陛下「即位之除，即不許度人為僧尼道士，又不許創立寺觀，臣常以為高祖之志，必行於陛下之手」。

　　最後，韓愈援引孔子名言「敬鬼神而遠之」，暗示唐憲宗不宜佞佛，接著又說「古之諸侯，行弔於其國，尚令巫祝先以桃茢祓除不祥，然後進弔」，而如今憲宗隨意將「朽穢之物」（佛骨）迎入宮供，既無歷史依據，也不合弔古例。〔註11〕

　　唐憲宗接獲《論佛骨表》後大怒，本擬將韓愈處死，後因裴度等人求情，才改貶為潮州刺史。韓愈對貶官處之泰然，在左遷途中，尚作詩云：「一封朝奏九重天，夕貶潮州路八千。欲為聖明除弊事，肯將衰朽惜殘年。」〔註12〕

　　由於以史為鑒是唐初所特別推崇的政治傳統，韓愈就是借助這個傳統，利用客觀存在的歷史為思想武器，同佛老所代表的保守思想與消極勢力進行政治鬥爭。在《原道》一文中，韓愈同樣以古今對比的手法，說明佛道二教的僧侶階層（寄生階層）過度膨脹，對當時社會經濟的惡劣影響（導致民窮且盜）：

> 古之為民者四，今之為民者六；古之教者處其一，今之教者處其三。農之家一，而食粟之家六；工之家一，而用器之家六；賈之家一，而資焉之家六。奈之何民不窮且盜也！〔註13〕

　　總之，韓愈所列舉以上各項史實，姑且不論其準確性如何（其實，在此準確性對歷史觀的論說並不重要），我們都應當承認：韓愈對歷史的認知功能、政治功能與借鑒功能，都已有充分認識，並且以歷史為主要的論證手段，將其政治功能發揮得淋漓盡致！

三、從《張中丞傳後敘》看韓愈史觀

　　在韓愈散文中，《張中丞傳後敘》屬於佳作之一，不少古代散文選集都有錄用，但似乎沒有注意到這篇文章的史學價值──即可以從中窺見韓愈史觀之一斑。

〔註11〕以上各段引文見《韓昌黎全集》，中國書店，第 456～458 頁。
〔註12〕《左遷至藍關示姪孫湘》，見《韓昌黎全集》，中國書店，第 163 頁。
〔註13〕《韓昌黎全集》，中國書店，第 173 頁。

　　從歷史角度看，《張中丞傳後敘》可說是篇歷史翻案文章，其寫作動機或目的頗值得深思。在文章首段，韓愈提到寫作緣起：

　　　　元和二年四月十三日夜，愈與吳郡張籍閱家中舊書，得李翰所
　　爲《張巡傳》。翰以文章自名，爲此傳頗詳密，然尚恨有闕者：不爲
　　許遠立傳，又不載雷萬春事首尾。〔註14〕

作爲一篇「後敘」，其作用表面上在於塡補李翰《張巡傳》之不足，但事實上卻藉此爲張巡（中丞）、許遠、南霽雲等人辯護，甚至進行歷史翻案。據《資治通鑑》記載，唐肅宗至德二年（公元 757 年）正月，安慶緒部將率兵十三萬圍攻睢陽，太守許遠向張巡告急。張巡自寧陵引兵援救，同許遠並肩堅守睢陽城。同年十月，睢陽城淪陷，張巡、許遠、南霽雲等皆被俘，並先後遭敵人殺害。

　　張巡、許遠以身殉國已近半個世紀之久，而且他們家族又和韓愈非親非故，韓愈爲何在公元 807 年（元和二年）舊事重提，並且致力爲他們辯護？在寫作過程中，又爲何如此理直氣壯、義憤塡膺？原來張、許堅守睢陽，壯烈捐軀，後來受朝廷褒揚，追封爲大都督，但長期以來，一直流傳不利於兩人的謠言蜚語：不是譴責張、許死守睢陽（「而責二公以死守」）造成生靈塗炭，就是誣指許遠貪生怕死，棄城投降敵人（「疑畏死而辭服於賊」）。韓愈見此感到忿忿不平，爲此陳年往事進行歷史翻案，我認爲首先出自其歷史價值觀念，即爲其存眞求實歷史觀念所驅使。換言之，韓愈之目的在於使張、許堅守睢陽的歷史眞相大白於天下，並永傳之於後世，成爲後人之楷模。

　　如果再作進一步思考，我們不難發現《張中丞傳後敘》還有更深一層的政治意義和歷史意義。「安史之亂」（公元 755～763 年）發生後，一些節度使或地方將領，有的「棄城而圖存」（如譙郡太守楊萬石降敵），有的「擅強兵坐而觀」（如河南節度使賀蘭進明），不肯派兵援救睢陽。反觀張、許「守一城，捍天下，以千百就盡之卒，戰百萬日滋之師，蔽遮江淮，沮遏其勢，天下之不亡，其誰之功也」！面對分裂主義的擡頭，地方勢力猖獗的挑戰，韓愈立場鮮明堅定，完全站在中央政府一邊。堅決反對方鎭割據，維護中央集權體制與帝國政治統一，既是韓愈的核心政治理念的體現，也是他的大一統歷史觀的再注腳或再印證。毫無疑問，撰寫《張中丞傳後敘》，完全適應唐肅宗打擊方鎭割據、重建中央集權的政治需要，所以具有一定的政治意義。

〔註14〕《韓昌黎全集》，中國書店，第 200 頁。

在政治大一統歷史觀的指引下，韓愈敘述張巡、許遠、南霽雲的歷史事迹，政治色調濃郁，其中「南霽雲乞師」一段寫得尤爲精彩動人，令人印象深刻：

> 南霽雲之乞救於賀蘭也，賀蘭嫉巡、遠之聲威功績出己上，不肯出師救；愛霽雲之勇且壯，不聽其語，強留之。且食與樂，延霽雲坐。雲慷慨語曰：「雲來時，睢陽之人不食月餘日矣。雲雖欲獨食，義不忍；雖食，且不下咽！」因拔所佩刀斷一指，血淋漓，以示賀蘭。一座大驚，皆感激爲雲泣下。雲知賀蘭終無爲出師意，即馳去。將出城，抽矢射佛寺浮圖，矢著其上磚半箭，曰：「吾歸破賊，必滅賀蘭，此矢所以志也！」愈貞元中過泗州，船上人猶指以相語。〔註15〕

作者對求援經過僅以「不肯出師救」一語輕輕帶過，而著重於記述南霽雲在宴會上的言行細節，栩栩如生地勾勒出一個擁護政治大一統將領的英勇形象。我認爲韓愈的眞正意圖，其實是借助這幾個歷史人物及其英勇事迹，宣示個人的大一統歷史觀：唐帝國的政治統一、領土完整，必須繼續維持不變，任何削弱中央集權體制的言行，都不應也不許存在，因爲唐帝國大一統是建立在中央集權體制的基礎之上的。關於這點，除了前面提到的《論佛骨表》外，我們還可從韓愈其他文章找到強而有力的證據，包括《論淮西事宜狀》、《進撰淮西碑文表》、《平淮西碑》以及《潮州刺史謝上表》、《與鄂州柳中丞書》等。

四、從平淮西之役看韓愈史觀

韓愈生於「安史之亂」後的中唐時期。「安史之亂」既是唐代歷史的分水嶺，也是唐帝國走向衰亡的開端，因爲長達八年的亂事平定後，帝國內有宦官專政與朋黨之爭，外有方鎮割據與吐蕃叛唐，中央集權體制已被削弱，甚至開始逐漸解體，大一統的政治局面已無法繼續維持下去。韓愈自然覺察到這一政治變化以及方鎮割據事態的嚴重性，所以他左遷潮州刺史後，還在《潮州刺史謝上表》內陳述己見：

> 伏以大唐受命有天下，四海之內，莫不臣妾，南北東西，地各萬里。自天寶之後，政治少懈，文致未優，武剋不剛，孽臣奸隸，外順內悖，父死子代，以祖以孫，如古諸侯自擅其地，不貢不朝，六七十年。〔註16〕

〔註15〕《韓昌黎全集》，中國書店，第 201 頁。
〔註16〕同上書，第 459 頁。

他十分清楚地表明對大唐盛世（天寶之前）的嚮往，對天寶之後方鎮擁兵割據的憂慮，可謂「先天下之憂而憂」。

由於在如何對付分裂主義勢力這個問題上，朝廷大臣政見分歧，君主又優柔寡斷，以致坐失剷除方鎮勢力之良機。例如，韓愈任中書舍人時，曾於元和九年上《論淮西事宜狀》，就提及「當此之時，則人異議，以惑陛下之聽」，以致「遲疑不斷，未有能成其事者」。然而，韓愈本身立場鮮明，態度堅決，一貫致力主張朝廷以武力消滅方鎮割據勢力，而且應集中兵力從較弱者下手。例如，他在《論淮西事宜狀》中說：

> 右臣狀以淮西三州之地，自少陽疾病，去年春夏以來，圖爲今
> 日之事。有職位者，勞於計慮撫循；奉所役者，修其器械防守。金
> 帛糧畜，耗於賞給。雖時侵掠，小有所得，力盡筋疲，不償其費。……
> 況以小州殘弊困劇之餘，而當天下之全力，其破敗可立而待也。

韓愈在此狀書中，還論及討伐淮西節度使（轄申、光、蔡三州，在今河南省東南部）的戰略與戰術，洋洋數千言，十分詳盡，然而因不合宰相武元衡之意，不但不受賞識，反而被貶爲「右庶子」。

元和十年，武元衡被人刺殺，裴度取而代之，主持進兵淮西事宜。韓愈受委爲「行軍司馬」，跟隨裴度、李愬征服淮西節度使吳元濟。事後韓愈返京，因功晉升爲刑部侍郎，並奉詔撰寫《平淮西碑》。碑文除了記述平定淮西的過程，還費不少筆墨，對淮西之役極盡其歌頌之能事，因爲反割據、保王權，維護唐帝國大一統，是韓愈歷史觀的核心內容。後來，李商隱作七言古詩《韓碑》（又名《讀韓碑詩》）長達五十句，盛讚韓愈及其《平淮西碑》，其中幾句爲：

> 行軍司馬智且勇，十四萬眾猶虎貔。
>
> 入蔡縛賊獻太廟，功無與比恩不訾。

事過境遷，但即使到宋代，人們仍不忘此事，蘇東坡亦有《臨江驛》七絕云：「淮西功業冠吾唐，吏部文章日月光。千載斷碑人膾炙，不知世有段文昌」。（按平淮西碑文多敘裴度事，引起統率李愬不滿，「因訴碑辭不實，詔令磨公文，命段文昌重撰」）。〔註17〕

或許有人認爲李商隱、蘇東坡詩句僅屬溢美之詞，但我覺得韓愈受之無愧，因爲在平淮西整個過程中，他的確扮演過相當重要角色。而韓愈文章對盛唐大一統的嚮往與讚頌，對地方割據勢力的深惡痛絕，對中央集權體制的

〔註17〕以上各段引文詳見《韓昌黎全集》，中國書店，第390～395頁。

全力擁護，都不應簡單片面地解讀爲「愚忠」或「維護封建專制制度」。我們所重視、所關注的，應該是韓愈的歷史觀，一種始於先秦而成於西漢的大一統歷史觀。同時必須強調地說：韓愈的這種歷史觀在唐帝國面臨四分五裂的歷史條件下，具有十分重要的政治意義與十分進步的文化價值！

五、從提倡古文看韓愈史觀

韓愈在哲學領域力爭儒學復興，在文學領域倡導散文復古，表面上似乎是開歷史之倒車。如果韓愈在文學上是個保守人物，他的歷史觀自然也是保守退步、開歷史倒車的，但歷史事實絕非如此。

自南北朝以來，文體已由長短不一的散體，逐漸轉變成整齊劃一的駢體，而且廣泛使用，上自詔令、奏表，下至普通書函、文章，均以駢體爲上。駢文講究形式美，以四字句和六字句爲基本句式，而且多用、甚至濫用典故，隱晦曲折地表情達意；又善於堆砌詞藻，在這點上，和漢賦頗爲相似。試讀以下一段文字：

> 某啓：奉教垂貺烏騮馬一匹。柳谷未開，翻逢紫燕；陵源猶遠，
> 忽見桃花。流電爭光，浮雲連影。張敞畫眉之暇，直走章臺；王濟
> 飲酒之歡，長驅金埒。謹啓。（庾信《謝滕王馬啓》）

這種文體至唐初盛極一時，其弊端更顯而易見。它連篇典故，只是賣弄學問的文字遊戲，既不適合於敘事修史，而用於複雜、深奧的說理，有時亦往往難盡其意，所以受到一些有識之士的抨擊或非議，陳子昂、李華、蕭穎士、柳冕等人都是反對駢文的先驅人物。但由於種種原因（主觀的與客觀的），他們的主張與努力未見成效，連他們自己也不能完全擺脫駢文的羈絆，如大家所熟悉的李華《弔古戰場文》即屬駢文作品，駢文的影響力可想而知。

直到中唐時期，駢文（四六文）的聲勢依然不減當年（即初唐）。於是，韓愈毅然挺身而出，大力提倡古文，並取得成功，「文起八代之衰」的稱譽即由此而來。時至今日，學者們對古文運動本質的認知，大致上有兩種：一種認爲是散文復古運動，是「封建社會保守思想的擡頭」，如前北京大學教授林庚等人。〔註18〕另一種則認爲古文運動名爲復古，實則革新，即是一項散文改革運動，如前復旦大學教授劉大杰等人。〔註19〕我個人贊同劉大杰的見解，

〔註18〕林庚：《中國文學簡史》上冊，古典文學出版社，第333～348頁。
〔註19〕劉大杰：《中國文學發展史》，中華書局，第368～370頁。

因為我認為他眼光比較銳利、獨到，能透過表面的文化現象看到了古文運動的本質。

至於韓愈為何打著「復古」旗號，為何不直接了當地提出文學改革的主張，劉大杰《中國文學發展史》並沒有提供答案，我也未曾看過其他學者對上述問題的合理闡釋，所以在此提出個人的看法：應從韓愈歷史觀中尋找原因和答案。

韓愈一再表明自己「好古」（愛好歷史），為古文志在古道，如《題歐陽生哀辭後》說：「愈之為古文，豈獨取其句讀不類於今者邪？思古人而不得見，學古道則兼通其辭；通其辭者，本志乎古道者也。」〔註 20〕古人、古文與古道皆屬歷史範疇，韓愈就是從歷史範疇中取得文學改革的靈感，相信歷史能賦予他反對駢文的精神力量，以爭取文體的解放——即從唯美主義與形式主義的桎梏中解放出來！韓愈提倡古文，以古文寫作，面對很大的社會壓力，受到人們的嘲諷與排斥。其弟子李漢即提到韓愈當時的處境：「時人始而驚，中而笑且排，先生益堅，終而翕然隨以定」。〔註 21〕而韓愈本人在《與馮宿論文書》中也告訴我們類似情況：

> 僕為文久，每自測意中以為好，則人必以為惡。小稱意，人亦
> 小怪之也；大稱意，即人必大怪之也。時時應事作俗下文字，下筆
> 令人慚。及示人，則人以為好矣。小慚者亦蒙謂之小好，大慚者即
> 必以為大好矣。〔註 22〕

看來韓愈提倡古文勇氣可嘉、信心十足，對於各種社會壓力，處之泰然：「笑之則以為喜，譽之則以為憂」。（《答李翊書》）因為他手中握著的古文與古道，絕不是兩根脆弱的稻草，而是兩把歷史利器：一把「屠龍刀」，一把「倚天劍」。何以見得？

換個學術角度來審視，即從社會心理學來看，我們知道，某種社會行為一旦被人們普遍接納並長期存在，形成一種社會習慣或社會心理，就會凝固為強大的、保守的社會力量。在唐代，駢文盛行既然已達三百餘年之久，其文化地位十分穩固，權威性更不容質疑，所以是一股強大的保守力量。韓愈充分瞭解崇古（崇尚歷史）是另一種普遍存在的社會心理，其權威性足與社

〔註 20〕《韓昌黎全集》，中國書店，第 311 頁。
〔註 21〕同上書，第 1 頁。
〔註 22〕同上書，第 259 頁。

會現實抗衡。（按這點從《論佛骨表》已獲得印證）爲了推動文學改革，他毅然打著復古的旗號，請出古人、古文、古學、古道這些歷史權威爲他吶喊助陣，爭取更多當時文人的支持和參與。韓愈爲了引起社會的普遍關注，甚至發表被某些現代學者視爲偏激的言論：「始者非三代兩漢之書不敢觀，非聖人之志不敢存」；「行之乎仁義之途，遊之乎詩書之源，無迷其途，無絕其源，終吾身而已矣」。（《答李翊書》）

　　爲了強化以上論點，我想以歐洲文藝復興（Renaissance）作爲旁證。公元五世紀末羅馬帝國滅亡後，歐洲進入中古時期（Medieval Period），基督教支配一切思想文化領域，神學成了「百學之侯」，而哲學與科學則分別爲「神學婢女」與「宗教僕人」。用當時人文主義者的話來說，這是歐洲文明的黑暗時代（The Dark Ages）。直到公元 13 世紀以後，意大利北部城邦的人文主義者（Humanists），打著復古旗號，以復興古希臘羅馬文化（從古學復興開始）爲名，從事文化改革運動，史稱「文藝復興」。復古其實只是一種鬥爭策略或改革手段，在復古這塊擋箭牌之下，人文主義者不但獲得了適當的掩護，迴避了羅馬教廷的迫害，而且以古希臘羅馬文化那個「歷史權威」，來對抗中世紀教會這個「現實權威」，爭取市民階級的支持，使文藝復興終於獲得成功。反之，如果人文主義者直接了當發出文化改革的召喚，我想歐洲文藝復興初起時，早就被代表神學的教會勢力所扼殺，使之胎死腹中了。通過這樣的比較分析與推論，我們更可以肯定：韓愈所領導的古文運動是打著復古旗號的文學改革運動！

　　總而言之，韓愈所處的中唐時期，佛、道兩教屬於破壞社會經濟發展的消極勢力，宦官與方鎮屬於削弱皇權的分裂主義勢力，而四六文則屬於阻礙儒學復興的保守勢力（否則唐宋時不會進行散文改革）。自始至終，韓愈借助「歷史」的權威與政治功能，排斥佛老，推崇儒學；反對宦官專政與方鎮割據，擁護中央集權體制；擯棄四六文，倡導古文運動。其最終目的，其實只有一個：全力維護唐帝國的政治大一統，而這一政治理念來自韓愈的思想大一統與政治大一統歷史觀。

第二節　柳宗元的歷史觀

　　唐代的高級知識分子群裏，柳宗元（公元 773～819 年）是個非同凡響的人物。在唐代古文運動中，他提倡「文以明道」，與韓愈齊名，是「唐宋古文

八大家」之一，其詩文最爲今人所津津樂道。在中國思想史或哲學史上，柳宗元也佔有一席之地，被譽爲傑出的無神論者或唯物主義思想家。其實不僅如此，任何人讀過《柳宗元集》中的《貞符並序》、《非國語》、《封建論》等名篇佳作，都會發現並同意柳宗元還是一位非凡的歷史評論家，所以他的人本主義歷史觀較之一般修史家的歷史觀，似乎更值得我們重視、研究。亦有現代學者認爲「柳學的最大特點，在於以唯物主義爲指導思想，而將文學、歷史熔爲一爐」，〔註23〕所以可作爲唐代文史觀比較研究的良好對象。

一、反皇權天授的《貞符並序》

　　天人關係既屬於中國古代哲學範疇，亦屬於歷史觀念或歷史哲學範疇，因爲它涉及人類活動以及人類社會變化、發展的動力。早在先秦時期，先秦諸子如孔子、墨子、鄒衍，就多認爲上天是有意識或意志的，而且能夠借符瑞或災異，將其意識傳達予人類，並以此支配人類社會的活動；而人則可借祭天、封禪等活動與天溝通。這就是著名的「天人感應說」。到了漢代，天人感應說隨著大一統王朝的建立而作進一步發展，最終成爲「皇權天授說」（哲學上稱爲「天命論」），董仲舒即其主要提倡者。董仲舒認爲人的形體、性情、道德，都是上天所賦予的，如他說：「人之形體，化天數而成；人之血氣，化天志而仁；人之好惡，化天之暖清；人之喜怒，化天之寒暑；人之受命，化天之四時。」〔註24〕既然如此，那麼作爲統治者的君王，其權力、地位也是上天所授予的。董仲舒對「天子」一詞的解析，頗耐人尋味：「德侔天地者，皇天右而子之，號稱天子」。〔註25〕其意爲君王非凡人，他們是皇天之子，受皇天的庇護，代表皇天來到人間統治黎民百姓。他進而很清楚地說明皇權的來源及其權威性：「惟天子受命於天，天下受命於天子」，「春秋之法以人從君，以君從天」。〔註26〕他甚至在「王」字上作起文章，認爲三橫代表天、地、人，而一豎則使之連成一體，即形成三位一體。他說：「古之造字者，三畫而連其中謂之王」，「天地與人之中，以爲貫而參通之，非王者孰能當」。〔註27〕

　　對於當時盛行的天人感應說與皇權天授說，柳宗元提出了針鋒相對的不

〔註23〕 侯外廬：《中國思想通史》第四卷上冊，人民出版社，第 376 頁。
〔註24〕 《春秋繁露·爲仁者天》，商務印書館。
〔註25〕 《春秋繁露·順命》，商務印書館。
〔註26〕 《漢書·董仲舒傳》，中華書局。
〔註27〕 《春秋繁露·王道通三》，商務印書館。

同看法，並且對兩者加以反駁、評判。他著《貞符並序》一文，即以批判董仲舒等人爲目的。他認爲董仲舒等人「推古瑞物以配受命，其言類淫巫瞽史，誑亂後代」，而事實上「唐家正德受命於生人之意」正是他文章所要闡述的：

> 臣所貶州流人吳武陵爲臣言：「董仲舒對三代受命之符，誠然？」
> 臣曰：「非也。何獨仲舒爾，司馬相如、劉向、揚雄、斑彪、彪子固
> 皆沿襲嗤嗤，推古瑞物以配受命，其言類淫巫瞽史，誑亂後代，不
> 足以知聖人立極之本，顯至德，揚大功，甚失厥趣。臣爲尚書郎時，
> 當著《貞符》，言唐家正德受命於生人之意、累積厚久宜享無極之義，
> 本末闊闊。」〔註28〕

《貞符並序》和《封建論》都多次提及「生人之意」，認爲「人」才是人類命運的主宰，是社會發展的根本動力。但「生人之意」一詞應作何解說？有學者認爲，柳宗元「所謂生人之意就是指人民要求生存的意願」。〔註29〕我認爲這是望文生義，刻板地從字面解讀「生人之意」一語，所以並不符合作者之本意。其實，所謂「生人」，就是人或人類，所以我認爲「生人之意」，應解讀爲「人的意願」或「人類的意念」。我的主要依據除了綜觀《貞符並序》全文，便是憑藉《封建論》開頭兩句話：「天地果無初乎？吾不得而知之也。生人果有初乎？吾不得而知之也。」足見「生人」是與「天地」並稱的歷史範疇，「生人之意」（人意）是和「天地之意」（天意）相對的歷史觀念。易言之，前者以人爲本位，屬於人本主義歷史觀；後者以神爲本位，屬於神本主義歷史觀。

《貞符並序》將人置於主要位置，一再強調人在歷史演變、進化過程中的重要作用，所以「人」字在句裏行間頻頻出現。例如，文章最後兩段（從「積大亂於隋氏」到「以敬於人事」）僅二十一句，含「人」字者就佔了十二句，可見其頻率之高。其中最重要者莫過於以下四句話：

> 是故受命不於天，於其人；休符不於祥，於其仁。推人之仁，
> 匪禪於天。匪禪於天，茲惟貞符哉！未有喪仁而久者也，未有恃祥
> 而壽者也。

柳宗元所謂「是故受命不於天，於其人」，乃指君王權力不是上天授予，而是人們授予的，所以王朝壽命之長短，全在於仁政而不在於符瑞（祥兆）。他更

〔註28〕《柳宗元集》，中華書局，第 30 頁。
〔註29〕北京大學哲學系：《中國哲學史》，北京大學出版社，第 302 頁。

明確地指出，在歷代王朝中，「未有喪仁而久者也，未有恃祥而壽者也」。這的確持之有故，言之成理，完全符合先秦儒家所宏揚的的仁政王道學說（「仁者無敵」，「仁者王天下」）。

柳宗元的人本主義歷史觀，源自他個人對人類社會演進的獨到認知，而從古代社會的演進歷史中尋找理論根據。我們從他文章對古代原始社會的描述，多少可以見其端倪：

> 惟人之初，總總而生，林林而群。雪霜風雨雷電暴其外，於是乃知架巢空穴，挽草木，取皮革；饑渴牝牡之欲驅其內，於是乃噬禽獸，咀果穀，合偶而居。交焉而爭，睽焉而鬥，力大者搏，齒利者齧，爪剛者決，群眾者軋，兵良者殺，披披借借，草野塗血。
> 〔註30〕

眾所周知，古代社會的演進，是從「原始人群」階段開始，然後進入氏族社會，於是部落戰爭隨之出現。《貞符並序》所謂「交焉而爭，睽焉而鬥」指的或許就是部落戰爭。柳宗元對於國家的起源，也有自己獨到的見解，所以值得在此一提：

> 然後強而有力者出而治之，往往為曹於險阻，用號令起，而君臣什伍之法立。德紹者嗣，道怠者奪。於是有聖人焉，曰黃帝，遊其兵車，交貫乎其內，一統類，齊制量，然猶大公之道不克建。於是有聖人焉，曰堯，置州牧四嶽，持而綱之，立有德有功有能者，參而維之，運臂率指，屈伸把握，莫不統率，年老，舉聖人而禪焉，大公乃克建。〔註31〕

大多數現代歷史家認為，黃帝、堯帝、舜帝等「聖人」只不過是部落聯盟的領袖，他們在位時期，階級、政府與國家尚未產生，傳賢不傳子的「禪讓」傳說就是強而有力的證據。雖然柳宗元的論述不盡符合中國上古史之事實，但是他已經意識到國家不是和人類同時出現，而是人類社會演變到某個階段的必然產物。這在距今千餘年的唐代，的確屬於非同凡響、難能可貴的歷史觀念。

皇權天授說是以天人感應說作為理論基礎和理論依據，所以要否定皇權天授說，首先就要從天人關係著手，否定董仲舒的天人感應說。前文說過，

〔註30〕 《柳宗元集》，中華書局，第 31 頁。
〔註31〕 同上書，第 32 頁。

天借符瑞或災異將其意識傳達予人，而人則可借祭天、封禪與天溝通。對於皇天以符瑞顯示授命之意，柳宗元大不以爲然，並且在《貞符並序》裏嚴詞予以抨擊道：

> 稽揆典誓，貞哉惟茲德，實受命之符，以奠永祀。後之袄淫囂昏好怪之徒，乃始陳大電、大虹、玄鳥、巨迹、白狼、白魚、流火之鳥以爲符，斯皆詭譎闊誕，其可羞也，而莫知本於厥貞。〔註32〕

根據《中文大辭典》的解釋，「貞符」本義爲「貞正的符瑞」。〔註33〕文中所謂「貞哉惟茲德，實受命之符」，就是「貞符」，指的是以仁德爲本之授受，如舜受命於堯，禹受命於舜。但是，「後之袄淫囂昏好怪之徒」，以大虹、玄鳥、白狼之出現爲符瑞，則是欺詐、荒誕、無知、可恥的言行（「斯皆詭譎闊誕，其可羞也，莫知本於厥貞」）。

至於唐王朝的受命問題，當然也是《貞符並序》所要涉及的。它以大量文字，「言唐家正德受命於生人之意」，其中最值得注意的是以下這一小段：

> 凡其所欲，不謁而獲，凡其所惡，不祈而息。四夷稽服，不作兵革，不竭貨力。丕揚於後嗣，用垂於帝式，十聖濟厥治，孝仁平寬，惟祖之則。澤久而逾深，仁增而益高，人之戴唐，永永無窮。
>
> 〔註34〕

這段文字是爲了以下結論而作：唐王朝「是故受命不於天，於其人；休符不於祥，於其仁。推人之仁，匪禪於天」（見前引文）。易言之，唐代隋而興，乃因隋之暴政，大失人心，故必然「去隋氏，克歸於唐」。唐王朝以其仁義德政，使「人之戴唐，永永無窮」，而且令「四夷稽服」。《貞符並序》既出自唐代朝廷命官（尚書郎）之手，對唐王朝難免有溢美之詞，但我們只要剔除溢美成分，就會發覺其濃郁的人文主義色彩。

此外，天人關係在柳宗元看來，天是天，人是人，天道與人事毫無關係，而且有嚴格的區別，不可混爲一談。他不但將天道造成的自然現象（如「生植」、「災荒」），和人事帶來的社會現象（如「法制」、「悖亂」），區別得一清二楚，而且針對另一名唯物主義者劉禹錫的「天人相交勝」說，也提出批評道：

〔註32〕《柳宗元集》，中華書局，第33～34頁。
〔註33〕臺北中國文化研究所：《中文大辭典》，1962年版。
〔註34〕《柳宗元集》，中華書局，第1265頁。

> 子所謂交勝者，若天恒爲惡，人恒爲善，人勝天則善者行。是
> 又過德乎人，過罪乎天也。又曰：天之能者生植也，人之能者法制
> 也。是判天與人爲四而言之者也。余則曰：生植與災荒，皆天也；
> 法制與悖亂，皆人也，二之而已。其事各行不相預，而凶豐理亂出
> 焉，究之矣。〔註35〕

同一文中他還指出，天生萬物也不是爲人類打算（「猶天之不謀乎人也」），正如蓏果之出現與存在，並不是爲鳥蟲提供食物。總之，柳宗元認爲天道與人事是兩碼事，天人感應說和皇權天授說皆屬無稽之談，不足爲信，毫不可取。

二、見解獨到的《非國語》

《國語》是周代八國的史書，既記言亦記事，相傳爲左丘明所編撰。（《史記》：「左丘失明，厥有《國語》。」）《國語》以《晉語》爲主，共有二十一篇，即《周語》三篇，《魯語》二篇，《齊語》一篇，《晉語》九篇，《鄭語》一篇，《楚語》二篇，《吳語》一篇，《越語》二篇。每篇又包括單獨成文的若干章則，涉及年代則從周穆王起到魯悼公止，共歷時五百餘年。

《國語》既是現存的幾種上古史書之一，其重要性與珍貴性不言而喻，但其內容存在不少錯誤成分。在今天，我們任何人都可以發現這些錯誤成分，所以絲毫不足爲奇。但在千餘年前的唐代，柳宗元曾針對《國語》的落後思想意識，進行無情的、深刻的批判，就顯得獨具慧眼，非同凡響，就值得我們高度重視了！柳宗元在《非國語序》裏，將《國語》的寫作動機或目的，說得十分清楚明白：

> 左氏《國語》，其文深閎傑異，固世之所耽嗜而不已也。而其說
> 多誣淫，不概於聖。余懼世學者溺其文采而淪於是非，是不得由中
> 庸以入堯、舜之道。本諸理，作《非國語》。〔註36〕

由於《國語》以文採取勝，故事性強，可讀性高，柳宗元恐怕後世「學者溺其文采而淪於是非」。完成《非國語》之後，他仍擔心《非國語》之說，不爲時人所認同、所接納，因此，在《與呂道州溫論非國語書》和《答吳武陵論非國語書》裏，他再次強調其寫作動機，並對《國語》「務富文采，不顧事實，而益之以誣怪，張之以闊誕」，提出更加嚴厲的批評：

〔註35〕 《答劉禹錫天論書》、見《柳宗元集》，中華書局，第 816～817 頁。
〔註36〕 《柳宗元集》，中華書局，第 1265 頁。

夫爲一書，務富文采，不顧事實，而益之以誣怪，張之以闊誕，
以炳然誘後生，而終之以僻，是猶用文錦覆陷穽也。不明而出之，
則顛者眾矣。僕故爲之標表，以告夫遊乎中道者焉。〔註37〕
看來柳宗元作《非國語》也是爲了「文以明道」，因爲他還說過「嘗讀《國語》，
病其文勝而言尨，好詭以反倫，其道舛逆」。又說：學者「溺其文必信其實，
是聖人之道翳也」，「既就，累日怏怏然不喜，以道之難明而習俗之不可變也」。
（《與呂道州溫論非國語書》）〔註38〕

　　《非國語》分上下兩卷，共六十七篇，其涉及範圍很廣泛，內容也很豐
富，其中近半數是對神本主義歷史觀的批判。《非國語》非議的對象有三：一
爲《國語》中的歷史人物，二爲《國語》對歷史現象的解釋，三爲《國語》
所記載的歷史事件。就歷史人物而言，受其非議、批判者共計二十八人，即
虢文公、伯陽父、仲山父、內史過、劉康公、王孫說、太子晉、單襄公、衛
彪傒、曹劌、展禽、史蘇、舟之僑、卜偃、郤偃、子犯、司空季子、董因、
趙宣子、叔魚之母、叔向之母、秦後子、醫和、子產、史伯、觀射父、王孫
圉等。非議之內容主要針對這些書中人物的迷信思想與落後行爲，例如，針
對《周語・單襄公知晉將有亂》一章，柳宗元作《柯陵之會》，就「單襄公見
晉屬公視遠步高」，而預知「晉將有內亂」一事，提出批評道：

　　非曰：是五子者，雖皆見殺，非單子之所必宜也。而曰合諸侯，
人之大事，於是乎觀存亡。若是，則單子果巫史矣。視遠步高、犯
迂伐盡者，皆必乎死也，則宜死者眾矣！夫以語之迂而曰宜死，則
單子之語，迂之大者，獨無謫耶？〔註39〕

他既反對察言觀行以預卜吉凶，也不相信「相人之術」或任何「不顧事實」
的言論、行動。因此，例如《劉《國語》裏的許多歷史人物，康公聘魯》章、
《王孫說請勿賜公孫僑如》章裏的人物，都因其迷信落後言行（如王孫說、
子產、單襄公等人），而受到不同程度的非議。

　　就歷史現象而論，柳宗元既然從理論上否定了天道與人事的相關性，所
以一切歷史現象如治亂、興亡，都屬於人事範疇，和天道或天意毫無關聯。
各種自然現象及其變化，如地震、旱災、水災等，皆與國家興亡或人事禍福，

〔註37〕《柳宗元集》，中華書局，第826頁。
〔註38〕同上書，第822～823頁。
〔註39〕同上書，第1277頁。

完全不具任何相關性。然而,《國語》所記載的某些歷史現象並非如此,它往往將諸侯國的興衰與自然界的災異掛鉤。例如,《周語》記載,周幽王二年,三川地區發生地震,周大夫伯陽父就認爲:「周將亡矣!夫天地之氣,不失其序;若過其序,民亂之也。」同時《周語》還宣稱,伯陽父之預言很準確,不久之後「幽王乃滅,周室東遷」。對此,《非國語‧三川震》提出截然不同的見解,置疑《國語》記載的正確性、可信性。文章寫道:

> 非曰:山川者,特天地之物也。陰與陽者,氣遊乎氣間者也。
> 自動自休,自峙自流,是惡乎與我謀?自鬥自竭,自崩自缺,是惡
> 乎爲我設?……且所謂者天事乎?抑人事乎?若曰天者,則吾既陳
> 於前矣;人也,則乏財用而取亡者,不有他術乎?而曰是川之爲尤!
> 〔註40〕

又據《晉語》記載,「文公在狄十二年,將適齊,行過五鹿,野人舉塊以與之。公子怒,欲鞭之。子犯曰:天賜也。人以土服,又何求焉?十有二年,必獲此土」。柳宗元對此記載不以爲然,而認爲「五鹿之人獻塊」可能屬實,但子犯之言則是「後之好事者爲之」,絕不可取。他說:

> 非曰:是非子犯之言也,後之好事者爲之。若五鹿之人獻塊,
> 十二年以有衛土,則涓人疇枕楚子以塊,後十二年其復得楚乎?何
> 沒而不云也,而獨載乎是?〔註41〕

再就歷史事件而言,柳宗元認爲事出必有因,但無論如何,皆在人事的範疇之內,不宜和鬼神或天道相提並論。他同樣列舉不少實例,說明《國語》所記載或所詮釋內容之謬誤。例如,針對「(晉)獻公卜伐驪戎,史蘇占之曰:勝而不吉」,他作了以下的駁議:

> 非曰:卜者世之餘伎也,道之所無用也。聖人用之,吾未之敢
> 非。然而聖人之用也,蓋以驅陋民也,非恒用而徵信矣。爾後之昏
> 邪者神之,恒用而徵信焉,反以阻大事。要言,卜史之害於道也多,
> 而益於道也少,雖勿用之可也。左氏惑於巫而尤神怪之,遂就附益
> 以成其說,雖勿信之可也。〔註42〕

自商代以來,每當統治者出征或狩獵之前,務必占卜吉凶,至周代仍然如此,

〔註40〕《柳宗元集》,中華書局,第1269頁。
〔註41〕同上書,第1305頁。
〔註42〕同上書,第1291～1292頁。

且已形成社會的傳統習慣。然而柳宗元並不贊同此舉，因爲「爾後之昏邪者神之，恒用而徵信焉，反以阻大事」。

又如據《國語》記載，宋人殺宋昭公，趙宣子請出兵討伐宋國，並且如此宣稱：「是反天地而逆民則也。天必誅。晉爲盟主而不修天罰，將懼及焉。」對這種含帶神權主義色調的言論及評語，柳宗元並不予苟同。他認爲晉國若以盟主身份討伐弒君的宋國人，或許是應該的；但將它說成是「修天罰」或「天之誅」，就顯得毫無道理了！《非國語・伐宋篇》這樣寫道：

> 非曰：盟誅之討殺君也，宜矣。若乃天者，則吾焉知其好惡而暇征之耶！古之殺奪有大於宋人者，而壽考佚樂不可勝道，天之誅何如也？宣子之事則是矣，而其言無可用者。〔註43〕

在《非國語》裏，特別值得我們注意的，還有兩個重要論點。其一爲柳宗元曾指出：「聖人之道，不窮異以爲神，不引天以爲高」（《非國語・料民》）其二是他認爲，求助於神是人們感到自身力量不足的行爲表現，並且明確地指出：「力足者取於人，力不足者取於神」（《非國語・神降於莘》）。這兩個論點，在神權主義歷史觀仍然居於主導地位的古代世界裏，顯得十分突出、獨特、可貴。尤其是後者，它在一定程度上說明了宗教迷信的由來，對我們依然具有啓發性。柳宗元《貞符》所宣揚人文主義歷史觀，不僅在《非國語》中，獲得實例化與具體化，而且獲得進一步的表述、發揮，所以顯得更具內涵與魅力。

三、反封建制的《封建論》

「封建」一詞之本義是「封土建國」或「封邦建國」，即指周天子（周王）將土地與人口分封給其子弟、姻親和功臣，由他們建立大大小小的諸侯國。因此，有些舊史家將周代稱爲「封建時代」，這與馬克思主義者所說的「封建社會」（Feudal　Society）或封建主義（Feudalism），是截然不同的兩個概念。早在上世紀二、三十年代，隨著馬克思主義歷史觀在中國的傳播，「封建」一詞逐漸產生了變義。爲了避免概念上混淆不清，現代中國歷史家早已將周代的「封建制」改稱爲「分封制」。但爲了行文方便，在此我照舊使用「封建制」，指的卻是今日中國大陸史學界慣用的「分封制」。

〔註43〕　《柳宗元集》，中華書局，第 1312 頁。

　　秦始皇統一中國後，秦帝國立刻「廢封建，改郡縣」，即以郡縣製取代封
建制，建立以三公九卿為官僚的中央集權制度。秦亡之後，其所建立的中央
集權制雖為漢王朝所沿襲，但不斷有人要求或主張恢復封建制，以致發生主
「郡縣制」者與主「封建制」者之長期爭論不休，直到唐代還存在著這一爭
論。特別在唐代中葉，由於地方割據勢力的形成，這一爭論更形激烈，柳宗
元《封建論》即論爭之產物。

　　《封建論》是篇異常精闢的歷史論文，其核心思想為主張繼續推行郡縣
制，反對恢復周代之封建制，因為前者較之後者優越。文章首先提出封建制
的產生並非「聖人之意」，而是由於「勢」的力量。何謂「勢」？但就文章內
容來看，柳宗元雖沒有加以闡釋，「勢」即趨勢，即歷史發展的必然走向。趨
勢亦即客觀規律，它是一種不以人們主觀意志為轉移的客觀存在，所以「聖
人」不能改變它，對它也無能為力。文章這樣寫道：

> 彼封建者，更古聖王堯、舜、禹、湯、文、武而莫能去之。蓋
> 非不欲去之也，勢不可也。勢之來，其生人之初乎？不初，無以有
> 封建；封建，非聖人意也。〔註44〕

柳宗元關於「勢」的理念，對後代的影響很顯著，因為著名的清代歷史家王
夫之、趙翼與章學誠，在論述歷史發展的動力時，都曾借助、使用「勢」這
一理念。〔註45〕

　　為了論證「封建非聖人之意也，勢也」，柳宗元頗費周章，從歷史進化角
度，講述人類社會演進的過程：最初是「與萬物皆生」的原始人群，接著是
社會階級開始分化，少數人居於統治地位，成為領袖（「其智而明者，所伏必
眾」），最終是國家形成，其統治機器隨之出現（「由是君長刑政生焉」）。隨著
國家領土的日漸擴大，為了統治的需要而實行分封諸侯，這是歷史發展的必
然結果：

> 又有大者，眾群之長又就而聽命焉，以安其屬，於是有諸侯之
> 列。則其爭又有大者焉。德又大者，諸侯之列又就而聽命焉，以安
> 其封，於是有方伯、連帥之類。則其爭又有大者焉。德又大者，方
> 伯、連帥之類，又就而聽命，以安其人，然後天下會於一。是故有
> 里胥而後有縣大夫，有縣大夫而後有諸侯，有諸侯而後有方伯、連

〔註44〕《柳宗元集》，中華書局，第 70 頁。
〔註45〕王記錄：《中國史學思想通史》清代卷，黃山書社，第 113～267 頁。

帥，有方伯、連帥而後有天子。自天子至於里胥，其德在人者，死

必求其嗣而奉之。故封建非聖人意也，勢也。〔註46〕

接著，文章又說封建制到了周代，變得更加成熟完備，諸侯一度團結在周天

子周圍，成了周室的守土臣子與將士：

周有天下裂土田而瓜分之，設五等，邦群后，布履星羅，四周

於天下，輪運而輻集；合爲朝覲會同，離爲守臣干城。〔註47〕

然而，這種君臣關係並不能持久不變，到了周夷王以後，王權中落，諸侯乘

機坐大（形成「末大不掉」之勢）。尤其在周平王東遷後，威信掃地（「自列

爲諸侯」），於是諸侯公然向周天子挑戰（「厥後問鼎之輕重者有之，射王中肩

者有之」）。周朝之敗亡，就在於封建制本身的弊端百出：

然而降於夷王，害禮傷尊，下堂而迎覲者。歷於宣王，挾中興

復古之德，雄南征北伐之威，卒不能定魯侯之嗣。陵夷迄於幽、厲，

王室東徙，而自列爲諸侯。厥後問鼎之輕重者有之，射王中肩者有

之，伐凡伯、誅萇弘者有之，天下乖戾，無君君之心。余以爲周之

喪久矣，徒建空名於公侯之上耳！得非諸侯之強盛，末大不掉之咎

歟？遂判爲十二，合爲七國，威分於陪臣之邦，國殄於後封之秦，

則周之敗端，其在乎此矣。〔註48〕

對柳宗元來說，封建制既是歷史發展的自然產物，並在歷史上曾發揮過重要

作用，但隨著秦統一中國，封建制已不能適應當時政治發展的需要，所以必

須退出歷史舞臺，讓位給郡縣制。這自然也是「勢也」，而「非聖人之意」：

秦有天下，裂都會而爲之郡邑，廢侯衛而爲之守宰，據天下之

雄圖，都六合之上游，攝製四海，運於掌握之內，此其所以爲得也。

〔註49〕

至於「秦有天下」後，「不數載而天下大壞」，乃是由於秦暴虐無道，引起人

民怨恨反對，並非實行郡縣制的過失（「咎在人怨，非郡邑之制失也」）。關於

這點，柳宗元認爲，也可以從漢代繼續推行郡縣制得到反證。

　　柳宗元堅決反對恢復封建制，全力維護郡縣制，因爲前者勢必助長藩鎮

〔註46〕《柳宗元集》，中華書局，第70～71頁。

〔註47〕同上書，第71頁。

〔註48〕同上書。

〔註49〕同上書。

割據，不利於唐王朝的中央集權與政治大一統。《封建論》根據各個時期的歷史事實，從理論上闡明了郡縣制的合理性與優越性。當然，柳宗元無論如何都不能迴避這兩個問題：為何秦廢封建、立郡縣而速亡？為何漢初分封諸侯王而使兩漢王朝壽命長達四百餘年？

首先，針對秦行郡縣制而速亡，柳宗元認為不是政治體制的問題，而是政治舉措出現了偏差。他始終認為郡縣制很健全，一再強調所謂「失在於政，不在於制」，指的就是「郡邑制不得正其制，守宰不得行其理」：

> 秦之事迹，亦斷可見矣：有理人之制，而不委郡邑，是矣。有
> 理人之臣，而不使守宰，是矣。郡邑不得正其制，守宰不得行其理。
> 酷刑苦役，而萬人側目，失在於政，不在於制，秦事然也。〔註50〕

至於漢代初年，雖沿襲秦之郡縣制，但同時又分封諸王，以致釀成「七國之亂」。既然只「有叛國而無叛郡」，同樣也證明了郡縣制比較優越，對政治大一統有利，所以漢代以後，歷代王朝繼續採用郡縣制：

> 漢有天下，矯秦之枉，徇周之制，剖海內而立宗子，封功臣，
> 數年之間，奔命扶傷而不暇，困平城，病流矢，陵遲不救者三代，
> 後乃謀臣獻畫，而離削自守矣。然而封建之始，郡國居半，雖百代
> 可知也。〔註51〕

然而，唐代採用州縣制而方鎮割據與叛亂同樣發生，又應如何解釋？柳宗元認為唐朝採用州縣制是完全正確的，地方叛變是由於藩鎮擁有重兵所造成的，同樣屬於政策失誤，所以不可因噎廢食，州縣制絕不可廢除。他說：

> 唐興，制州邑，立守宰，此其所以為宜也。然猶桀猾時起。虐
> 害方域者，失不在於州而在於兵，時則有叛將而無叛州，州縣之設，
> 固不可革也。〔註52〕

他由此得出的結論，是「今國家盡制郡縣，連置守宰，其不可廢也固矣。善制兵，謹擇守，則理平矣」。易言之，要使郡縣制（或州縣制）充分發揮其政治優越性，中央政府必須善於掌握兵權，謹慎選擇地方官吏，而這一切屬於政策與施政問題。

綜上所述，我們知道，柳宗元的歷史觀含有兩大核心內容：除了反對藩

〔註50〕《柳宗元集》，中華書局，第 73 頁。
〔註51〕同上書，第 72 頁。
〔註52〕同上書，第 71 頁。

鎮割據，擁護中央集權，就是否定董仲舒的天人感應說與皇權天授說，提倡人本主義，十分重視人在歷史上的作用。不過，必須指出，反對皇權天授之說，不等於主張限制或削弱皇權，所以它和擁護中央集權體制沒有任何自相矛盾之處。柳宗元和董仲舒雖在哲學本體論上，存在著唯物主義與唯心主義的對立，在歷史哲學或歷史觀上，又存在著人本主義與神本主義的矛盾，但對於維護中華帝國的政治大一統，兩人卻是完全一致的。這一認知對我們瞭解唐人的正統歷史觀，具有十分重要的意義。若將韓、柳的歷史觀作一比較，兩者雖有些共同點，但後者比較具有深度與廣度，所以柳宗元在中國史學思想史上的地位，顯然高於韓愈一籌。如果再將他置於世界史學的平臺上，和同一時期的西方歷史家作比較研究，則可發現西方神本主義歷史觀，其先進性遠不及柳宗元的人本主義歷史觀，兩者的時間差距或許在五百年以上！在西方「中世紀的史學中，上帝不僅代表著命運，而且代表著各種神奇的力量」，「於是所有人類的行為，都是上帝意志的說明；整個人類歷史的進程，都受到上帝恩惠的指引」。〔註53〕

第三節　歷史在唐代文學中的位置

　　眾所周知，文史合一是中國古代文學的特色之一。在某種意義上說，《左傳》、又是文學作品，《國語》既是歷史著作，而《史記》中的《本紀》、《世家》、《列傳》亦多如此（即屬史傳文學作品）。到魏晉南北朝，即使出現了某些學者所謂的「文學自覺」，出現了若干文史分家的迹象或觀念，但文史合一的文化傳統依然不變，而唐代的政治大一統，更使這個文化傳統得以繼承與延續。那麼，在唐代文學作品中，歷史究竟處於什麼位置？這是本書所要探討的課題。前面說過，「歷史」一詞，在學術上具有三層含義：除了史事本身、史事記載，還包含歷史觀在內的史事認知或詮釋。因此，本節所謂「歷史」有時也涵蓋了這三層意思，即在不同文句中具有不同含義，但以歷史觀念為主。

一、唐代詩歌的歷史情結

　　唐代是中國古典詩歌的黃金時代，唐詩在中國古代文學里居於異常特殊

〔註53〕王晴佳：《西方的歷史觀念──從古希臘到現代》，華東師範大學出版社，第49頁。

的地位（《全唐詩》共收集近五萬首各類詩歌，分爲近體詩、古體詩與樂府詩三大類。其內容豐富多彩，文化底蘊引人入勝）。唐詩屬純文學，但因文史合一的文化傳統，它與歷史的相關性相當密切，它所體現的歷史情結，頗值得我們重視。前人將含有歷史色彩的唐詩，歸入「詠史詩」一類。其實，「詠史詩」依然是個比較含混的文化概念，分而析之，我認爲詠史詩應可按其內容重點，細化爲「以詩懷古」、「以古喻今」、「以詩敘史」、「以詩評史」四類。唐代詩人即以此四者呈現其歷史情結或歷史觀念，並且構成唐詩的重要主題之一。

所謂「以詩懷古」，即以歷史人物或歷史事件爲依託，抒發個人的雄心壯志或懷才不遇。例如，王昌齡《出塞》寫道：「秦時明月漢時關，萬里長征人未還。但使龍城飛將在，不教胡馬度陰山。」寫的既是對漢代名將李廣的懷念、仰慕，也是對唐朝長征將領的殷切期盼，期盼他們「不教胡馬度陰山」。杜甫《詠懷古迹》則寫道：

> 搖落深知宋玉悲，風流儒雅亦吾師。
> 悵望千秋一灑淚，蕭條異代不同時。
> 江山故宅空文藻，雲雨荒臺豈夢思？
> 最是楚宮俱泯滅，舟人指點到今疑。〔註54〕

作者借著對楚國詩人宋玉的懷念、敬佩與同情，感慨自己和宋玉一樣生不逢時，懷才不遇；同時又覺得宋玉後世遭遇勝過楚王，因後者隨「楚宮俱泯滅」，早已被人遺忘。詩篇認爲在歷史長河裏，君王還不如詩人，因爲詩人受後人懷念。這的確是一種很具慧眼、很有特性的歷史觀念。「以詩懷古」既然是個唐詩的永恒主題，可以作爲實例的名篇佳作信手可得，以下這首尤其百讀不厭：

> 六朝文物草連空，天淡雲閒古今同。
> 鳥去鳥來山色裏，人歌人哭水聲中。
> 深秋簾幕千家雨，落日樓臺一笛風。
> 惆悵無因見范蠡，參差煙樹五湖東。〔註55〕

這是杜牧的七律《題宣州開元寺水閣，閣下宛溪，夾溪居人》。詩人的歷史情懷，主要體現於前兩句「六朝文物草連空，天淡雲閒古今同」與後兩句「惆

〔註54〕《全唐詩》卷二三〇，明倫出版社。
〔註55〕《全唐詩》卷五二二，明倫出版社。

恨無因見范蠡，參差煙樹五湖東」。前者感慨風景雖依舊，但歷史文物消失得無影無蹤；後者則借范蠡泛舟五湖的歷史故事，感慨世事多變化、難預料。許渾《金陵懷古》的懷古情懷，也很深切感人，幾乎足以和前者媲美：

> 玉樹歌殘王氣終，景陽兵和戍樓空。
> 松楸遠近千官冢，禾黍高低六代宮。
> 石燕拂雲晴亦雨，江豚吹浪夜還風。
> 英雄一去豪華盡，惟有青山似洛中。〔註56〕

金陵是六朝（吳、東晉、宋、齊、梁、陳）的首都，詩篇以陳朝覆亡後，憑弔荒冢、故宮遺址，引發對歷史變遷的無限感觸。劉禹錫的歷史情結，不亞於杜牧、許渾，不妨以《西塞山懷古》為證：「王濬樓船下益州，金陵王氣黯然收。千尋鐵鎖沉江底，一片降幡出石頭。人世幾回傷往事，山形依舊枕寒流。從今四海為家日，故壘蕭蕭蘆荻秋。」由於西晉南下滅吳、統一中國，為期短暫，引起詩人觸景生情，對唐帝國的大一統憂心忡忡。「從今四海為家日，故壘蕭蕭蘆荻秋」，這是一種多麼高尚、可貴的歷史情懷！

　　所謂「以古喻今」，就是詩人為了迴避政治壓力，只好借用歷史規諫當權者，或諷刺、嘲笑唐代社會或政治的某些弊端，或批評、影射某一事件，從而發揮了歷史的借鑒功能。這類唐詩為數不少，如杜牧《江南春絕句》寫道：「千里鶯啼綠映紅，水村山郭酒旗風。南朝四百八十寺，多少樓臺煙雨中！」此詩寓意非常深刻，表面借景憑弔南朝覆亡，其實諷刺其廣建佛寺之惡果，進而警戒唐代當權者勿蹈覆轍。又如李頎《古從軍行》先寫漢代遠征西域的悲苦、殘酷，藉以嘲諷唐代統治者好大喜功，窮兵黷武，致使「年年戰骨埋荒外」，反戰意識躍然紙上。全詩內容如下：

> 白日登山望烽火，黃昏飲馬傍交河。
> 行人刁斗風沙暗，公主琵琶幽怨多。
> 野雲萬里無城郭，雨雪紛紛連大漠。
> 胡雁哀鳴夜夜飛，胡兒眼淚雙雙落。
> 聞道玉門猶被遮，應將性命逐輕車。
> 年年戰骨埋荒野，空見蒲桃入漢家。〔註57〕

此詩在藝術技巧上，顯然不及杜甫《兵車行》，但兩者的反戰性質卻是一致

〔註56〕《全唐詩》卷七，明倫出版社。
〔註57〕《全唐詩》卷一三三，明倫出版社。

的。同樣是名爲敘史、實則說今的名篇，還有柳宗元的《古東門行》、王維的《塞上作》等。後者借漢朝與匈奴之對抗，以喻指唐朝對吐蕃的戰爭。詩人王維殷切盼望唐朝出現一位驍勇善戰的名將，就像漢代的霍去病一樣。詩篇寫道：

居延城外獵天驕，白草連天野火燒。
暮雲空磧時驅馬，秋日平原好射雕。
護羌校尉朝乘障，破虜將軍夜渡遼。
玉靶角弓珠勒馬，漢家將賜霍嫖姚。〔註58〕

所謂「以詩敘史」，就是撰寫含有歷史內容的敘事詩，其主題或動機多是託古詠今。例如盧照鄰《長安古意》（長達三十二句），敘述漢代京都長安的繁華熱鬧景象，中間插敘富家歌妓舞女的生活，給讀者留下深刻印象。張說《鄴都引》也是一首敘事詩，它講述魏武帝曹操逐鹿中原的歷史事迹：

君不見魏武草創爭天祿，群雄睚眦皆相馳逐。
晝攜壯士破堅陣，夜接詞人賦華屋。
都邑繚繞西山陽，桑榆漫漫漳河曲。
城郭爲墟人代收，但見西園明月在。
鄴旁高冢多貴臣，蛾眉曼睩共灰塵。
試上銅臺歌舞處，惟有秋風愁殺人。〔註59〕

從「魏武草創爭天祿」到「惟有秋風愁殺人」，就是曹操逐鹿中原的歷史寫照。其間最光輝的一段歲月，莫過於「晝攜壯士破堅陣，夜接詞人賦華屋」。以詩敘史的作品雖然比較少些，但是可舉的名篇爲數不少，如溫庭筠《經五丈原》、《蘇武廟》，李賀《秦王飲酒》，李白《古風》（之三），劉禹錫《馬嵬行》都屬上乘之作。《蘇武廟》寫道：

蘇武魂銷漢使前，古祠高樹兩茫然。
雲邊雁斷胡天月，隴上羊歸塞草煙。
回日樓臺非甲帳，去時冠劍是丁年。
茂陵不見封侯印，空向秋波哭逝川。〔註60〕

它以精練語言講述蘇武出使匈奴之事迹，包括蘇武牧羊及如何思念漢武帝，

〔註58〕 《全唐詩》卷一二五，明倫出版社。
〔註59〕 《全唐詩》卷八六，明倫出版社。
〔註60〕 《全唐詩》卷五八二，明倫出版社。

雖僅歷史之點點滴滴，但多少可見作者的歷史情懷。李白《古風》（之三）則是講述秦始皇統一中國以及其統治政策與舉措：「收兵鑄金人」，「起土驪山限」，「尚採不死藥」，為讀者提供了有關秦代歷史的知識。當然，李白作詩不是為講史，而是為警戒唐朝統治者，切毋步秦始皇之後塵。

所謂「以詩評史」，即針對某一歷史人物、歷史事件或歷史現象，給予適當評價，所以最能反映詩人的歷史觀。例如，李商隱借《賈生》七絕，批評漢文帝雖看中賈誼的才學，但知人而不善用，以致「可憐夜半虛前席，不問蒼生問鬼神」。皮日休則以七絕評論隋煬帝開運河的功過，其《汴河懷古》寫道：

　　　盡道隋亡為此河，至今千里賴通波。

　　　若無水殿龍舟事，共禹論功不較多。〔註61〕

此詩淺白易懂，歷史眼光獨特，堪稱評史詩作之典範。對隋煬帝開運河這一史事，詩人將之一分為二：其功在於「至今千里賴通波」，其過在於「水殿龍舟事」。若無後者，則煬帝開運河可與夏禹治水比美。詠史大師李商隱《隋宮》（七律）亦是評史詩之佳作。詩人抨擊、嘲諷隋煬帝興建宮苑於蕪城（即江都，今揚州），導致隋朝覆亡的嚴重後果：

　　　紫泉宮殿鎖煙霞，欲取蕪城作帝家。

　　　玉璽不緣歸日角，錦帆應是到天涯。

　　　於今腐草無螢火，終古垂楊有暮鴉。

　　　地下若逢陳後主，豈宜重問後庭花？〔註62〕

詩人重視歷史教訓，最後兩句將隋煬帝和陳後主相提並論，其言外之意不言而喻。李商隱另一首七絕《齊宮詞》：「永壽兵來夜不扃，金蓮無複印中庭。梁臺歌管三更罷，猶自風搖九子鈴。」〔註63〕則是批評南齊統治者因奢侈淫逸而亡國，梁朝繼承南齊後，依然不知從中吸取教訓，勢必重蹈覆轍。王昌齡《塞下曲》則針對歷史上的對外戰爭（「昔日長城戰」），作出感性而形象的批判：「飲馬渡秋水，水寒風似刀。平沙日未沒，黯黯見臨兆。昔日長城戰，咸言意氣高。黃塵足今古，白骨亂蓬蒿。」〔註64〕

〔註61〕《全唐詩》卷七九三，明倫出版社。

〔註62〕《李商隱全集》，上海古籍出版社，第 91 頁。

〔註63〕《李商隱全集》，上海古籍出版社，第 70 頁。

〔註64〕《全唐詩》卷一四〇，明倫出版社。

二、唐代傳奇的歷史色調

唐代傳奇亦稱「傳奇小說」或簡稱「小說」。但在中國古代文學中,「小說」始終是個含糊概念、籠統範疇。如漢代班固《漢書·藝文志》稱:「小說家者流,蓋出於稗官。街談巷語,道聽途說者之所造也。」明人胡應麟則將「小說」分爲志怪、傳奇、雜錄、叢談、辨訂、箴規共六類。由此可見,古人所謂的「小說」,和我們心目中的小說,是兩個幾乎完全不同的文化概念。唐代「小說」中,只有今人所謂的「傳奇」比較接近現代意義的小說,所以有學者認爲直接使用「唐代傳奇」較爲貼切。

唐代傳奇的歷史色彩格調相當濃郁、鮮明,在內容、題旨方面是如此,在形式、結構方面也是如此。就內容而言,劉大杰將它分爲四大類:一、「諷刺小說」,如沈既濟的《枕中記》,李公佐的《南柯太守傳》;二、「愛情小說」,如蔣防的《霍小玉傳》,元稹的《鶯鶯傳》;三、「歷史小說」,如陳鴻的《長恨歌傳》,郭湜的《高力士外傳》;四、「俠義小說」,如杜光庭的《虬髯客傳》,段成式的《劍俠傳》。〔註65〕其中「歷史小說」固然以歷史人物和相關歷史故事爲題材,而「俠義小說」其實也或多或少含有歷史色調。例如,《虬髯客傳》內容雖屬虛構,且以虬髯客爲主角,但涉及下列歷史人物:隋煬帝及其親信楊素,唐高宗李淵與開國功臣李靖,唐太宗李世民及其知交心腹劉文靜(原隋朝晉陽令)。一方面,從史書中尋找創作題材,將歷史人物與事件傳奇化;另一方面,又直接將小說變成正史列傳(如《晉書》列傳之人物多取自《世說新語》),使文學作品的內容歷史化。這種文化現象說明了文史合一的傳統理念與審美取向,在唐代傳奇裏亦具普遍性、延續性與穩定性。

再就題旨而論,凡是含帶歷史色調的傳奇作品,其褒貶意識、借鑒動機、正統觀念多十分明顯。如陳鴻《長恨歌傳》說,白居易寫《長恨歌》,「意者不但感其身,亦欲懲尤物,窒亂階,垂於將來者也。歌既成,使鴻傳焉」。〔註66〕又如杜光庭《虬髯客傳》把李世民寫成「眞命天子」,「俄而文皇到來,精彩驚人,長揖而坐。神氣清朗,滿座風生,顧盼煒如也」。因此,大英雄虬髯客心感畏懼,始終不敢和李世民爭天下,而自動離開中原,前往異地他鄉。同時,作者還在文末這樣寫道:

> 乃知英雄之興也,非英雄所冀。況非英雄者乎?人臣之謬思亂

〔註65〕《中國文學發展史》中冊,中華書局,第380～393頁。
〔註66〕魯迅校錄:《唐宋傳奇集》,人民文學出版社,第106頁。

者，乃螳臂之拒走輪耳，我皇家垂福萬葉，豈虛然哉？〔註67〕
可見生於唐末的杜光庭，擬借唐初唐太宗一統天下，反對當時的方鎮割據，
擁護中央集權與政治大一統。這無疑是唐代正統歷史觀在傳奇小說中的折射
或反映。此外，「實錄」（有聞必錄）與「補史」（補正史之闕）觀念在唐代小
說中也具有一定的普遍性，如李公佐在《南柯太守傳》之末寫道：

　　公佐貞元十八年秋八月，自吳之洛，暫泊淮浦，……詢訪遺迹，
覆再三，事皆摭實，輒編錄成傳，以資好事。雖稽神語怪，事涉非
經，而竊位者生，冀將為戒。後之君子，幸以南柯為偶然，無以名
位驕於天壤間云。〔註68〕

不少作者清楚表明，撰寫傳奇小說之動機，在於「存錄」以「補史之闕」。有
些不含歷史色調的傳奇作品，居然也含實錄、補史觀念。如白行簡《三夢記》
記述三個夢遊故事之餘，文末還附加以下一段文字，說明其寫作意圖：

　　行簡曰：《春秋》及子史，言夢者多，然未有此三夢者也。世人
之夢亦眾矣，亦未有此三夢。豈偶然也？抑亦必前定也？予不能知。
今備記其事，以存錄焉。〔註69〕

　　試想：作者認為連夢遊都有「存錄」之價值，各種自然現象和社會現象，
豈不都可供補史之用？白行簡還說，他寫《李娃傳》是因與李公佐「話婦人
操烈之品格」，而「述汧國（李娃）之事」，並奉公佐之命「疏而存之」：「予
伯祖嘗牧晉州，轉戶部，為水陸運使。三任皆與生為代，故諳詳其事。貞元
中，予與隴西公佐話婦人操烈之品格，因遂述汧國之事。公佐拊掌竦聽，命
予為傳。乃握管濡翰，疏而存之。時乙亥歲秋八月，太原白行簡云。」〔註70〕
唐人的這種歷史觀念，恐怕不是一般現代人所能理解的；但只要把這類傳奇
作品和某些唐人正史列傳作一比較，就會發現文史合一的文化底蘊竟然如此
深厚，而不覺得難以理喻了。事實上，在唐人的文化觀念裏，傳奇小說也屬
於歷史，即正史之外的野史。因此，有學者認為，「深沉的歷史感」是中國古
代小說的主要特質之一。〔註71〕

　　在形式方面，唐代傳奇深受正史影響，首先體現於篇名之上。司馬遷《史

〔註67〕魯迅校錄：《唐宋傳奇集》，人民文學出版社，第158頁。
〔註68〕同上書，第84頁。
〔註69〕同上書，第101～102頁。
〔註70〕同上書，第99頁。
〔註71〕葉桂桐：《中國古代小說概論》，第97頁。

記》凡一百三十篇，其中列傳七十篇，世家三十篇，本紀十二篇，餘者爲書、表。本紀、世家、列傳皆以人物爲中心，所以開創了傳記體通史之先河。班固《漢書》屬於斷代史，其體制和《史記》大致相同（僅去掉世家，並將書改稱志）。根據程國賦的統計，唐代傳奇帶「傳」篇名，有《柳毅傳》、《李娃傳》、《無雙傳》等二十五篇；帶「記」或「紀」篇名有《古鏡記》、《枕中記》等二十一篇；帶「志」篇名有《博異志》等四篇，總共五十篇。〔註72〕據我的統計，這類含有「傳」、「記」、「志」的篇章，在汪辟疆編選《唐人傳奇小說》裏佔了55％，而在魯迅校錄《唐宋傳奇集》裏卻佔了83％。唐代所編修的正史，如《北齊書》、《梁書》、《南史》、《周書》、《北史》，同樣採用紀傳體，而且去除「表」，只剩下「紀」、「傳」二體。單從篇名來看，傳奇作品與歷史作品幾乎難以分辨，因爲正史中的人物傳記，除了帝王之外，幾乎一律冠上「傳」字。由此可見在形式或體例上，唐代傳奇已被歷史化，而唐代正史列傳中的某些內容卻又被文學化（傳奇化）。後代著名小說如《水滸傳》、《西遊記》、《石頭記》（《紅樓夢》）、《儒林外史》，繼承了這個文化傳統，同樣加上「傳」、「記」、「史」等爲書名，目的是使之帶有某種程度的歷史感，或增加作品的眞實感。

在結構方面，唐代傳奇受正史列傳的影響同樣顯著。其寫作手法趨於單一化，即多數採用史傳的順敍法，現代小說常用的倒敍與插敍十分罕見。有的作品也仿照正史列傳，一開頭就介紹故事主角的姓名、籍貫、性格、嗜好等。例如，元稹《鶯鶯傳》寫道：「貞元中，有張生者，性溫茂，美風容，內秉堅孤，非禮不可入。」〔註73〕同時，由於「時間」（年份）對歷史記載異常重要，不可或缺，歷史家的「時間感」特別濃烈，所以在唐代，傳奇作者也深受感染，傳奇作品多數都寫上與故事相關的年代。年份通常出現作品前面，有些甚至以年份開頭。例如，《霍小玉傳》、《補江總白猿傳》、《枕中記》、《離魂記》分別以「大曆中」、「梁大同末」、「開元七年」、「天授三年」作爲故事之開端。有些作品甚至使用多個時間坐標，如《古鏡記》敍述故事的發展就用了七個時間坐標（「大業七年五月」、「其年六月」、「大業八年四月一日」、「其年八月十五日」、「大業十年」、「大業十三年夏六月」、「大業十三年七月十五日」），其目的顯然是爲了親近歷史，增加小說故事情節的眞實感。更加不可

〔註72〕程國賦：《唐五代小說的文化闡釋》，人民文學出版社，第 3 頁。

〔註73〕魯迅校錄：《唐宋傳奇集》，人民文學出版社，第 119 頁。

思議的是，又爲了進一步強調故事內容的眞實性與可信性（也因受唐代「實
錄」史觀影響），傳奇作者甚至在作品之末說出故事來源或出處。如擔任過修
史官的沈既濟就費不少筆墨，講述寫作《任氏傳》的緣由：

> 建中二年，既濟自左拾遺於金吳。將軍斐冀，京兆少尹孫成。……
> 皆適居東南，自秦徂吳，水陸。……浮穎涉淮，方舟沿流，晝宴夜
> 話，各徵其異說。眾君子聞任氏之事，共深歎駭，因請既濟傳之，
> 以誌異云。〔註74〕

同樣受到正史列傳的影響，有些傳奇作品還穿插議論文字，直接或間接表達
作者個人的價值觀念，或對某一事物的見解、評價。李公佐《謝小娥傳》、許
堯佐《柳氏傳》、白行簡《李娃傳》、沈既濟《任氏傳》等都可作爲例證。如
《李娃傳》寫道：「嗟乎！倡蕩之姬，節行如是，雖古先烈女，不能逾也。爲
得不爲之歎息哉？」《任氏傳》結尾的評論文字則更加詳細：

> 嗟乎，異物之情也有人焉！遇暴不失節，徇人以至死，雖今婦
> 人，有不如者矣。惜鄭生非精人，徒悅其色而不徵其情性。向使淵
> 識之士，必能揉變化之理，察神人之際，著文章之美，傳要妙之情，
> 不止於賞風態而已。〔註75〕

像這樣的評論文字，豈不就是正史列傳論贊的翻版？《隋書‧列女傳》論贊
可以作爲例證：「史臣曰：夫稱婦人之德，皆以柔順爲先，斯乃舉其中庸，未
臻其極者也。至於明識遠圖，貞心峻節，志不可奪，惟義所在，考之圖史，
亦何世而無哉。蘭陵主質邁寒松，南陽主心逾匪石，洗媼、孝女之忠壯，崔、
馮二母之誠懇，足使義勇慚其志烈，蘭玉謝其貞芳。」

三、唐代散文的歷史精神

唐代散文的歷史文化內涵，較之唐代詩歌、傳奇更加多樣精彩，因爲唐
文數量極大，內容豐富，涉及歷史者爲數更多。清人編《全唐文》，凡一千卷，
文章一萬八千四百餘篇，作者三千四十餘人。我們從唐代散文中，應更能領
略唐人的歷史精神。

借古抒懷，既是唐詩之傳統，亦是唐文之傳統。歷史事迹爲唐人提供創
作靈感，並且成爲抒懷散文的主要題材之一。例如，梁肅《周公瑾墓下詩序》

〔註74〕魯迅校錄：《唐宋傳奇集》，人民文學出版社，第39～40頁。
〔註75〕同上書。

即先談與友人「旅遊於吳，里巷之間，有墳巋然」，繼而說「予嘗覽前志，壯公瑾之業；歷於遺墟，想公瑾之神。息駕而弔，徘徊不能去」。可見作者對這位三國時代英雄人物，多麼懷念，多麼敬仰！呂溫《成皋銘》則借講述這一戰略要地所經歷的歷史風雲，發表個人的歷史見解，得出如此結論：「周道如砥，成皋不關。順至則平，逆者惟艱」。其意爲成皋對人對事「拒昏納明，閉亂開理」。杜牧《阿房宮賦》「通過阿房宮的修建與毀滅，剖析秦王朝盛衰興亡之歷史原因與教訓，旨在借古諷今，針砭時弊。」〔註76〕我們甚至可以這麼說，在包括唐代在內的古代中國，如果一個文學家缺乏歷史感，就無法寫出具有文化深度的散文作品。

借用歷史人物或事件針砭時弊，也是唐人歷史精神的體現之一。買官賣爵雖是中國古代官僚政治之常見現象，不足爲奇，但有些文人對此耿耿於懷，深惡痛絕。如牛希濟《崔烈論》一文，即針對崔烈買官這一漢代政治醜聞，致力予以抨擊，並與西漢覆亡聯繫起來：「漢之亡也，人主爲之；國家之禍，權倖爲之」。其言外之意，借題發揮之目的，甚爲明顯，因爲唐王朝「自咸通之後，上自宰輔以及方鎮，下至牧伯縣令，皆以賄取」。作者筆鋒一轉，進而針對唐王朝官吏，在文末寫道：

> 有國家者，不以仁義而務財利之道，許而行之，斯不可矣。不
> 許而自行之，而不能知之，又不可矣。是亦覆國家者，不亦過乎？
> 〔註77〕

歷史一再表明，吏治腐敗是導致歷代王朝衰落乃至滅亡的主要內因之一，所以凡是正直的文人學者對此自然不能視若無？但是爲了保護自己，免遭殺身之禍，他們往往借助於歷史人物或事件，在文章中委婉地表述自己的政治見解，期望最高統治者以史爲鑒，切勿重蹈覆轍。

反戰也是唐代散文的重要主題之一，但在君主專制時代，撰寫反戰文章的政治風險極大，所以同樣惟有借助歷史。李華《弔古戰場文》以祭文格式，致力描繪秦漢以來，戰事頻仍，殘酷非常，死傷無數，所以直到唐代，此古戰場「往往鬼哭，天陰則聞」。對於如何避免戰爭帶來「荼毒生靈」、「枕骸遍野」，作者借用《左傳》之言，主張唐帝國統治者應「守在四夷」，不宜興師動眾，作爲文章的結語。在《諫雅州討生羌書》裏，陳子昂爲了諫止這場「遺

〔註76〕陳尚君等選注：《唐文》，第407頁。
〔註77〕《全唐文》卷八四六，中華書局。

全蜀之患」的討羌戰爭，而提出了令人信服的七大理由（「七事」）。每一理由既論及眼前現實，又有歷史依據，可謂面面俱到，從而得出「自古亡國破家，未嘗不由黷兵」的結論。

作為歷史主體的政治人物，自然成為唐文的評論對象，尤其是末代君主之腐敗誤國，更受有識之士關注。如朱敬則《陳後主論》，即以華麗、生動的文學語言，描繪陳叔寶沉迷酒色，生活腐化，是個典型的末代君主：

> 嬪妾五十，盡有珥貂之容；麗服一千，咸取夭桃之色。加以貴
>
> 妃夾坐，狎客承筵。……長夜不疲，略無醒日。〔註78〕

這是陳朝必亡的內因。作者再以陳隋兩代的政治對比，說明陳朝必亡的外因，然後得出「一國為一人興，前賢以後愚滅」的歷史結論。曹參是漢初名相，頗得民心，「民歌之曰：蕭何為法，講若畫一。曹參代之，受而勿失。載其清淨，民心寧一」。《史記》對「蕭規曹隨」，亦予以肯定，稱之為賢相。但唐末文人程宴不以為然，他認為曹參缺乏創新進取精神，不具賢相資格。他在《蕭何求繼》中，說曹參墨守成規，「貪位畏勝」，以致「不能孜孜其君於成康之政」。其評史文字雖略有偏頗，但史識獨特，亦有可取之處。權德輿《兩漢辨亡論》不將兩漢覆亡歸咎於王莽、董卓，而將矛頭對準張禹、胡廣兩人的姑息養奸，在藩鎮割據的唐代中葉具有特殊的政治意義。殷侔《竇建德碑》雖非出自名家之手，但其所體現的實事求是的歷史精神，的確令人刮目相看。竇建德是隋末農民起義軍領袖，曾建立地方政權（國號為夏），後為唐太宗所滅，但作者給予他很高的歷史評價：「惟夏氏為國，知義而尚仁，貴忠而愛賢；無暴虐及民，無淫凶於己。故兵所加而勝，令所到而服，與夫世充、銑、密等皆不同矣。行軍有律，而身兼勇武；聽諫有道，而人無拒拂。」〔註79〕

在中國歷史上，冤假錯案層出不窮，所以翻案文章屢見不鮮。唐代政治比較開明，為歷史事件、人物翻案的散文寫得非常出色，可讀性甚高。例如，郅都是漢景帝時的良吏，為人剛直不阿，因得罪竇太后而遭殺身之禍，《史記》亦「以郅都為《酷史傳》首」。權德輿對此深不以為然，故撰寫《酷吏傳議》，列舉郅都之為人與政績，為郅都翻案，他認為郅都是「漢名臣」，司馬遷不應將郅都列入「酷史」。「至於述贊雖云引是非、爭大體，又何補焉」。獨孤及則撰《吳季子箚論》，對春秋時吳王幼子季札讓位一事，提出和左丘明、司馬遷

〔註78〕《全唐文》卷一七一，中華書局。
〔註79〕《全唐文精華》卷一，大連出版社。

完全不同的看法。他首先提出：「竊謂廢先君之命，非孝也；附子臧之義，非公也；執禮全節，使國篡君弒，非仁也；出能觀變，入不討亂，非智也。」然後再援引史實，反覆論證季札讓位是吳國內訌滅亡之根由，因小而失大，不值得襃揚。這兩篇翻案文章，在一定程度上反映了唐代文人重視歷史，並由此產生的存真求實的歷史精神。陳子昂《申宗人冤獄書》為「遭誣罔之罪」的陳嘉申冤，引用「吳起事楚」、「商鞅事秦」、「晁錯事漢」而遭殃的歷史事實，規諫武則天不要濫殺無辜。作者顯然充分意識到歷史的借鑒（規諫）功能，並試圖利用這一功能為政治服務。

　　綜合以上論述，不難得出以下結論：第一，基本文學觀念的廣泛化，使文學功能多元化、技巧多樣化。對唐人而言，文學不僅具有審美愉悅價值，而且包含教化、認知與借鑒等多重社會功能。為達到功能多元化的目的，其表現手法或方式，既有形象的、感性的，也有抽象的、理性的；若按現代文學標準來衡量，前者是藝術性的，後者是非藝術性的。第二，從歷史在唐代文學作品中的位置，可知文史合一的文化傳統在唐代得以延續與發展。其主要原因是唐代的明道文學觀和正統歷史觀蘊涵共同的文化基因，即由儒家思想所宣示的認知功能、教化功能與借鑒功能。文中有史，史以文傳，從而構建了中國古代文化的傳統特徵。第三，歷史在唐代文學作品中，居於如此顯著、重要的位置，不但充分地反映了唐代文學家深厚的歷史情結，而且大大地深化、豐富了文學作品的文化內涵。由於含有深沉的歷史感的詩文作品幾乎都是名篇佳作，若將它們全部或部分從唐代文學中剔除，則其負面結果不言而喻！

餘　論

第一則

　　眾所周知，胡適、陳獨秀是中國「五四新文學運動」的先驅者，1917 年初他們在《新青年》雜誌先後發表的《文學改良芻議》和《文學革命論》，〔註1〕一直被公認為新文學運動之宣言或檄文，其歷史價值不言而喻。然而，經過了我將前者同唐人（韓愈）之文學觀作一比較研究，發現它們在基本觀念上居然存在著許多相同或類似之處。「須言之有物」是《文學改良芻議》（以下簡稱《芻議》）第一點主張，按照胡適的解釋，「物」是指文章作者的情感與思想。〔註2〕這與韓愈等人的文學理念基本上是一致的，因為「文以明道」就是強調文章必須有明確的思想，而「不平則鳴」所產生的感情，應該是既真實又健康的。第二點主張「不模仿古人」，我認為也缺乏新意，它和韓愈所言「師其意不師其辭」，寫作時「辭必己出」，都具有本質上相同的蘊涵，即文章要創作，不要仿作。韓愈更以文章寫作體現了這一理念，為其同道樹立了典範。對於第三點「須講求文法」，胡適並未加闡釋，僅僅說「不講文法，是謂不通。此理至明，無待詳論」。〔註3〕若以通順作為「講求文法」的準繩，則韓愈主張「文從字順」不就是「講求文法」嗎？《芻議》第四點「不作無病之呻吟」，即主張作品所含之情感必須真摯而健康，不要有「亡國之哀音」。

〔註1〕歐陽哲生編：《胡適文集》二集，北京大學出版社，第6～15頁。

〔註2〕胡適援引《詩序》「情動於中而形諸言」，作為其「情感」之解說。

〔註3〕文法亦稱語法，乃外來之事物，胡適作《芻議》時，中文文法尚未成型，故惟有提而不論。

〔註4〕這與韓愈的文學理念也很吻合，他所謂「窮苦之言易好」，當然就與「不平則鳴」一樣，所流露出來的情感既非「無病之呻吟」，亦非「亡國之哀音」。至於第五點主張「務去濫調套語」，簡直與韓愈等人的文學主張同出一轍，似乎更缺乏創意，因為韓愈也厭惡陳詞濫調，曾在《答李翊書》裏提出「惟陳言之務去」。胡適對第六點主張「不用典」特別重視，費了不少筆墨加以舉例說明，但在我看來，它和韓愈等唐代古文家的文學理念也很接近。這是由於典故連篇的駢文曾盛行一時，反對濫用典故自然就成了提倡古文運動者的重要主張之一。《芻議》第七點主張「不講對仗」，是針對駢文和律詩，即反對詩文濫用排偶駢句，似乎同樣是從唐代「變駢為散」的古文運動中取得靈感。總之，胡適的八點文學主張中，恐怕只有最後一點「不避俗字俗語」，擁有自己的「知識產權」。（其餘均宜和唐人分享）誠如胡適文中所言：「吾惟以施耐菴、曹雪芹、吳趼人為文學正宗，故有『不避俗字俗語』之論也。」

那麼，胡適《芻議》的八點主張和韓愈等人的文學理念為何如此近似？是「英雄所見略同」的巧合，還是另有其他原因？我們姑且存而不論，因非本書趣旨之所在。我僅擬藉此闡明並強調一個歷史事實：郭紹虞所謂「從隋唐到北宋，是文學觀念復古期」，無論如何是難以成立的。唐代古文家的文學觀（包含明道文學觀）在中國歷史上是進取性的，而不是保守性的；是革新性的，而不是復古性的！在某種意義上說，其所主導的古文運動與「五四新文化運動」甚至有著一個共同屬性，即兩者都屬於文體解放運動。經過比較研究後所得的這一認知，應有助於我們進一步瞭解唐人文學觀的歷史價值與歷史定位。

誠然，《芻議》這個從美國寄回來的精緻新瓶裏裝的不盡是陳年老酒，還有一些新釀杜康，所以我認為其歷史價值主要不在於八點主張，而在於胡適致力主張將明清「白話小說」與元代戲曲列為「文學正宗」。前者指《儒林外史》、《水滸傳》、《石頭記》（《紅樓夢》）、《西遊記》與《三國演義》，後者則指「關漢卿諸人」及其「數十種」著作。同時，他還主張現代人應該用白話文來寫作（「不避俗字俗語」之主張即與此相呼應），因為白話文學不再是「文學小道」，其優秀者甚至可以同世界文學媲美。這麼一來，中國人的傳統文學觀終於發生了質變，因為原本屬於「文學小道」的小說和戲曲，開始被提升為「文學正宗」，也能進入大雅之文化殿堂，而中國新舊文學觀之分野隨著顯

〔註 4〕按「亡國之音」乃唐人批評南朝文學之用語，指的就是不健康的思想感情。

現出來了。不過必須指出，在胡適提出這項文學主張之前，梁啓超已於 1902 年作《論小說與群治之關係》，提倡「小說界革命」，致力鼓吹小說的社會文化價值。他不僅認爲「小說爲文學之最上乘」，並且宣稱「今日欲改良群治，必自小說界革命始，欲新民，必自新小說始」，「欲新道德，必新小說」，因爲小說「有不可思議」的支配人心的道德力量。〔註5〕值得我們注意的是，梁啓超在竭力擡高小說地位之餘，還主張以新小說取代舊小說。因此，如果將《論小說與群治之關係》的發表作爲傳統文學觀突變的標誌，乃至作爲中國新文學運動之濫觴，也未嘗不可甚至更爲恰當。

至於陳獨秀《文學革命論》的三項主張，即「堆倒雕琢的阿諛的貴族文學，建設平易的抒情的國民文學」；「堆倒陳腐的鋪張的古典文學，建設新鮮的立誠的寫實文學」；「堆倒迂晦的艱澀的山林文學，建設明瞭的通俗的社會文學」，〔註6〕則將重點放在文學內容之重塑，對於文體解放的直接貢獻不如《芻議》。但是，由於《文學革命論》是爲支持胡適而作，起著互爲表裏（形式與內容）、前呼後應的作用；況且和胡適相比，陳獨秀立場堅定、態度鮮明，認爲「改良中國文學當以白話爲文學正宗之說，其是非甚明，必不容反對者有討論之餘地」，所以對改變中國傳統文學觀念，發揮了更爲重要的作用。有趣的是，儘管他並不贊成「文猶師古」和「文以載道」，〔註7〕但仍然給予韓愈和唐代古文運動頗高評價，認爲「俗謂昌黎文起八代之衰，雖非定論，然變八代之法，開宋元之先，自是文界豪傑之士」。

在新史學運動中，則以梁啓超、李大釗爲先驅者之代表。早在 1902 年，梁啓超便撰寫《新史學》，給中國舊史學以十分嚴厲的批評。他在文中羅列舊史家六大弊端，即「知有朝廷而不知有國家」，「知有個人而不知有群體」，「知有陳迹而不知有今務」，「知有事實而不知有理想」，「能鋪敍而不能別裁」，以及「能因襲而不能創作」。因此，他呼籲進行「史界革命」，甚至誇張地說「史界革命不起，則吾國遂不可救。悠悠萬事，惟此爲大」。〔註8〕然而，如何革

〔註5〕梁啓超：《飲冰室文集》卷二，北京，中華書局，第6頁。
〔註6〕《胡適文集》第二冊，北京大學出版社。
〔註7〕韓柳主張「文以明道」，而「文以載道」乃宋代理學家周敦頤之主張，但後人往往張冠李戴。這樣很不妥當，因爲「明道」與「載道」內涵不同：前者要求凸顯、宏揚儒家之道，是外延的、積極的；後者則主張以文作爲道學之載體，是比較內斂的、消極的。
〔註8〕《梁啓超史學論著四種》，嶽麓書社，第 241〜247 頁。

中國舊史學之老命？如何構建中國新史學？又如何編撰新史書以取代舊史書？梁啓超顯然當時還胸無成竹，所以未能提出方案來。直到 1922 年，他才在《中國歷史研究法》裏不僅對歷史之定義（界說）及其範疇，作了比較有系統的具體論述，而且還提出了關於「史學改造」之建議。梁啓超認爲歷史是「記述人類社會賡續活動之體相，校其總成績，求得其因果關係，以爲現代一般人活動之資鑒者也。其專述中國先民之活動，供現代中國國民之資鑒者，則曰中國史」。而中國史之範疇或內容，則宜包含以下各項：中華民族之形成、活動，及其與「外來蠻族」之關係；中國對外交通與文化交流之過程；中國社會、經濟和政治的結構及其演變；中國語言文字及各種文化（包括哲學、文學、美術、音樂、工藝、科學等）的發展。他甚至打算按照以上內容，撰寫一部全新的中國通史。

由於梁啓超覺得二十四史等舊史內容繁雜，浩如煙海，「幼童習焉，白首不能殫」，所以他主張「史學範圍，當重新規定，以收縮爲擴充也」，乃史學改造的要點之一。爲落實史學改造，不但必須掌握「搜集史料之法」，還必須掌握「鑒別史料之法」。此外，他又主張「爲歷史而治歷史」，「不爲『明道』、『經世』而治歷史」，即「以史爲目的而不爲手段」。〔註9〕平心而論，梁啓超的歷史觀尚未定型，前後矛盾之處在所難免。如他忽而主張「爲歷史而治歷史」，忽而又認爲歷史的主要功能是「供現代中國國民之資鑒者」。不過，他的「史界革命說」同樣保留一些唐人歷史觀的傳統，如歷史的借鑒功能、政治功能乃至秉筆直書（實錄）精神。他的主要貢獻，我認爲在於改變對歷史範疇的認知，即主張將歷史範疇縮小與淨化，去蕪存菁，爲新史學發展指明了新方向、開闢了新途徑。

李大釗對新史學或史學革命貢獻更大，影響顯然也更深遠。從 1919 年到 1921 年間，他先後發表了《我的馬克思主義觀》、《物質變動與道德變動》、《由經濟上解釋中國近代思想變動的原因》、《唯物史觀在現代史學上的價值》以及《中國古代經濟思想之特點》等多篇論文，都是早期涉及歷史哲學與唯物史觀之作品。而在 1924 出版的《史學要論》則針對「什麼是歷史」、「什麼是歷史學」、「歷史學的系統」、「史學在科學中的位置」、「史學與其相關學問的關係」和「現代史學的研究及於人生態度的影響」等六個專題，進行頗有系統的論述，更爲中國新史學觀與史學革命增添異彩。例如，他將史料與史學

〔註 9〕詳見《梁啓超史學論著四種》，第 241～247 頁。

劃分一清二楚，指出對現代人而言，《史記》等二十四史均屬於歷史記錄，而
非歷史本身。他一再強調歷史是人類社會變革的全部過程，而「歷史學就是
研究社會的變革的學問，即是研究在不斷的變革中的人生及爲其產物的文化
的學問」。〔註10〕若與梁啓超相比較，李大釗的歷史觀（包括對歷史本質、範
疇與功能的認知）顯然更加清晰明確，表述也更有條理、更具說服力，所以
影響力在前者之上乃理所當然。

　　無論如何，經過梁、李等人之大力倡導，中國新史學與新文學既然同步
形成，新舊歷史觀的楚河漢界，也就昭然分明了；而人們不但對歷史本質有
了全新的、明確的界說，而且對歷史範疇、歷史功能的認知，也發生了文化
本質屬性的變化。

第二則

　　進入 21 世紀後，隨著世界經濟全球化的形成，中國經濟逐步與世界經濟
融合，所以「與國際接軌」或「與世界接軌」，受到中國學者特別重視，不但
出現於經濟領域，而且也出現於文化領域（包括文學、歷史領域），看來另一
次新文化運動已在悄悄地進行中。

　　如果說全盤否定傳統文化是「五四新文化運動」的偏差，〔註11〕那麼，
爲了避免再度出現類似的偏差，我們就不宜盲目緊隨中外經濟接軌之後，過
度強調中外文化接軌。我們迫切需要以史爲鑒，採取「否定之再否定」的舉
措（即否定對中國傳統文化之否定），即在進行與國際接軌、推行中國文化世
界化的同時，還必須進行古今接軌、推行中國文化民族化，因爲文化畢竟不
同於經濟，精神文明畢竟不同於物質文明。在文化領域裏，現代不能脫離傳
統，世界性更不能脫離民族性，要成爲「世界的」，首先就必須是「中國的」。
這是毫無疑義、無可爭辯的「小道理」，只可惜還有些人不理解、不接受。

　　在這樣的大背景、大前提下，我們再探討新文學與舊文學、新史學與舊
史學如何進行對話和接軌問題，就顯得比較有價值、有意義了。經過對唐代
文史觀的比較研究，我發現在文史領域裏，現代人與古代人（在此主要指唐

〔註10〕李守常：《史學要論》，河北教育出版社，第 13 頁。
〔註11〕對「五四新文化運動」的反思，同樣必須採取歷史主義，才能理解倡導者之
　　　偏激言行乃客觀環境使然。在當時，保守勢力根深蒂固，若無發聾振聵之呼
　　　喚（如「打倒孔家店」）和全盤否定舊文化，就無法推動新文化運動。

人，以下皆同）之間出現了明顯的「歷史代溝」（Historic Gap）或「文化代溝」
（Cultural Gap）。其根本原因在於：現代文學觀不同於古代文學觀，前者要求
文學作品具有感性、形象性、審美性（包括愉悅性），而後者則除了要求感性、
形象性、審美性，更偏重於文學作品的理性、抽象性、實用性。（屬於「文學
小道」的小說和戲曲大量出現，並沒有從根本上改變古代文學觀的基本理念，
所以近代才需要文學革命）現代史學觀也不同於古代史學觀，如現代人撰寫
的中國通史多按照西方史學的理念與準則，以時間爲緯線，作以「事」（政治、
經濟、文化、軍事等）爲主的綜合性講述，涵蓋起因、經過、結果、評價、
內容等。古代人編修的史冊如二十四史則以「人」（歷史人物傳記）爲主軸，
穿插歷史事件和典章制度，形成一種獨特的編撰體制。這樣一來，由於古今
文史觀的差距，便產生了古今文史研究、編撰的接軌問題。

　　所謂古今文史接軌問題，其實就是現代與傳統對話問題的組成部分，但
我在此僅僅提出以下幾點：其一，如果嚴格按照現代的文學理念或文學界說
（The Definition of Literature），許多中國古代文論應屬於文章（學）理論、
文章（學）批評，但我們卻往往將它們歸入文學理論、文學批評，即在文學
的框架內進行審視。幾乎所有的中國古代文學批評史，其實都是文章（學）
批評史，名與實同樣不很一致。文學思想史、文學理論史大致上也是如此。
〔註12〕而現代文學理論、文學批評則不然，都完全名符其實。我們應如何看
待這個說大不大、說小不小的問題？其二，現代人編撰的中國古代文學史，
都將小說列爲胡適所說的「文學正宗」，但在古代人的文學觀念中，小說（包
括明清小說）始終屬於不登大雅之堂的「文學小道」，我們應如何處理這一
古今文學觀念之巨大落差？是應該繼續我行我素（反正古人無話語權），還
是應該對古代文學史作些結構性調整，以示對歷史、對古人的尊重？其三，
古人非常重視的議論文與說明文，中國新文學史將之完全排除在文學作品之
外，這還是可以理解和接受的。然而，在今人編撰的中國古代文學史裏，論
說文則又扮演「補白」或「幽靈」角色，所以時而出現時而消逝，令人捉摸
不定。例如，同一部中國古代文學史，講述先秦文學時，有所謂「哲理散文」
（如《老子》、《莊子》），但在唐代文學裏，哲理散文（如劉禹錫《天問》、

〔註12〕當然，這並不是說學者們分不清「文學理論」與「文章理論」，而是說他們的
　　　　著作裏，往往在「文學理論」、「文學批評」的標題或名目（即現代的文學理
　　　　念）下，講述古代文人的文章理論、文章批評。

柳宗元《貞符並序》）則因「不屬於文學作品」而消逝，似乎毫無準則可循。我們對此如何自圓其說而令人心服？其四，古代人所創作的二十四史編撰體例，既然沿用了二千餘年，是否還有借鑒之價值？（例如，我們可從《舊唐書》或《新唐書》尋得李白、白居易的生平事迹，但卻不能從《中國現代史》裏找到何其芳、艾青的個人小史，這是什麼道理？）其五，對於歷史事件和歷史人物的處理，新舊史學迥然不同，也出現了極大反差。譬如過去爲了革命戰爭的政治需要，曾將舊史中的「民變」（兵變亦在內）幾乎一律稱爲農民革命，並且往往誇大了農民戰爭的作用。〔註13〕又如現代歷史只重視「大人物」（主要是政治人物）之活動，往往大書特書；古代正史（列傳）裏反而出現許多「小人物」，從孝子、烈婦到隱士、俠客，都有機會成爲正史人物。這是否意味著在基本歷史觀上今不如古？其六，文史合一既是中國古代文學的傳統，也是古代史學的傳統，如今爲了學術上的分工細化，現代文學與現代史學早已分家立戶，乃屬自然而然之事，但是，爲了珍惜這一文化傳統，是否應在古今文史之間多架幾道橋梁，使文史合一的文化傳統得以延續？因爲這樣不但有利於古今文史的接軌，也有助於現代文學和現代史學的發展。

　　至於應如何促成古今文史家的交往對話？如何落實現代文史和古代文史接軌？我個人認爲問題涉及兩個層面。在思想觀念的層面上，首先我們應全面瞭解古代基本文學觀與歷史觀的眞正意涵以及它們同現代基本文學觀、歷史觀之間在本質、範疇、功能上的差異性。然後，擯棄「時髦的」現代視角（如唯美主義、文本主義），而以歷史主義取而代之，並且轉換我們個人的社會角色。〔註14〕換言之，如果要研究唐代文學或唐代歷史，就得讓時光倒流千餘年，研究者不僅應穿越時光隧道，回到唐代的農業社會去，同時還應該暫時忘掉自己原來的社會身份，而把自己當成韓愈、柳宗元、魏徵、房玄齡或其他唐代文人。（請記住：他們都是吃皇糧的朝廷命官，不是專業的文學家、歷史家）這樣——恐怕也只有這樣，我們對唐代文史家的文史觀念、文史作品乃至文化行爲，才能做到眞正的理解、接受或同情（而不再隨意加以褒貶），

〔註13〕例如，清末之「捻亂」僅是農民之求存鬥爭，羅爾綱等卻稱之爲農民革命，與太平革命相提並論。

〔註14〕在哲學認識論上，歷史主義是一種對事物判斷的相對主義，所以它重視事物發展的相對性，反對以現代視角審視古代事物。

才能落實真正平等的古今交往、對話，也才有可能完成舊文學與新文學、舊史學與新史學之間的全面接軌。〔註 15〕

在具體操作的層面上，我的不太成熟的初步構想大致如下：首先，或許應按照古今文學觀的不同，將中國文學分爲「大文學」和「小文學」兩大類型，前者是古代文學，是泛文學；後者是現代文學，是純文學。所有關於文學理論、文學思想和文學批評的新著作，亦宜作出相應調整與緊密配合。易言之，中國古代文學理論與古代文學批評不但應建立「中國的」理論體系，而且在建立理論體系過程中，似乎還應嚴格遵循「古代的」基本文學觀，盡量避免參入西方的或現代的文學理念。我認爲這一建議的可行性是存在的，因爲它並非將「小文學」排除在外，而是將古代文學理論、文學批評「一分爲二」：不但在「大文學」內部還有「小文學」，而且在「大文學」理論體系之外，同樣可以建立「小文學」理論體系，並且以此和現代文學理論、文學批評接軌。至於中國現代文學理論、文學批評則可依循現行的途徑繼續發展，所以古代文學內部建構的調整，對現代文學的發展理應不受干擾。

中國古代文學史或許也可分爲「大文學史」（或泛文學史）和「小文學史」（或純文學史）兩大類型。〔註 16〕前者之文學範疇廣泛，完全根據古代基本文學觀來編撰；後者之文學範疇狹小，則依據現代基本文學觀來編撰。更具體點說，大文學史的內容不僅應涵蓋古代文學所重視的論說文（如屬於「經國之大業，不朽之盛事」的奏議與書論），而且應將之置於文學正宗的主要位置，即恢復其應有的歷史地位或歷史原貌。但小文學史則按照現代文學觀來編撰，將論說文完全排除在文學範疇之外，小說的正宗地位依然不變，使之與中國新文學史完全接軌。其實早在 1933 年，劉經庵就曾編著《中國純文學史綱》一書，內容僅涉及詩歌、詞、戲曲、小說四類，散文完全被割愛。完全割愛散文雖不是正確的做法，因爲抒情散文、敘事散文都屬於純文學作品，但不失爲一項比較有創意、有見地的學術嘗試，只可惜當時及後來似乎並沒有引起學術界的廣泛注意。（按：此著作已由北京的東方出版社選入「民國學術經典文庫」，於 1996 年重新出版）

〔註 15〕 主要是指文史觀與文史內部結構兩個層面。
〔註 16〕 在此，「大」與「小」均屬中性詞，且更可凸顯兩者範疇之不同。當然，名稱不如內涵重要，「大文學」也可稱爲「文章學」，「小文學」也可簡稱爲「文學」。可以設想，《中國大文學史》的內容將是十分豐富、精彩的，它可使中國古代文學呈現全新的面貌。

　　「人」與「事」既是構成歷史的兩大要素，但古修正史以人爲主軸，而今撰通史則以事爲主線，兩者各有其長處或優勢。我想如果要取得雙優勢，就必須冶兩者於一爐，即改革西方化的通史編撰體制，創立中國式的通史架構。也就是說，應該創造一種古今合璧的通史體例，其內容既有歷史事件，又有人物傳記，而且兩者並重共存。其實，我的這一想法或許已經過時，因爲它已經悄然變成了現實。〔註 17〕經過白壽彝、瞿林東、史念海等數十名優秀歷史家的共同努力，一部具有劃時代意義的《中國通史》終於五年前陸續付梓。全書共十二卷，分二十二巨冊，凡一千二百餘萬字。除了前兩卷外，各卷都分爲序說、綜述、典志、傳記四個部分。我認爲這部巨著的最主要特點與貢獻，在於打破現代的（即西方的）編撰體例，引入中國古代正史中的典志和傳記（帝紀、列傳），並且將它們拓展到近代（1840～1949）部分，使到新舊史學在編撰體例結構上合而爲一。今後如果要編撰一部《中華人民共和國全史》或《中國現代通史》，完全可以甚至應該採用這種古今合一的體例結構。因爲只有這種體例，「人」在通史書中才有較大的活動空間，才不會抽象化或符號化，以致淪爲「事」的附屬品。

　　關於「文史合一」問題，除非我們不認爲它是中國古代文化的優良傳統，否則就應該高度重視並積極發揚這個文化傳統。具體做法包括在大學開設涉及文學與歷史兩個領域的跨學科課程，如《歷史文學》、《歷史詩歌》、《歷史散文》、《歷史小說》乃至《史傳文學史》，等等。這類課程最好由中文系和歷史系共同開設，並由兩系教師共同授課。我認爲跨學科課程的開設，不但不妨礙中國文學與中國歷史的獨立性，以及兩者在學術上的細化分工，反而有助於推動文學研究與史學研究的不斷深入、不斷拓展。

　　總而言之，漢字既然可以「一字兩體」，繁簡並存，而且顯得「濃妝淡抹總相宜」；中醫學也與西醫學並行不悖，相輔相成，落實了中國醫療保健體制中的「兩條腿走路」。〔註 18〕那麼，在文學、歷史領域裏，遵照古今不同的文史觀，分別建構具有民族特色的中國古今文史理論體系和實踐體系（編撰體例），不僅具有重大的理論意義，也具有深遠的現實意義。與此同時，逐步推

〔註 17〕此一看法或許還未過時，因在 2003 年中國史學會編《21 世紀中國歷史學展望》（學術專題討論會論文集）對古今史學接軌問題，隻字不提。

〔註 18〕作爲自然科學（或應用科學）的中醫學既然可以同西醫學並行不悖，那麼作爲人文科學的中國文學與中國史學，似乎沒有任何理由不能或不須建構不同於西方的、獨特的理論體系與實踐體系。

行舊文學與新文學、舊史學與新史學之全面接軌，不但符合現代中國文學與中國史學發展的迫切需要，而且也應該是切實可行甚至指日可待的吧？

附　錄

「二十六史」體例、規模一覽表

書名	本紀卷數	史表卷數	書志卷數	世家卷數	列傳卷數	其他卷數	總計卷數	涵蓋年數
史記	12	10	8	30	70		130	約3000
漢書	12	8	10		70		100	220
後漢書	10		30		80		120	197
三國志	4				61		65	60
晉書	10		20		70	30（載記）	130	155
宋書	10		30		60		100	74
南齊書	8		11		40		59	23
梁書	6				50		56	55
陳書	6				30		36	32
魏書	12		20		98		130	164
北齊書	8				42		50	43
周書	8				42		50	46
隋書	5		30		50		85	37
南史	10				70		80	169
北史	12				88		100	232
舊唐書	20		30		150		200	289
新唐書	10	15	50		150		225	289
舊五代史	61		12		77		150	53
新五代史	12	1	3	10	45	3（四夷）	74	53
宋史	47	32	162		255		496	319
遼史	30	8	32		45	1（國語解）	116	224
金史	19	4	39		73		135	119
元史	47	8	58		97		210	162
新元史	26	7	70		154		257	172
明史	24	13	75		220		332	292
清史稿	25	53	142		316		536	295
總計	464	159	832	40	2503	34	4032	

（此表依據王錦貴《中國紀傳體文獻研究》附錄略加修改而成）

參考書目

（依照作者姓氏首字漢語拼音排列）

一、古代文獻

1. 白居易《白居易全集》，上海：上海古籍出版社（1999 年）。
2. 班固《漢書》，北京：中華書局（1962 年）。
3. 陳壽《三國志》，北京：中華書局（1959 年）。
4. 杜牧《杜牧全集》，上海：上海古籍出版社（1997 年）。
5. 董誥等《全唐文》，北京：中華書局（1983 年）。
6. 董仲舒《春秋繁露》，上海：商務印書館（1936 年）。
7. 房玄齡等《晉書》，北京：中華書局（1974 年）。
8. 范曄《後漢書》，北京：中華書局（1965 年）。
9. 干寶《搜神記》，長沙：嶽麓書社（2006 年）。
10. 韓愈《韓昌黎全集》，北京：中國書店（1991 年）。
11. 李商隱《李商隱全集》，上海：上海古籍出版社（1999 年）。
12. 李百藥《北齊書》，北京：中華書局（1972 年）。
13. 柳宗元《柳宗元集》，北京：中華書局（1978 年）。
14. 令狐德棻《周書》，北京：中華書局（1972 年）。
15. 李延壽《南史》，北京：中華書局（1975 年）。
16. 李延壽《北史》，北京：中華書局（1974 年）。
17. 劉昫等《舊唐書》，北京：中華書局（1975 年）。
18. 李昉等《太平廣記》，北京：中華書局（1961 年）。
19. 劉知幾《史通》，瀋陽：遼寧教育出版社（1997 年）。
20. 歐陽修等《新唐書》，北京：中華書局（1975 年）。
21. 清聖祖御製《全唐詩》，臺北：明倫出版社（1971 年）。

22. 沈約《宋書》，北京：中華書局（1974年）。

23. 司馬光《資治通鑒》（修訂本），臺北：建宏出版社（1991年）。

24. 汪辟疆《唐人傳奇小說》，臺北：文史哲出版社（1999年）。

25. 王溥《唐會要》（下），北京：中華書局（1955年）。

26. 吳兢《貞觀政要》，上海：上海古籍出版社（2007年）。

27. 魏徵等《隋書》，北京：中華書局（1973年）。

28. 魏收《魏書》，北京：中華書局（1974年）。

29. 蕭子顯《南齊書》，北京：中華書局（1972年）。

30. 蕭統《文選》，上海：上海古籍出版社（1998年）。

31. 姚思廉《陳書》，北京：中華書局（1972年）。

32. 姚思廉《梁書》，北京：中華書局（1973年）。

33. 章學誠《文史通義》，上海：上海古籍出版社（1956年）。

二、現代論著

1. 白壽彝《中國史學史論集》，北京：中華書局（1999年）。

2. 北京大學中文系《兩漢文學史參考資料》，北京：中華書局（1962年）。

3. 北京大學中文系《先秦文學史參考資料》，北京：中華書局（1962年）。

4. 北京大學中文系《魏晉南北朝文學史參考資料》，北京：中華書局（1962年）。

5. 北京大學哲學系《中國哲學史》，北京：北京大學出版社（2001年）。

6. 北京師範大學史學研究院《歷史科學與歷史前途》，鄭州：河南人民出版社（1994年）。

7. 陳平原主編《中國文學研究現代化進程二編》，北京：北京大學出版社（2002年）。

8. 陳其泰《史學與中國文化傳統》，北京：學苑出版社（1999年）。

9. 程國賦《唐五代小說的文化闡釋》，北京：人民文學出版社（2002年）。

10. 范文瀾《中國通史簡編》，北京：人民出版社（1954年）。

11. 馮沅君等《中國詩史》，香港：古文書店（1962年）。

12. 傅紹良《唐代諫議制度與文人》，北京：中國社會科學出版社（2003年）。

13. 傅庚生《國語選》，北京：人民文學出版社（1969年）。

14. 馮友蘭《中國哲學史》，香港：太平洋圖書公司（1959年）。

15. 復旦大學中國語言文學研究所《古代文論研究的回顧與前瞻》，上海：復旦大學出版社（2002年）。

16. 郭紹虞《中國文學批評史》，上海：新文藝出版社，（2001年）。

17. 《唐代文學研究年鑒》，桂林：廣西師範大學出版社（2001 年）。

18. 郭預衡《中國散文史》中冊，上海：上海古籍出版社（2000 年）。

19. 郭箴一《中國小說史》，香港：泰興書局（1961 年）。

20. 郭英德等《中國古典文學研究史》，北京：中華書局（1995 年）。

21. 侯外盧等《中國思想通史》第四卷上冊，北京：人民出版社（1959 年）。

22. 黃雲眉《韓愈柳宗元文學評傳》，濟南：山東人民文學出版社（1957 年）。

23. 韓國磐《隋唐五代史綱》，北京：三聯書店（1962 年）。

24. 湖南、湖北省哲學社會科學會聯合會合編《王船山學術討論集》，上海：中華書局（1962 年）。

25. 黃霖等《原人論》，上海：復旦大學出版社（2000 年）。

26. 金毓黻《中國史學史》，石家莊：河北教育出版社（2000 年）。

27. 翦伯贊《歷史哲學教程》，石家莊：河北教育出版社（2000 年）。

28. 蔣凡《古代文論的美學思考》，瀋陽：瀋陽出版社（2003 年）。

29. 康士坦丁諾夫主編《歷史唯物主義》，北京：人民出版社（1955 年）。

30. 羅根澤《中國文學批評史》（二），上海：古典文學出版社（1957 年）。

31. 羅宗強《隋唐五代文學思想史》，北京：中華書局（1999 年）。

32. 羅炳良《18 世紀中國史學的理論成就》，北京：北京師範大學出版社（2000 年）。

33. 李學勤主編《孟子注疏》，北京：北京大學出版社（1999 年）。

34. 李守常《史學要論》，石家莊：河北教育出版社（2000 年）。

35. 劉大杰《中國文學史》，上海：中華書局（1962 年）。

36. 逯耀東《魏晉史學的思想與社會基礎》，臺北：東大圖書公司（1999 年）。

37. 魯迅《中國小說史略》，香港：三聯書店（1958 年）。

38. 魯迅《唐宋傳奇集》，北京：人民文學出版社（1960 年）。

39. 梁啟超《梁啟超史學論著四種》，長沙：嶽麓書社（1998 年）。

40. 劉開榮《唐代小說研究》，上海：商務印書館（1947 年）。

41. 劉明今《方法論》，上海：復旦大學出版社（2000 年）。

42. 毛澤東《毛澤東選集》卷二，北京：人民出版社（1991 年）。

43. 歐陽哲生編《胡適文集》卷二，北京：北京大學出版社（1998 年）。

44. 錢穆《中國史學名著》，北京：三聯書店（2000 年）。

45. 錢穆《中國歷史研究法》，北京：三聯書店（2001 年）。

46. 喬象鍾等主編《唐代文學史》，北京：人民文學出版社（1995 年）。

47. 瞿林東《唐代史學論稿》，北京：北京師範大學出版社（1989 年）。

48. 瞿林東《唐代史學史綱》，北京：北京出版社（1999 年）。

49. 錢冬父《唐宋古文運動》，上海：中華書局（1962 年）。

50. 尚鉞主編《中國歷史綱要》，北京：人民出版社（1954 年）。

51. 唐曉敏《中唐文學思想研究》，北京：北京師範大學出版社（2000 年）。

52. 童慶炳《文學概論》，武漢：武漢大學出版社是（2000 年）。

53. 唐德剛《史學與文學》，上海：華東師範大學出版社（1999 年）。

54. 湯因比《歷史研究》，下冊（曹未風等譯）上海：上海人民出版社（1997 年）。

55. 王仲犖《隋唐五代史》，上海：上海人民出版社（2003 年）。

56. 汪辟疆《唐人傳奇小說》，臺北：文史哲出版社（1999 年）。

57. 汪湧豪《範疇論》，上海：復旦大學出版社（1999 年）。

58. 王運熙《漢魏六朝唐代文學論叢》，上海：復旦大學出版社（2002 年）。

59. 王運熙、楊明《中國文學批評通史》隋唐五代卷，上海：上海古籍出版社（1996 年）。

60. 王運熙等《中國文學批評史新編》，上海：復旦大學出版社（2001 年）。

61. 王瑤主編《中國文學研究現代化.進程》，北京：北京大學出版社（2002 年）。

62. 王仲犖《魏晉南北朝隋初唐史》，上海：上海人民出版社（1961 年）。

63. 王瑤《中古文人生活》，香港：中流出版社（1957 年）。

64. 王瑤《中古文學思想》，香港：中流出版社（1957 年）。

65. 王瑤《中古文學風貌》，香港：中流出版社（1957 年）。

66. 王紀錄《中國史學思想通史》清代卷，合肥：黃山書社（2002 年）。

67. 汪高鑫《中國史學思想通史》秦漢卷，合肥：黃山書社（2002 年）。

68. 王學典《20 世紀中國史學評論》，濟南：山東人民出版社（2002 年）。

69. 王晴佳《西方的歷史觀念——從古希臘到現代》，上海：華東師範大學出版社（2002 年）。

70. 楊伯峻《論語譯注》，北京：中華書局（1962 年）。

71. 郁沅等《魏晉南北朝文論選》，北京：人民文學出版社（1999 年）。

72. 余冠英等《漢魏六朝詩選》，北京：人民出版社（1961 年）。

73. 游國恩等《中國文學史》，北京：人民文學出版社（1963 年）。

74. 俞平伯等《李白詩論叢》，香港：文苑書屋（1962 年）。

75. 張新科《唐前史傳文學研究》，西安：西北大學出版社（2000 年）。

76. 張少康《中國文學理論批評發展史》，北京：北京大學出版社（1995 年）。

77. 張少康等《先秦兩漢文論選》，北京：人民文學出版社（1999 年）。

78. 張廣智《西方史學史》，上海：復旦大學出版社（2001 年）。

79. 張岱年等主編《中國文化概論》，北京：北京師範大學出版社（1994 年）。

80. 章培恒等《中國文學史》（中），上海：復旦大學出版社（1996 年）。

81. 詹福瑞《中國古文學理論範疇》，保定：河北大學出版社（1997 年）。

82. 中科院哲學研究所《中國哲學史資料選輯》兩漢之部，北京：中華書局（1963 年）。

83. 朱東潤《中國文學批評史大綱》，上海：上海古籍出版社（2001 年）。

84. 周祖譔《隋唐五代文論選》，北京：人民文學出版社（1999 年）。

85. 鄒賢俊等《中國古代史學理論要錄》，武漢：湖北人民出版社（1980 年）。

86. 周振甫《文心雕龍今譯》，北京：人民文學出版社（1981 年）。

後　記

　　爲了完成這篇二十餘萬言的博士論文，經過將近四年的不懈努力，終於盼到了寫《後記》的時刻，心情是多麼輕鬆愉快！

　　《唐代明道文學觀與正統歷史觀之比較研究》的確是個跨度很大的論題，難度自然也不小；但是在選定之後，就像當年選擇終身伴侶一樣，一旦鍾情於她，就不再心猿意馬。雖有朋友認爲，這個論題要寫得好很不容易，可我就沒有想過要修改、更換，或者擔心無法如期完成。原因是我胸有成竹，而且興趣很濃厚，很快就「進入狀態」，擬就了論文大綱。論文寫作大綱原分十二章（含《導論》與《結論》），每章二節到四節不等。按校方規定，博士論文求質不求量，字數只要十萬左右即可。寫完三、四節之後，發現可寫的內容很多，如果完全依照原訂章節撰寫，恐怕要遠遠「超標」（可能近三十萬言）。因此，不得不去掉最後兩章和另外三節（共九節），使字數維持在二十萬左右。

　　按照原定的寫作計劃，打算先收集足夠資料再動筆，並在完成全篇論文初稿後，再繼續查閱更多資料，以做補充或修改。但後來發現此路不通，因爲資料分散各處，課題涉及面又很廣，使用當年寫作碩士論文的辦法很不實際。其次，記憶力奇差無比，如果當年讀書是「過目不忘」，而今讀書卻是「過目必忘」，所以非改變「戰略」與「戰術」不可。我突然想起有人說過，飯要一口一口地吃，才能填飽肚子；路要一步一步地走，才能走完整個路程。那麼，要完成一篇二十萬字的博士論文，也就必須一節一節地寫。於是，我只好化整爲零，變大綱爲小目（每一節，變成一個小題目），不但大大縮小了搜集資料的範圍，而且每次對問題的深入思考也能「攻堅克銳」（「異人之所

同」），所以寫起來就比較得心應手了。完成一節之後，再集中精力搜尋資料，以便撰寫另一節，同樣是記一點而忘其餘。整個寫作旅程，就這樣一步一個腳印地走完，可見這辦法還是相當管用的。

　　論文寫作的確可以苦中作樂。苦處除了「過目必忘」，或尋找、閱讀資料辛苦（因視力很差），就是有時在某一關節眼上，絞盡腦汁，百思而莫得其解。樂處當然多些，因為理解力強可以醫治健忘，絞盡腦汁固然苦楚，可是一旦豁然領悟，或者有些小心得、新發現，那就其樂無比了！再說，寫作和讀書一樣，苦樂因人而異：為學位、為文憑而讀書寫作，多半是苦──至少不樂；但為興趣、為夢想而讀書寫作，肯定是樂──至少不苦。

　　「異人之所同」是我作學術研究的最主要目標，幾乎所有的寫作樂趣都源自於此，因為每一章節裏（包含《餘論》）都「有自己的見解」（恩師眉批用語）。研究目標的實現，主要得力於我始終信奉的歷史主義與唯物論辯證法，以及翦伯贊所提供的「望遠鏡」與「顯微鏡」。

　　在具體運作上，論文寫作的順利完成，首先我得萬分感謝恩師楊明教授。每次完成若干章節之後，就將打字論文初稿呈交恩師批閱、匡正，都使我獲益良多。恩師學問淵博，眼光敏銳，古詩文造詣高深，所以總能從每一章節的初稿中，發覺一些疏漏、錯誤或不妥、不足之處。即使是引文裏的標點斷句、漏詞錯字，乃至因版本不同而產生的歧義，他都不輕易放過，逐一予以指正。這種嚴謹認真、一絲不苟的專業精神，的確令人十分敬佩，值得我們傚仿。恩師在批閱論文所作的眉批，若屬對論文某些論述表示讚賞，固然是一種激勵；而對某些論述不表贊同，更令我思索再三，繼續鑽研，以便增加論據、強化論點，所以更加獲益匪淺。

　　最後，我還要感謝內人陳賽珠，她不但在精神上全力支持我，而且為我打完全部論文初稿（我的手稿極為潦草、凌亂，恐怕只有她看得懂，其他人難以代勞），這無疑是助我一臂之力，為論文如期完成作出重大貢獻。

符懋濂
2006 年 2 月 12 日於新加坡鳳凰園 25 號